Café Zon & Zee

Jenny Colgan

Café Zon & Zee

Vertaald door Els van Son

UITGEVERIJ LUITINGH-SIJTHOFF

Oorspronkelijke titel: *The Summer Seaside Kitchen*
Vertaling: Els van Son
Omslagontwerp: Studio Marlies Visser
Omslagillustraties: Anke Knapper
Opmaak binnenwerk: ZetSpiegel, Best

ISBN 978 90 210 2449 3
ISBN 978 90 245 7915 0 (e-book)
NUR 343

www.lsamsterdam.nl
www.boekenwereld.com

Voor alle verpleegkundigen. Omdat jullie fantastisch zijn!

Een bericht van Jenny

Hoi! Als dit het eerste boek van mij is dat je leest: hallo en welkom! Ik hoop oprecht dat je ervan geniet. En als je al andere boeken van mij hebt gelezen, dan bedank ik je vanuit de grond van mijn hart; het is superleuk je weer te zien en, wauw, je ziet er fantastisch uit, heb je iets met je haar gedaan? Het staat je geweldig!

Welkom in *Café Zon & Zee*! Vreemd eigenlijk, hè, dat je naar allerlei plekken op de wereld op vakantie gaat, maar weinig moeite doet om je eigen land goed te leren kennen. (Terwijl ik dit typ, zie ik voor me hoe mijn goede vriend Wesley gnuift en met zijn ogen rolt omdat we al twintig jaar bevriend zijn en ik hem nog nooit heb opgezocht in Belfast.) Maar om een lang verhaal kort te maken, toen ik vorig jaar, na tientallen jaren in het buitenland te hebben gewoond, terugverhuisde naar Schotland, besloot ik daar verandering in te brengen.

Vroeger ben ik maar zelden in de Highlands of op de Schotse eilanden geweest – ik ben een 'lallander' (geboren in het zuiden van Schotland, de 'laaglanden') – dus grijp ik tegenwoordig elke gelegenheid aan om die gebieden te bezoeken, en ik moet zeggen dat ik meteen verliefd ben geworden, met name op de eilanden.

De uitgestrekte witte stranden, de eeuwenoude mysterieuze ruïnes, de weidse vlaktes met her en der een boom (bomen gedijen daar niet goed vanwege de harde wind die er vaak staat) en de eindeloze zomeravonden waarop het nooit echt donker wordt. Lewis, Harris, Bute, Orkney en vooral Shetland, een van de bijzonderste en meest fantastische plekken in het Verenigd Koninkrijk wat mij betreft, hebben allemaal hun eigen, unieke betovering.

Eerst wilde ik dit verhaal zich op een van die eilanden in het hoge noorden laten afspelen, maar ik heb me bedacht, omdat niets erger is dan over een bestaande plek schrijven en het niet helemaal goed doen, waardoor mensen echt boos op je worden. Geloof me, ik kan het weten, ik heb het door schade en schande geleerd. 😃

Dus is Mure een verzonnen eiland, dat hopelijk de sfeer en de essentie van het leven daar in het hoge noorden weet te treffen; het is een mengeling van alle bijzonderheden van die in mijn ogen fantastische, vreemde en verbazende eilanden – hoewel ze voor de zangerig sprekende mensen die er wonen natuurlijk gewoon 'thuis' zijn.

Achter in dit boek vind je ook enkele traditionele recepten die ik graag maak; hopelijk vind je het leuk om die eens uit te proberen. Je kunt me laten weten hoe dat gaat op @jennycolgan op Twitter, of zoek me op op Facebook! (Theoretisch gezien zit ik ook op Instagram, maar het lukt me niet goed daarmee te werken.)

Ik hoop zo dat je van *Café Zon & Zee* geniet. Het is een heel persoonlijk boek, want vorig jaar kwam ik, net als Flora, na lange tijd weg te zijn geweest eindelijk thuis in het land waarin ik ben geboren, en ik ontdekte dat het al die tijd op me had gewacht.

Liefs,
Jenny
xxx

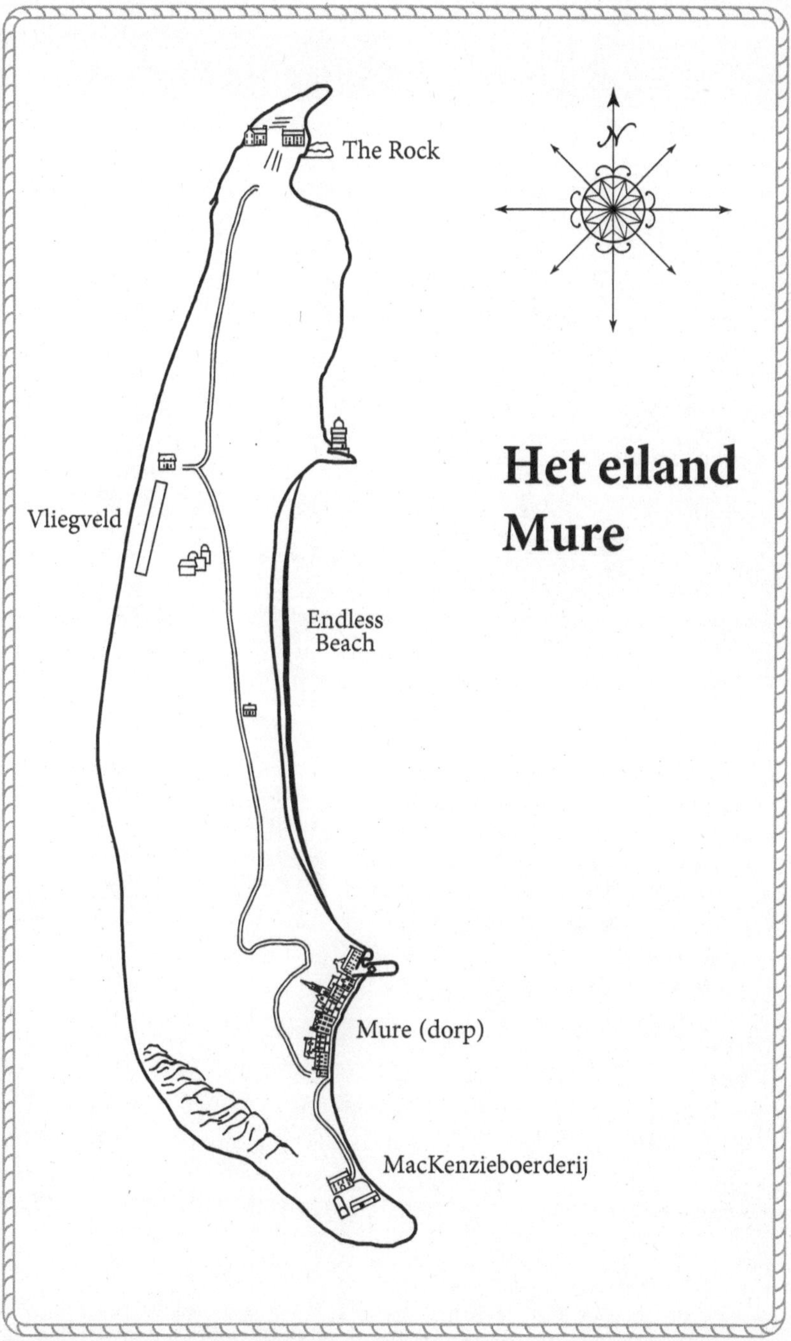
Het eiland
Mure
N
The Rock
Vliegveld
Endless
Beach
Mure (dorp)
MacKenzieboerderij

hiraeth (zn): *heimwee naar een thuis waarnaar je niet kunt terugkeren, een thuis dat misschien nooit heeft bestaan; nostalgie, verdriet, verlangen naar plekken uit je verleden die er niet meer zijn*

I

Als je ooit naar Londen bent gevlogen – eerst typte ik: *Je weet hoe het gaat als je naar Londen vliegt*, maar toen dacht ik, nee, dat klinkt veel te verwaand, alsof ik doorlopend van hot naar her vlieg. Terwijl ik in werkelijkheid altijd de allergoedkoopste vluchten boek en dus om halfvijf 's ochtends opsta, de hele nacht ervoor geen oog dichtdoe omdat ik bang ben de wekker niet te horen en uiteindelijk meer geld kwijt ben, doordat ik op zo'n godvergeten tijdstip op het vliegveld moet zien te komen en me daar dan volgooi met idioot dure koffie, dan ik kwijt was geweest als ik op een christelijke tijd was vertrokken... Maar oké.

Dus.

Áls je ooit naar Londen bent gevlogen, weet je dat het vliegtuig daar vaak een tijdje moet rondcirkelen totdat er een landingsbaan beschikbaar is. Dat vind ik meestal niet erg, integendeel; ik vind het juist leuk die enorme stad onder me te zien, met die onvoorstelbare hoeveelheid mensen die daar zo druk bezig zijn, en dan te bedenken dat die mensen allemaal hun eigen hoop, aspiraties en teleurstellingen hebben, straat na straat na straat, miljoenen en miljoenen mensen en dromen. Een ongelooflijk fascinerend idee.

En als je op deze dag in het vroege voorjaar boven Londen had rondgecirkeld, zou je beneden je, aan de westkant, de verbijsterende, haast eindeloze uitgestrekte stukken groen hebben gezien waardoor het lijkt of je de hele stad via parken zou kunnen doorkruisen en op die manier naar het opeengepakte, rokerige benauwde oosten kan komen, waar de straten en pleinen steeds meer verstopt raken, het reuzenrad langs de rivier glimt in de vroege ochtendzon, de schepen op en neer glijden over het nu eens grauwe, dan weer glanzende water en de gigantische, torenhoge glazen gebouwen oprijzen zonder dat iemand erom heeft gevraagd. We zien met eigen ogen hoe Londen verandert voorbij de Millennium Dome, waarna we de daling inzetten en de glimmende punt van Canary Wharf zien, waar het gelijknamige metrostation onder ligt, iets wat in 1988 supercool moet hebben geleken.

Maar laten we eens fantaseren dat je nog verder kon gaan, dat je als een levende Google Maps kon inzoomen en niet alleen je eigen huis bekijkt (of ben ik de enige die dat doet?), dan zou het er al snel niet meer zo sereen uitzien en zou je veel minder het gevoel hebben dat je alles als een God in de hemel beziet. Je zou opmerken hoe druk het overal is, hoe smoezelig, wat een enorm aantal mensen er langs elkaar heen loopt, zelfs nu, nu het nog maar zeven uur is. Doodvermoeide schoonmakers op weg naar huis, net klaar met hun ochtenddienst, en fris uitgeslapen mensen op weg naar hun werk, fanatieke, keurig geklede jonge mannen en vrouwen in kantooroutfits, winkelpersoneel en reparateurs van mobiele telefoons, Uber-chauffeurs, glazenwassers, krantenverkopers en vele, vele mannen in fluorescerende hesjes die oranje verkeerspionnen op onnavolgbare, schijnbaar willekeurige wijze ergens neerplanten. En dan zijn we bijna op straatniveau beland, we zoeven hoeken om, volgen de route van de Docklands Light Railway met zijn passagiers die zich staande proberen te houden in de ochtenddrukte; je moet je ellebogen gebruiken om een plaatsje te bemachtigen, zelfs een staanplaats is lastig. De hoop te kunnen zitten is kilometers terug bij Gallions Reach al in rook opgegaan, maar misschien, heel misschien, kun je een staanplaatsje in de hoek krijgen, waar je niet met je neus in iemands oksel staat in een wagon die toch al stinkt naar koffie, slechte adem en katers en sowieso de indruk geeft dat iedereen te vroeg uit zijn bed is gerukt en dat zelfs het waterige zonlicht niet helemaal van harte boven de horizon uit piept op deze vroege voorjaarsdag. Maar desondanks wacht de enorme machine die Londen heet al op je, hongerig, altijd hongerig, klaar om je op te slokken en alles uit je te persen, om je daarna weer uit te spuwen en je alles in omgekeerde volgorde nog eens over moet doen.

En daar staat Flora MacKenzie met uitgestoken ellebogen te wachten op de onbemande, computergestuurde trein die haar naar de absurde chaos van station Bank zal brengen. Zie je haar? Ze stapt net in. Haar haar heeft een vreemde, onwerkelijke lichte kleur – niet blond maar ook niet rood, eerder een soort verschoten rossig. Het is bijna kleurloos. Ze is ietsje te lang, haar huid is melkwit en haar ogen hebben een waterverfkleur; soms is het moeilijk te bepalen wélke kleur precies. Daar staat ze, met haar tas en aktetas dicht tegen zich aan geklemd, in een regenjas waarvan ze zich afvraagt of die niet te dun of juist te dik is voor vandaag.

Op dit moment, en bovendien zo vroeg in de ochtend, houdt Flora zich niet bezig met de vraag of ze gelukkig of ongelukkig is, hoewel dat over een paar uur opeens heel, heel belangrijk voor haar zal zijn.

Als je haar nu zou vragen hoe ze zich voelt, zou ze waarschijnlijk alleen zeggen: 'Moe.' Want dat zijn Londenaren, doorlopend uitgeput, kapot of supergespannen, omdat... tsja, niemand weet eigenlijk precies waarom, het lijkt gewoon een wet te zijn, net zoiets als haast hebben en in de rij staan voor pop-uprestaurants en nooit, maar dan ook nooit naar Madame Tussauds gaan.

Ze staat te denken of ze een plekje zal kunnen bemachtigen waar ze verder kan lezen op haar reader en of de band van haar rok strakker zit, waarbij ze tegelijkertijd beseft dat de kans daarop helaas groot is als die vraag in je opkomt, of het weer warmer zal worden en zo ja, of ze dan met blote benen naar haar werk kan. (Dat is om vele redenen problematisch, niet het minst omdat haar huid melkwit is en niets werkt om dat te veranderen. Ze heeft zelfbruiners geprobeerd, maar dan zag ze eruit alsof ze in een bad met bruine jus had gezeten. Bovendien begonnen haar knieholtes ervan te zweten – ze wist niet dat dat kón – en waren er lange witte druipsporen in het bruin ontstaan, iets waar haar collega Kai haar gelukkig op attent had gemaakt. Flora is stinkend jaloers op zijn huidskleur, een prachtige koffie-met-melktint. En daarbij houdt ze in Londen sowieso veel meer van de herfst.)

Ze denkt aan de Tinderdate die ze kortgeleden had, waarbij de vent die online zo leuk leek meteen grappig begon te doen over haar accent, zoals iedereen, altijd en overal. En daarna, toen hij zag dat ze dat niet leuk vond, had hij voorgesteld om het etentje over te slaan en meteen naar zijn huis te gaan. Ze zucht.

Ze is net zesentwintig en heeft dat gevierd met een fantastisch verjaardagsfeest; iedereen was dronken en zei dat ze nu elk moment iemand kon tegenkomen die de ware was, óf dat het toch zo vreemd was dat je in Londen nou nooit eens tegen iemand op liep die echt leuk was. Het handjevol mannelijke gasten was gay, getrouwd of gewoon een vervelende klootzak. En eigenlijk werd ook niet iederéén dronken, want een van haar vriendinnen was zwanger en deed net of dat een enorm probleem was, maar diep in haar hart was ze er gewoon superblij mee. En Flora was ook blij voor haar, natuurlijk was ze dat. Ze wil helemaal niet zwanger zijn. Maar toch...

In het gedrang wordt Flora tegen een man in een mooi pak aan gedrukt. Ze kijkt op, heel even, je weet tenslotte maar nooit, maar tegelijkertijd weet ze dat dat onzin is: híj gaat echt niet met de trein, híj komt altijd onberispelijk op kantoor aan, ongekreukt en zonder zweetplekken, en ze weet dat hij ergens in de stad woont, vlak bij kantoor.

Haar vriendinnen hadden, toen Flora op haar feest een paar glazen prosecco naar binnen had gegoten, niet eens naar haar baas gevráágd – ze wisten onderhand wel beter. Haar baas, de man op wie ze belachelijk en hopeloos verliefd is. Je weet hoe het is met zo'n verliefdheid; je ziet die persoon door een roze bril. Kai weet hoe zinloos haar verliefdheid is omdat hij ook voor hem werkt en hem ziet zoals hij werkelijk is: een echte klootzak. Maar dat tegen Flora zeggen heeft natuurlijk geen enkele zin.

Hoe dan ook, de man in de trein is níét haar baas. Flora voelt zich een dom wicht omdat ze heeft gekeken.

Als ze alleen al aan haar baas denkt, verandert ze in een blozende puber van veertien, en met haar bleke huid valt het meteen op als ze bloost. Ook al weet ze dat haar verliefdheid belachelijk, zinloos en stom is, ze kan er niks aan doen.

Opgepropt in de volle wagon leest ze met een half oog het boek op haar reader terwijl ze probeert tegen niemand aan te vallen. Af en toe tuurt ze dromerig uit het raam, waarbij er allerlei gedachten door haar hoofd flitsen:

a. Er komt weer een nieuwe bewoner in het grote victoriaanse huis waar ze een kamer heeft en waar zo vaak verhuisd wordt dat ze haar medehuurders nauwelijks leert kennen. Hun post stapelt zich op tussen de kapotte fietsen in de hal en elke keer neemt ze zich voor daar eens iets aan te doen, maar uiteindelijk komt er nooit iets van.

b. Is het tijd weer te verhuizen?

c. Vriend. Zucht.

d. Zal ze straks bij de traiteur iets halen voor vanavond?

e. Is het een goed idee haar haar in een andere kleur te verven? Iets wat ze er weer uit kan wassen? Glanzend zilvergrijs misschien, of lijkt het dan of ze echt grijs is?

f. Het leven, de toekomst, alles.

g. Zal ze haar kamer dezelfde kleur schilderen als haar nieuwe haar, of zou ze dan móéten verhuizen?

h. Geluk en zo.

i. Nagelriemen.

j. Misschien geen zilver, maar blauw? Of een paar blauwe lokken? Kan dat wel op kantoor? Misschien moet ze een blauw haarstukje kopen wat ze in en uit kan doen?

k. Kat?

Ze is op weg naar kantoor, een grote firma in de City, waar ze juridisch medewerker is en niet speciaal gelukkig maar ook weer niet ongelukkig is, wat, denkt Flora, voor iedereen geldt. Toch? Iedereen doet wat zij doet: zichzelf in een overvolle trein persen, te veel taart eten als er iemand jarig is op kantoor, zweren dat je in de middagpauze naar de sportschool gaat en het dan niet doen, zo lang naar een scherm turen dat je er hoofdpijn van krijgt, te veel kleren bestellen op internet en vergeten ze terug te sturen.

Soms gaat ze van de trein naar kantoor en weer naar huis zonder op te merken wat voor weer het is. Vandaag is gewoon een saaie doorsneedag.

Maar over twee uur en drie kwartier zal ze daar heel anders over denken...

2

Vijf kilometer verder naar het westen ging een woedende blonde vrouw flink tekeer.

Ze was een schoonheid. Zelfs razend en tierend, na een slapeloze en uitzonderlijk energieke nacht, met haar haren in de war en ongekamd rond haar schouders sliertend bleef ze mooi, met haar slanke benen en gave huid.

Buiten raasde het verkeer in alle vroegte langs, bijna onhoorbaar vanwege het driedubbele glas in de ramen van het penthouse. De wolken hingen laag boven de Theems en groepeerden zich rondom de puntige torens van de skyline van de City – een ongelooflijk uitzicht – maar het weerbericht voorspelde een vochtige, benauwde dag, heet en drukkend.

De blonde vrouw schreeuwde, maar Joël bleef onbewogen uit het raam staren, wat niet hielp haar te kalmeren. Ze was vriendelijk begonnen, had geopperd die avond samen uit eten te gaan, maar zodra Joël duidelijk had gemaakt dat hij geen interesse had in nog een afspraakje met haar, dat hij drie ontmoetingen meer dan genoeg vond voor de rest van zijn leven, was ze nogal snel hatelijk geworden en gaan krijsen omdat ze niet gewend was zo behandeld te worden.

'Zal ik je eens vertellen wat jouw probleem is?'

Joël had er geen behoefte aan.

'Jij denkt dat je in wezen een goed mens bent. En dat het

daarom niet erg is dat je je gedraagt als een hufter. Dat je ergens vanbinnen een zachte kant hebt, die je kunt inzetten op het moment dat het jou uitkomt. Maar zo zit het niet in elkaar, dat kan ik je wel vertellen!'

Joël vroeg zich af hoelang dit nog ging duren. Hij liep al bij een psychiater, die trouwens op geen stukken na zo direct was als zij, en hij had trek in koffie. Ze moest zo snel mogelijk weg, zodat hij rustig zijn koffie kon drinken. Zou op zijn telefoon kijken helpen? Ja!

'Jezus, kijk nou wat je doet! Het enige wat telt is je gedrag, het zijn je daden waar het om gaat. Meer niet. Wat je vanbinnen voelt of hebt meegemaakt interesseert geen mens. En wat jij doet is echt beneden alle peil, klootzak!'

'Ben je klaar?' informeerde Joël ongeïnteresseerd.

De blondine keek alsof ze een schoen naar zijn kop wilde smijten. Maar toen begon ze in een beledigde stilte haar kleren aan te trekken.

Hoewel Joël vond dat hij eigenlijk niet moest kijken, deed hij het toch; ze was zo verdomd mooi.

'Fuck you,' beet ze hem toe.

Haar rok was ongelooflijk kort. Straks in de ondergrondse zou ze zich schamen.

'Zal ik een Uber voor je regelen?' vroeg hij.

'Nee, dank je,' reageerde ze koeltjes. Toen veranderde ze van gedachten. 'Ja,' zei ze, 'bestel er maar een.'

Hij pakte zijn telefoon weer op.

'Waar woon je?'

'Jezus! Weet je dat niet eens meer? Je bent er geweest!'

Hij knipperde met zijn ogen, hij kende Londen niet goed. 'Ja, natuurlijk...'

Ze slaakte een zucht. 'Shepherd's Bush.'

'O ja.'

Er viel een stilte.

'Wie zaait zal oogsten, Joël. Jij krijgt je portie nog wel.'

Maar hij was al opgestaan, op weg naar de koffiemachine, bezig zijn e-mails te checken en zich voor te bereiden op de dag. Er zeurde iets in zijn achterhoofd, iets over zijn werk, maar hij kon er niet op komen wat dat was. Iets positiefs. Wat was het ook alweer?

Ruim duizend kilometer verder naar het noorden kwamen de mannen van de akkers. Ze strekten hun ledematen onder een wolkeloze hemel, terwijl de honden om hun benen sprongen en de konijntjes voor hun voeten wegvluchtten. Het eerste werk van die ochtend zat erop en nu gingen ze ontbijten. Er waaide een briesje vanaf de zee, fris als citroenijs, en de vissers op de stenen kade beneden hen haalden zingend hun vangst binnen. Hun stemmen zweefden de heuvel op in het heldere ochtendlicht:

And what do you think they made of his eyes?
Sing aber o vane sing aber o linn
The finest herring that ever made pies
Sing aber o vane sing aber o linn

Sing herring, sing eyes, sing fish, sing pies
Sing aber o vane sing aber o linn
And indeed I have more of my herring to sing
Sing aber o vane sing aber o linn

3

Joël kwam met een geconcentreerde uitdrukking op zijn gezicht zijn kantoor binnenlopen. Inmiddels was hem te binnen geschoten wat er eerder die ochtend door zijn hoofd had gezeurd: hij had vandaag een afspraak met Colton Rogers, een Amerikaan, net als hij. En steenrijk. Hij had zijn fortuin gemaakt met investeringen in beginnende computerbedrijfjes. Joël had over hem gehoord maar hem nooit ontmoet. Als hij naar Londen kwam en zijn geld meebracht, had Joël daar geen enkel bezwaar tegen. Het onplezierige incident van die ochtend was al helemaal uit zijn gedachten verdwenen.

Hij knikte naar Margo, zijn secretaresse, en liep naar het raam. Het uitzicht was formidabel; ze zaten net buiten Broadgate, in het hart van de City, en keken uit over het hele stadscentrum en de torens erachter, helemaal tot aan de Theems. De straten waren vol haastende mensen en zelfs zo vroeg in de ochtend stond er al een lange rij zwarte taxi's. Hij hield van de stad, het was er dynamisch en hij genoot ervan deel uit te maken van deze gigantische geldmachine. Vanaf deze hoogte voelde de stad als zijn domein, hij was degene die erover beschikte, bedacht hij glimlachend.

Toen Margo binnenkwam met in haar kielzog Colton Rogers en zijn team, draaide hij zich om.

'Hey,' begroette Rogers hem. Hij was lang en getraind en droeg de geijkte outfit van de Westkustcomputernerd – jeans, een poloshirt en witte sneakers – met daarbij een ietwat grijzend, uitermate keurig getrimd baardje.

Joël vroeg zich af of zijn pak in Rogers' ogen net zo vreemd leek als diens kleding in die van hem. 'Prettig u te ontmoeten, Mr. Rogers.'

'Zeg maar Colton.'

Colton kwam naar het raam toe lopen en wierp een blik op het uitzicht. 'Mijn god, deze stad is krankzinnig. Hoe kan een mens hier leven? Het is zo verschrikkelijk druk overal, het lijkt verdomme wel een mierenhoop!'

Ze staarden allebei omlaag.

'Je went eraan,' reageerde Joël terwijl hij naar een stoel gebaarde. 'Wat kan ik voor je doen, Colton?'

Het bleef even stil. Joël probeerde te vergeten hoeveel deze man waard was. Een klant van dit formaat binnenhalen voor de firma... wauw. Dat zou een geweldige zet zijn.

'Ik heb een stuk land,' begon Colton, 'op een werkelijk fantastische plek. Maar daar willen ze nu een windmolenpark gaan bouwen. Of er vlakbij. Of ernaast of iets dergelijks. Iets wat ik in ieder geval níét wil. Dus dat moeten jullie voorkomen.'

Joël keek enigszins verbaasd. 'Oké,' zei hij. 'En waar is die plek?'

'Schotland,' antwoordde Colton.

'O,' reageerde Joël. 'Dan heb je misschien meer aan onze Schotse vestiging.'

'Nee, ik wil dat jullie het doen.'

Joëls glimlach verbreedde zich.

'Nou, het is natuurlijk prachtig dat we zijn aanbevolen...'

'O jezus, zo zit het helemaal niet! Jullie doortrapte bloedzuigers zijn allemaal hetzelfde, en geloof me, ik ken er zat van jullie soort! Nee! Maar ik heb begrepen dat jullie een advocaat in dienst hebben die ervandaan komt. Iemand die de plek kent, iemand die van de hoed en de rand weet en ervoor kan zorgen dat dat plan niet doorgaat.'

Joël kneep zijn ogen halfdicht en doorzocht koortsachtig zijn geheugen. Hij was zelfs nog nooit in Schotland gewéést en had geen idee over wie Colton het had. Zo iemand werkte toch niet bij hen? Ze hadden toch geen Schotten hier? Maar dat zei hij natuurlijk niet. 'Dit is een grote firma...' begon hij aarzelend, 'is er ook een naam genoemd?'

'Ja,' zei Colton. 'Maar die kan ik me niet herinneren. Hij klonk in ieder geval heel Schots.'

Joël begon ongeduldig te worden, iets wat hij normaliter alleen aan zijn staf liet blijken. Maar Margo gaf hem een seintje vanaf de andere kant van zijn kantoor en hij keek haar aan. 'Ja?'

'Kan dat Flora MacKenzie zijn? Een van onze juridische medewerkers? MacKenzie is een Schotse naam, toch?'

De naam deed geen enkel belletje rinkelen.

'Zij komt daarvandaan volgens mij...' ging Margo verder. 'Uit een of ander heel raar plaatsje.'

'Raar?' vroeg Colton met een glimlachje om zijn mond. Hij gebaarde naar de pulserende stad aan de andere kant van het glas. 'Wat ik raar noem, is boven op elkaar wonen op een overvolle plek waar je geen adem kunt halen en niet eens naar de andere kant van de stad kunt komen.'

'Sorry, meneer,' zei Margo met een hoogrode kleur.

'Maar ze is slechts een junior, toch?' vroeg Joël zich hardop af.

Colton trok zijn wenkbrauwen op. 'Dat geeft niet. Ik heb niemand vermoord, tenslotte. Ik wil gewoon iemand die daarvandaan komt en begrijpt wat er speelt, niet iemand die achthonderd dollar per uur rekent. Het heet Mure.'

'Wat heet Mure?'

Colton keek geërgerd. 'De plek waar ik het over heb.'

'Ja!' mompelde Margo. 'Zo heet het, ja. Daar komt ze vandaan!'

'Nou, zorg dan dat ze hier komt!' bromde Joël geïrriteerd.

'Ja, maar waar we ook naartoe gaan, als het populair is kunnen we nergens buiten zitten, want dan is het veel te druk en...'

'Zo is het nu eenmaal in Londen,' zei Kai vanachter het bureau tegenover haar. 'Je moet je er gewoon tussen wringen.'

Flora fronste haar wenkbrauwen. Het was altijd zo'n gedoe om een gezamenlijk uitje te plannen – mensen konden op het laatste moment niet of wachtten af of er nog iets leukers voorbijkwam om te doen – en het was zo heet! Het was toch veel lekkerder om vanavond ergens buiten te zitten in plaats van opgesloten te zijn in haar benauwde hok aan het einde van de Docklandslijn. En bovendien kwam ze zo moeilijk in slaap bij deze hitte, dus kon ze net zo goed uitgaan... Na een blik op de stapel dossiers die voor haar lag, zuchtte ze diep. Ze bespraken het straks wel, in de lunchpauze.

Toen de interne lijn rinkelde nam ze nietsvermoedend op. 'Flora MacKenzie.'

'Ja, jij bent het hè?' klonk Margo's afgemeten, formele stem.

Flora had Margo zorgvuldig bestudeerd, voornamelijk omdat ze zoveel tijd in Joëls nabijheid doorbracht. Ze was als de dood voor haar, met haar immer onberispelijke kleding en de manier waarop ze naar je keek – alsof je volkomen debiel was – als je haar iets vroeg.

'Jij bent de Schotse,' zei Margo op een toon alsof ze het over een alien met vier hoofden had.

Flora slikte nerveus. 'Ja?'

'Kun je nu naar boven komen?'

'Hoezo?' vroeg Flora voordat ze er erg in had. Ze had nog nooit iets voor Joël moeten doen, ze werkte voor de juristen uit de lagere regionen.

Het bleef even stil aan de andere kant van de lijn. Margo stelde het duidelijk niet op prijs om ondervraagd te worden door een provinciaalse junior van de vierde verdieping. Toen antwoordde ze ijzig: 'Nu.'

Heel even kwam de gedachte in Flora op om te zeggen dat dat niet kon omdat ze eerst haar haar moest föhnen en een wax, een zelfbruiner en een volledige make-over nodig had, maar dat leek haar toch geen goed idee. 'Ik kom eraan,' zei ze, waarna ze de hoorn gehaast neerlegde en probeerde niet in paniek te raken.

Flora's carrière had tot dan toe voornamelijk bestaan uit zo weinig mogelijk opvallen op de UHI, de University of the Highlands and Islands, waar ze een minor deed in rechten en zich het leplazarus werkte om te compenseren wat ze van nature tekortkwam, gevolgd door sollicitatiegesprek na sollicitatiegesprek, waarvoor ze haar schoenen en cv had opgepoetst en door een onvriendelijk en onbekend Londen had gedwaald om advies te vragen, te netwerken en de concurrentie aan te gaan met een miljoen andere jonge mensen die met hetzelfde bezig waren. En toen ze een baan scoorde bij een grote firma met de kans om op te klimmen en misschien zelfs op een dag haar graad te halen, had ze alles opgezogen als een spons, haar best gedaan alle ballen in de lucht te houden, zoveel te leren als ze kon en iedereen om raad gevraagd.

Maar niet één iemand had haar in al die tijd gewaarschuwd

dat ze nooit zo stom moest zijn verliefd te worden op haar baas. En ze had ook nooit gedacht dat dat zou gebeuren.

Totdat het gebeurde.

Het was een heel kort gesprekje geweest. In de verschillende fases van de sollicitatieprocedure had ze tegenover hordes angstaanjagende vrouwen gezeten die haar hun vragen toeblaften en tegenover oude mannen die zuchtten alsof ze het niet fair vonden dat ze haar niet mochten vragen of ze voornemens was zwanger te worden. Ze had kennisgemaakt met de HR-manager en was een reeks andere afgestudeerden tegengekomen van wie er velen op hetzelfde, licht ontmoedigende pad ronddwaalden als zij – er waren, zoals altijd, veel meer gekwalificeerde kandidaten dan er banen waren. Maar zij had zich heel goed ingelezen en kende haar stof, voorbereid dankzij alle jaren aan de keukentafel van haar moeder die altijd vroeg of ze haar huiswerk had gemaakt, of ze echt al het mogelijke had gedaan, er helemaal klaar voor was, en die zonder uitzondering informeerde wat voor cijfer ze had gehaald. Er waren slimmere mensen dan Flora, maar er waren er heel weinig die harder werkten. Toen moest ze, helemaal aan het einde van de procedure, bij een van de partners van de firma langs, haar 'baas'. En daar was hij.

Hij was aan het telefoneren en schreeuwde tegen de persoon aan de andere kant van de lijn. Zijn accent was luidruchtig en onbeschaamd Amerikaans, en druk gebarend met zijn vrije arm brulde hij iets over jurisprudentie in de hoorn en dat ze er nog spijt van zouden krijgen. Margo – hoewel Flora toen niet wist dat de chique secretaresse zo heette – had op haar gewezen en duidelijk gemaakt dat ze haar wilde voorstellen, maar hij had Margo geïrriteerd weggewuifd. Toen was hij plotseling blijven staan en had de hoorn op de haak gesmeten. Met een flauw lachje en zijn aandacht er maar half bij had hij zijn hand naar Flora uitgestoken en gezegd: 'Hallo. Joël Binder.'

'Flora MacKenzie.'

'Welkom bij de firma.'

En dat was het. Dat was alles wat er was gebeurd. Ze had hem aangestaard en zijn kastanjebruine haar, scherpe profiel en opmerkelijk volle lippen met haar ogen verslonden, tot Margo haar mee naar buiten had getroond.

Flora was zich niet bewust geweest van de blik die de vrouw op haar wierp terwijl ze het kantoor uitliepen.

'Hij lijkt wel aardig,' had ze gezegd, waarna ze knalrood werd. Joël zag er heel anders uit dan de andere gestreste, overwerkte juristen die ze kende, met roosschilfers op hun schouders, een huid die te weinig daglicht zag en een bierbuik.

'Hmm,' was Margo's enige reactie.

Daarna had hij zowat een halfjaar geen woord tegen haar gezegd. Als ze samen in een vergadering zaten, waar zij een beetje schichtig aantekeningen maakte en haar uiterste best deed niets te missen, bestudeerde ze hem tersluiks; hij was autoritair, onbeschoft, agressief en een verpletterend succesvolle advocaat, en Flora was, tot haar eigen schaamte, tot over haar oren verliefd op hem.

'Nou, vertel me eens wat over Joël,' had ze zogenaamd terloops gezegd op een kennismakingsborrel met een paar van de andere slaven, junior juridisch medewerkers van wie werd verwacht dat ze vierentwintig uur per dag werkten voor een shitsalaris en er geen privéleven op na hielden. 'Je weet wel, een van de partners?'

Kai had haar aangekeken en was in lachen uitgebarsten. 'Serieus?'

'Wat?' vroeg Flora. Ze voelde dat ze bloosde en hield haar blik strak gericht op haar enorme glas witte wijn, die zo licht was dat hij bijna groen leek. Ze had niet geweten wat ze moest bestellen en had het aan de anderen overgelaten voor haar te kiezen, maar maakte zich nu een beetje ongerust of ze het straks wel kon betalen. Het leven in Londen was afgrijselijk duur, zelfs met een aardig salaris.

Kai had de hele zomer stage gelopen bij de firma en zou binnenkort afstuderen, dus was hij goed op de hoogte van de kantoorroddels. Hij rolde met zijn ogen. 'Mijn god, wéér een.'

'Wat? Wat bedoel je? Ik vraag gewoon iets.'

Waar halen ze dat zelfvertrouwen toch vandaan, vooral de mensen die hier in de stad zijn opgegroeid? vroeg Flora zich doorlopend af. Komt dat op een gegeven moment vanzelf? Ze wist dat ze eigenlijk cursussen moest gaan volgen en misschien zelfs wel moest proberen verder te gaan met haar rechtenstudie. Maar na wat er was gebeurd... Ze kon het niet. Nu nog niet.

En het werk leek zo... Het was iets wat ze altijd had gewild. Een echte professional zijn, een goede baan hebben. Maar nadat de nieuwigheid van een salaris, mooie schoenen en lunchpauze eraf was, begon het een beetje... eh... saai te worden. Het papierwerk stapelde zich op tot een berg die maar niet slonk, en net als ze dacht dat ze de boel onder controle had, werd er een zaak geschikt of geseponeerd en kon ze weer van voren af aan beginnen. Ze wist dat ze naast alle andere dingen die ze moest doen ook nog moest studeren. Maar ze had het gevoel dat ze faalde in 'alle andere dingen'.

'Het went wel,' verzekerde Kai haar als ze (alweer) klaagde over het vele werk. Het maakte niet uit hoelang ze op kantoor bleef of hoe efficiënt ze was. Jammer, dat supergoed zijn in verzoekschriften indienen niet sexy wordt gevonden, dacht ze. Maar goed dat ik dat niet in mijn Tinderprofiel heb gezet.

'Maar serieus... Het is je niet opgevallen dat hij een afgrijselijke klootzak is?'

Ja. Hij is een klootzak, bracht Flora zichzelf in herinnering. Lang, in scherp gesneden pakken, bot, Amerikaans. Hij beende door het gebouw alsof het van hém was, behandelde zijn ondergeschikten neerbuigend, wist nooit iemands naam en gaf ook nooit een complimentje.

'Hij is een *negger*,' zei Kai.

'Een wát?' vroeg Flora verschrikt.

'Een negger.'

Flora keek hem verward aan.

'Een negatieveling. Hij gedraagt zich als een enorme zak, waardoor iedereen hem kent en diep in zijn hart verlangt naar een aardige opmerking van hem. Net zoiets als bij hondentrainingen.'

'Hè? Ik snap het niet.'

Kai zag het als zijn persoonlijke missie het verlegen meisje uit Mure met haar bijzondere uiterlijk wereldwijs te maken en greep elke gelegenheid gretig aan om zijn in zesentwintig jaar opgedane kennis van het leven te etaleren. 'Dat je blijft hopen op een miniem teken van waardering, een kruimel erkenning. Daarmee bindt hij mensen aan zich. Of in ieder geval mensen met weinig eigenwaarde.'

Flora fronste haar voorhoofd. 'Misschien vind ik hem gewoon knap.'

'Ja. Knap wreed. Trap er niet in! En bovendien is hij je baas. Dus ga je eigen stoepje nou niet bevuilen. En daarbij...'

'Is er nóg een "en"? Ik geloof niet dat ik die wil horen.'

'Nee, ik meen het, Flora. Daarbij komt dat je zijn type niet bent... o mijn god, als je het over de duivel hebt... En dat bedoel ik letterlijk. Eh... ik laat het aan jou zélf over om te bedenken of je zijn type bent.'

Flora keek op en inderdaad, daar liep hij; hij stak Broadgate Circle over waar het stikte van de juridische firma's, zelfverzekerd en arrogant, met zijn kastanjebruine haar glanzend in de zon en aan zijn arm een blonde meid op hoge hakken met benen tot aan haar middel, gekleed in een felroze jurk – een kleur die iedereen belachelijk zou staan maar van haar een ravissante verschijning maakte. Een paradijsvogel, van een totaal andere soort dan Flora. Zo zou ze er nog in geen miljoen jaar uitzien.

Flora bekeek hen aandachtig en kreunde. 'Nee, je hebt gelijk.'

'Maar jij bent supergoed in het indienen van verzoekschriften,' zei Kai bemoedigend. 'Ik bedoel, dat is ook wat waard.'

Ze had gegrijnsd en even later hadden ze nog een fles besteld.

Dat was een aantal jaar geleden, en Kai was met sprongen opgeklommen op de carrièreladder. En zij... niet. Natuurlijk was ze gewend geraakt aan Londen, cynischer geworden over de firma, had ze dates en seksuele escapades en een paar foute avontuurtjes gehad, dingen gedaan waar ze zich achteraf voor schaamde, en ook een leuke vriend gehad, Hugh, die een jaar in beeld was geweest en wilde dat het serieus werd, maar ze had... 'het' niet gevoeld. Wat 'het' dan ook moest betekenen. Ze had 'het' nooit gevoeld voor iemand. Ze wist toen ze uit elkaar gingen (heel beschaafd en vriendelijk, Hugh was een schat) dat ze over een jaar of tien, als iedereen gelukkig en gesetteld was, nog steeds single door het leven zou hopsen en dan misschien verschrikkelijke spijt zou hebben van haar beslissing. Maar ze had het toch uitgemaakt. En ze had ook lange periodes gehad zónder al die dingen. En dat was oké. Meestal.

Haar verliefdheid op haar baas was gewoon iets idioots, wat op de achtergrond was geraakt terwijl ze haar leven opbouwde in deze enorme, gulzige stad, weg van alles van vroeger.

Behalve dan dat ze nu, om kwart voor elf op een bloedhete donderdag vroeg in mei, voor het eerst in de geschiedenis plotseling op zijn kantoor werd ontboden.

4

Flora moest zich haasten, maar ze dook eerst nog even de toiletten in om haar make-up bij te werken. Gejaagd ontdekte ze dat ze al flinke blosjes op haar wangen had. Dat was het probleem met zo'n lichte huid. Dat, en niet in de zon kunnen komen zonder zo rood te worden als een kreeft.

Met een diepe zucht staarde ze naar haar eigen spiegelbeeld. Ze vond het vreselijk dat ze er zo verwassen uitzag; ze voelde zich compleet kleurloos, zelfs al verzekerden haar vrienden haar dat ze juist heel bijzonder was. Op het eiland waar ze vandaan kwam was ze helemaal niet bijzonder: lang en bleek als de Vikingen, hun voorouders van honderden generaties geleden. Het haar van haar moeder was bijna spierwit. Alleen hier, in het zuiden, lieten mensen haar regelmatig een heel verhaal vertellen om dan achteraf te zeggen – alsof dat een compliment was – dat ze geen woord hadden gehoord maar alleen hadden genoten van de zangerige manier waarop ze praatte.

Ze merkte dat haar hart klopte als een bezetene en deed haar best om wat rustiger te worden. Margo had ijzig geklonken, maar zo klonk ze altijd. Ze had toch niets fout gedaan? Maar zelfs als ze wél iets fout had gedaan, was Joëls kantoor niet de plek om haar op haar kop te geven.

Haar tijd met Joël was beperkt gebleven tot de periode waarin ze het notuleren van Kai had overgenomen, toen hij moest studeren voor zijn examens en de firma dat faciliteerde omdat ze hem daarna in dienst wilden nemen. Het was leuk om voor Kai te werken, daarom nam ze vaak iets van hem over.

Maar Kai had hier vanmorgen niets over gezegd. Bovendien moest hij naar de rechtbank en had Flora haar gewone berg papierwerk om uit te zoeken.

Nee, dit ging echt om haar.

Ze ademde diep in en liep de toiletten uit, op weg naar de lift.

Joëls enorme kantoor lag op een hoek van het gebouw en was reuze imponerend. Aan de wanden hing hypermoderne abstracte kunst die geen boodschap leek te hebben, behalve dan dat Joël succesvol genoeg was om zich te omringen met hypermoderne abstracte kunst.

Hij droeg een donkergrijs pak, een kraakhelder wit overhemd en een donkerblauwe das die contrasteerde met zijn haar. Hij knikte kort naar haar toen ze binnenkwam. Flora voelde haar gezicht knalrood worden zodra ze over de drempel stapte en kon zichzelf wel slaan.

Naast Joël en Margo stond een lange man met een opvallende lichte baard. Uit zijn informele kleding maakte ze op dat hij belangrijk was. Verder liepen er op de achtergrond een paar figuren heen en weer met een telefoon aan hun oor, die de indruk wekten het heel druk te hebben.

Flora wist niet of ze moest gaan zitten of blijven staan. 'Goedemorgen,' zei ze dapper.

'Voordat je ook maar één woord hebt gezegd, weet ik al waar je vandaan komt!' zei de man met de baard, en hij kwam op haar aflopen om haar een hand te geven. 'Dat haar! Jij bent een afstammeling van het Mure-ras, dat is duidelijk.'

Flora wist niet of ze het wel prettig vond dat iemand op dezelfde manier over haar praatte als haar broers over de veestapel.

'Waar kom je vandaan, eh...' – Joël wierp een snelle blik op het papier in zijn andere hand – 'Flora?'

Haar hart begon te bonken. Waarom deed dat er iets toe? Waarom was het belangrijk? Waarom vroegen ze waar ze vandaan kwam? Dit was wel het laatste wat ze had verwacht. Of wat ze wilde. 'O, van een klein... U kent het vast niet...'

Ze wilde het niet over Mure hebben. Dat wilde ze nooit, ze veranderde altijd snel van onderwerp als iemand erover begon. Ze woonde tenslotte in Londen, de stad waar je jezelf opnieuw kon uitvinden.

'Ze komt van Mure,' zei de man met het baardje trots. 'Ik zag het meteen. Ik heb zoveel over je gehoord.'

Verbaasd keek ze naar hem op. 'Sorry?'

'Ik ben Colton Rogers!'

Het bleef lang stil. Joël wierp een ongemakkelijke blik op haar.

'Je weet wie ik ben, toch?' vroeg Colton.

Flora was al een tijd niet thuis geweest. Maar ze wist wie hij was. Ze knikte stilletjes. Colton Rogers was de stinkend rijke Amerikaan die een stuk van het eiland had gekocht en van plan was, als ze de dagelijks veranderende roddels moest geloven, het hele eiland vol te storten met beton, er een enorme golfcourse van te maken, alle bewoners weg te jagen zodat het eiland zijn privéheiligdom werd en hij hun huizen kon gebruiken om er vogels te laten broeden. Er deden de wildste geruchten de ronde, die waarschijnlijk alle grond misten, wat voornamelijk te wijten was aan het feit dat niemand de mysterieuze miljardair ooit had ontmoet of gesproken.

Opeens was ze bloednerveus. Als hij de firma ergens voor nodig had, wat had hij dan op zijn kerfstok? 'Eh...' Ze wierp een korte blik op Joël, maar hij leek net zo confuus als zij en tikte met zijn pen tegen zijn tanden. 'Tsja, de mensen zeggen van alles... Maar daar besteed ik niet zoveel aandacht aan,' antwoordde ze.

'Echt niet?' reageerde hij teleurgesteld. 'Dus je weet niet dat ik The Rock aan het opknappen ben?'

The Rock was een oude vervallen boerderij op de noordelijkste punt van het eiland, een prachtige en unieke locatie. Al sinds haar vroege jeugd had ze verhalen gehoord over conglomeraten of rijkelui die er grootse plannen mee hadden.

'Is dat zo?' reageerde ze.

'Jazeker! Het is bijna klaar!' antwoordde Colton Rogers trots. 'Heb je daar niets van gezien?'

Flora was al in geen drie jaar op Mure geweest en toen ze vertrok had ze gezworen dat ze er nooit meer zou terugkeren. 'Nee,' antwoordde ze. 'Ik heb er alleen over gehoord.'

'Nou, ik heb in ieder geval je hulp nodig,' zei Colton.

'Kunt u dan niet beter een Schotse jurist in de arm nemen, of een Noorse?'

'Een Noorse?' zei Joël verbaasd. 'Hoe ver weg ligt dat eiland in vredesnaam?'

Ze keerden zich allebei naar hem toe.

'Zo'n vijfhonderd kilometer boven Aberdeen,' antwoordde Colton. 'Jij komt niet veel buiten, is het wel? Nog steeds bezig tachtig uur per week te schrijven?'

'Minimaal,' zei Joël.

'Dat is toch geen leven, man.'

'Tsja, jij hebt je miljarden al binnen,' zei Joël met een half lachje.

'Oké. Luister.' Colton keek Flora aan. 'Ik wil dat je ernaartoe gaat en er het een en ander voor me doet, praat met je vrienden en buren.'

'U moet begrijpen dat ik geen jurist ben, Mr. Rogers,' zei Flora. 'Ik ben een juridisch medewerker.'

'Zeg maar Colton,' reageerde hij. 'En dat is alleen maar gunstig. Veel goedkoper! Ik heb iemand van het eiland nodig, die daar bekend is. Ik weet dat er een ons-kent-onssfeertje heerst. *Hvarleðes hever du dað?*'

Flora keek hem geschokt aan. '*Eg hev dað gott, takk, og du?*' reageerde ze hakkelend.

Joël keek verbijsterd van de een naar de ander.

Plotseling had Flora behoefte aan steun. Ze greep de rugleuning van een stoel vast. Haar keel zat dicht en ze kon geen woord uitbrengen. Ze had een paniekaanval, leek het wel, hoewel ze er nog nooit eentje had gehad. De herinneringen besprongen haar, ze werd erdoor overspoeld als door een huizenhoge golf die de kust aanvalt, verpletterd als door de ijskoude wind vanuit de Noordpool die het helmgras knakt en de duinen steeds een nieuwe vorm geeft. En in het midden was die grote leegte, dat enorme gat dat ze niet wilde zien, niet wilde voelen.

Nee. Nee. Ze was bezig geweest een avondje uit met Kai te plannen. Ze was notulen aan het uittypen en mijmerde erover of ze een kat zou nemen...

Op dat moment voelde ze dat alle ogen op haar waren gericht. Ze was het liefst door de grond gezakt, in het niets verdwenen. Haar wangen brandden. Hoe kon ze nee zeggen? *Nee, ik wil niet naar huis. Nee. Nooit meer.*

'Dus...' zei Colton.

'Waar gaat het om? Wat moet ze doen?' vroeg Joël.

'Daarvoor moet je erheen, je moet het zelf zien,' zei Colton.

'O, dat komt in orde,' beloofde Joël, zonder ook maar iets aan Flora te vragen.

'Kan ik in The Rock logeren? Is het klaar?' vroeg Flora timide.

Colton keek haar aan met zijn grijze ogen en ze zag waarom hij, ondanks zijn schijnbaar vriendelijke aard, zo'n gevreesde zakenman was.

'Ik dacht dat je van Mure kwam. Heb je geen familie daar?'

Flora blies haar adem langzaam uit. 'Jawel,' zei ze uiteindelijk. 'Ja, ik heb er familie.'

5

Op het eiland waar Flora vandaan komt bestaat een legende over *selkies.*

'Selkie' betekent zeehond of zeehondmens, hoewel hetzelfde woord in het Gaelisch, de oorspronkelijke taal, ook wordt gebruikt voor zeemeermin. Selkies zouden volgens die legende zeehonden zijn die, eenmaal aan land, hun huid afwerpen, hun zeegedaante verliezen en eruitzien als mens.

Als je een vrouw bent die een selkie als geliefde zoekt (aangezien ze bekendstaan om hun knappe uiterlijk), ga je bij de zee staan en huil je zeven tranen.

Als je een man bent met een selkie als minnares en je wilt haar houden, verstop dan haar zeehondenhuid zodat ze nooit meer terug kan naar de zee.

Flora interpreteert de legende als een ingewikkelde manier om te zeggen dat het in het noorden zo ongelooflijk moeilijk is een partner te vinden, dat je er wel een uit zee moet halen.

Maar er zijn mensen – de meeste bewoners van Mure – die de legende letterlijk nemen en beweren dat Flora's moeder een selkie was.

En sinds Flora is vertrokken, beweren veel eilandbewoners dat ook over haar.

Er was eens... Er was eens...

Flora ging ervan uit dat ze die nacht geen oog dicht zou doen. De rest van de dag had ze min of meer geslaapwandeld. Het was haar zelfs gelukt mee te zingen met 'Happy Birthday' voor een jarige collega, een paar hapjes van een smerige supermarkttaart te nemen en enkele glazen lauwe prosecco achterover te slaan, maar de borrel na werktijd had ze overgeslagen en ze was in haar eentje naar huis gegaan, in de hoop dat de andere bewoners er niet zouden zijn. Het waren allemaal freelancers, die kwamen en gingen op de vreemdste tijden van de dag en die haar maar saai vonden. Flora vond het wel fijn dat ze haar saai vonden, dat was veel beter dan 'die rare van dat rare eiland' te zijn.

Zoals altijd dacht ze er even over om te gaan koken, maar bij het zien van het smerige, mogelijk zelfs gevaarlijke gasfornuis verging haar de lust. Dus werd het een kant-en-klare salade terwijl ze Netflix keek op haar bed, gevolgd door een half pak koekjes, wat in haar ogen een redelijk uitgebalanceerde maaltijd was. Onder het eten wierp ze regelmatig een nerveuze blik op haar telefoon; ze wist dat ze naar huis moest bellen om te zeggen dat ze kwam. Daar ontkwam ze niet aan. O god. Dan moest ze iedereen weer onder ogen komen. Kreeg ze al die misprijzende, veroordelende blikken over zich heen. Uiteindelijk stuurde ze lafhartig een tekstberichtje, waarna ze, nog laffer, haar mobieltje onder het dekbed verborg zodat ze het antwoord niet hoefde te lezen.

Misschien kon ze beter niet thuis gaan slapen?

Maar de Harbour's Rest, het enige hotel op het eiland, was ook geen optie. Ten eerste was het er afschuwelijk, ten tweede was het er vreselijk, ten derde ging de firma haar hotelkosten niet betalen en ten vierde... tsja... ten vierde zou het beschamend zijn voor haar vader en de jongens.

Dus moest ze naar huis. O god!

Flora kende mensen die het fantastisch vonden om naar huis te gaan. Kai bijvoorbeeld, die zo'n drie keer per week bij zijn moeder at. Maar dat kon zij natuurlijk niet. Klaarwakker lag ze op haar bed te piekeren wat ze nu in vredesnaam moest doen.

En toen drong het tot haar door dat ze toch in slaap was gevallen en iemand haar een verhaal probeerde te vertellen. *Er was eens...* hoorde ze, en nog een keer: *Er was eens...* In haar droom smeekte ze om door te vertellen, ze moest weten hoe het verder ging, dat was heel belangrijk, maar het was te laat, de stem stierf weg en ze schrok wakker.

Een nieuwe ochtend in het drukke en lawaaierige Londen, waar zelfs de vogels klonken als een ringtone. Het verkeer dreunde al langs haar raam. Als ze nog vóór de anderen in de douche wilde om nog wat heet water te hebben, was ze aan de late kant.

Haastig keek ze op haar telefoon. *'Aye'* was het antwoord. Niet 'leuk' of 'je bent welkom' of 'we verheugen ons op je komst'. Alleen 'aye'.

6

GENÈVE. PARIJS. WENEN. NEW YORK. BARBADOS. ISTANBUL.

Flora las het vertrekbord op de luchthaven met het gevoel dat iedereen om haar heen een veel opwindendere dag tegemoet ging dan zij. En bovendien droeg iedereen een T-shirt en waren sommige mannen zelfs in korte broek. Zij was nu, in mei, vrijwel zeker de enige met een regenpak in haar handbagage. Ze had zelfs een Schotse gebreide muts bij zich van jaren geleden, die ze op de een of andere manier niet weg had kunnen gooien. Voor de zekerheid.

Somber liep ze naar de gate van de vlucht naar Inverness. De laatste keer dat ze deze reis maakte... Nee. Daar wilde ze echt niet aan denken.

Het was beter om zich te focussen op het werk dat ze moest gaan doen, als ze had geweten wat dat was. Ze had het Joël per mail willen vragen maar niet goed gedurfd, zelfs toen Kai achter haar was gaan staan en haar de e-mail had voorgekauwd.

'En niet met xxx-jes ondertekenen, hè,' had hij gewaarschuwd.

'Hou op!' had ze gereageerd, maar haar zeer bescheiden bericht of hij haar meer details kon geven over de zaak-Rogers was blijkbaar geen antwoord waard geweest en dus tastte ze nog steeds in het duister. Het zou wel zo zijn dat Colton Rogers iets van plan was waar de eilandbewoners niks van moesten hebben en daarom de firma had ingehuurd om het vuile werk op te knappen. Het probleem was – maar dat wist hij natuurlijk niet – dat de eilandbewoners van haar ook niks moesten hebben.

Bij het opstijgen tuurde Flora met een diepe zucht omlaag naar de files op de M25 en wenste iets wat maar heel zelden wordt gewenst: dat ze er middenin stond.

Flora's tweede vlucht verliep onstuimig. Nou was dat meestal zo; het vliegtuigje was maar klein en had slechts twaalf zitplaatsen, die meestal werden ingenomen door onderzoekers, vogelaars, fanatieke wandelaars en een enkele nieuwsgierige toerist. Toen de piloot de daling inzette en ze over het water scheerden, zag ze dat de vissersboten uitgevaren waren. In een van de laatste telefoongesprekken met haar vader – kort, zoals altijd – had hij verteld dat de quota waren verhoogd, maar dat de zeehondenvangst tegenwoordig verboden was. Ze leunde met haar voorhoofd tegen het raampje en verbaasde zich, zoals elke keer, over hoe ver Mure verwijderd was van het vasteland, dat ze allang achter zich hadden gelaten – hoe ver van de rest van de wereld.

Als kind had ze dat helemaal niet zo gevoeld, toen was Mure haar hele wereld: de kleine hoofdstraat in het dorp, de zacht glooiende heuvels, haar vader op het land met de jongens (zodra ze groot genoeg waren), haar moeder in de keuken aan het koken met haar lange witte haren golvend op haar rug, en zijzelf bezig haar huiswerk te maken aan de oude houten tafel. Het vasteland voelde als een mythe, iets onwerkelijks, en het jaarlijkse treinritje met Kerstmis was een geweldig avontuur. Het leven op Mure werd bepaald door het ritme van de jaargetijden: lange witte zomers met eindeloze avonden en open deuren om de frisse zeebries binnen te laten, afgewisseld met donkere gezellige winters waarin het vuur in het fornuis de hele dag hoog werd opgestookt en de keuken de enige warme plek in huis was.

Zou er straks iemand op het vliegveld staan om haar op te halen? Maar die gedachte zette ze haastig uit haar hoofd. Natuurlijk niet, het was midden op de dag, ze hadden het allemaal druk op de boerderij. Ze nam gewoon de bus.

Flora stapte als laatste uit het vliegtuigje – de toeristen voor haar waren erg traag – en liep naar het uit golfplaten opgetrokken gebouwtje dat op Mure aankomst- en vertrekhal ineen was. Daarna stapte ze in de bus, die vol zat met opgewonden vakantiegangers met fietsen, wandelstokken en reisgidsen. Ze waren goedgeluimd omdat het niet regende.

Af en toe brak de zon door, hoewel de 'ochtendhaar' – de zeedamp – nog niet was opgetrokken. Toen ze het dorp naderden, leek dat op te rijzen uit een nevelige waas, mysterieus als een magische betovering. De donkergroene heuvels erachter golfden naar het helderwitte zand aan de voet ervan en de langgerekte stranden leken zich tot in het oneindige uit te strekken. Het was zonneklaar waarom dit eiland altijd al zo aantrekkelijk was geweest voor de hordes Vikingen die het zich hadden toegeëigend en het een naam hadden gegeven. Hun bloed vloeide zelfs nu nog door de aderen van de bewoners.

Er had nog nooit een politicus uit Westminster voet aan land gezet op Mure en een bezoek uit Edinburgh was een zeldzaamheid. Mure was een wereld op zichzelf, op het meest noordelijke puntje van Groot-Brittannië.

Terwijl ze langs de haven reden, begon de mist op te trekken en werden de vrolijk gekleurde huizen aan de hoofdstraat zichtbaar. Toen ze dichterbij kwamen, merkte Flora op dat ze er een beetje verwaarloosd uitzagen; door de felle noorderstormen bladderde de verf af. Eén winkel – een drogisterij, herinnerde ze zich – stond leeg en zag er triest en verlaten uit.

Even later stapte ze nerveus de bus uit. Wat zouden de mensen hier van haar vinden? Na de begrafenis had ze zich niet al te best gedragen. Helemaal niet best...

Het is niet voor lang, hield ze zichzelf voor. Ze was hier maar een week. Daarna ging ze terug naar de stad, genieten van de zomer, tussen alle andere zonaanbidders op de South Bank zitten, slechte dates hebben, veel te dure cocktails drinken en diep in de nacht de metro naar huis nemen. Jong zijn in Londen. De beste plek ter wereld.

Natuurlijk was Mrs. Kennedy, haar danslerares van vroeger, de eerste die ze zag. De vrouw was toen Flora klein was al stokoud geweest en had nog steeds dezelfde blauwe priemoogjes.

'Flora MacKenzie!' stelde ze vast, terwijl ze met haar wandelstok op haar wees. 'Wel heb ik ooit.'

Ik ben een volwassen vrouw met een goede baan die in Londen woont, hield Flora zich voor. Ik ben een gewaardeerd juridisch medewerker, professioneel en serieus en zeker geen veertien meer.

'Hallo, Mrs. Kennedy,' reageerde ze automatisch op opgewekte toon. Ze had verdorie naast bekende juristen gezeten in de rechtszaal, meegewerkt aan ernstige zaken tegen zware misdadigers en was nooit bang, voor niemand. Maar Mrs. Kennedy vond ze echt angstaanjagend. Ze was zelfs na al die tijd niet één danspasje vergeten, hoewel ze tegenwoordig alleen optrad op feestjes als iedereen al te veel had gezopen. De finesse van haar bewegingen was dan helaas ver te zoeken.

'Dus je bent terug?'

'Alleen... alleen om te werken,' zei Flora, in het besef dat dit stukje informatie al voordat ze op de boerderij aangekomen was op het hele eiland bekend zou zijn.

'Goed,' zei Mrs. Kennedy. 'Blij dat te horen. Ze hebben iemand nodig die voor ze zorgt.'

'Dat bedoel ik niet,' zei Flora. 'Ik bedoel, ik ben hier voor mijn werk. Voor mijn baan, in Londen. Bij een groot advocatenkantoor.' Meteen kon ze haar tong wel afbijten. Wie dacht ze hier in vredesnaam mee te imponeren?

Mrs. Kennedy maakte een gnuivend geluid. 'O, werkelijk? Tsja, heel interessant en bijzonder voor sommige mensen, neem ik aan.' Toen zette ze, zo snel als haar door artritis geplaagde benen haar konden dragen, koers richting de pier.

O, mijn god! dacht Flora. Ze wist wel dat haar naam na de begrafenis nou niet bepaald met respect werd genoemd, maar dat het zo erg was, had ze niet verwacht. Er ging een plotselinge steek van heimwee door haar heen naar haar kleine kamertje in Londen en het geruststellende lawaai van de ondergrondse vol mensen die ze niet kende.

De vissers keken even op toen ze langs hen liep. Het waren van nature mensen die hun emoties niet gauw toonden en ze knikten alleen even. Flora knikte terug, zich akelig bewust van de herrie die haar rolkoffertje maakte op de keitjes. Ze voelde dat er achter haar iemand in een deuropening verscheen, maar toen ze zich omdraaide, was die alweer verdwenen. Ze slaakte een diepe zucht.

Aan het einde van de hoofdstraat splitste de weg zich in tweeën; een van de aftakkingen leidde de heuvels in. De meeste gebouwen stonden aan de oostkant van het haventje, en hier liepen de wegen het boerenland in.

De zon scheen helder op de velden terwijl ze over het oude pad, dat vol hobbels en kuilen zat, naar de boerderij liep. De stevige rechthoekige vorm van haar ouderlijk huis tekende zich af tegen de groene heuvels; de grijze stenen buitenkant kwam mooi uit in de zon, zo heel anders dan de rommelige binnenkant, wist ze. Het huis waar ze was opgegroeid.

Toen ze het modderige erf op liep, bleef ze even staan om diep in te ademen. *Oké. Kalm. Professioneel. Laat je door niemand opfokken. Alles komt...*

'Zussie!'

'O man, is dat Flora? Herken je haar nog? Ze is zeker moddervet geworden?'

'Doe die deur maar heel wijd open!'

Flora sloot haar ogen.

'Hou op, jongens!' zei ze vol afschuw, maar ook opgelucht. Als ze zo brutaal tegen haar deden, konden ze niet heel boos op haar zijn. Toch?

Haar broers Innes en Fintan kwamen als eersten naar buiten struinen, Innes lang en bleek zoals haar moeder, knap. Hij was kort getrouwd geweest en had een dochtertje, met wie hij zo veel mogelijk tijd doorbracht. Naast hem stond Fintan, mager, donker en nerveus. En uiteindelijk verscheen Hamish achter hen, een boom van een kerel en loeisterk, de man van het zware tilwerk. Innes was meer de man van het zware denkwerk. Haar vader was nergens te bekennen.

De jongens begroetten haar met een zogenaamde omhelzing en zij gaf hun zogenaamd een flinke stomp. Ze voelden zich net zo ongemakkelijk als zij, merkte ze.

Het huis was oud en rommelig, met overal donkere gangetjes en kleine kamertjes. Een goede sloophamer zou er wonderen verrichten; het zou een prachtige woning kunnen worden met bovendien een spectaculair uitzicht over de groene heuvels, die glooiend afliepen naar de zee. Je keek uit op hun eigen land, waar schapen en koeien graasden. De schapen waren stevig gebouwde kortstaarten, die niet zozeer voor het vlees maar voor de sterke, zachte wol werden gehouden. Die wol werd aan de spinnerijen op de andere eilanden en het vasteland verkocht, waar er dekens en tartans van de bekende Schotse superkwaliteit van werden gemaakt. De koeien gaven uitstekende melk. Op een goede dag waren zowel de blauwe lucht als de groene weiden bespikkeld met kleine wollige wolkjes. Dichter naar de zee toe werd de grond zanderiger en lagen er slierten zeewier en mosselen.

Flora ademde nog een keer diep in en liep achter de jongens aan het huis in. Even zonk de moed haar in de schoenen, maar toen ze de koude gang binnenstapte, werd ze bijna omvergegooid door een enorm, harig, lichtelijk schor blaffend wezen.

'Bramble!'

De hond was haar niet vergeten; hij was dolblij haar te zien en sprong enthousiast tegen haar op. Van blijdschap deed hij zelfs een klein plasje op de tegelvloer.

'Nou, er is in ieder geval íémand blij dat ik er ben,' constateerde Flora.

De jongens schokschouderden en bromden iets onduidelijks. Innes vroeg wanneer de thee klaar zou zijn en ze stak haar middelvinger naar hem op, zette haar tas neer en keek om zich heen. *O, mijn god!*

7

Het was erger dan ze had gedacht.

De enorme keuken lag aan de achterkant van het huis en keek uit over de baai, die elke zonnestraal reflecteerde. Binnen was het alsof de tijd had stilgestaan, overal lag stof en er hingen vrolijk zwevende spinnenwebben in de hoeken. De keukentafel was bedolven onder de papieren, oude kranten en vuile borden. Die tafel had alles meegemaakt: ruzies (soms fysiek, als de jongens er zin in hadden); Kerstmissen met opa's, oma's, ooms en tantes van over het hele eiland; schoolmeisjesdromen; huiswerk bevlekt met tranen; ellenlange Risksessies als het weer alles stillegde en alleen de allernoodzakelijkste zorg voor de beesten mogelijk was; soep uit blik als het stormde en zo hevig sneeuwde dat de veerboten niet voeren; felle debatten over politiek en Schotse onafhankelijkheid en wat er ook maar in iemands hoofd opkwam. Hun vader, gesteld op zijn rust, zat er na het avondeten van stipt vijf uur altijd kalmpjes voor het vuur, verdiept in een *Farmers Weekly* met een flesje bier naast zich. En ze gingen altijd vroeg naar bed.

Toen Flora vertrok, was ze blij die tafel achter te kunnen laten, met zijn eeuwige opeenvolging van haar moeders stoofschotels, ovengerechten, vleesgebraad, soepen, ontbijten en lunches. Het leven veranderde nooit, deed nooit eens een stap vooruit, het enige wat er gebeurde was dat haar broers groter en lawaaieriger werden. De jongens bleven thuis, min of meer, het eten bleef komen en Flora had steeds vaker het gevoel dat ze stikte. Alles was voorspelbaar: in november werd er steevast fazant opgediend, ze dronken altijd uit dezelfde wit-blauwe geschilferde emaillen mokken, de madeliefjes bedekten het gras in het voorjaar en de hyacinten zag je overal met kerst.

Ze was gevlucht, niet van plan zich, zoals haar moeder, te laten inkapselen door het zich steeds herhalende ritme van de jaargetijden dat het boerenbestaan bepaalt, het eindeloze gestaar naar grijze luchten, naar rondcirkelende vogels en dobberende boten.

Ze keek naar de tafel en wist dat erin stond gekerfd wie ze was en waar ze vandaan kwam, onuitwisbaar.

Toen haar moeder voor de laatste keer thuiskwam, hadden de jongens een van de bedden uit de logeerkamer naar beneden gesjouwd en dat op een ereplaats voor het grote raam in de keuken neergezet. De poten krasten wel krijsend over de tegelvloer, maar in de keuken was het tenminste altijd warm en gezellig en op die manier kon ze alles volgen wat er gebeurde. Niemand zei hardop wat het eigenlijk zou worden: haar doodsbed.

De dag ervoor was Flora terug komen vliegen van haar eerste jaar alleen en bijna zonder vrienden in een angstaanjagende nieuwe stad. Ze was geschokt over de snelheid waarmee de ziekte die haar moeder een jaar lang had verzwegen voor haar familie, had toegeslagen.

Saif, de huisarts, kwam 's morgens even langs om er zeker van te zijn dat Flora wist hoe het moest met de medicijnen; haar moeder kreeg alleen nog palliatieve zorg, pijnstillers, die Flora volgens een strikt regime in precies afgemeten hoeveelheden moest toedienen. Maar zowel de huisarts als de wijkverpleegster zei, off the record, dat ze haar moeder zoveel mocht geven als ze vroeg.

Flora had verdoofd geknikt alsof ze het begreep, alsof ze kon beseffen wat er gebeuren ging en ze had hen angstig en vol ongeloof aangestaard. Toen haar moeder later die ochtend werd thuisgebracht, stond ze haar schouder aan schouder met de jongens op te wachten.

Die avond werd haar moeder even wakker, of zo leek het, terwijl de hemel felroze kleurde. Flora zat naast haar en gaf haar wat water, omdat haar moeder het zo benauwd had dat ze bijna stikte, en daarna haar medicijnen, waardoor ze direct ontspande. Ze was zelfs in staat om Flora's hand te strelen. Flora vlijde haar hoofd tegen dat van haar moeder en ze haalden samen adem: in, uit, in, uit. De anderen kwamen om hen heen staan en niemand wist precies wanneer ze haar laatste adem uitblies, maar dat gebeurde, op de plek waar ze bijna haar hele leven had doorgebracht. Ze waren allemaal blij en dankbaar dat ze thuis was gestorven en niet tussen de piepende en knipperende apparaten op een steriele zaal, omringd door schreeuwende mensen die vergeefse pogingen deden haar te redden. Ze was gestorven in de haar vertrouwde omgeving, te midden van vertrouwde spullen en geluiden: de zwartgeblakerde ketel op het fornuis, het geluid van Brambles staart die zoals altijd zachtjes op het kleed klopte, en de schaal met ongebruikte sleutels – ze deden nooit iets op slot – en allerlei mysterieuze schroefjes en moertjes en spulletjes die nog eens van pas zouden kunnen komen. Voor de ramen hingen de gordijnen die Annie zelf had gemaakt toen ze er kwam wonen als jonge bruid vol hoop en vrolijkheid. De stof was bedrukt met oranje bloemen op een blauwe ondergrond, kleuren die toen in de mode waren, daarna afgrijselijk werden en nu bijna weer in de mode waren. In deze keuken, waar baby's op het kleed hadden gelegen, kinderen hadden rondgerend, staljongens in en uit waren gelopen, talloze groentesoepen en appeltaarten waren gemaakt, die geschaafde knieën, weggeveegde tranen en modderige voetsporen van verschillende maten rubberlaarzen had gezien, waar talloze verjaardagstaarten waren gebakken – chocolade voor Fintan en Hamish, citroen voor Innes, vanille voor Flora – en een eindeloze hoeveelheid kaarsjes was uitgeblazen, kerstcadeaus waren ingepakt en een oneindig aantal mokken thee was gedronken...

En dat was toen Flora drieëntwintig was allemaal in één keer weggevaagd. Ze was zo ver en zo snel ze kon weggevlucht, niet in staat de gedachte te verdragen, niet van plan ooit nog terug te keren. Ze wilde niet steeds herinnerd worden aan het leven dat er niet meer was, niet de troostende mantel zijn voor het verdriet van haar familie en niet thuis komen wonen zoals ze allemaal hadden verwacht. Zoals het hele eiland had verwacht.

Maar daar stond ze, terug in de donkere, stoffige, onverschillig behandelde keuken, met haar handen om de rug van een stoel geklemd terwijl de tranen over haar wangen stroomden.

8

Ze hoorde haar vader – of beter gezegd, zijn hond Bracken, die blafte naar de indringer – voor ze hem zag en veegde haar tranen snel weg.

Eck MacKenzie was altijd een sterke vent geweest, maar nu lagen zijn blauwe ogen verzonken in zijn oogkassen, waren zijn wangen rood dooraderd door tientallen jaren harde wind op het vlakke heideland en begon zijn haar dunner te worden onder de Schots geruite pet die hij altijd droeg.

'Flora,' begroette hij haar met een knikje.

Sinds de begrafenis hadden ze elkaar natuurlijk wel gesproken, maar slechts kort. Ze had hem uitgenodigd naar Londen te komen en hij had geantwoord: 'Aye, misschien, misschien.' Ze wisten allebei dat hij nooit zou komen.

'Je blijft niet?' vroeg hij.

Flora schudde haar hoofd. 'Maar ik heb werk te doen hier,' zei ze, in een poging haar antwoord te verzachten. 'Ik bedoel, ik blijf een tijdje, misschien wel een week.'

Hij knikte. 'Aye.'

Flora wist dat haar vaders ayes van alles konden betekenen. Deze keer was het iets als: 'Da's mooi zolang het duurt.'

Daarna stonden ze met z'n allen een beetje houterig bij elkaar. Als haar moeder er nog was geweest, wist Flora, zou ze druk bezig zijn geweest met theezetten, fruitcake aan ieder-

een uitdelen – of je nou wilde of niet – en alles gezellig maken.
In plaats daarvan zag iedereen er nogal ongemakkelijk uit.
'Eh... thee?' vroeg Flora, wat een beetje hielp.

Ze zaten wat sombertjes rondom de keukentafel met hun thee en een bord biscuitjes voor hen. Er was bijna niets in huis en het gemis was duidelijk voelbaar.
'En, hoe is het met je werk?' vroeg Fintan uiteindelijk, alsof de woorden uit hem getrokken moesten worden.
'Eh, goed,' antwoordde Flora. 'Ik ben hier voor een afspraak met Colton Rogers.'
'Nou, succes ermee,' reageerde haar vader gnuivend.
'Met die klootzak!' zei Innes.
'Ho even!' protesteerde ze. 'Hij is best aardig!'
De jongens wisselden blikken.
'Tsja, dat kunnen wij niet weten,' zei Fintan.
'Die vent wil blijkbaar niets met de lokale bevolking te maken hebben,' legde Innes uit. 'Huurt ons niet in voor werk, koopt niks van onze producten.'
'Hij is bezig een of ander hotel voor hotemetoten te bouwen aan de noordkant,' zei Fintan. 'Voor rijke idioten die per helikopter worden ingevlogen voor "een bijzondere ervaring".'
'Debielen,' zei Innes.
'En hij haalt ook allerlei sukkels hiernaartoe om op sneeuwhoenders te jagen. Ze zitten in de Harbour's Rest en gedragen zich als Engelse klootzakken,' vervolgde Fintan.
'Ja, en ik neem aan dat jullie heel vriendelijk tegen hen zijn en ze het voordeel van de twijfel gunnen,' merkte Flora droogjes op.
'Geen aardige mensen,' zei Hamish hoofdschuddend. Hij gaf een biscuitje aan Bramble, die al naast hem zat voor het geval dat.
Haar vader zat niet eens bij hen.aan tafel, maar bij het vuur,

met een groot glas whisky in zijn hand, hoewel het nog vroeg was. Flora wierp een korte blik op hem en richtte haar ogen toen weer op haar mok thee.

'Eten jullie wel goed?' vroeg ze. 'En zorgen jullie een beetje voor alles hier?'

'We hebben speciaal opgeruimd omdat jij kwam,' reageerde Fintan fronsend.

'Echt?'

'Wat bedoel je daarmee?' zei Fintan, onmiddellijk defensief.

'Nee, niks, ik vroeg alleen...'

'We eten worstjes,' zei Hamish. 'En soms spek.'

'Dat is toch hartstikke ongezond!'

Haar vader was magerder geworden. Ze vroeg zich af of hij überhaupt wel at, of het alleen bij whisky hield. Het was nu twee jaar geleden, ze moesten er onderhand toch wel een beetje overheen zijn. Niet dat zij dat was...

'Ja... Nou bedankt hoor, dat je helemaal hierheen bent gevlogen om ons te vertellen hoe het allemaal moet,' zei Innes geërgerd. 'We stoppen wel gewoon met twaalf uur werken per dag. Hoelang duurt jouw werkdag ook alweer?'

'Lang zat,' katte Flora terug. 'En bovendien heb ik reistijd.'

'En kook jij voor jezelf?'

'Nee, maar er is een Marks & Spencer en Deliveroo...' Flora zag hun gezichten en besloot dat dit niet het moment was om uit te leggen wat Deliveroo was. 'En,' vroeg ze met een blik om zich heen, 'hoe gaat het met de boerderij?'

Het bleef lang stil. Innes staarde naar zijn handen.

'Hoezo? Ben je terug om er beslag op te leggen?' vroeg Fintan kortaf.

'Nee. Natuurlijk niet.'

'Niet zo goed,' beantwoordde Innes haar vraag. 'We doen niet allemaal wat we kunnen.'

'Wat bedoel je daarmee?' Fintan zat er meteen bovenop.

'Je hebt me wel gehoord.'

'Ik doe wat ik moet doen.'

'Je doet het absolute minimum! Godzijdank maakt Hamish het goed!'

'Ik vind koeien melken leuk,' merkte Hamish op.

'Kop dicht, Hamish,' zei Fintan. 'Jij vindt alles leuk.'

Flora gaf het laatste biscuitje aan Hamish, die het in twee happen op had.

'Hoe gaat het met jou, pap?' vroeg ze.

'Tsja. Goed,' antwoordde hij zonder zich om te draaien. Hij bleef in het vuur staren, met Brackens kop op zijn schoot.

'O,' zei Flora. 'Mooi.'

Innes zette de tv aan, het enige nieuwe in huis. Het enorme ding was afgesteld op Sky Sports 9, waar nu *shinty* werd uitgezonden, een Schotse vorm van hockey. Hij zette het geluid hard en gaf een zak met afgrijselijke, vette worstenbroodjes door die hij in het dorp had gehaald.

Flora keek zonder iets te zeggen met de anderen mee. Het gat in haar binnenste voelde zo groot en hol dat ze bijna geen adem kon halen.

9

Om negen uur 's avonds kreeg Flora bericht van het kantoor van Colton Rogers dat hij de dag erna opgehouden was en niet in staat was haar te ontmoeten. Dat maakte alles nog erger. Ze appte Kai erover, die meteen antwoordde.

Hé schat. Hoe is het?

😩

Zijn ze blij dat je er weer bent?

🙄

Nou, hier vrolijk je vast van op; Joël maakt zich zorgen over wat er daar gaande is. Hij komt naar je toe.

😱

Slaap lekker!

😱😱😱😱😱😱

Uiteindelijk gaf Flora de brui aan het shinty. Ze ging naar bed, maar kon niet in slaap komen. Met haar hoofd op het enigszins muffe kussen, uitgestrekt op de doorzakkende matras en onder het dunne dekbed, vroeg ze zich af wanneer er voor het laatst iemand had gelogeerd. Haar vader was niet bepaald iemand die graag logés had. Waarom zou hij ook, als iedereen die hij kende min of meer op loopafstand woonde? En vroeger was het in huis met het grote gezin altijd druk en levendig geweest.

Nu kon ze ergens in huis een kraan horen druppelen. Van de gootsteen beneden, wist ze. Dat had hij altijd al gedaan, drong het tot haar door, en ze fronste haar voorhoofd toen ze besefte dat niemand er in al die jaren aan had gedacht om hem te repareren. Plotseling miste ze de lawaaierige straten van Oost-Londen: het geschreeuw, de feesten en de gevechten die op hete nachten af en toe uitbraken, het gebrom van de politiehelikopters; de herrie die haar normaliter irriteerde en gestrest maakte, leek nu juist zo vertrouwd. Hier was het zo stil, buiten die verdomde kraan dan. Geen auto's, geen buren, geen muziek, geen mensen. Alsof ze helemaal alleen aan het einde van de wereld was.

Vreemd genoeg had ze hetzelfde gevoel als tijdens haar eerste nacht in Londen destijds, alsof ze begon aan een nieuw leven waarin alles onbekend was. Maar toen was ze enthousiast geweest, vol goede moed, hoop en opwinding. En hoewel ze misschien niet zo ver was gekomen als ze had gewild, had ze het toch maar gedaan: met horten en stoten een eigen leven opgebouwd, hard gewerkt en haar eigen lot bepaald. Om te eindigen waar ze was begonnen... Ze had vaak gehuild om haar moeder, maar nu huilde ze om zichzelf.

Ze luisterde naar het gedrup van de kraan, dat haar steeds meer op haar zenuwen begon te werken. Om drie uur in de nacht stapte ze uit bed om hem dicht te draaien, zonder succes. De zon kwam al bijna op toen ze op haar tenen door de keuken liep. Bramble hief hoopvol zijn kop op, terwijl zijn kwispelende staart op de tegelvloer klopte. Ze bleef even staan om het uitgedoofde vuur in het fornuis te checken, draaide zich om en ging weer terug naar haar bed. Bramble kwam stilletjes overeind en liep achter haar aan, en toen ze weer in haar koud geworden bed kroop, sprong hij boven op haar en drapeerde zijn enorme lijf over haar benen. Zijn zware lijf voelde heerlijk warm, en terwijl zijn ademhaling steeds langzamer werd, deed die van haar hetzelfde. Uiteindelijk sukkelde ze in slaap.

Toen de jongens naar buiten gingen om te melken, ontwaakte ze alsof ze een elektrische schok kreeg. Ze wist het meteen: Joël! Joël kwam vandaag!

Er was genoeg te doen, maar ze kon er de rust niet voor vinden. Het huis benauwde haar, de zon scheen en ze wilde alles uit deze mooie dag halen. Bovendien moest ze haar nervositeit kwijt, dus belde ze haar vroegere schoolvriendin Lorna. Ze waren niet even oud, maar op Mure zei dat niet veel; er waren maar twee klassen op school, een voor de kleintjes en een voor de groten. Lorna was teruggekeerd naar het eiland, er als onderwijzeres gaan werken en opgeklommen tot hoofd van de plaatselijke basisschool. Het was vakantie, dus was ze vrij.

Ze had een vriendelijk gezicht en was een harde werker, en ze was heel vergevingsgezind over het feit dat Flora tijdens haar opwindende Londense leven nauwelijks contact met haar had gehouden (behalve af en toe een like op Facebook) en nu ze terug was op het eiland van haar verwachtte dat ze al haar ellende aanhoorde. Ze was uitgenodigd voor een kop koffie en had zich voorgenomen beleefd te knikken bij Flora's klachten over de vieze koffie, vergeleken met de reeks fantastische koffievariaties die ze gewend was in Londen.

Maar toen ze Flora kwam ophalen, schrok ze van de doffe blik in haar normaal zo sprankelende ogen en vergat ze alles wat ze zich had voorgenomen. 'Kop op,' zei ze met een grijns, 'zó erg kan het toch niet zijn om thuis te zijn?'

Flora probeerde te glimlachen. 'Iedereen bekijkt me met een schuin oog, alsof ik een verrader ben,' zei ze.

'Je ziet dingen die er niet zijn,' reageerde Lorna. 'En ze maken zich ongerust over de jongens, met z'n allen alleen op de boerderij. Dat zijn ze niet gewend hier.'

'Maar dat is niet míjn schuld.'

'Ik bedoel, je zou toch denken dat er onderhand wel eentje getrouwd zou zijn...' vervolgde Lorna.

'Nou, Hamish is in ieder geval al geen kandidaat,' zei Flora. 'Die kan zijn eigen hoofd nog niet eens vinden.'

Lorna slaakte een zucht. 'Ik weet het. Jammer, want hij is wel een stuk.'

'En Innes heeft het geprobeerd.'

'Heb je Agot al gezien?'

Agot was Innes' dochtertje. Ze was zeer onregelmatig bij hem omdat zijn ex, Eilidh, terug naar het vasteland was verhuisd.

'Nee, nog niet.'

Lorna glimlachte.

'Hoezo?'

'Daar kom je wel achter,' zei Lorna. 'Wil je alsjeblieft aan Eilidh vragen haar naar míjn school te sturen? Het aantal aanmeldingen is gewoon ontstellend.'

'Ja, ik weet het,' zei Flora.

'Er vertrekken te veel mensen hier. Op zoek naar werk.'

'Ik heb de leegstaande winkels gezien.'

Lorna gromde ontevreden terwijl ze verder het pad dat naar de boerderij leidde af liepen. 'Kom op,' zei ze met een gebaar naar het haventje, waar het licht weerkaatste op de golven en de zeemeeuwen omlaagdoken in hun vlucht om te zien of er nog iets over was van de fish-and-chips van de avond ervoor.

Er was slecht weer voorspeld, maar dat was uiteindelijk beperkt gebleven tot een regenbui. Het was raar, maar soms gebeurde dat; op het vasteland, helemaal tot aan Londen, was het koud en grijs weer, terwijl het op Mure droog en zonnig was en de buien aan hen voorbijgingen. Het was niet echt zwemweer, maar zeker lekker om buiten te zitten (in de zon, met een trui aan).

'Hoe erg kan het allemaal zijn op een dag als deze?' vroeg Lorna.

'Ja, ik weet het,' zei Flora. 'Sorry. Het is gewoon... Je snapt het wel.'

'Ja,' zei Lorna. Zij had haar moeder ook verloren. Soms, vond Flora, was het al genoeg om met iemand te zijn die het begreep.

'Hoe gaat het met je vader?'

'Klote.'

'Met de mijne ook.' Flora schopte een steentje weg. 'Pff. Weet je dat ik, toen ze zeiden dat ik hiernaartoe moest voor mijn werk, gewoon steken in mijn maag kreeg? Bloednerveus was ik opeens. Omdat ik haar hier zo mis, de hele tijd. En ik word er zo verdrietig van. Dat haat ik, me zo down te voelen. Normaal ben ik toch vrolijk en gezellig. Ik weet in ieder geval zeker dat dat vroeger zo was.'

Lorna glimlachte. 'Om eerlijk te zijn was je altijd nogal irritant.'

'Hou op!'

'Maar even serieus...' zei Lorna. 'Het is oké om verdriet te hebben. Je moet rouwen, dat hoort erbij. Het kost tijd om te wennen aan het leven zonder iemand van wie je houdt.'

Flora slaakte een zucht. 'Ik vind het prettig in Londen. Daar heb ik het te druk om te rouwen en kijk ik niet de hele tijd om me heen in de hoop haar te zien, hoef ik niet constant aan haar te denken en loop ik niet de kans over haar te worden ondervraagd.'

Ze waren bij de Harbour's Rest aangekomen, die gerund werd door Inge-Britt, een lange, vrolijke IJslandse. Er kwamen voornamelijk toeristen, eenmalige gasten, wat waarschijnlijk de reden was dat het bestek nooit echt schoon was – de gasten kwamen toch nooit een tweede keer. Ze bestelden koffie en namen plaats in de verwaarloosde lounge.

Lorna keek Flora aan. 'Is het echt zo verschrikkelijk om terug te zijn? Ik bedoel... er zijn zat eilanders die hier hun leven lang blijven. Omdat het hier fijn is. Goed is. En sommige mensen vinden het hier zelfs leuk.'

Flora roerde in haar koffie. Er kwam een lichtgrijs laagje van de poedermelk bovendrijven. 'Ja, ik weet het,' zei ze. 'Ik wil niet zeggen dat ik anders of speciaal ben...'

'Dat vond je moeder wel.'

'Alle moeders vinden dat van hun eigen kinderen.'

'Niet zoals bij jou. "O, kijk eens wat Flora heeft gedaan! Ze heeft een tien gehaald voor haar proefwerk!" Ze wilde altijd méér voor je.' Lorna zweeg even en vroeg toen: 'Ben je gelukkig in Londen?'

Ze haalde haar schouders op. 'We hadden dit gesprek op een avond moeten voeren. Met een glas wijn erbij, in plaats van... wat dit ook moet voorstellen.'

'We kunnen een puddingbroodje delen.'

'Zullen we het dan zonder bord bestellen? Is waarschijnlijk schoner.'

Nadat het puddingbroodje keurig door de helft was gedeeld, zei Flora peinzend: 'Ik voelde me hier niet thuis, niet passen. Daarom ging ik weg, maar daar pas ik ook niet. Dus ik weet het niet. Waarom vind jij het allemaal zo gemakkelijk?'

'Tsja...' zei Lorna. Ze had altijd al onderwijzeres willen worden – ze hield van het vak – en had de opleiding op het vasteland gevolgd, waar ze een geweldige tijd had gehad. Maar daarna was ze helemaal gelukkig om weer thuis te zijn bij haar vrienden en familie, en ze was blij met het feit dat ze nu hoofd van het kleine basisschooltje op het eiland was (hoewel er om eerlijk te zijn niet veel concurrentie was voor die job). De teruglopende leerlingenaantallen waren een zorg en ze zou ook graag een leuke man ontmoeten, maar buiten dat... 'Het leven hier is niet slecht,' zei ze uiteindelijk.

'Ik heb soms het gevoel dat ik nergens thuishoor.'

Lorna maakte een *ts*-geluid en stond op. Flora liep gehoorzaam achter haar aan naar buiten. Ze staken de kade over naar het haventje.

'Kijk,' zei Lorna.

Flora wist niet wat ze bedoelde. Het zag er net zo uit als anders, in haar ogen: dezelfde golven die tegen de kademuur sloegen, dezelfde boten die op het water dobberden, dezelfde zeemeeuwen die krijsten rond de afvalcontainers, dezelfde gekleurde huizen en als ze zich omdraaide dezelfde boerderijen en visverwerkingsbedrijven.

'Wat is er dan?' vroeg ze. 'Het ziet er hetzelfde uit als altijd.'

'Nee!' wierp Lorna tegen. 'Kíjk! Kijk naar de wolken die langs de hemel jagen. Hoeveel van de hemel kun je überhaupt zien in Londen? Toen ik er was, heb ik alleen maar gebouwen, nog meer gebouwen en duiven gezien, en dat was het zo'n beetje.'

'Hmm,' zei Flora.

'Adem in,' zei Lorna terwijl ze op de kademuur klom. De lucht was fris en schoon, een beetje zilt; de wind liet haar haren wapperen. 'Proef! De laatste keer dat ik in de stad was, was ik bang te stikken in alle uitlaatgassen. Dit is heerlijk!'

Flora grinnikte. 'Je bent gek, echt.'

'Adem nou in! Er zijn maar heel weinig plekken op de wereld waar je dat zo kunt doen als hier. Dit is de schoonste lucht die er bestaat! Adem in! Stop die yogalessen van je maar in je reet, dit is het allerbeste wat er is!'

Flora lachte nu voluit.

'Ik meen het!' Lorna stond boven op de rand van de muur te wankelen. 'Jíj bent gek, Flora MacKenzie. Het is hier fantastisch!'

'Maar het is ijskoud!'

'Koop dan een dikkere jas! Jezus, hoe moeilijk kan het zijn? Kijk! Kíjk!'

Flora klom ook boven op de muur, waar ze als tieners zo vaak op hadden gezeten met friet en bungelende benen. Ze volgde Lorna's blik. Onder hen zag ze de lange hals van een prachtige reiger. Hij stond op één poot, als een ballerina, alsof hij heel goed wist hoe mooi hij was, met een krans zonlicht om zijn kop. En toen, alsof hij had gewacht totdat ze allebei naar hem keken, spreidde hij zijn enorme vleugels en scheerde weg naar de witte horizon over de woelige, glanzende golven. Het gekrijs van andere, minder elegante vogels weerkaatste op de pastelkeurige huizen achter hen.

'Dit heb je niet in Londen,' zei Lorna.

En terwijl ze de reiger bijna zonder vaart te minderen zagen duiken om een glinsterende vis uit de zee te vissen, moest Flora toegeven dat haar vriendin gelijk had.

Ze stonden stil naast elkaar uit te kijken over de zee. Toen boog Lorna zich naar haar toe.

'Het komt wel goed,' zei ze zachtjes.

Ze was echt de beste vriendin die je kon hebben, het type dat nooit wrok zou koesteren of je iets zou blijven verwijten, besefte Flora, en plotseling moest ze tranen wegknipperen. Ze vond het onnozel van zichzelf, maar tegelijkertijd besefte ze dat het de eerste keer was dat iemand dit tegen haar had gezegd. Haar vader kon het niet zeggen omdat het voor hem niet gold. Hij had alles verloren, voor hem zou het nooit meer goed komen. Maar de jongens leken zo verstrikt in hun dagelijkse werk. En het eiland leek te denken dat zij het nauwelijks verdiende om terug te zijn.

'Denk je?' vroeg ze met een snik in haar stem.

Lorna keek haar verward aan. 'Tuurlijk!' zei ze. 'Tuurlijk! Het wordt niet meer hetzelfde; dat wordt het nooit meer, want je wereld is voorgoed veranderd als je een ouder hebt verloren.'

'Ik had meer moeten doen,' zei Flora en ze draaide zich met een ruk om.

Haar vriendin schudde haar hoofd. 'Maak je daar nou geen zorgen over,' zei ze. 'Dat wist je niet. Niemand weet dat. Niet tot je het een keer meemaakt. Niet als je nog niet in die andere wereld bent beland. Dan begrijp je het pas.'

'Maar het wordt beter?'

'Ja!'

De reiger was op een rotspunt geland en staarde strak naar de horizon. Hij stond zo stil en vormde zo'n perfect plaatje, dat het wel een foto leek.

'Nou,' zei Lorna. 'Vertel eens, wat ga je doen vandaag?'

Ze slaakte een diepe zucht. 'Weet je wat de jongens echt goed zouden kunnen gebruiken? Een goede, zelfgekookte maaltijd!'

'O, ja!' zei Lorna. 'Je moeder was de beste kokkin die ik ooit heb gekend. Ze heeft het je geleerd, toch?'

'Ja,' zei Flora. 'Maar ik heb het lang niet gedaan. Mijn god, het eten in Londen...'

'Nee, ik wil het niet horen!' zei Lorna. 'Ik begon je net weer aardig te vinden.'

10

Margo stak haar hoofd naar binnen en zag Joël zitten. Hij had de hele nacht doorgewerkt en er zaten kringen onder zijn ogen. Soms vroeg ze zich dingen over hem af. Ze zag zijn e-mails, nam zijn telefoontjes aan. Behalve zo nu en dan een radeloze vrouw die dacht dat ze iets hadden samen, was er nooit iets persoonlijks. Nooit. Dat betekende natuurlijk niets. Maar af en toe vroeg ze zich af of zijn botheid iets anders verhulde. Of was hij gewoon verslaafd aan hard werken?

'Koffie?'

Geïrriteerd schudde hij zijn hoofd.

'Gaat u vandaag naar Schotland?'

Hij trok een gezicht. 'Moet dat? Echt? Kan ik het niet gewoon hiervandaan afhandelen?'

Ze haalde haar schouders op. 'Colton lijkt erg gesteld op die plek, dus als u hem binnen wilt halen, is het misschien verstandig om te gaan.'

'Ja, ja, ja. Nou, laat het me weten als hij belt. Ik wil zo lang mogelijk wegblijven uit dat godvergeten gat daar. Heb je gezien waar het ligt?'

Toen Margo haar hoofd schudde, liet hij haar op de kaart zien hoe ver Mure ten noorden van het Britse vasteland lag.

'Ze zijn daar natuurlijk allemaal zo stom als het achtereind van een varken,' zei hij. 'Tjezus... Ik heb me bedacht wat de koffie betreft.'

Margo liep haastig weg.

Flora beende door de piepkleine supermarkt. Ze was van plan om iets bijzonders voor het avondeten te maken, iets wat niet leek op het eten dat haar moeder altijd maakte. Haar vader en broers waren nog niet toe aan een van de recepten van haar moeder, vermoedde ze.

Even dacht ze terug aan de periode dat ze met Hugh datete en ze altijd naar de Borough Market bij de London Bridge gingen: een paradijs voor foodies, maar ongelooflijk duur. Op zaterdagochtenden slenterden ze er rond, van plan die avond iets aparts te maken, zoals risotto met inktvisseninkt of Thaise wontonsoep. Ook proefden ze er allerlei dingen die Flora nog nooit had gegeten: kimchi en ceviche en diverse andere delicatessen. Flora was een vrij traditionele kok, maar Hugh wist het een en ander over eten en had haar smaakpapillen geprikkeld.

Die avond wilde ze bieslookgnocchi maken met een kruidige kippenbouillon en boerenkool met knoflook en pepers. Perfect voor de jongens die hongerig van het land kwamen. Het was warm en wolkeloos weer, maar er stond een fikse wind uit het noorden, dus moesten ze iets stevigs krijgen.

'Hallo,' zei ze tegen de oude Wullie, die voor zover iedereen wist ongeveer twintig uur per dag werkte in de enige supermarkt op het eiland. Waarschijnlijk was hij niet eens echt oud, misschien zelfs nog maar rond de vijfendertig, maar hij zag er afgeleefd en doodmoe uit.

'Flora MacKenzie,' bromde hij.

Flora voelde zich vreemd beledigd. Ze zou het leuk hebben gevonden als er eens iemand naar haar mooie kleren en hippe laarzen had gekeken en had gezegd: 'Flora! Wat zie je er goed uit!' Maar dat deed niemand.

'Hoi!' zei ze. 'Ja, ik ben terug. Nou ja, alleen voor mijn werk. Ik werk in Londen.'

Wullie blikte ongeïnteresseerd in de verte, zoals hij altijd deed. 'Aye,' zei hij.

'Nou,' zei ze. 'Heb je ook... rijstwijn?'

'Nee.'

'Citroengras?'

Hij keek haar aan en knipperde langzaam met zijn ogen.

'Sojasaus?'

'Aye,' zei hij en hij wees op een heel klein, heel stoffig, plakkerig uitziend flesje.

'En hoe zit het met groenten?' vroeg ze opgewekt.

Toen Wullie gebaarde naar een schap met ingeblikte conserven voelde Flora zich boos worden. Ze verbouwden allerlei prima gewassen op het eiland: wortels, aardappelen en tomaten die, als je ze maar warm genoeg hield, heerlijk rijpten tijdens de lange zomeravonden. Waarom was er hier niets van te vinden?

'Is er geen boerderijwinkel hier?' vroeg ze scherp.

'Een wát?' vroeg Wullie met een gemene ondertoon in zijn stem.

'Niks,' zei Flora en ze verliet snel de winkel.

Uiteindelijk maakte ze het gerecht met een paar oude zakjes kant-en-klare noedels en een paar scherpe uien die ze in de voorraadkast van het huis vond. In haar haastige nervositeit – onder het koken probeerde ze ook de smerige keuken schoon te maken – bakte ze de kip veel te hard op het haar onbekende AGA-fornuis en werden de gnocchi keihard.

Innes bestudeerde het eten zorgvuldig toen hij binnenkwam vanaf het land en zich opfriste bij de grote gootsteen. 'Is dit een feministische daad of zo?' vroeg hij terwijl iedereen op zijn vaste plek aan tafel ging zitten: Innes en Hamish aan de raamkant, Flora en Fintan ertegenover, hun vader het dichtst bij het vuur. 'Is het in Londen helemaal in om superslecht te koken?'

'Nou, we kunnen de gaten in de schuur er misschien mee opvullen,' opperde Fintan, die weifelachtig in zijn eten roerde.

'Ja. Of we kunnen er die muur mee insmeren, als een soort stuc,' voegde Innes eraan toe.

'Hou op met klagen en eet het gewoon,' zei Flora.

'Maar het smaakt naar afwaswater,' protesteerde Innes op wat hij duidelijk een redelijke toon vond.

Het liefst had ze een bord naar zijn kop gesmeten. Ze wist dat het belachelijk was – de hele situatie was gewoonweg verschrikkelijk – maar ze voelde zich ongelooflijk voor gek staan en was tegelijkertijd woedend. Dit gedoe was ze helemaal niet meer gewend.

'Ik vind het lekker, Flora,' zei Hamish, die zijn bord zo ongeveer schoon had gelikt. 'Wat is het?'

'O, in godsnaam, Hamish,' zei Fintan. 'Je bent nog erger dan Bracken en Bramble.'

'Is er nog iets anders te eten?' vroeg Innes somber.

'Als jullie er niet aan hebben gedacht iets klaar te maken, nee.'

Ze keken elkaar aan.

'Nou, verhonger dan maar,' zei ze boos.

'Toast!' zei Innes opgetogen en ze stonden allemaal op.

'Wat?'

'Mrs. Laird,' legde Fintan uit, 'je weet wel, de huishoudster van de dominee, maakt van alles. Ze bakt brood voor ons.'

Flora werd rood. 'Dat kan ik ook hoor,' zei ze.

'Kom op, meiske,' zei haar vader vanaf zijn plekje bij het vuur. 'We plagen je gewoon een beetje. De eerste keer is voor iedereen moeilijk.'

Ze ademde diep in en keek om zich heen in de smerige keuken. 'Ik ga een stuk lopen,' zei ze.

'Naar de frietzaak?' vroeg Hamish hoopvol.

'Nee!' reageerde Flora. Er prikten tranen in haar ogen terwijl ze het huis uit struinde. Het liefst zou ze de deur achter zich dichtsmijten, maar die sloot nooit helemaal in de zomer omdat hij was kromgetrokken en niemand eraan dacht de scharnieren te oliën, wat haar nog kwader maakte. Hadden ze het allemaal gewoon maar opgegeven?

Nu zaten ze natuurlijk hard te lachen en haar belachelijk te maken, net als vroeger. En er was niemand meer die voor haar opkwam.

Nou, ze pikte het niet langer. Ze ging... Waarnaartoe? In de pub zou het vol zitten met vrienden van haar vader en daar wilde ze nu echt niet zijn. En verder was alles dicht. Shit, wat was dit toch een rotplek! Maar naar huis kon ze ook niet natuurlijk.

Ze besloot een stuk de Carndyne klif op te gaan om haar hoofd helder te krijgen en haar woede de baas te worden. Vanaf de klif kon je over het hele eiland uitkijken en ook de andere Schotse eilanden in de verte zien liggen. Het was een prachtige heuvel – of eigenlijk meer een berg. Er kwamen klimmers van over de hele wereld naar Mure voor de Carndyne klif, die in de winter helemaal bedekt was met sneeuw. De klim was onverwacht gevaarlijk; in de zomer leek de klif een vriendelijke heuvel die je gemakkelijk op kon wandelen, terwijl dat veel lastiger was dan het leek en bovendien gevaarlijk bij slecht weer. Er ging geen seizoen voorbij waarin niet een reddingsbrigade moest uitrukken om de een of andere idioot te redden die had gedacht even die mooie groene berg op te wandelen en al heel snel in de moeilijkheden was gekomen, hoewel er genoeg waarschuwingsborden stonden en ook in de reisgidsen duidelijk werd gewaarschuwd voor de gevaren.

De eilandbewoners, die in de zomer vaak deel uitmaakten van de reddingsbrigade, hadden geen goed woord over voor meisjes die op slippers en in een T-shirt de heuvel op slenterden of jongens die dachten dat ze een bergpas wel zonder touwen konden bedwingen. Ze mochten God op hun blote knieën danken dat ze werden gered door de hondenbrigade en maar wat blij zijn de denigrerende opmerkingen van de eilandbewoners over zich heen te krijgen.

Ze kende de klif natuurlijk als haar broekzak, want ze had hem op haar negende voor het eerst beklommen. Bovendien maakte elke schoolklas om het jaar een wandeling naar de top van de berg, een uitje dat altijd met veel gezucht en gesteun werd begroet. Het andere jaar gingen ze naar Esker, een dorpje op het vasteland, waar een zielig kermisje was. Ze maakten er luidruchtige ritjes in de draaimolen en kochten snoep en speelgoed bij overduidelijk frauduleuze kraampjes. Toch zorgde dat uitje voor grote opwinding bij de naar vermaak hunkerende kinderen van het eiland. Ze keerden beladen met enorme lolly's en goedkope knuffelbeesten terug en wekten daarmee de afgunst van de klimmers, die alleen met lege broodtrommeltjes, pijnlijke voeten en meestal een capuchon vol water terugkwamen.

Het was al laat op de dag, maar in deze tijd van het jaar duurden de avonden eindeloos. Onder het lopen werd ze wat kalmer, en ze ademde diep in en keek om zich heen naar het prachtige uitzicht. Na een minuut of tien ontdekte ze tot haar verrassing dat Bramble haar was gevolgd; hij hobbelde opgewekt hijgend achter haar aan.

'O nee!' zei ze. 'Nee, ga maar weer naar beneden. Ik wil even alleen zijn.'

Bramble negeerde dit volkomen en waggelde naar haar toe om haar hand te likken.

'Bramble! Je bent veel te oud en te dik om mee te gaan! Stel dat je straks niet verder kunt?'

Hij kwispelde vriendelijk. Flora keek naar beneden. Als ze hem zou terugbrengen, moest ze hem wel helemaal in de keuken afleveren, anders zou hij meteen weer achter haar aan komen. Maar daar zou een ongemakkelijke stilte vallen als ze binnenkwam, en dan moest ze haar excuses maken voor haar uitbarsting of niks zeggen en voor paal staan. Ze zuchtte diep en besloot door te lopen.

'Vooruit dan maar, maar zorg dat je bij me in de buurt blijft.'

Bramble zette zich weer in beweging; zijn nagels krasten op de rotsen. Als hij niet zoveel vetrollen had gehad, had hij er waardig uitgezien.

Ze liep verder de klif op, tot waar de rotsen overgingen in een met gras begroeide vlakte. De lucht was schoon en koel en toen ze zich omdraaide om achter zich te kijken, schitterde en danste de late avondzon op het water van de ongewoon kalme zee. In de verte kon ze de veerboot zien, die zijn bekende route in het wateroppervlak van de baai kerfde. Het was een heerlijke avond om aan boord van een schip te zijn, peinsde ze. En in Fort William kon ze de nachttrein nemen naar Londen...

Waar het wel eenendertig graden was! Dus vreselijk klam en plakkerig, met stinkende oververhitte vuilnisbakken, auto's waaruit muziek blèrde en geërgerde mensen die te dicht op elkaar woonden. Het zou verschrikkelijk druk zijn op de South Bank. De mensen krioelden over de hete trottoirs na in de bloedhete metro of een zweterige bus te hebben gestaan, laverend door vette etenswalmen en met de verstikkende stank van dope in de neusgaten, op zoek naar een piepklein stukje armzalig gras in een park of een of andere tuin.

Hier kon ze, daar was geen twijfel over mogelijk, vrijuit ademhalen. Maar daar ging het niet om, dacht ze humeurig. Daar ging het totaal niet om. Niemand ontkende dat het hierboven fris en prachtig was. Het was zelfs fantastisch, dat wist iedereen. De vraag was of het de juiste plek was voor háár. Voor alles wat ze wilde doen met haar leven, wat dat ook mocht zijn.

En nu was ze weer terug op die stomme boerderij, vastgeketend aan die klotekeuken, net zoals haar moeder. Verbitterd schopte ze een steentje weg. Dit was niet het plan. Dit was absoluut niet het plan geweest. En als ze haar alleen maar afzeikten, haar voor gek zetten terwijl ze zich voor hen uitsloofde, wilde ze helemaal niets meer met hen te maken hebben.

Ze ging door met klimmen, in de hoop dat de inspanning haar opnieuw oplaaiende woede wat zou temperen, maar in plaats daarvan bleven de discussies maar door haar hoofd malen. Na een tijdje besefte ze dat ze hoger was gekomen dan ze van plan was geweest en helemaal tot aan het vasteland kon kijken. De lucht boven haar vulde zich met kleine roze wolkjes die her en der langs de hemel joegen, en de haven onder haar was nauwelijks meer dan een stip, net zoals de ferry die op het punt stond af te meren. Ze liep verder.

Vlak bij de top was ze eindelijk moe genoeg – het was een lastig stuk, vol losliggende stenen – en begon haar hoofd leeg te worden. Ze zocht de waterval op die achter een rotswand lag, en Bramble en zij dronken van het ijskoude, heerlijk verfrissende water, dat voelde als vloeibaar kristal op haar tong. Ze had net besloten dat ze aan de terugtocht ging beginnen toen ze achter zich gejank hoorde.

Ze keek om zich heen. 'Bramble? Bramble?'

De hond jankte als antwoord, maar kwam niet naar haar toe zoals hij normaal zou doen.

'Bramble?'

De zon begon achter de bergen te verdwijnen, en opeens was het kil. Ongerust liep Flora naar de hond toe. Tot haar afschuw zat hij met zijn poot beklemd tussen de rotsen bij de waterval. Zijn achterpoten krabbelden wild over de natte stenen in een poging om los te komen. Ze waadde het water in en trok de poot voorzichtig los, terwijl de hond paniekerig spartelde in haar armen.

'Het is goed, het is goed, het is goed,' fluisterde ze in zijn oor, terwijl ze zijn enorme gewicht naar het dichtstbijzijnde droge plekje sleepte. 'Alles komt goed.'

Bramble kreunde zachtjes en trilde over zijn hele lijf. Ze waren allebei doorweekt en nu de zon weg was, begon het echt koud te worden. De rechtervoorpoot van de hond hing op een akelige manier slap; ze werd al misselijk als ze ernaar keek. De hond jankte en keek haar aan alsof het allemaal haar fout was. Hoewel Flora kalmerende geluidjes maakte, raakte ze vanbinnen in paniek. Wat was ze stom! Ze had haar telefoon niet meegenomen, want ze was het huis uit gestormd zonder tas, te boos om eraan te denken iets mee te nemen. Maar ook al had ze die wel bij zich gehad, dan was er hierboven alleen bij heel gunstige omstandigheden bereik, en dit begon verdomd veel op absoluut géén gunstige omstandigheden te lijken.

Het zou op z'n minst anderhalf uur duren voordat ze beneden was. Het arme beest kon niet lopen en hij woog meer dan zijzelf, dus dragen kon ze hem met geen mogelijkheid. Maar ze kon hem ook niet hier achterlaten, want dan zou hij haar alleen maar proberen te volgen, en wie weet wat er dan zou gebeuren? Ze had ook niets om hem mee vast te binden – en het idee om hem vast te binden en hem achter te laten terwijl hij zoveel pijn had, zelfs al was dat om hulp te halen, was onverdraaglijk. Bovendien zou het algauw donker zijn, en hoe kreeg ze iemand zover om in het pikkedonker naar boven te gaan om een hond te zoeken? Dat was veel te gevaarlijk, het zou zelfs mensenlevens op het spel zetten.

Flora vloekte hartgrondig. Het ergste van alles was nog wel dat het precies zou bevestigen wat haar broers al dachten: dat ze een stadse trut was geworden die niet eens meer wist hoe ze een klif moest beklimmen. *O, jezus!* Ze keek neer op de hond.

'Ach jochie toch, sst, rustig maar,' mompelde ze geruststellend. Ze kon zijn hart als een razende voelen bonzen in zijn borstkas, en hij ademde oppervlakkig en bibberde van de stress. 'Arme Bramble,' fluisterde ze terwijl ze haar gezicht in zijn vacht verborg en besefte dat ze het ijskoud had. Veel te koud.

De zon had haar misleid; het was nog altijd voorjaar in het noorden van Groot-Brittannië, wat betekende dat het nog steeds gevaarlijk snel zou kunnen afkoelen. Nou, ze had in ieder geval de hond om haar warm te houden als ze tegen elkaar aan gingen liggen. Maar ze kon hier de nacht niet doorbrengen, dat was een stom idee.

Haar hele leven was een stom idee, dacht ze boos.

In de verte zag ze donkere wolken aankomen. *Ja hoor, natuurlijk!* Het oudste gezegde in de wereld luidde: 'Niets is zo veranderlijk als het weer in Schotland.' Regen verduisterde de heuvels bij de baai al en onttrok die aan het zicht. Algauw verdween de kustlijn onder de donkere sluier. De wind bracht de frisse, speciale geur van regen met zich mee. Opeens jankte Bramble, alsof hij voorvoelde dat er iets akeligs ging gebeuren. Híj had in ieder geval zijn vacht nog. Voor de rest zag het er niet best uit.

Flora probeerde de hond op te tillen. Hij woog een ton met zijn doorweekte vacht. En het hielp natuurlijk niet dat het beest paniekerig reageerde vanwege de pijn aan zijn poot en zijn uiterste best deed om zich aan haar greep te ontworstelen. Het was een onmogelijke onderneming.

De eerste dikke druppels van een fikse bui begonnen te vallen. Flora besefte dat ze haar Londense regenjas aanhad; die was prima bestand tegen een buitje, maar waardeloos als je boven op een berg in Schotland in een storm belandde. Wanneer zouden de jongens zich ongerust gaan maken over haar? Ze zouden wel denken dat ze met Lorna in de pub zat en haar nog urenlang niet terugverwachten. En niemand zou het vreemd vinden dat Bramble er niet was, als iemand dat al opmerkte, omdat er honden in de pub naar binnen mochten.

Flora trok haar jas – die niet eens een capuchon had – uit en hing hem over haar hoofd, maar desondanks liep het water meedogenloos haar nek in. Ze vloekte het uit, krijste elke vloek die er in haar opkwam naar de donkere lucht, maar dat luchtte haar nauwelijks op. Ze hoorde onweer rommelen in de verte. Schuilen, dacht ze. Ze moest een plek vinden om te schuilen. In gedachten zocht ze de berg af, alle paden die ze als kind op en af was gerend om wilde bloemen te plukken voor haar moeder, die ze met een afwezige blik in ontvangst nam en dan op zoek ging naar een vaas die ze niet hadden, met als gevolg dat haar boeket eindigde in een mok.

Ze herinnerde zich dat er aan de andere kant van de helling, de kant die uitkeek over het eiland, een grot was, ongeveer tweehonderd meter naar beneden. Als tiener had ze er stiekem cider gedronken en gezoend met Clark – die tegenwoordig de politieagent op het eiland was, wat nog eens bewees hoeveel er veranderd was. De grond was er destijds bezaaid geweest met sigarettenpeuken en flessendoppen. Zou dat nog steeds zo zijn? Vast wel. Er waren maar weinig plekken op zo'n klein eiland als dit om te ontsnappen aan nieuwsgierige blikken. Als het lukte om naar de grot te komen, konden ze daar schuilen totdat... Tsja. Totdat ze een beter idee had.

Ze ademde diep in. Zodra ze van deze berg af was, ging ze de jongens vertellen dat... dat ze op konden rotten. Ze zochten het zelf maar uit, dan aten ze maar bonen uit blik als ze dat zo graag wilden, het kon haar niks schelen. Ze haatte dit stomme eiland, het stomme onvoorspelbare weer en de stomme mensen die elkaar allemaal kenden en overal een mening over hadden. Ze was er klaar mee.

Bramble wreef met zijn snuit tegen haar voet. Misschien kon ze hem meenemen als ze hier wegging. Maar om nou met een enorme oude hond in een huurkamertje in Londen te zitten... Oké, misschien dan. Misschien kon ze wel op bezoek komen af en toe. Misschien...

Bramble jankte.

'Stil maar, jongen,' zei ze. 'O god! Ja! We gaan!'

De beste methode, ontdekte ze na wat modderig en onelegant geploeter door de doornatte struiken, was om Bramble over haar schouder te hangen, als in een oorlogsfilm, en goed op te letten dat ze elk contact met zijn gewonde poot voorkwam. In eerste instantie verzette hij zich, maar toen leek hij te begrijpen dat ze hem probeerde te helpen. Door- en doornat en onder het slijk gromde ze nog een keer boos naar de hemel en begon het beest toen slippend en glijdend de heuvel af te sjouwen.

'Godverdomme, stomme hond!' schreeuwde ze terwijl ze er stevig de pas in zette. Haar boosheid gaf haar de energie om het vol te houden. 'Als je niet zo gulzig was en altijd alle restjes opvrat, zou ik nou niet bijna bezwijken onder je gewicht. En dan was je waarschijnlijk ook niet vast komen te zitten tussen die rotsen.'

Bramble hief zijn kop op en bedekte haar gezicht met nog een laag modder.

Als ze het eiland niet zo goed had gekend, had ze de grot nooit gevonden, want er groeiden flinke struiken voor de ingang. Ze wankelde erheen in de stromende regen en bleef de hond onderweg op zijn kop geven. Haar voeten in de volkomen ongeschikte en nu geruïneerde gympen werden nog natter dan ze al waren. Terwijl ze zich een weg door de struiken baande naar de ingang van de grot, liet ze Bramble bijna vallen, het arme beest.

'Godver de godver de godver,' schold ze. Ze had de grot eindelijk bereikt en liet de hond zo voorzichtig mogelijk op de zanderige vloer zakken. Naast doornat, modderig en pisnijdig was ze nu ook nog buiten adem en bezweet. Niet haar beste moment.

'Hallo,' klonk een kalme stem uit de duisternis.

II

Flora kon nauwelijks iets onderscheiden; het was donker in de grot en bovendien zat haar haar tegen haar voorhoofd geplakt, zodat het voor haar gezicht hing. Ze knipperde met haar ogen en wreef het haar weg om beter te kunnen kijken. Daarna deed ze het nog een keer, in de hoop dat wat ze had gezien zou verdwijnen.

Ze werd aangestaard door een stuk of tien kinderen van een jaar of twaalf en een grote man met een rood gezicht, allemaal met grote ogen en vol verbijstering. Een paar kinderen leken zelfs bang. Zag ze er dan zo afschrikwekkend uit? Waarschijnlijk wel, ze zat van top tot teen onder de modder en had net een gigantische jankende hond op de vloer gedumpt. Even probeerde ze iets te bedenken om de hele toestand nonchalant af te doen, alsof dit de normale gang van zaken was op Mure, maar Bramble maakte een zielig geluidje en de akelig stille kinderen keken haar aan alsof ze hem opzettelijk had gemarteld.

'O! Hallo,' zei ze dus maar.

De man stapte behoedzaam naar voren, op de rustige manier waarop je een gevaarlijk beest benadert. 'Gaat het?'

Buiten kletterde de regen nog steeds uit de hemel.

'Natuurlijk, dat zie je toch,' antwoordde Flora. Toen drong het tot haar door dat ze bijna geen adem kreeg, en ze steunde met haar handen op haar knieën om uit te hijgen.

'Ik had het tegen de hond,' zei de man.

Hij sprak met het plaatselijke accent, maar Flora herkende hem niet toen ze haar hoofd ophief. Ze knipperde de laatste druppels uit haar ogen. 'Sorry, maar... zijn jullie een of andere verdwaalde clan of zo?'

De man was al naast Bramble neergeknield. Hij maakte kalmerende geluiden en aaide hem voorzichtig over zijn zwoegende flank.

'Het is zijn poot,' zei Flora. 'Niet aankomen. Hij heeft bekneld gezeten tussen de rotsen.'

'Je bent veel te dik,' zei man terwijl hij Bramble achter zijn oren krabde.

'Je hoeft mijn hond niet te beledigen!'

'Oké. Sorry.' De man keek naar haar op. Hij was groot, breedgeschouderd en stevig gebouwd, had een flinke haardos en doordringende blauwe ogen. En hij keek niet bepaald blij. 'Waarom neem je dat beest in zo'n storm mee de berg op?'

'Dat kan ik jou ook vragen over dit stelletje albinodwergen,' mompelde Flora.

'Beklim je altijd bergen op dat soort schoenen?'

'Ja,' zei Flora. 'Ik vind het heerlijk de modder tussen mijn tenen te voelen.'

Even verloor het gezicht van de man zijn strenge uitdrukking. 'Ben je van hier?' vroeg hij.

'Niet echt,' loog Flora. 'En wat moeten jullie op Mure?'

'Charlie MacArthur,' reageerde de man terwijl hij met uitgestoken hand op haar afkwam. 'Van Outward Adventures. We zijn op vakantie hier.'

'En jullie doen dit voor de lol?'

Er ging een aarzelend gejuich op vanuit het groepje kinderen.

'Natuurlijk,' zei Charlie. 'Het was veel te warm vandaag.'

'Wat is er met uw hond?' vroeg een van de jongens verlegen.

Hij had een rauw westelijk accent, van ergens in de buurt van Glasgow, vermoedde ze.

'Dat weet ik niet zeker,' antwoordde Flora, 'maar ik denk dat hij zijn poot heeft gebroken.'

Er ging een medelijdend gemompel op.

Flora bekeek de kinderen wat beter en vond het maar een triest stelletje bij elkaar. Ze waren lang niet zo lawaaierig en zelfverzekerd als de groepen kinderen die ze bij de haven zag, die opgewekt naar elkaar schreeuwden en gilden, friet in de lucht gooiden voor de zeemeeuwen en zich over het algemeen gedroegen alsof ze zich nergens zorgen over maakten, wat natuurlijk ook zo is als je een jaar of twaalf bent. Maar dit stelletje was anders. Ze had het goed gezien; ze waren opvallend bleek en mager en verzopen in hun enorme, overduidelijk geleende regencapes.

Charlie keek haar aan. 'Mogen de jongens je hond aaien?' vroeg hij. 'Wij kunnen hem wel naar huis brengen voor je. Als je wilt, tenminste. Ik bedoel, als je nog niet had bedacht hoe je dat aan ging pakken.'

Flora kwam overeind en tuurde naar hem met tot spleetjes geknepen ogen, niet van plan te laten blijken hoe opgelucht ze was. Er waren al genoeg mannen om haar heen die op haar neerkeken, daar hoefde er echt niet nog eentje bij. Ze haalde haar schouders op. 'Als je dat graag wilt,' zei ze.

'O, als ik dat graag wil... Als ik dat graag wil. Nou, dat is dan heel vriendelijk van je.' Hij wierp een blik naar buiten. 'We wachten tot het minder hard regent, want het heeft weinig zin om allemaal onderkoeld te raken.'

Hij keek even naar de kinderen, die met z'n allen om de hond zaten en hem aaiden. Bramble was rustiger nu, hij was gaan liggen en ademde veel kalmer. Waarschijnlijk zou hij zo in slaap vallen. Flora fronste haar voorhoofd.

'Het komt wel goed met hem,' zei Charlie. 'Ik denk dat het eerder een verstuiking is dan een breuk, want zijn poot is niet opgezwollen. Niets om je ongerust over te maken. Straks ligt hij gewoon te ronken, let maar op.'

'Ja, dat weet ik ook wel,' snauwde Flora.

Er viel een stilte. Ze wist dat ze zich onbeschoft gedroeg tegen iemand van wie het duidelijk was dat hij wilde helpen, maar ze was zo chagrijnig dat ze niet normaal tegen hem kon doen. En het lukte ook niet zich over haar boze bui heen te zetten.

Samen staarden ze naar de regen.

'Dus, hoe zit het: als het flink stormt, organiseer jij avonturen in de buitenlucht voor kinderen?' vroeg Flora na een tijdje, omdat het duidelijk was dat Charlie er geen moeite mee had om in stilte te wachten tot het opklaarde.

Hij haalde zijn schouders op. 'Slecht weer hoort er ook bij, toch? Als het niet ophoudt, zetten we onze tenten hier op, hoewel ik dat liever buiten doe. Hier kunnen we geen kampvuur maken.'

'Is het niet een beetje een trieste bedoening zo?'

'Jij vindt dat we in een vijfsterrenhotel zouden moeten zitten?'

'Nou, wel als je op vakantie bent.'

Charlie schudde zijn hoofd. Ze zaten een stuk van de nog steeds ongewoon rustige groep kinderen vandaan, buiten gehoorsafstand. 'Nee. Niet voor deze kinderen.'

'Wat is dit voor een groepje?' vroeg Flora. Sommigen zagen er zo kleintjes uit.

Charlie haalde zijn schouders op. 'Ze hebben allemaal een of twee ouders die in de gevangenis zitten. Dit is voor hen een kans om er even helemaal uit te zijn. De meesten hebben het niet makkelijk. Er is een organisatie die ze naar ons doorstuurt.'

Ze was onthutst. 'O,' zei ze timide, 'dat had ik niet in de gaten.'

'Nee, waarom zou je ook?' zei Charlie. 'Het zijn gewoon kinderen.'

Even kneep ze haar ogen dicht. 'Ze zien eruit alsof ze het zwaar hebben gehad.'

'Aye, sommigen van hen hebben het zeker zwaar. Heel zwaar. Een paar nachten in een tent, zelfs in de regen, is voor hen niet het ergste wat er is. Dit is hun eerste dag. Wacht maar tot je ze over een paar dagen ziet, dan herken je ze niet. Nu zijn ze nog een beetje onzeker.' Hij glimlachte. 'Zodra we een kampvuur maken, warmt iedereen wel op.'

'Doe je dit in je eentje?'

'O, nee! Ik doe het samen met iemand anders. Ze is naar beneden om meer tenten te halen. Normaliter zou ik de kinderen met haar meesturen om te helpen, maar ik wil niet dat er iemand een bronchitis oploopt.'

'O,' zei Flora. Ze vroeg zich af wie die engel was die nu in de stromende regen tenten aan het halen was voor dit armzalige groepje, terwijl zijzelf zich als een verwend kreng had gedragen door een scène te maken omdat ze woedend was dat niemand haar eten lekker vond. 'Ik heet Flora, trouwens.'

'Charlie,' stelde hij zich nog een keer voor. 'Leuk je te ontmoeten.'

Ze schudden elkaar opnieuw de hand. Die van hem was ruw en eeltig. En enorm, net zoals de rest van hem. Hij had iets stevigs, iets betrouwbaars. Ze kon zich voorstellen dat een kind dat ver van huis was zich veilig bij hem voelde. 'Waarom zit jij dan eigenlijk hier in de grot en is zij op pad?'

Charlie haalde zijn schouders op. 'We wisselen elkaar af. En bovendien zijn dit allemaal jongens. Het is goed voor hen om tijd met een man door te brengen. Zoveel zien ze er niet, meestal.'

'Wat bedoel je?' vroeg Flora.

'Veel van deze kinderen hebben geen vader thuis. Ze groeien op met voornamelijk vrouwen om zich heen: hun moeder, onderwijzeressen, maatschappelijk werksters. De eerste man met wie ze in contact komen is vaak een politieagent. Of iemand van een bende.'

Hij stond op om te kijken hoe het met de kinderen en de hond ging. Algauw stuurde hij twee jongens naar buiten om een paar stevige takken te zoeken, en toen het stel nat en grijnzend terugkwam, deed hij voor hoe ze met een stuk zeil uit zijn rugzak en de takken een provisorische brancard konden maken. Alle jongens kregen een stuk touw om knopen mee te oefenen en in minder dan geen tijd hadden ze iets in elkaar geknutseld wat uitstekend kon voldoen als draagbaar. Het enige probleem was nu nog hoe ze Bramble erop moesten krijgen. Hij was likkend aan zijn poot in slaap gevallen, eindelijk ontspannen.

Charlie deed zijn EHBO-doos open.

'Wat ga je doen?' vroeg Flora.

'Ik probeer te berekenen hoeveel ibuprofen ik hem kan geven. Hij is nogal dik.'

'Ja, ja, dat heb je al gezegd,' zei Flora met een frons. 'Heb je altijd dit soort groepjes?'

'O, nee! Ook veel eikels van managers, maak je geen zorgen. Daardoor kunnen we het ons veroorloven om met dit soort jongens op pad te gaan.'

Flora glimlachte.

Charlie tuurde naar buiten. 'Volgens mij klaart het op.'

'Absoluut niet!'

'Nou, zolang het niet met bakken uit de hemel komt is het te doen, vind ik.'

Hij draaide zich om naar het groepje jongens. 'Wie durft het aan?'

De jongens begonnen allemaal te roepen.

'Wie denkt dat hij de hond de heuvel af kan dragen?'

Ze begonnen allemaal tegelijk te roepen.

'Ik!'

'Ikke!'

'Laat mij het doen!'

'Ik kan het!'

'Ik!'

'Hij niet hoor, hij laat die hond vallen, net als zijn boterhammen daarnet!'

'Ik heb mijn boterhammen helemaal niet laten vallen!'

De jongens sloegen dubbel van het lachen om een zielig jochie vooraan, dat knalrood werd.

'Ophouden!' riep Charlie op een toon die geen tegenspraak duldde. 'Oké, hoe heet je ook alweer?' vroeg hij het jochie.

'Ethan.' Hij zag er verlegen uit en had donkere kringen onder zijn ogen, wat helemaal niet strookte met zijn leeftijd.

'Hebben ze goed gesmaakt, die boterhammen?'

'Ja, als je van modder houdt!' riep iemand.

'Hé!' zei Charlie. 'Genoeg zo!' Hij boog zich naar het jongetje toe. 'Luister,' zei hij. 'Het wordt dadelijk donker. Deze hond is gewond en wij moeten hem redden. Dat is een moeilijke taak, zwaar en nat.' Hij wachtte even. 'Kun jij me daarbij helpen?'

Het jongetje knikte heftig.

Charlie knielde met een paar tabletten ibuprofen in zijn hand naast de hond neer.

'Die eet hij echt niet op,' zei Flora, met in gedachten de eindeloze pogingen van haar moeder om een ontwormpil bij Bramble naar binnen te krijgen.

'Zo wel,' zei Charlie. Hij duwde de tabletten in een stukje overlevingscake.

En ja hoor, Bramble opende één bloeddoorlopen oog en

schrokte het lekkere hapje lui op, zonder iets van de ibuprofen te merken.

'Dat maakt het gemakkelijker voor hem. Oké, jongens.'

Charlie wees een paar anderen aan die Ethan moesten helpen. Geen van de jongens die hem hadden uitgelachen, merkte Flora op. Het groepje legde de brancard voorzichtig naast de hond neer.

'Kom,' zei Charlie tegen Flora, en samen rolden ze Bramble op het zeil.

'Deze hond is echt veel te...'

'Dik. Ja-a, dat heb je al gezegd!' onderbrak Flora hem. 'Bemoeial!'

Hij nam haar op. 'Dat is een nieuwe. Normaal zijn mensen dankbaar als ze worden gered van een berg.'

'O ja?' vroeg Flora, die het koud had, verging van de honger en zich totaal niet dankbaar voelde. Ze dacht er even over na. 'Bedankt.'

'Graag gedaan,' reageerde Charlie droogjes.

Even protesteerde Bramble tegen het liggen op de brancard, maar Flora wist hem gerust te stellen. Ze keek verbijsterd toe terwijl Charlie zijn riem uit zijn broek trok en die voorzichtig om Brambles ronde middel gespte om hem vast te maken aan de brancard.

De regen begon nu echt weg te trekken. Ze konden het haventje beneden en het roerige water in de zeearm weer zien.

'Tijd om te vertrekken,' zei Charlie. 'Oké, jongens. Op "drie" tillen jullie hem langzaam en voorzichtig op...'

Op het moment dat de jongens zich bukten om de brancard vast te pakken, dook er iemand van buiten in de ingang van de grot op, waardoor het licht wegviel. Flora knipperde met haar ogen. Het was een vrouw, een grote vrouw, niet dik maar wel stevig, met brede schouders en een wilskrachtige kin.

Haar waterdichte capuchon zat strak om haar hoofd gesnoerd en er hing een waterdruppel aan het puntje van haar neus.

'Geregeld!' zei ze opgewekt. 'Morgen moeten jullie allemaal meehelpen, wat voor weer het ook is. Maar omdat dit de eerste dag is... Het is trouwens bijna tijd voor een spelletje moddervoetbal.'

De jongens juichten.

Toen merkte de vrouw Flora op. 'Wie bent u?' vroeg ze meteen. 'We willen er geen ouders bij, dat hebben we duidelijk gecommuniceerd.'

'O nee, ik ben...'

'En als u een inspecteur bent, dan had u uw bezoek twee weken van tevoren schriftelijk moeten aankondigen. Niet dat dat iets uit zou maken voor ons, want wat wij hier doen voldoet aan alle eisen.'

Flora probeerde het nog een keer: 'Nee, ik ben...'

'Ze is gewoon een rare meid met een hond die zijn poot heeft verwond,' zei Charlie. 'Kijk maar naar haar schoenen.'

Dat deed de vrouw en ze barstte in een schaterlach uit. 'O, oké,' zei ze. 'En jullie helpen haar?' vroeg ze, op een heel andere toon nu ze het tegen de jongens had.

'Ja, Jan!' riepen ze.

'Nou, dat is fantastisch!' zei ze. 'Brengen jullie die hond maar naar beneden, maar kom dan snel terug, want we hebben bergen worstjes die op moeten!'

Ze keurde Flora geen blik meer waardig.

12

Flora moest toegeven dat de jongens fantastische helpers waren; ze laveerden de brancard heel voorzichtig de moeilijkste stukken over tot ze het pad weer bereikten. Bramble besefte duidelijk dat ze hem probeerden te helpen, want hij bleef vrij rustig liggen en leek geen last te hebben van de riem om zijn buik. Flora krabde hem als ze kon zachtjes achter zijn oren en fluisterde hem lieve woordjes toe. Ondertussen dacht ze aan de mentors van Outward Adventures die meenden de wijsheid in pacht te hebben. Haar natte schoenen sopten op het modderige pad.

Toen ze de boerderij naderden, schreeuwde ze naar Fintan, die over het erf liep om de kippen te voeren.

Hij zwaaide en kwam naar hen toe lopen. 'Wat is er in godsnaam met Bramble gebeurd?' vroeg hij met een bezorgd gezicht. 'Wat heb je met hem gedaan, Flora?'

'Ik heb helemaal niks met hem gedaan! Hij heeft het zélf gedaan. De sufferd probeerde in een waterval te klimmen. Op zijn vijfenzeventigste! In mensenjaren dan...'

Fintan keek Charlie aan. Een beetje schuchter, viel Flora op. 'Hoi Charlie,' zei hij. 'Sorry voor dit gedoe. Wat heeft mijn zus allemaal uitgevreten?'

'Dit is je zus?' vroeg Charlie. 'Mijn god, ze lijkt voor geen meter op je!'

‘Ik sta naast je, hoor,’ protesteerde Flora.

‘Godzijdank dat jij op de klif was,’ zei Fintan. ‘Is ze echt op gympen naar boven geklommen? Arme Bramble.’

‘Ik denk dat het maar een kneuzing is. Morgenochtend is hij waarschijnlijk weer helemaal de oude,’ beweerde Charlie.

De jongens legden de brancard voorzichtig op de grond.

‘Bedankt, jongens,’ zei Fintan. ‘Willen jullie een...’

‘Een wat?’ vroeg Flora.

Fintans gezicht betrok. ‘O,’ zei hij enigszins bedremmeld. ‘Ik wilde “een stuk fruitcake” zeggen, maar die hebben we helemaal niet.’

Vroeger kwam het maar zelden voor dat er geen fruitcake onder de taartstolp had gestaan om bezoekers op te vergasten.

De jongens keken verwachtingsvol naar hen op.

‘Er ligt een rol chocoladekoekjes in mijn kamer,’ zei Flora onwillig. Die had ze verstopt om hem uit de klauwen van haar broers te houden, die ze voor geen cent vertrouwde. ‘Ik haal hem even.’

‘Nee, laat maar,’ zei Charlie. ‘Boven wacht er een voedzaam maaltje op ons. En ze krijgen sowieso te veel suiker binnen.’

‘Aaah,’ zei een van de jongens teleurgesteld. Flora zag dat hij een tand miste.

‘Oké.’

‘Thee dan? Of een whisky?’ vroeg Fintan aan Charlie.

‘Niet onder het werk,’ zei Charlie. ‘Nee, ik kan beter zorgen dat de jongens weer boven komen, het is al laat.’

‘Inderdaad,’ zei Fintan. Het begon al te schemeren.

‘Sorry,’ zei Flora.

De mannen knikten.

‘Nou, tot ziens dan,’ zei Charlie, maar hij had het tegen Bramble. Hij gaf de hond een paar liefkozende klopjes op zijn kop. Toen maakten hij en de jongens rechtsomkeert en liepen in de inmiddels zacht vallende regen de berg weer op.

‘Ben je nu gekalmeerd?’ vroeg Fintan.

In de keuken bleek het een enorme puinhoop; de afwas was niet gedaan en de resten eten lagen gestold op de borden. Flora keek ernaar en kneep haar ogen even dicht. Ze bracht Bramble naar zijn deken naast het fornuis waar hij, uitgeput van het hele avontuur, meteen in slaap viel. Toen liep ze naar haar slaapkamer.

Fintan riep haar na: ‘Als je die koekjes zoekt, die hebben Hamish en ik opgegeten.’

‘Lekker waren ze, die koekjes,’ hoorde ze Hamish zeggen. ‘Wil je die vaker kopen, Flora?’

13

'Wat heb jij voor een baan?' vroeg Lorna de volgende dag kreunend. 'Je zit op je reet en voert niks uit maar krijgt wel betaald!'

'Ik wacht tot de cliënt me een seintje geeft dat ik in actie moet komen,' zei Flora, 'maar dat is tot nu toe nog niet gebeurd.'

'Mag je deze koffie dan op je onkostenrekening zetten?'

'Ja,' zei Flora met een afkeurende blik op de prut die voor haar stond. 'Maar ik denk niet dat ik dat doe. Wat ze hier in de Harbour's Rest schenken, heeft niets met koffie te maken.' Ze keek om zich heen. 'Komt Colton Rogers hier wel eens?'

Lorna snoof. 'Om eerlijk te zijn geloof ik er niks van dat hij hier zelfs maar ís. Niemand ziet hem ooit.'

De oude Maggie Buchanan, een vaste schakel in het roddelcircuit van Mure en lid van de gemeenteraad, boog zich naar hen toe. 'Hij verdient aan het eiland en doet helemaal niets terug,' vertelde ze minachtend. 'Hij profiteert van ons mooie landschap en onze prachtige natuur, maar iets uitgeven? Ho maar.'

Lorna wierp een korte blik op Flora, die haar hoofd schudde. Ze wilde niet dat Maggie wist dat Colton haar cliënt was.

'Hij lijkt wel onzichtbaar,' zei Lorna. 'Je zou toch denken dat hij af en toe in de pub komt voor een biertje.'

'Dat soort dingen is niet de gewoonte in Amerika, volgens mij,' zei Flora. 'Ik denk dat ze de voorkeur geven aan tarwegrasshotjes.'

Maggie keek stomverbaasd. 'Nou,' zei ze terwijl ze zich weer naar hen toe boog. 'Ik ben blij je te zien, lieverd. Blijf je de hele zomer?'

'Eh, nee, ik eh... ben maar even hier,' zei Flora.

'Je vader zal wel blij zijn.'

'Dat zou je denken,' zei Flora op spijtige toon.

'Ach,' zei Lorna snel, bang dat haar vriendin weer somber zou worden. 'Wíj zijn in ieder geval blij dat je er bent!'

'Precies,' zei Maggie. 'En ga je weer dansen? Mrs. Kennedy zal ongetwijfeld...'

'Nee,' antwoordde Flora kortaf.

Maggie en Lorna wisselden een blik.

'Hallo!' Er klonk plotseling een luide stem vanuit de deuropening.

Het drietal keek om. Er stond een flinke, stevige vrouw die Flora in eerste instantie niet herkende.

'Lorna!' brulde de vrouw.

'Jan,' antwoordde Lorna, met niets van haar gewone opgewekte aardigheid, en Flora besefte dat het Charlies collega was. 'Hoe gaat het?'

'Niet slecht, niet slecht.'

Flora vond dat Lorna nogal bedrukt keek.

'Jan, heb je al kennisgemaakt met Flora?'

'Nee,' zei Jan.

'Eh, we hebben elkaar gisteren ontmoet. Hallo!' zei Flora voorzichtig.

De vrouw tuurde met half dichtgeknepen ogen naar haar. 'O ja!' brulde ze. 'Jij bent die idioot! Kunnen jullie je voorstellen dat ze op gewone gympen de berg op is gegaan?'

'Nou, ze heeft hier bijna dertig jaar gewoond, dus ik zou zeggen dat ze dat wel mag,' reageerde Lorna kalmpjes.

'Als wij haar niet hadden gevonden, had ze wel dood kunnen zijn!'

'Absoluut niet!' reageerde Flora kwaad.

'Die klif is gevaarlijk!'

'Ja, dat weet ik ook wel, bedankt. Ik ben hier geboren en getogen.'

Jan snoof. 'Werkelijk? Je ziet eruit als een stadse.'

'O, bedankt,' zei Flora, maar vervolgens was ze geërgerd omdat het tot haar doordrong dat het niet als compliment was bedoeld.

'Gaat het goed met jullie uitje?' vroeg Lorna gauw.

'Nou, we hebben natuurlijk allemaal een enorme verantwoordelijkheid voor de minder gefortuneerden onder ons,' bulderde Jan. 'En daarom vroegen we ons af... heb je nog nagedacht over ons idee een paar kinderen toe te laten op je school?'

'Dat heb ik je al eerder uitgelegd,' zei Lorna. 'We zouden heel graag jullie kinderen bij ons op school verwelkomen, maar dan moeten ze hier wonen. Hun ouders of verzorgers moeten hen opgeven.'

'Dat kan niet!' zei Jan. 'Dat is onmogelijk voor hen.'

'Nou, hoe kan ik ze dan toelaten? Wees redelijk. Ik kan geen internaat beginnen.'

'Het zou zo goed voor ze zijn.'

'Dat geloof ik graag. Maar Schotland heeft geen door de staat betaalde internaten, en zelfs als dat wel zo was, dan nog hebben we de faciliteiten niet. Bovendien is er geen personeel voor te krijgen...' Lorna zag er steeds mismoediger uit. 'Jan, je mag de kinderen buiten de schoolvakanties wanneer je maar wilt een week brengen. Maar dat is alles wat ik kan doen.'

'Dat is lang niet voldoende voor ze,' zei Jan.

'Dat begrijp ik,' zei Lorna. 'En het spijt me dat we daar niets aan kunnen doen.'

'Weer een deur die in hun gezicht wordt dichtgesmeten,' zei Jan. Ze vertrok met een gekrenkt gesnuif.

'Jee, wat een vervelend mens!' zei Flora.

'Ach, ze valt wel mee,' zei Lorna. 'Ze leidt Outward Adventures voor kansarme kinderen en denkt volgens mij dat dat haar het recht geeft iedereen die dat niet doet voor haar karretje te spannen.'

'Ja, ik weet het. Ik heb haar collega ontmoet.'

'Charlie? O, die is oké. En voor iemand uit het westen nog best aantrekkelijk ook. Jan beschouwt het als een morele tekortkoming als iemand niet constant bezig is met het redden van de wereld.'

'Dat moet behoorlijk irritant worden.'

'Maar ze is wel goed in haar werk.'

'Misschien moet ik haar vragen mijn lieve broertjes eens een tijdje onder handen te nemen,' zei Flora somber. 'Dan kan ze hun leren hoe ze voor zichzelf moeten zorgen.'

'Ga je weer voor ze koken?'

Flora slaakte een zucht. 'Als ík het niet doe, doet niemand het,' zei ze. 'Dan eten ze gewoon elke avond worstjes. Straks gaan ze allemaal dood aan dichtgeslibde aderen. Dus tsja. Maar ik kijk er nou niet bepaald naar uit.'

Lorna glimlachte. Haar eigen moeder was ook iemand van de diepvriespannenkoeken en de kant-en-klaarmaaltijden. Het cadeau waarmee ze het meest blij was geweest was een vriezer. Lorna had het altijd heerlijk gevonden om bij de MacKenzies te zijn, met Flora's bijzondere, bijna uit een andere wereld afkomstige moeder, die altijd in de keuken bezig was met potten en pannen en prachtige taarten bakte. Er stond vaak fruitcake onder de stolp om te serveren bij de warme, vers gemolken, schuimige melk.

'Ik weet het niet,' zei Flora. 'Ik dacht aan een shepherd's pie.'

'Wanneer heb je dat voor het laatst gemaakt?'

Flora schoot in de lach. 'Dat had je nou niet moeten vragen. Ik weet heus nog wel hoe het moet. Maar ja, dat dacht ik gisteravond ook.'

'Wil je graag dat ik kom?'

'En dan ga jij zeker voor de jongens koken, om te benadrukken hoeveel beter jij bent dan ik? Mooi niet. Ze vinden je al veel leuker dan mij. Weet je echt zeker dat je niet met een van mijn broers wil trouwen en de boel wil overnemen? Kom op, op school was iedereen verliefd op Fintan.'

Lorna glimlachte. 'Dat zit er niet in... Hoewel ik dol op ze ben.'

'Maar je probeert nog steeds de dokter te strikken.'

'Sst.' Lorna bloosde diep. Ze was verliefd op de plaatselijke huisarts, zo verliefd dat het eigenlijk wreed van Flora was haar ermee te plagen. Die verontschuldigde zich dan ook meteen.

'Sorry. En ik weet precies hoe het is, echt. Mijn baas... Misschien ga je hem wel ontmoeten, trouwens.' Alleen die zin al deed haar blozen.

'Hoezo?'

'Ik denk dat hij hierheen komt om Colton achterna te zitten.'

'En jij vindt hem leuk?'

'Hij is... aantrekkelijk. Dat is alles.'

'O! Je vindt hem méér dan leuk! Ik zie het aan je! Is hij single?'

'Dat weet ik niet,' zei Flora. 'Hij is vaak in gezelschap van een lange, slanke blondine, maar ik weet niet of dat steeds hetzelfde meisje is. Net als Leonardo DiCaprio.'

‘Hmm,’ zei Lorna. ‘Klinkt niet als jouw type.’

‘Dat is-ie ook niet!’ reageerde Flora. ‘Als je hem ooit ziet, moet je me juist vertellen hoe walgelijk hij is.’

‘O! Oké.’

‘Wil je dat ik dat ook doe over de dokter?’

‘Waag het eens!’

Flora lachte. ‘God, wat heerlijk om iemand te kennen die nog veel erger is dan ik! Goed. Ik ga spullen voor de shepherd’s pie kopen. Wens me succes.’

‘Oké, succes!’

Op weg naar de winkel, met de zon warm in haar nek en een briesje door haar haren, voelde ze zich enorm opgevrolijkt door het onderonsje met haar vriendin. Lorna was geen bevriende collega of een oppervlakkige kennis, maar iemand die ze al haar hele leven kende.

14

Warm en een beetje zweterig kwam Flora thuis. Het de heuvel op sjouwen van de boodschappen had haar hongerig en moe gemaakt, maar het was een moeheid van de prettige soort, zoals na het sporten. En ze voelde zich beter; het kon tenslotte nooit zo erg worden als gisteren. Nog steeds was er geen enkel bericht uit Londen. Wat er precies aan de hand was wist ze niet, maar het was vreemd om niet te werken en ook geen vakantie te hebben, vreemd om niet het gevoel te hebben dat ze haar tijd beter moest gebruiken en niet een beetje verbrand te zijn of een lichte kater te hebben. (Het kostte Flora, dik ingesmeerd met zonnebrand factor 50, ongeveer een kwartiertje om te verbranden en niet veel langer om de volgende dag een kater te hebben.)

Bramble keek op toen ze binnenkwam en klopte een welkomstritme op de tegelvloer met zijn dikke staart. Hij had haar zijn afgrijselijke dag van gisteren blijkbaar vergeven. Ze controleerde zijn verbonden poot – het verband zat nog keurig, maar er was wel aan geknaagd. Ze moest zo'n kegelvormige kraag zien te krijgen zodat hij er niet bij kon, hoewel ze altijd wel vond dat het leek of een hond zich schaamde voor zo'n ding.

Er was niemand thuis. Natuurlijk niet: de jongens waren aan het werk ergens op het land of de boerderij. Ze opende

Capital FM op de computer – wat met een snelheid ging waarvan een slak nog triest zou worden – zodat ze zichzelf kon opvrolijken met de verkeersberichten uit Londen. Er was een metrostoring. De Blackwall Tunnel was dicht. Het deed haar goed te weten dat niet iedereen daar een fantastische tijd had.

'En wees voorzichtig, de temperatuur loopt op naar dertig graden aan het einde van de middag, dus het wordt een plakkerige rit naar huis voor alle forenzen,' zei de zelfgenoegzame dj. Flora rolde met haar ogen.

Ze keek om zich heen. De pannen en borden die ze gisteren met geen enkel resultaat had vuilgemaakt, stonden nog steeds in de gootsteen en werden inmiddels vergezeld van de pan waar de ontbijtpap in was gemaakt, een oud oranjebruin ding dat speciaal daarvoor werd gebruikt. Flora herinnerde zich vaag dat haar moeder iets had gespaard – waren het zegeltjes? – om de pannenset te kopen waarvan deze pan de laatst overgeblevene was. De schroeven van de handvatten zaten los.

Er viel een baan zonlicht door de vuile ramen. Wat was het smerig! Niet iets wat de jongens echt te verwijten viel – ze werkten hard – maar vanzelf zou het er in ieder geval niet beter op worden. Flora was geen fervente schoonmaakster, helemaal niet, maar deze smeerboel was niet te negeren. Ze zouden nog een voedselvergiftiging oplopen! Nee, dit ging zo niet.

Ze trok de oude vaatwasser open, maakte de aangekoekte filter schoon en liet het apparaat draaien met wat machinereiniger, iets wat klaarblijkelijk nooit eerder was gebeurd. Daarna begon ze, met ruim gebruik van de schoonmaakmiddelen die ze had gekocht in de supermarkt, alles met de hand af te wassen. De krakkemikkige ouderwetse boiler sloeg talloze keren aan omdat ze de gootsteen regelmatig liet leeglopen en weer vulde met heet water. Ze deed niet alleen de vuile vaat, maar waste elk stuk servies af dat de keuken herbergde en zette een groot deel ervan apart in een hoek om weg te geven aan de enige tweedehandswinkel die het eiland rijk was. Hadden ze ooit vijfendertig mensen op bezoek die allemaal een schoteltje nodig hadden? En hoeveel gratis mokken van kunstmestbedrijven kon je bewaren?

Daarna begon ze de planken te schrobben, die onder het stof en vol plakkerige kringen zaten, waarbij ze diep in de kasten kroop. Ze goot emmer na emmer met grijs water in de afvoer. Ze gooide stapels oude folders en gebruikte enveloppen weg en zocht rekeningen en bankafschriften bij elkaar en sorteerde die om samen met haar vader door te nemen. Ze moest hem internetbankieren leren, dat zou zijn leven een stuk gemakkelijker maken.

Alle halflege zakken pasta en dito pakken rijst die over de datum waren gooide ze weg – het was een wonder dat ze geen muizen hadden! – en ze ruimde de schone kasten helemaal opnieuw in. Ze had geen idee wat ze moesten met dingen als maïsmeel en reuzel, maar het was prettig te weten dat ze het in huis hadden.

Het was vermoeiend maar ook heel bevredigend werk, want het resultaat was overduidelijk. En bezig zijn voelde goed. Het trok haar uit het moeras van lichte paniek waarin ze zich had voelen wegzakken sinds ze wist dat ze terugging naar het eiland. Ze dacht aan Jan, hoe zij de avond ervoor in de stromende regen tenten had gehaald voor achtergestelde kinderen uit de stad. Nou, Jan is niet de enige die goede daden verricht, dacht ze, maar meteen daarna besefte ze dat dat belachelijk was.

Ze had de oven ingespoten met een chemisch goedje – ze moest onthouden dat ze dat niet zomaar weggooide, want dan kwam het misschien in het grondwater en de eendenvijver terecht – dat een paar uur moest inwerken. Ondertussen kon ze net zo goed thee gaan zetten. De ketel glom en blonk haar tegemoet; ze had hem laten weken in ontkalker. Nadat ze hem een heleboel keer uitgespoeld had onder de lopende kraan en er geen witte schilfertjes meer uit kwamen, zette ze het water op. Haar moeders voorraadbussen met de woorden THEE, KOFFIE en SUIKER erop had ze weer gevuld, hoewel ze zich had voorgenomen dat ze, zodra er geld voor was – dat was ook iets wat ze samen met haar vader moest bekijken: wás er überhaupt wel geld? – een behoorlijk koffiezetapparaat zou aanschaffen, zodat ze die instanttroep niet meer hoefde te drinken.

Opeens drong het tot haar door dat dat een gedachte was die paste bij een verblijf van langer dan een week. En dat was ze natuurlijk niet van plan. Werk gedaan, terug naar huis. Terug... Huis? Pff. Verwarrende terminologie.

Tevreden over de brandschone bovenkant van de ladekast streek ze er met een vinger overheen. Met belangstelling keek ze naar het rijtje kookboeken dat daar stond. Veel ervan waren cadeaus van haar aan haar moeder, boeken van koks die op dat moment in de mode waren waarvan ze had gedacht dat die haar moeder, omdat ze zoveel tijd in de keuken stond, vast zouden interesseren: Nigella, Jamie en nog zo wat van die namen, kookboeken die Flora interessant maar niet te ingewikkeld of te vreemd leken. Recepten met courgettespaghetti of dergelijke dingen waren natuurlijk volkomen ongeschikt. De boeken waren smetteloos en onaangeraakt, zowat het enige in de keuken wat er niet oud en versleten uitzag. Haar moeder, die haar altijd uitbundig had bedankt, moest ze beleefd op de plank hebben gezet, om ze daarna met geen vinger meer aan te raken. Niet eens om er even in te bladeren. Met een half glimlachje schudde ze haar hoofd. Geen wonder dat haar vader altijd zei dat ze haar koppigheid niet van een vreemde had...

Terwijl ze zich afvroeg of ze die dure kookboeken misschien zou kunnen verkopen, zag ze ertussen een oud notitieboek staan dat ze zich niet echt kon herinneren, maar dat haar tegelijk ontzettend bekend voorkwam – alsof ze een vreemde in een menigte zag en vervolgens besefte dat ze die al haar hele leven kende. Aarzelend trok ze het tussen de kookboeken uit.

Het had een donkere harde kaft met vetvlekken, een rode rug en er hing een bijpassend rood lintje tussen de pagina's. Terwijl ze het opensloeg, wist ze eigenlijk al wat het was. Geen wonder dat haar moeder nooit een van de kookboeken had gebruikt die ze haar cadeau had gedaan: ze had haar eigen receptenboek.

15

Hoe had ze dat boek kunnen vergeten? Tsja, eigenlijk had Flora er vroeger nooit bij stilgestaan dat er over maaltijden werd nagedacht. Haar moeder kookte gewoon, dat was een gegeven, net zoiets als ademhalen. Dag na dag, stipt om vijf uur als haar gezin van het land of uit school kwam, stond het eten op tafel. Flinke stukken appeltaart als dessert, met boerenroom natuurlijk, die in flinke scheuten uit de gebarsten crèmekleurige kan met blauwe koetjes langs de rand werd geschonken (de kan had Flora's opruimwoede overleefd), custards en gelatinepuddingen, enorme hammen en kleine aardappeltjes en altijd, altijd stond er een fruitcake onder de taartstolp. Als klein kind hielp Flora haar moeder vaak, dan zat ze naast haar en keek naar alles wat ze deed. Ze was vooral goed in de lepels aflikken en redelijk bedreven in mixen, kneden en het bakpoeder aangeven. Toen ze ouder was en voor school huiswerk moest maken, deed ze dat altijd op het ritme van haar moeders houten lepel en deegroller.

En hier lag het allemaal voor haar. Plotseling maakte haar hart een sprongetje van opwinding.

Het water kookte en ze schonk het in de enorme emaillen beker die haar moeder de hele dag paraat had staan, altijd gevuld. Er zaten donkerbruine randen in die er nooit meer uit gingen. Het voelde een beetje vreemd, een beetje te intiem, om uit haar moeders mok te drinken, maar ook wel fijn. Ze bekeek het ding nog eens goed en besloot het gewoon te doen, ook al had ze er een beetje een unheimisch gevoel bij. Dat was stomweg bijgeloof. Ze hing een theezakje in het water en liet dat met een wrange glimlach op haar gezicht langer trekken dan gewoonlijk – haar moeder hield van sterke thee, zo sterk dat je er 'een lepel rechtop in kon zetten'. Ze nam de beker mee en ging in de leunstoel van haar moeder zitten; de stoel die het dichtst bij het vuur stond, de stoel waarin ze bijna nooit zat. Op haar gemak zitten was niets voor haar moeder, dat deed ze alleen op haar verjaardag, op Moederdag en met Kerstmis, als de kinderen aandacht aan haar besteedden, zeiden dat ze lekker moest uitrusten en alles voor haar pakten, haalden en droegen.

Flora had trek in een koekje, maar dat had ze niet in huis, dus nestelde ze zich in haar moeders stoel met het receptenboek, een kleinood van haar moeder. Het boek rook een beetje naar eten: een mix van vet en bloem, geuren die ze associeerde met thuis en plakkerige vingertjes die niet konden wachten om een likje van de jam te nemen ('Heet! Heet! Heet!' Flora kon de stem van haar moeder bijna nog horen als ze dat riep terwijl ze allemaal om haar heen hingen en elkaar wegduwden om dichter bij de enorme pan gevuld met glanzende robijnrode vloeistof te komen waarin ze stond te roeren. Vervolgens schepte ze vele jampotjes vol, die ze schonk aan de dorpsbazaar, het oogstfestival en iedereen die oud en slecht ter been was.)

Ze nam een slokje thee en sloeg het boek open. Het eerste wat ze zag was een vervaagde boodschap in het kriebelige handschrift van haar vader:

Ik hou van je, Annie. Hopelijk ga je hier prachtige dingen in schrijven.

Er stond een datum onder die nog vaag te lezen was, augustus 1978. Dat betekende dat haar moeder het waarschijnlijk voor haar verjaardag had gekregen. Het was bedoeld als dagboek, niet als receptenschrift. Waarom was het dat wel geworden? Wat had haar moeder er verder nog in kunnen schrijven? Met een glimlach dacht ze aan haar vader, niet bepaald de meest fantasierijke wat cadeaus betrof. Maar misschien was haar moeder er toch heel blij mee geweest.

Ze sloeg de pagina om. Alle recepten waren voorzien van grappige aantekeningen van haar moeder. *Groentebouillon*, las ze. Meteen rook ze de scherpe geur van de bouillon die haar moeder met de restjes zondags vlees op het vuur zette en de dikke, rijk gevulde soep die daar uiteindelijk van werd gemaakt. Ze zag de beslagen ramen van de boerderij voor zich, als ze op donkere maandagmiddagen in de winter thuiskwam, de keuken warm en gezellig terwijl zij haar huiswerk maakte en klaagde dat alle jongens gek waren op Lorna MacLeod – wat ook zo was – terwijl haar broers de tafel dekten en haar moeder zichzelf en Flora nog een keer thee inschonk en druk bezig was aan het fornuis.

Op de volgende pagina stond weer een soeprecept, *Ossenstaartsoep* deze keer, maar in een ander handschrift. Met een schokje herkende Flora het handschrift van haar oma Maud. Maud was lang geleden overleden en kwam uit het noorden, net als haar moeder. Het recept was met vulpen geschreven. Boven aan de pagina had ze, in klein schuinschrift, een Gaelisch gezegde geschreven dat Flora niet direct kon ontcijferen. Ze moest het oude woordenboek uit de zitkamer erbij halen om te begrijpen wat er stond: *Het duurt een heel lange tijd... voordat deez' soep zo goed als de mijne zijt.* Iets in die simpele, goedmoedige woorden toverde een glimlach op Flora's gezicht. Ze trok haar benen onder zich; het weer was weer eens omgeslagen, zoals constant gebeurde, en de regen kletterde nu tegen de ramen.

Bramble hief zijn kop op, kwam moeizaam overeind en liep behoedzaam en wat kreupel naar haar toe. Hij liet zich naast haar neervallen en viel bijna onmiddellijk weer in slaap.

'Ik hoop dat dit betekent dat je aan het herstellen bent en niet dat je gewoon superlui bent,' mompelde ze tegen hem.

Ze herinnerde zich oma Maud niet goed, want toen Flora op de wereld kwam had haar grootmoeder al vele kleinkinderen en begon ze echt oud te worden. Ze kwam wel eens langs en hielp dan met het doppen van de erwtjes, dronk thee met haar moeder terwijl ze in het Gaelisch met elkaar roddelden, wat Flora niet kon volgen, en af en toe maakte ze een licht verwijtende opmerking over het feit dat Flora altijd met haar neus in de boeken zat, waarop Annie haar met half dichtgeknepen ogen aankeek en ze erover ophield.

Desondanks was het een oprechte, liefdevolle relatie geweest, dacht Flora. Annie, de vierde van de zeven kinderen die in leven waren gebleven, was op haar zeventiende van school gegaan en de dag daarop met Flora's vader getrouwd, in de kerk, met een eenvoudige witte katoenen jurk aan die nauwelijks de naam trouwjurk mocht hebben.

Flora herinnerde zich de tijd toen haar vriendin Lesley ging trouwen. Flora's moeder had bijna gesmeekt om erbij te mogen zijn en had gezwijmeld over Lesleys antieke kanten sluier, haar prachtige jurk en het bruidsboeket van wilde bloemen, al hadden Flora en Lorna met hun ogen gerold, waren ze in een hoekje nogal dronken geworden en hadden ze de Engelse vrienden van Lesleys nerveus uitziende echtgenoot Schotse volksdansen geleerd.

Flora wilde dat ze had kunnen trouwen toen haar moeder nog leefde. Dat zou zo fijn zijn geweest. Ze had er nooit echt over nagedacht, over trouwen, alleen op een abstracte manier, als iets wat op een dag zou gebeuren maar nog heel ver weg was. Ze vroeg zich af of haar moeder dat graag had willen meemaken.

Er sprongen tranen in haar ogen. Tsja. Het had weinig zin om te gaan simmen over iets wat nooit was gebeurd, hield ze zichzelf streng voor terwijl ze onder Brambles kin krabbelde. Er was nooit sprake van een bruiloft geweest, ze was nooit gevraagd, zelfs niet door Hugh, en ze had ook nooit iemand zo fantastisch gevonden dat ze ervan baalde dat dat niet zo was. Zo ging het nu eenmaal in het leven. Snel sloeg ze de pagina om.

Verdiept in het moeilijk te lezen krabbelige handschrift, besmeurd met inkt- en etensvlekken, het Engels af en toe doorspekt met een Gaelisch woord (om niet te spreken van de vreemde ouderwetse hoeveelheden die ze niet kende – wat was een *gill* in vredesnaam?), hoorde ze plotseling iets bij de deur. Verschrikt keek ze op. Daar stond haar vader, lijkbleek, alsof hij een spook zag. Onthutst liet ze de grote emaillen beker uit haar handen vallen, die met een onvoorstelbaar lawaai op de vloer kletterde.

'Pa...'

'Jezus,' zei hij met zijn hand op zijn borst. 'Sorry, liefje. Ik wilde je niet aan het schrikken maken. Ik verwachtte... Ik wist niet... Je lijkt zo op haar. Je leek zo op haar zoals je daar zat. Sorry.'

Flora sprong op om de vaatdoek uit de gootsteen te pakken, waar het ding in bleekwater had liggen weken. Ze depte de thee ermee op. 'Ik zat gewoon...'

Haar vader schudde zijn hoofd. 'Sorry, meiske, sorry. Ik... ik schrok gewoon.'

'Zal ik thee zetten?'

Hij glimlachte. 'Dat is precies wat zij zou hebben gezegd als ik een spook had gezien.' Het was even stil terwijl hij de keuken rondkeek. Zijn ogen lichtten op. 'O, kijk nou eens!' zei hij. 'O, Flora.'

Flora was opeens enigszins geïrriteerd. Ze zat niet echt te wachten op complimenten over het feit dat ze een vloer had gedweild.

'Het ziet er allemaal zoveel beter uit!'

'Nou, maak er dan niet weer zo'n rotzooi van.' Het kwam er kattiger uit dan ze het bedoelde.

'O... nee. Je hebt de theebus gevuld!'

'Ja.'

'Het is...' Hij schudde zijn hoofd. 'Weet je, het was me niet echt opgevallen dat het zo'n troep was hier.'

'Nou, misschien kunnen jullie dan proberen het zo te houden?'

'Aye... aye,' zei hij. 'Ik zal het tegen de jongens zeggen. Ik kwam alleen even terug om mijn...' Hij keek verward.

'Wat?' vroeg Flora ongerust. Het was toch niet zo dat hij vergeetachtig begon te worden?

'Mijn... mijn...'

'Stok? Boterhammen?'

Ze zette thee voor hem terwijl de luie oude honden om hem heen snuffelden.

'Ach, nee,' zei hij met een lach. 'Ik dacht dat jij nog niet thuis was en wilde even een dutje gaan doen.'

Flora glimlachte. 'Natuurlijk kun je een dutje gaan doen, pa, je bent al sinds vijf uur op!'

'Ja, misschien...'

De AGA was warm, zoals altijd, en hij trok de andere stoel – zijn stoel – bij. 'Laat je door mij niet storen bij wat je aan het doen was,' zei hij ernstig.

Tot haar eigen verbazing had ze het receptenboek in een reflex weggemoffeld in haar tas. Blijkbaar wilde ze hem niet van streek maken en op de een of andere manier vond ze het ook iets wat privé was, iets van haar moeder en haar.

'Ik zat enkel na te denken over het eten,' zei ze met een blik om zich heen.

'Nou, je hebt in ieder geval al heel wat werk verzet,' zei haar vader.

Ze bracht hem een mok thee en hij raakte haar arm even aan om haar te bedanken. Het was duidelijk dat ze allebei een soort ontspanning van de sfeer voelden, dat het ijs begon te breken.

Toen kwam Fintan binnen. Hij keek boos om zich heen. 'O, oké, de schoonmaakfee is geweest, zie ik,' zei hij. 'Om ons te laten zien wat we allemaal fout doen, zeker.'

'Jezus, waarom doe je zo agressief?'

'Geen idee. Misschien omdat jij hier rondbanjert met een gezicht als een zuurpruim, omdat je een hekel hebt aan dit eiland, je familie en je afkomst? Ja, dat zal het wel zijn.'

Flora sloeg haar ogen ten hemel. 'Je stinkt. Waar heb je uitgehangen?'

'Gaat je niks aan. Toch niet intellectueel genoeg voor je.'

Eck keek met een ruk op. 'Heb je weer in de melkerij gezeten?'

'Ik denk dat het iets bijzonders wordt, pa.'

'Nou, je verspilt er in ieder geval genoeg tijd aan, dat is een ding dat zeker is. En geld.'

'Het kost niets.'

'Jawel, het kost wel iets omdat je de akker vandaag niet hebt ingezaaid.'

Flora had geen idee waar ze het over hadden en wilde dat net vragen toen Fintan snoof.

‘Ik neem aan dat er vanavond geen avondeten wordt gemaakt?’

‘Ik stuur Innes wel naar de frietzaak,’ zei Eck.

‘Nee!’ zei ze meteen, terwijl ze het receptenboek aanraakte met haar vinger. ‘Ik ga wel koken.’

Ze keken haar allebei aan en lachten, waarop haar fragiele goede stemming op slag verdween.

16

Als Flora had gefantaseerd over haar thuiskomst, dan was het waarschijnlijk zo gegaan: iedereen was superblij haar te zien en heel benieuwd naar haar verhalen over het leven in de glamoureuze grote stad. Oké, misschien niet naar haar verhalen over het Tinderdaten, maar de andere wilden ze zeker wel horen. En haar knappe baas zou komen en haar kwaliteiten prijzen, en zij zou het ongelooflijk druk hebben en belangrijke besprekingen met Colton Rogers voeren, in plaats van maar een beetje rond te hangen en te proberen niet op te vallen en haar tijd te vullen.

Ze fantaseerde over de maaltijden, die ze samen kookten onder het genot van een lokaal biertje terwijl ze anekdotes uitwisselden over hun moeder en haar bijna spierwitte haar, hoe grappig ze kon zijn na een glaasje sherry met Kerstmis en over alle verhalen die ze vroeger vertelde over het eiland – met heksen, geesten, selkies en elfen – die volgens haar leuk en gezellig waren, maar volgens hen zo angstaanjagend dat ze ervan in hun bed plasten, en dan zouden ze lachen en zich echt met elkaar verbonden voelen en haar leven vieren. In wezen had Flora de familie weer bij elkaar gebracht en daarvoor zouden ze haar allemaal oprecht dankbaar zijn en ze zouden heel erg onder de indruk zijn van haar fantastische werk, en dan zou ze terug naar Londen gaan en verdergaan met haar leven. Maar dat zou beter en succesvoller zijn, en dan zou ze er gezond uitzien van de frisse lucht en het goede eten.

Ontevreden keek ze om zich heen. Haar vader zat te dutten bij het vuur, zijn eerste whisky al bijna op. Fintan was weer verdwenen, wie weet waarheen. Nou...

Ze sloeg het notitieboek open en zocht de ovenschotels op, haalde het gehakt uit de koelkast, zette de pan op een laag vuur en begon de uien te snijden. Ze probeerde kalm te blijven, niet zo in paniek te raken als de dag ervoor, toen alles te snel was gegaan en ze het vuur te hoog had gezet. Ze had zich met argusogen bekeken gevoeld en het eten was een ramp geworden. Dit keer volgde ze het voorbeeld van haar moeder en kneedde het deeg zorgvuldig met koele handen, langzaam, alsof ze het al honderd keer eerder had gedaan. Toen de pie in de oven stond, kookte ze de worteltjes en de erwtjes voor erbij en stampte de aardappelen met een grote klont boter, rechtstreeks uit de melkerij – waarvan ze steeds meer toevoegde, zo goed was het – en zout, tot ze een geweldige, gouden, luchtige puree had die boordevol slechte koolhydraten, vet en zout zat. Ze moest zich bedwingen om de schaal niet meteen helemaal leeg te eten. Het bleek niet nodig de jongens binnen te roepen; ze kwamen allemaal om vijf voor vijf de keuken binnenstappen, aangetrokken door de heerlijke etensgeuren.

'Lekker, Flora,' zei Hamish, en voor één keer waren de anderen het met hem eens.

'Heb je dit uit een pakje?' vroeg Innes.

'Hou je kop,' zei Flora, 'en zeg gewoon "dank je wel".'

Eck keek verrast op. 'Dit smaakt...'

Iedereen wist wat hij ging zeggen: 'precies zoals je moeder het maakte', maar niemand wilde dat hij zijn zin afmaakte.

Flora schraapte haar keel en veranderde van onderwerp. 'Nou, hoe dan ook, ik weet dat ik in herhaling val, maar... hoe gaat het met de boerderij?' vroeg ze, naar ze hoopte op opgewekte toon.

Innes knipperde met zijn ogen. 'Waarom wil je dat weten? Ga je ons uit laten kopen door Colton Rogers?'

'Natuurlijk niet! Ik vroeg het alleen maar!'

Eck snoof.

Hamish glimlachte. 'Ik vind Chloë leuk.'

'Chloë is een verschrikkelijke geit,' zei Innes.

'Ik vind haar leuk.'

Innes zuchtte.

'Wat is er?' vroeg Flora.

'O, niks. Vervoer van de beesten... Ik wil het er verder niet over hebben. Het is gewoon... Ik bedoel, je hebt vast wel gehoord hoe het gesteld is met de melkprijzen.'

Flora knikte. 'Maar niet hier, toch?'

'Jawel, hier ook. Er valt niet aan te ontsnappen. En om nou te proberen het vee op het vasteland te verkopen... Ik bedoel, het vervoer kost een vermogen.'

'Kun je alles niet gewoon op de lokale markt kwijt?'

'Waar? Er zijn niet genoeg winkels hier, er is niet genoeg handel, er is niet genoeg werk voor ons. Is je dat niet opgevallen? Vraag het aan Lorna, vraag maar aan haar hoeveel gezinnen hier hun kinderen grootbrengen tegenwoordig.' Met een bittere uitdrukking op zijn gezicht leunde hij naar achteren.

Hamish had de schaal aardappelpuree gepakt en zat die rustig leeg te lepelen. Flora zou hem ervoor op zijn kop hebben gegeven als ze zelf niet precies hetzelfde had willen doen. Mijn god, ze was gewoon vergeten hoe lekker een goede, zelfgemaakte maaltijd smaakte.

'Hoe slecht staat het ervoor?' vroeg ze met een korte blik op haar vader, die het gesprek niet gehoord had of misschien deed alsof.

'Heel, heel slecht,' zei Innes. Met een vuile blik op Fintan vervolgde hij: 'En iemand hier helpt niet genoeg.'

Fintan staarde recht voor zich uit, kauwde rustig door en ging er niet op in.

Innes slaakte een diepe zucht. Op hetzelfde moment ging zijn telefoon. Het was Eilidh, zijn ex. Hij stond op en slenterde naar het grote raam achter in de keuken, waarachter de witte hemel overging in een diep blauw. Het was duidelijk dat ze ruziemaakten.

'Goed dan, ik neem haar wel!' riep hij uiteindelijk en hij beëindigde het gesprek.

'Agot? Wil je haar niet zien dan?' vroeg Flora spontaan.

'Natuurlijk wel,' zei Innes. 'Maar we gaan morgen ploegen. Daar kun je geen kind bij gebruiken.'

'Ze is gek op tractor rijden,' zei Hamish.

'Ja, precies,' reageerde Innes. 'Zo gek dat ze zó eronder ligt!' Hij ijsbeerde door de keuken. Zijn ogen bleven rusten op Flora.

Ze had nog nooit op haar nichtje gepast. Bij de begrafenis was Agot nog maar een baby geweest. Snel duwde ze de gedachte aan die dag weg. Ze had niet zoveel met kinderen; ze leken best leuk, hoewel nogal veeleisend, als ze haar vriendinnen die moeder waren moest geloven. Helaas bleek het, als ze eenmaal kinderen hadden, vrijwel onmogelijk om contact met hen te blijven houden omdat ze meteen uit Londen vertrokken om ergens anders te gaan wonen waar meer ruimte was, en als je dan toch de hele reis naar hen ondernam, vielen ze meestal al na één biertje in slaap.

Eck keek op van zijn schoongeschraapte bord.

'Onze Flora kan wel voor haar zorgen, toch?' vroeg hij terwijl hij zijn bril hoger op zijn neus duwde. 'Je hebt weinig anders te doen.'

'O, pa, je weet toch dat ze een verschrikkelijk belangrijke baan heeft als jurist,' zei Fintan hatelijk.

Flora wierp hem een boze blik toe. Het was niet haar fout dat ze moest wachten op een miljardair. Maar het was irritant dat ze blijkbaar dachten dat ze in wezen geen zier uitvoerde, vooral omdat ze zelf wist dat er in Londen straks een enorme stapel werk op haar lag te wachten. En eigenlijk was ze, ietwat gesterkt door haar succes bij het schoonmaken van de keuken, van plan geweest een begin te maken met de akeligste taak die ze zich kon voorstellen: het opruimen van de kleren van haar moeder. Tegen beter weten in had ze gehoopt dat haar vader dat zelf al had gedaan, maar dat was natuurlijk niet zo. Ze zou niets weggooien wat hij wilde houden, maar een beetje opruimen was hard nodig.

'Ik heb zat te doen,' zei ze snuivend.

'Ja, de honden verwondingen op laten lopen!' zei Fintan.

'Hou je kop, Fintan!' riep ze.

Hij stak zijn tong naar haar uit.

Alle ogen waren op haar gericht. Toen bedacht ze dat Agot en zij de enige twee vrouwen in de familie waren.

'Is ze zindelijk?'

'Ja,' loog Innes.

Ze slaakte een zucht. 'Goed dan...'

17

'Er was eens... een schip, heel lang geleden. En er werd een meisje gestolen.'

'Waar?'

'O, heel ver in het noorden, waar de kastelen staan. Ze wilde er niet weg, maar ze werd meegenomen op een lange zeereis...'

'Waarom wilde ze niet mee? Waarom niet?'

'De ruisende rokken, de liefde en de geruststellende warmte waren verdwenen, en ze had het koud en was zo alleen...'

Flora schrok wakker in haar eenpersoonsbed, met een ochtendhumeur, verwarde haren en haar ogen nog half dichtgeplakt. De zon stond al hoog aan de hemel, hoewel het pas halfzeven was. Het duurde even voordat ze wist waar ze was. En ze had nog steeds niets gehoord uit Londen.

Agot werd om halfnegen gebracht door een stuurse Eilidh, die kort naar Flora knikte. Op een toon alsof het het ergste was wat je op je geweten kon hebben, zei ze dat ze had gehoord dat Flora 'even over was'.

De kleine Agot was drie en verbazend flink voor zo'n ukkie.

'Dit is je tante Flora,' zei Eilidh. Lag er iets sarcastisch in haar stem, of verbeeldde Flora zich dat omdat ze in een nogal gevoelige bui was?

'Hallo, tante Flowa,' zei Agot met een ongewoon luide stem, die zelfs nog werd gedempt door de duim in haar mond.

'Jullie tweetjes gaan vandaag met elkaar spelen. Dat wordt vast heel leuk!' vertelde Eilidh haar dochtertje.

Niemand in de keuken leek daar erg van overtuigd. Eilidh overhandigde Flora een enorme rugzak met daarin negen tupperwaredoosjes met eten, verschillende pakjes met doekjes en, een slecht teken, twee schone onderbroekjes.

'Lukt het je om haar te eten te geven?' vroeg Eilidh.

'Natuurlijk!'

'Sorry, ik had alleen gehoord dat je... hier aan het werk bent.'

'Ik kan meerdere dingen tegelijk, hoor,' pareerde Flora bijna knarsetandend.

'Mooi, mooi,' reageerde Eilidh afwezig. Ze kuste haar dochter – zonder te zeggen dat ze braaf moest zijn of iets dergelijks, merkte Flora – en vertrok.

Het was een heldere ochtend en er stond een fris briesje. Lekker weer eigenlijk, zolang je een trui aanhad. Normaliter zou Flora hebben geopperd om een wandeling met Bramble te gaan maken, maar die liep nog steeds een beetje mank. Agot en zij namen elkaar schattend op.

'Dit oma's huis,' zei Agot ten slotte op dezelfde luide toon. Ze had witblond haar, precies de kleur van het haar van haar grootmoeder. Volgens Eck leek ze sprekend op haar. Ze droeg het lang en daardoor zag ze er een beetje buitenaards uit, als een fee die op de golven uit het noorden vanuit wie weet waar was aangespoeld. Innes bleef mopperen dat dat lange haar onhandig was en nog vast zou komen te zitten in de landbouwmachines, en Agot zelf klaagde erover dat wasbeertjes ook geen lang haar hadden, maar haar moeder – die zelf muizig haar had – was er veel te trots op om het af te knippen. Het was zelfs nog nooit met een schaar in aanraking geweest, wat resulteerde in kleine pijpenkrullen. Flora verwachtte dat andere ouders er wel wat jaloerse blikken op hadden geworpen, want het zag ernaar uit dat Agot haar hele leven haar witte feeënhaar zou houden. Veel kinderen werden blond geboren op het eiland, maar kregen uiteindelijk rood haar.

'Wat vind je leuk om te doen vanmorgen?' vroeg ze.

Agot wierp een schuine blik op Flora, die daardoor het gevoel kreeg dat zij dat had horen te weten, dat ze zelf een plan had moeten hebben. Ze nam Agot mee naar buiten en ging met haar op een van de rotsblokken voor de boerderij zitten. Uit de wind voelde de zon opeens echt warm op haar gezicht en ze bedacht dat ze Agot straks met zonnebrandcrème moest insmeren, want haar huid was melkwit.

'Flowa!' zei Agot.

'Ja?'

'Dit oma's huis!'

'Ja, dat weet ik,' zei Flora. 'Maar jouw oma was mijn mama.'

Daar moest Agot even over nadenken. 'Oma is papa's mama!'

'Ja, dat is waar. Maar ze was ook mijn mama. Jouw papa is mijn broer.'

'Als George en Peppa?'

Flora had geen idee wie dat waren, maar besloot dat ze het zichzelf niet te moeilijk moest maken. 'Ja. Net als George en Peppa.'

Agot schommelde met haar benen en bonkte met haar voeten tegen de warme rots. 'Ze niet hiew?'

Flora schudde haar hoofd.

'Tante Flowa vewdwietig geen mama?'

Flora staarde naar de golven die onder aan de heuvel tegen de rotsen sloegen. 'Ja,' zei ze. 'Heel verdrietig.'

Agots gezichtje betrok. 'Wil mijn mama,' zei ze zachtjes. Je hoefde geen verstand van kinderen te hebben om te zien dat er moeilijkheden op komst waren.

'Stil maar,' zei Flora. 'Met jouw mama is alles goed. En ik ben al oud.'

'Ik al dwie!' verkondigde Agot.

'Ja, jij bent drie. Maar ik ben al groot. Veel veel ouder dan drie. Dus, snap je, het is oké dat mijn mama er niet is.'

Agots duim ging weer naar haar mond. Flora keek gauw om zich heen om iets te vinden wat haar kon afleiden.

'Eh... Zullen we steentjes gaan gooien?'

Agot schudde haar hoofd.

'Naar de koeien gaan kijken?'

'Ik vin vawkens lief.'

'We hebben geen varkentjes hier.'

Agots lip begon weer te trillen. 'Papa zei oma cake maken,' zei ze, alsof ze plotseling op die gedachte kwam. Ze keek Flora ernstig aan. 'Cake lekkew!'

'Heb je dat van oom Hamish?' vroeg Flora.

Ze zag de taarten en cakes voor zich die haar moeder altijd bakte: citroencake, geglazuurde minicakejes en de rijk gevulde fruitcake. Plotseling vroeg ze zich af of er cakerecepten in haar moeders receptenboek zouden staan.

'Kom maar mee naar de keuken, dan kijken we of we een cake kunnen bakken,' zei ze tegen een stralende Agot. Het kind sprong op en pakte Flora's hand, wat haar een onverwacht warm gevoel bezorgde.

En ja, er stonden verschillende cakerecepten in het receptenboek. Kerstcake, verjaardagstaarten en allerlei feestelijke baksels. Gezien Eilidhs afgepaste doosjes rozijntjes en gedroogd fruit in de rugzak, vermoedde Flora dat het geen goed idee was om Agot vol suiker te stoppen. Maar er was iets wat ze al heel lang niet had gemaakt, en ze had de ingrediënten ervoor in huis: scones! Er verscheen een glimlach op haar gezicht toen ze het recept zag. Dat was het!

Haar moeder had boven aan de pagina een notitie geschreven en omcirkeld: *oven heet, boter koud.*

'Staat daaw?' vroeg Agot, die met veel lawaai een stoel vanonder de tafel over de tegelvloer naar het aanrecht had gesleept. Bramble snoof; hij vond al die herrie maar niks.

'Er staat "oven heet, boter koud",' zei Flora. 'Want dat moet als je scones maakt.'

Agots gezicht klaarde helemaal op. 'Scones lekkew! Scones maken!'

Alles wat Agot zei, zo viel Flora op, was kort, op keihard volume en recht vanuit het hart. Ze keek naar het blije gezichtje van het kind en vroeg zich af waarom zijzelf niet zo helder en duidelijk was als Agot. In haar werk, tegen haar familie, over wat ze wilde.

'Hmm, oké.'

Ze zette de oven aan, waste Agots plakkerige handjes en begon bloem, melk en koude boter te mengen.

Toen bedacht ze opeens iets. Wat stom dat ze daar niet eerder op was gekomen! Of zouden de jongens het allemaal al hebben verorberd? Ze liep de voorraadkast in, waar het altijd heel koel was. De jongens leken er niet vaak te komen. Er stonden eindeloos veel blikken groenten en fruit – vroeger was het moeilijk en heel duur om verse producten te krijgen op het eiland. Annie was dol geweest op mandarijnen, perziken en peren uit blik. Toen er eindelijk regelmatig betaalbaar vers fruit te krijgen was, vond ze dat minder lekker dan de zoete, siroopachtige inhoud van de blikken waar ze zo van hield. Er stonden er nog heel veel.

Op de hogere planken bewaarde haar moeder vroeger altijd de kostbare potten jam en ingemaakt fruit. En ja hoor, ze stonden er nog: zelfgemaakte schatten die glommen in het licht dat door het kleine raampje viel. Roze, felrood, dieppaars. Kwetsen, bramen, aardbeien, kruisbessen. Ze had het gevoel dat ze een verborgen goudader ontdekte. Terwijl ze de rijen en rijen potjes bekeek, drong het tot haar door dat het inderdaad zoiets was: de allerlaatste jam, het allerlaatste ingemaakte fruit, het allerlaatste van haar moeder in al die verschillende glazen potjes, gemaakt door haar handen. Er waren veel van de potjes weggegeven aan vrienden en buren, maar Annie had ook wat bewaard om het gezin de winter door te helpen. Een winter die zijzelf niet meer had meegemaakt.

Plotseling moest Flora gaan zitten. Ze was in tranen.

'Wat issew?' Kleine naar haar uitgestoken plakhandjes veegden het haar voor haar gezicht weg. 'Jij huilen?'

'Nee,' zei Flora.

'Welles,' zei Agot op een toon alsof ze heel goed wist wanneer iemand huilde. 'Jij huilen.' Heel even, een seconde of twee, bleef het stil. 'Betew nu?'

Die vraag bracht een glimlachje op Flora's gezicht en ze veegde haar ogen droog. 'Ja, ja, ik voel me beter.'

'Jam lekkew,' verkondigde Agot opgewekt.

Flora dacht even na, keek uit het raam naar de wilde frambozenstruiken en dacht: nou, het heeft ook eigenlijk geen zin om alles te laten staan. Dus pakte ze een potje en veegde met haar vinger het stof van het deksel.

De scones die Agot maakte waren een beetje grillig van vorm, maar Flora was het eenvoudige genoegen vergeten om het deeg te kneden en te vormen met haar handen. Ze sneed de scones uit met een klein vormpje en legde ze keurig naast elkaar op een beboterde bakplaat.

'Scones!' gilde Agot op het moment dat Innes vanaf het land binnenkwam voor de lunch.

'O, lekker!' reageerde hij automatisch, maar hij deinsde wat terug toen zijn dochtertje erop stond dat hij een van haar lichtelijk aangebrande maaksels probeerde. Die van Flora waren echter perfect, en ze voelde zich belachelijk trots op zichzelf. Ze zag zelfs even een greintje respect in Innes' ogen.

'Mag ik er van allebei een?' vroeg hij tactvol.

De scones waren nog warm en de boter smolt perfect, waarna er een flinke klodder jam op werd gedaan. Het was, wist Flora, gewoon jam. Maar met die zoetheid en de iets wrange smaak van frambozen kwamen er allerlei herinneringen aan haar moeder naar boven; hoe ze aan het fornuis stond en roerde als een bezetene, haar gezicht rood van de hitte. Haar waarschuwingen dat ze niet te dicht bij de hete pan mochten komen. Jamdag was altijd opwindend geweest, lang wachten voor hen totdat ze eindelijk mochten proeven; het zoete spul werd op versgebakken brood met smeltende boter rechtstreeks uit de melkerij gesmeerd. Een *'jeely piece'* had haar vader deze traktatie genoemd, naar een liedje uit zijn jeugd. Flora had er elke dag een gekregen: in de herfst terwijl de avonden steeds korter werden, tot in de winter wanneer ze vrijwel de hele dag in het donker leefden en ze over het donkere pad van school naar huis liep. Als ze binnenkwam, kwam haar steevast de geur van vers brood en zoete jam tegemoet.

Zonder dat Innes iets zei, zag ze dat hij zich precies hetzelfde herinnerde. Hij bracht de scone naar zijn mond, maar voordat hij een hapje nam snoof hij de geur ervan op, en heel even gingen zijn ogen dicht. Flora keek gauw weg, beschaamd dat ze hem op zo'n persoonlijk moment had betrapt, een moment waarvan hij natuurlijk niet wilde dat zij het zag. Toen beet hij in de scone.

'Wauw zussie,' zei hij, 'volgens mij kun je deze zo verkopen in het café beneden.'

'Ja hoor, vast!' zei Flora met een glimlach.

Agot had intussen gretig gebruikgemaakt van het feit dat ze even niet op haar letten en drie scones naar binnen gepropt – niet haar eigen baksels, viel Flora op. Ze trok haar vader naar zich toe met een gezicht of ze iets heel belangrijks te zeggen had. 'Papa!' fluisterde ze nogal hard.

'Wat is er, kleintje?' vroeg hij terwijl hij op zijn hurken zakte.

'Ik vin Flowa lief!'

Flora voelde een grijns opkomen.

'En!' vervolgde Agot, met haar plakkerige vingertjes op haar vaders arm. 'Jam lekkew!'

'Ja,' zei Innes. 'Dat snap ik. Oma heeft die jam gemaakt.'

'Omajam!' riep Agot triomfantelijk uit.

Ze moesten er beiden om glimlachen.

'Waar is Fintan?' vroeg Flora.

Innes haalde zijn schouders op. 'Melkerij waarschijnlijk. Houdt zich daar tegenwoordig hele dagen schuil. Geen idee wat hij daar uitvoert, maar veel goeds zal het niet zijn.'

'Wat denk je, zal ik hem wat scones brengen?'

Innes lachte meesmuilend. 'Als vredesoffer?'

'Is het zo duidelijk?' vroeg ze. 'Waarom zit hij toch steeds zo op me te hakken?'

Innes haalde zijn schouders op. 'Niet alleen op jou. Hij loopt tegen iedereen te chagrijnen, is je dat niet opgevallen?' Hij wierp een blik op de schaal scones. 'Je kunt er maar beter een stuk of tien voor Hamish bewaren.'

Ze zette thee, besmeerde een paar scones en liep ermee naar de deur. Ze keek even om. Agot was haar niet gevolgd, die kletste een geduldige Innes de oren van het hoofd. Bramble kwam overeind en liep langzaam naar haar toe. Ze krabde hem op zijn kop en weerstond de verleiding om haar tong naar Innes uit te steken; Bramble was gewoon gek op haar, punt uit.

Ze liep het erf over, waar de kippen en eenden vrij rondscharrelden. Ze was niet bepaald dol op kippen, hoewel die natuurlijk heerlijke eieren legden. Iets aan die kleine kraaloogjes en de manier waarop ze de eenden probeerden weg te jagen, hun maïs opvraten en triomfantelijk – en met opzet, dacht Flora – poepten op de stoepen van het huis stond haar tegen. Het was zelfs eens gebeurd dat ze de woonkamer in kwam en een kip op de bank aantrof, wat een hoop consternatie gaf. Bramble, een waardeloze waakhond, zoals hij in praktisch alles waardeloos was, hield zich altijd heel stil als de kippen op hem afkwamen, anders begonnen ze hem te pikken en op te jagen. Het waren bazige beesten.

'Weg!' riep ze, terwijl de kippen haar wantrouwig opnamen. 'Schiet op! Uit de weg!'

'Niet schoppen!' hoorde ze iemand achter zich roepen.

Ze draaide zich om. Agot stond in de deuropening en keek haar streng aan. 'Niet schoppen. Niet goed voow eiewen!' riep ze op een toon waarin doorklonk dat ze dat uit eigen ervaring wist.

'Je hebt gelijk,' zei Flora. 'Je mag niet schoppen naar de kippen.'

Agot straalde, blij dat ze gelijk had gekregen, en Flora vervolgde haar weg.

De melkerij was rechts aan het woonhuis vastgebouwd en lag iets verhoogd, zodat de melktruck gemakkelijk gevuld kon worden. Vergeleken met de gladde, grijze elegantie van het huis was het een veel eenvoudiger bouwsel, met muren van golfplaten waarlangs lange rijen machines stonden opgesteld.

Naast de melkerij lag de natte cel, het hok waar haar moeder vroeger boter maakte. Af en toe hadden ze iemand ingehuurd om bij te springen, zodat ze wat meer verdienden in de winter. Flora was er na haar terugkomst nog niet geweest. Het rook er sterk en er waaide een koude tocht door de opening tussen de grond en de wanden. Als kind had ze het er al niet prettig gevonden; het was er zo koud en vreemd. Maar ze hield net zoveel van de boter als alle anderen. Ze klopte op de deur en voelde meteen dat het raar was dat ze dat deed. En bovendien was het nauwelijks een deur, eerder een plaat ijzer die aan scharnieren hing.

'Fintan?' Haar stem echode door de melkerij. Er stonden geen koeien natuurlijk, die waren die ochtend al gemolken. 's Avonds gebeurde dat weer, maar dan kwam er een jongen uit het stadje om dat te doen. Hun geur hing er nog wel. Flora was ondertussen aan die geur gewend, na er de eerste dagen steeds haar neus voor te hebben opgetrokken, en als ze het nu rook, vond ze het op een rare manier geruststellend.

Het bleef stil. Toen hoorde ze een wantrouwend: 'Wie is daar?'

'Fintan, je hoort toch dat ik het ben! Ik heb iets voor je meegebracht. Als je wilt.'

De deur van het hok ging op een kiertje open. Fintan droeg een oude trui vol gaten. Zijn haar werd erg lang, het zag er een beetje belachelijk uit. En zijn baard was al net zo onverzorgd.

'Wat?'

Er kwam een koude luchtstroom door de kier.

'Het is ijskoud hier,' zei Flora. Het contrast met het zonnige erf was onmiskenbaar.

'Ja, dat moet ook,' zei Fintan. 'Dat begrijp jij toch niet, het is iets technisch.' Hij wilde de deur weer dichtdoen.

'Fintan! Hier!' Ze stak het blad naar hem uit.

Hij keek naar de jampot die ze naast het bord had gezet. 'Is dat...'

‘Ik dacht dat ze dat niet erg zou vinden.’

‘En hij is niet bedorven?’

‘Nee,’ zei Flora. ‘Ze was briljant in jam maken.’

‘Ze was in een hoop dingen briljant.’

Even was het stil. Toen slaakte hij een zucht en deed de deur open. ‘Goed,’ zei hij zogenaamd nonchalant. Hij keek nog een keer naar de pot jam.

‘Het verbaast me dat jullie het niet allemaal hebben opgegeten,’ zei Flora.

‘Ja... Het voelde verkeerd op de een of andere manier, om het enige wat we nog van haar hadden op te eten.’

Flora nam dit in overweging en zei toen: ‘Ik denk dat ze juist had gewild dat wij het opaten.’

Fintan knikte. ‘Ja, waarschijnlijk wel.’

‘Agot is er zeker van dat we alles moeten opeten.’

‘Nou, als Agot dat vindt...’ Hij glimlachte, pakte een scone en nam een grote hap. Het bleef stil, maar toen zei hij: ‘Ze smaken precies zoals zij ze altijd maakte.’

‘Tsja, ik heb haar recept gevolgd.’

Hij griste nog een scone van het bord en stopte die in één keer in zijn mond. Zijn gezicht vertrok even. ‘Verbijsterend. Heel gek. Verbijsterend.’

Flora gaf hem het blad met het bord en de mok thee erop. Ze keek om zich heen. ‘Wat doe je hier eigenlijk?’

Weer bleef het een tijdje stil. ‘O, eh...’

‘Je hoeft het niet te vertellen.’

‘Nee, ik wil het wel vertellen, maar... niks tegen de anderen zeggen.’

‘Waarom niet?’

‘Geen idee. Ze zouden me uitlachen.’

‘Nou, dat zou eens wat anders zijn dan dat ze míj de hele tijd uitlachen.’

'Dat klopt. Dus misschien moet ik het dan maar niet vertellen.'

'Nee! Kom op! Wat doe je hier?'

Fintan gebaarde dat ze binnen moest komen en deed de deur achter haar dicht alsof hij bang was te worden afgeluisterd. 'Ik ben alleen wat aan het experimenteren.'

'Waarmee?'

'Met... Ga zitten.'

Verward deed Flora wat hij zei.

'Goed,' zei hij. 'Ik wil dat je iets proeft en me vertelt wat je ervan vindt.'

De natte cel had een grote, diepe gootsteen en metalen aanrechtbladen, en er hing een waterslang; de ruimte moest te allen tijde brandschoon zijn zodat er geen bacteriën in de melk terechtkwamen. Fintan verdween in een hoek en kwam terug met een enorme ronde vorm in een doek. Flora zag toen pas dat er meer van die ronde dingen op de planken lagen.

Hij haalde de doek voorzichtig weg, alsof hij een baby uitkleedde. In de doek zat een enorme, zacht uitziende kaas. Flora keek hem vragend aan, maar hij had geen aandacht voor haar. Hij pakte een scherp mesje, sneed een klein stukje af en presenteerde dat aan haar.

'Serieus? Heb jij dit gemaakt?' vroeg Flora.

'Proef nou maar.'

'Proeven? Als je iets verkeerd hebt gedaan, kan het mijn dood zijn.'

'Je gaat er echt niet dood aan.'

'Ik zeg ook niet dat je dat willens en wetens zou doen. Maar per ongeluk.'

'Luister,' zei hij. 'Ik heb al kilo's van die kaas gegeten, ik ben er al jaren mee bezig.'

'Jaren?'

'Ja. Het is een soort hobby.'

'Járen?'

'Proef nou maar, oké?'

Flora pakte het mesje aan, haalde het stukje kaas er aarzelend vanaf en stak dat in haar mond. Het was een van de heerlijkste kazen die ze ooit had geproefd – met de pit van een oude Cheddar, maar ook met een zachte romigheid, en een fantastisch rijke smaak. Ze was verbijsterd.

'O, mijn god!' zei ze en ze gaf het mesje terug aan Fintan. 'Mag ik nog wat?'

Langzaam verscheen er een enorme grijns op Fintans gezicht. 'Echt? Vind je het lekker?'

'Lekker? Overheerlijk!'

Hij wierp een ongeruste blik op de deur. 'Niet aan hen vertellen, hoor. Dat meen ik. Alsjeblieft. Niet vertellen.'

'Waarom niet?' Ze keek om zich heen. 'Je hebt hier een enorme voorraad liggen! Hoelang doe je dit nou al, zei je?'

Hij haalde zijn schouders op. 'O, je weet wel, sinds... Ik... ik moest afleiding hebben toen... Je weet wel.'

Ja, Flora wist het. Toen hun moeder was opgenomen in het ziekenhuis en nooit meer echt thuis was gekomen.

'En... ga je er iets mee doen?'

'Ik weet niet... Het enige waar Innes in geïnteresseerd is, is geld.'

'Tsja, dat is ook zijn taak.'

'En pa klaagt dat ik werkschuw ben.'

'Weten ze echt niet wat je hier doet?'

'Het maakt ze niks uit, toch? Ik ben gewoon rare Fintan die met iets raars bezig is.' Hij zuchtte diep.

Flora keek hem aan. 'Families zijn maar ingewikkeld.'

'Ja,' beaamde Fintan. 'Dat zijn ze ver... dulleme zeker.'

Flora schoot bijna in de lach. 'Je mag echt wel vloeken hoor, in mijn bijzijn.'

'O, is dat tegenwoordig hip in Londen?'

Ze wierp een verlangende blik op de kaas. 'Mag ik nog wat?'

'Echt?' vroeg Fintan met een half lachje.

'Ja, ik wil het Agot laten proeven. Kun je hem smelten?'

'Dat moet kunnen. Het is een harde kaas die smaakt als een zachte.'

Flora pakte een stuk op. 'Ik zeg wel dat ik hem in Londen heb gekocht.'

'Dan wil er niemand wat.'

Ze zette de grill aan en legde er een boterham met kaas onder tot de zijkanten bruin begonnen te worden en er zich een klein korstje op vormde, het lichtgele midden bubbelde en het verse brood een klein beetje schroeide aan de randen. Flora maalde er wat zwarte peper overheen en gaf de tosti aan Agot, die hem, toen hij voldoende was afgekoeld om te eten, in een razend tempo naar binnen schrokte.

'Jammie!' zei ze en ze wreef voldaan over haar buikje. 'Lekkew!'

Flora glimlachte tevreden. Het was leuk om lekkere dingen te maken voor andere mensen.

Later maakte ze voor iedereen zo'n tosti en ze aten er goed van. Ze vonden het allemaal lekker en waren vol waardering, gewoon voor zoiets eenvoudigs als een tosti. Ze wisselde een glimlach met Fintan en voor één keer was het een rustige, gezellige avond.

18

'Dit is echt de grootst mogelijke bullshit.' Joël ijsbeerde mopperend door zijn kantoor en Margo deed haar best om hem te kalmeren, zonder veel succes. 'Waarom heeft hij nog steeds niet met haar afgesproken?'

Margo haalde haar schouders op. 'Druk? Of misschien vindt hij haar toch te jong.'

'Ze is niet te jong om daar rond te hangen en vakantie te vieren op zijn kosten. Dit kan een grote klant voor ons worden en het enige wat zij doet is naar de plaatselijke roddels luisteren en god weet wat nog meer.' Hij vertrok zijn gezicht tot een grimas. 'Verdomme, ik zal erheen moeten. Hoe kom ik op die godvergeten kloteplek?'

'Met de nachttrein en een veerboot en...'

'Godver. Serieus? Kan ik niet gewoon vliegen?'

En zo zat Joël, furieus, in een piepklein propellervliegtuigje dat vanaf Inverness was vertrokken, met een groepje vogelaars en een paar mannen die op een olieplatform werkten als passagiers. Hij staarde uit het raampje naar de witte hemel en voelde zich ongelooflijk gefrustreerd. Wat een gedoe allemaal! En dat om zoiets triviaals. Hij had er een bloedhekel aan om cliënten in de watten te moeten leggen om ze binnen te halen; hij hield meer van de rechtszaal, van nachten doorwerken met als gevolg dat zijn personeel kapot was, keihard onderhandelen en, het meest van alles, winnen!

Hij keek omlaag en besefte dat hij zich nooit had gerealiseerd dat de grens van dit kleine landje zo ver naar het noorden lag. Ze vlogen over een eindeloze zee. Toen hij in Inverness over het asfalt naar het kleine vliegtuigje van Loganair was gelopen, had hij gemerkt dat het er veel kouder was dan in Londen. Hij moest dit snel afhandelen, zijn charmes en macht gebruiken om dat meisje op het juiste spoor te zetten, en dan zo snel mogelijk terug naar Londen. Ze had aardig geschrokken geklonken vanmorgen toen hij haar belde; waarschijnlijk was ze nu al vergeten wat werken was...

De zon brak door de wolken terwijl ze de daling inzetten en rondcirkelden boven Mure. Her en der lagen vissersboten in het schitterende blauwe water, maar Joël was helemaal verdiept in zijn aantekeningen over andere zaken en keek niet op of om, tot ze een onzachte landing maakten en tot stilstand kwamen voor het uit golfplaten opgetrokken gebouwtje dat doorging voor een aankomst- en vertrekhal.

Na de ontspannen avond ervoor schrok Flora zich dood van het telefoontje. Ze had verwacht iets te horen van Coltons kantoor, of van Margo, die haar hooghartig zou vragen waarom ze in vredesnaam niets uitvoerde. Kai had haar al gewaarschuwd dat dit kon gebeuren, maar toen ze het onbekende nummer op haar schermpje zag, had ze er geen moment aan gedacht.

Terwijl ze 'goedemorgen' stamelde, ving ze een glimp van zichzelf op in de spiegel boven de ladekast in haar oude kamer. De spiegelrand was versierd met alle rozetten die ze had gewonnen bij de Highland-danswedstrijden. Haar moeder had ze zorgvuldig bewaard, samen met alle bekers. Toen

Flora ze zag, was ze lichtelijk beschaamd maar ook een beetje trots geweest, bedacht ze terwijl ze zag dat haar haren alle kanten op stonden.

Het was acht uur; ze kon zich niet heugen wanneer ze tot zo laat had geslapen. Het kwam vast door die frisse lucht dat ze zo goed sliep. Pas nu ze terug was, besefte ze hoeveel slaap ze tekort was gekomen. Het leek wel of ze jaren van licht slapen in Londen goed moest maken. Daar was ze altijd half wakker, met één oor gespitst of ze geen inbrekers hoorde, en anders werd haar nachtrust wel verstoord door medebewoners die thuiskwamen, politiehelikopters, auto's die door de straten raceten of buurtfeesten. Hier hoorde je helemaal niets, behalve af en toe het blaffen van een zeehond of het gescharrel van nachtdieren. Hier was alleen frisse lucht en, als je heel goed luisterde, het geruis van de golven in de verte, dus was ze elke nacht helemaal van de wereld.

'Maak ik je wakker?' hoorde ze hem zeggen met zijn droge, laconieke stem, en Flora was opgesprongen alsof hij haar kon zien door de telefoon.

'O! Eh... Goede... m-morgen Mr. Binder!'

'Zeg maar Joël.'

'Eh... ik... kan alleen maar wachten. Ik heb regelmatig gebeld, maar word steeds afgewimpeld en aan het lijntje gehouden en ik vroeg me af of ik wel moet blijven... Ik bedoel, ik heb mijn papierwerk allemaal goed bijgehouden.' Dat was een regelrechte leugen, en Flora vroeg zich af of hij aan haar stem hoorde dat ze bloosde. Ze vervloekte zichzelf.

Bramble blafte aanmoedigend vanachter de deur en ze kon Hamish horen vloeken omdat hij zijn schoenen niet kon vinden. Het was een gekkenhuis.

'Ik kom vandaag aan.'

In eerste instantie begreep Flora niet wat hij zei. Het was zo lawaaiig en ze voelde zich verward door zijn plotselinge telefoontje. De hele situatie was onwerkelijk.

'Wat?'

Joël slaakte een gefrustreerde zucht. 'Ik laat Margo je alle gegevens wel toesturen. Heb je helemaal geen contact met hem gehad, hem niet één keer gezien? Ik dacht dat het heel klein was daar bij jullie.'

'Nee. Niemand ziet hem ooit hier, voor zover ik weet.'

'Wat weet je nog meer over hem? Heb je iedereen gesproken? Je hebt ze toch niet verteld wat je daar komt doen?'

'Ik weet zelf niet eens wat ik hier doe.'

Het was even stil en Flora kon zichzelf wel voor haar kop slaan dat ze zoiets stoms had gezegd.

Hij slaakte weer een vermoeide zucht. 'Ik zorg dat Margo je de vluchttijden doorgeeft.'

Er was maar één vlucht per dag, maar Flora deed geen moeite hem dat te vertellen. Nerveus liep ze naar de keuken. Misschien kon ze een ander recept opzoeken... iets maken om zichzelf te kalmeren.

Ze maakte het ritje van vijf minuten naar het vliegveld in de Land Rover van de boerderij. Ze had zo lang niet gereden dat ze erg moest wennen aan de zware, stroeve versnelling. Maar er was weinig verkeer op Mure, en weinig politie – dat was altijd al zo geweest. Niemand maakte zich druk over kinderen die reden zonder rijbewijs; ze moesten meehelpen op de boerderij en dat was dat. Flora was tien jaar geleden zo'n beetje door haar rijexamen gehobbeld met een ontzettend verstrooide examinator uit Fort William en had daarna helemaal niet meer gereden. Dus het was een uitdaging, om het zacht uit te drukken.

'Waar logeert hij, die chique baas van je?' had Fintan oprecht geïnteresseerd gevraagd toen ze vertrok. 'Je neemt hem toch niet mee hiernaartoe, hè?'

'Nee! Mijn god!' had Flora uitgeroepen. Het idee dat Joël in zijn maatpak en op zijn handgemaakte leren schoenen de boerderij binnen zou lopen, was volkomen absurd. Zo absurd dat ze zich er niet eens een voorstelling van kon maken. Het waren twee werelden die keihard zouden botsen en vervolgens zouden verpulveren tot stof. 'Is The Rock nog niet klaar?' vroeg ze.

Fintan fronste zijn voorhoofd. 'Nee. Het is een schande. Hij heeft geen enkele vakman van hier ingeschakeld; ze zijn allemaal in komen vliegen. Het wordt vast een afgrijselijk lelijk ding.'

The Rock was het veelbesproken hotel van Colton Rogers dat investeringen en banen had moeten opleveren voor het eiland, maar tot nu toe was er niets van dat alles gebeurd.

'Maar hij is nog steeds aan het bouwen? Hij zei dat het bijna klaar was.'

'Nou, dat is dan gebeurd zonder ons.' Fintan keek haar aan en vroeg: 'Verdedig jij zo'n slechterik, Flora?'

'Jij snapt maar weinig van juridische zaken,' antwoordde ze.

Fintan klakte met zijn tong. 'O ja, sorry, jullie snappen natuurlijk alles daar in Londen. Kutzooi.'

'Sorry?'

'"Flutzooi," zei ik.'

'Fintan!'

En hun wapenstilstand was verleden tijd.

19

Het was in elk geval mooi weer; Mure toonde zich van zijn beste kant. De wolken joegen als in een te snel afgedraaide film langs de hemel en er stond een frisse wind, maar omdat zon en wolken elkaar steeds afwisselden, was het best aangenaam op beschutte plekken en kon je bovendien genieten van het steeds veranderende licht op het water en de gouden banen boven de heuvels. Het was echt een fantastisch gezicht, en omdat het nog vroeg in het seizoen was, was het eiland nog niet overspoeld met klimmers in lycra outfits, natuurliefhebbers en verdwaalde toeristen.

Flora had een van haar werkoutfits aangetrokken, waar de jongens haar, zoals verwacht, mee plaagden en om uitlachten. En natuurlijk zat haar panty al binnen tien seconden onder de modderspatten. Ze fronste haar wenkbrauwen.

'Dit is toch niet te geloven!'

'Kleed je er dan op,' reageerde Fintan, die een broek droeg die zo te zien met een stuk touw werd opgehouden.

Flora keek hem aan. 'Het is midden op de dag. Moet jij niet aan het werk?'

Hij zuchtte diep en zijn schouders gingen omlaag. 'Ja, ja, ik ga al.' Hij liep weg. 'Kutzooi.'

'En hou op met "kutzooi" zeggen!' schreeuwde ze hem na, maar hij draaide zich niet om.

Toen Flora haar haar aan het doen was voor haar oude spiegel – ze had haar stylingtang willen gebruiken, maar daardoor waren alle stoppen doorgeslagen en had ze zich de woede van de anderen op de hals gehaald – was het haar opgevallen dat haar huid, die normaal een beetje vaal was van de late nachten en lange dagen onder de tl-buizen, er veel gezonder uitzag. Ze had zelfs wat kleur op haar normaal zo bleke wangen. Ze deed mascara op – een vast ritueel omdat haar wimpers anders compleet kleurloos waren – en wreef wat lipgloss op haar lippen. Haar hart klopte gejaagd.

Kai had eerder die ochtend gebeld. 'De grote baas komt naar je toe!'

'Ja, ik weet het.'

'Jullie tweetjes... Helemaal alleen...'

'Hou je kop.' Ze was al nerveus genoeg.

Kai zweeg even en zei toen zachtjes, hoewel hij wist dat het geen enkele indruk maakte: 'Hou je hoofd erbij, ja? Hij is je baas! Hij mág niet eens met je naar bed. En als hij dat toch zou doen, is dat alleen maar omdat hij zich verveelt terwijl hij wacht op de roomservice of iets dergelijks.'

'Kai!'

'Wat? Kom op, het is toch zo! Hij datet alleen van die belachelijk slanke, ongelooflijk hongerig uitziende vrouwen op torenhoge naaldhakken met geblondeerd haar. Je zou denken dat het om een en dezelfde vrouw ging, ware het niet dat ze constant tweeëntwintig blijven terwijl hij gewoon ouder wordt. Ik zeg het maar even, omdat jullie samen op pad gaan... doe alsjeblieft geen stomme dingen waar je later spijt van krijgt. En als personeelszaken het hoort... Je weet wat een zeikerds dat zijn.'

'Ja, omdat jij met twee mensen van hun afdeling in bed hebt gelegen!'

'En daar deden ze verschrikkelijk zeikerig over!'

Flora zuchtte diep. 'Misschien zou het juist wel goed zijn,' zei ze. 'Een onenightstand. Wie weet, krijg ik hem daarmee uit mijn systeem en ben ik er dan klaar mee.'

'Flora! Zo ben je toch helemaal niet! Jij doet niet aan onenightstands! Jij doet nooit iets spontaans! Je denkt er al sinds ik je ken over om je haar te verven. En ik ken je al drie jaar! Verf het gewoon!'

'Het zou kunnen werken!'

'Zilver niet, denk ik. Maar donkerblauw...'

'Nee, ik bedoel Joël en mij.'

'Doe niet zo idioot!'

'Wat is er idioot aan? Ik vind hem aantrekkelijk, we gaan met elkaar naar bed en dan denk ik nooit meer aan hem.'

'Zo zit je gewoon niet in elkaar.'

'Nou, misschien schat je me wel helemaal verkeerd in.'

Kai zei niets, maar slaakte een diepe zucht. 'Ja, wie weet. Hoe is het verder? Nog steeds verschrikkelijk?'

Ze wilde dat al heftig beamen toen ze opkeek. 'Nou...' zei ze met een blik uit het raam naar de zon op de velden. Bramble was naar het zonnigste plekje op de vloer gestrompeld en volgde dat door de keuken heen. Ze glimlachte. 'Ach, je weet wel. Hoe is het daar?'

'Bloedheet. Je ruikt alleen maar barbecues en vuilnisbakken.'

'Dat klinkt heerlijk,' zei ze. In de haven zag ze een windsurfer die over de golven racete.

'Trouwens,' zei Kai triomfantelijk, 'hoe kom je daar aan condooms? Als Mure zo piepklein is als ze zeggen, weet het hele dorp het binnen vijf minuten als je die ergens koopt!'

'Ik denk dat Joël er altijd wel een paar bij zich heeft.' Ze voelde dat ze bloosde bij het idee alleen al.

Weer slaakte Kai een diepe zucht. 'Ja, dat zit er dik in eigenlijk. Hij zal wel korting krijgen omdat hij groot inkoopt. Om al zijn smerige ziektes tegen te houden!'

Ze schoten allebei in de lach.

'Echt, er gebeurt echt niks,' zei Flora. 'Hij heeft geen idee wie ik ben, hij ziet me niet eens staan. En hij blijft maar een halve dag waarschijnlijk. Maar nu moet ik hem gaan ophalen.'

'Goed,' zei Kai. 'Goed. Flora, ik weet dat we er altijd grappen over maken, maar... Het gaat mij er niet alleen om dat Joël je baas is. Hij is een fantastische advocaat, maar hij kan ook heel wreed zijn. En ik kan het weten, ik heb hem meegemaakt met cliënten. Zo'n man verdient jou gewoon niet!'

Maar Flora zag in gedachten voor zich hoe hij wreed zijn lippen op de hare drukte en kon alleen maar knikken terwijl ze ophing.

Ze was van de boerderij vertrokken toen het vliegtuigje de daling inzette en ze wist dat ze dan precies op tijd zou zijn. Joël bonkte over de landingsbaan terwijl zij hetzelfde deed over de gaten in de weg. Onder het rijden stelde ze zich voor dat hij uit het vliegtuigje zou stappen en plotseling stil zou blijven staan in het besef dat hij haar nooit goed had gezien, waarna de schellen hem van de ogen vielen...

In plaats daarvan tuurde hij naar zijn mobieltje toen ze hem zag, bezig verbinding te zoeken of zo. Hij keurde haar nauwelijks een blik waardig en bromde: 'Zo! Ben je daar?'

Zelfs in dit belachelijke gebouwtje aan het einde van de wereld zag hij eruit alsof hij net uit een privévliegtuig was gestapt. Flora vond het moeilijk zich hem zonder pak voor te stellen; ze had hem nooit in vrijetijdskleding gezien, niet op het kerstfeest van de zaak (waar ze een bloedhekel aan had; ze stond van tevoren uren voor de spiegel en bleef dan een beetje in zijn buurt hangen, terwijl hij met de partners praatte, af en toe een klein lachje in de richting van het gewone werkvolk wierp – dat net als Flora helemaal was opgetut en in zijn buurt rondhing – en dan na een uurtje vertrok om ergens heen te gaan waar het veel leuker was), zelfs niet op warme zomerse vrijdagmiddagen, nooit. Ze kon zich hem niet eens voorstellen met een iets losgemaakte das, hoewel zij die wel voor hem los wilde maken, heel graag zelfs.

'De auto staat vlakbij,' zei ze. Ze hoopte dat ze niet te erg bloosde.

Joël beende naar de Land Rover, een beetje verrast door de wind toen ze het gebouwtje uit kwamen. 'Is het hier altijd zo koud?' vroeg hij.

Ze vond het helemaal niet koud. Blijkbaar begon ze te wennen hier. Ze schudde haar hoofd. 'O nee, het is meestal veel kouder.'

Joël knikte half, trok het portier van de Land Rover open en stapte in.

Even verstijfden ze allebei – hij was aan de chauffeurskant ingestapt.

Flora besloot dat ze, gezien het feit dat hij haar baas was, het beste zijn voorbeeld kon volgen, dus stapte ze aan de andere kant in.

'Eh... ik heb me vergist,' zei Joël. Het was uiterst zeldzaam hem een beetje van slag te zien.

'Ja,' zei Flora.

'In de VS... is dit de passagierskant.'

'Ja, maar je woont toch al een tijd hier?' Maar toen begreep ze hoe het zat. Dat hij voorin was ingestapt, kwam alleen omdat de Land Rover geen achterbank had. Hij zat nooit voor in een auto. 'Als je wilt, kun jij wel rijden,' zei ze met een glimlach, zich afvragend hoe ze in vredesnaam in deze ongemakkelijke situatie waren beland.

Joël glimlachte niet terug; hij voelde zich duidelijk wat beschaamd. 'Ik... Het is geen automaat,' zei hij.

'Nee, hoezo?'

'Hij heeft een versnellingsbak. Dat ben ik niet gewend.'

Hoewel ze opeens een sterke neiging voelde om te giechelen, wist ze dat tegen te houden, want dat zou zeker niet gewaardeerd worden. Sommige mannen kunnen er niet tegen als er om hen wordt gelachen en Joël was er overduidelijk zo een. Ze sprong snel uit de auto, en ze passeerden elkaar achter de Land Rover zonder hun ogen op te slaan.

'Dus je gaat naar de Harbour's Rest?' vroeg ze, zodra ze allebei hun gordel om hadden en ze uit nervositeit de auto per ongeluk in zijn achteruit had gezet.

'Wat?'

'Waar je logeert.'

'O, ja. Wat voor iets is het?'

Flora gaf niet meteen antwoord. 'Prima. Perfect. Fantastisch!'

Ze reden naar de haven. Joël zei niets over de schattige kleine huisjes of over het enorme strand waarop het smalle straatje uitkwam. De meeste mensen vonden het allemaal prachtig, maar hij zat nijdig te tikken op zijn telefoon, blijkbaar tevergeefs op zoek naar een signaal.

'Mijn god, hoe houdt een mens het hier uit?' mopperde hij.

Plotseling voelde Flora zich woedend worden. Het was een fantastische dag! Als je niet kon zien dat het hier prachtig was, was je gestoord. Het was raar Mure opeens te willen verdedigen, terwijl ze, zoals iedereen maar bleef herhalen, niet had geweten hoe snel ze er weg moest komen.

Zonder het te willen wierp ze snel een blik op hem. Hij had zijn lange benen uitgestrekt in de beenruimte, en ze zag dat zijn dure pak keihard gespierde bovenbenen omspande. O nee, dit was belachelijk; ze leek wel een vieze ouwe man!

Ze parkeerde voor het zachtroze gebouw naast de Harbour's Rest, waar vroeger een drogisterij in had gezeten. Maar de eigenaresse, een Engelse, was teruggegaan naar het zuiden om haar dochter te helpen met haar pasgeboren baby. Het pand stond nu leeg en viel uit de toon in het rijtje gebouwen aan de haven. Flora vond het een triest gezicht.

Voor de met een afbladderende laag zwarte en witte verf bedekte voorgevel van de Harbour's Rest zaten twee bebaarde vissers een pijp te roken. Ze leken op hipsters uit Oost-Londen en Flora hoopte dat Joël zou denken dat ze dat ook waren. Of hij het krullige patroon in het plakkerige tapijt van de Harbour's Rest ook hip zou vinden, was een tweede...

Inge-Britt, de luie IJslandse manager van het hotel, kwam de deur uit lopen. Ze droeg een of ander wikkelgeval – het zou toch niet haar ochtendjas zijn? Flora achtte haar ertoe in staat.

Ze stapten uit, en Joël pakte zijn dure bagage.

Inge-Britt lachte haar perfecte tanden bloot toen ze hem zag. 'Zo! Ook goedemiddag!' zei ze met opgetrokken wenkbrauwen.

'Dit is mijn baas die komt inchecken,' zei Flora nadrukkelijk. 'Joël Binder. Heb je zijn reservering?'

Inge-Britt haalde haar schouders op en bekeek hem met openlijke interesse. 'Ik weet zeker dat ik wel een plekje voor hem kan maken.'

Joël, die het gesprek niet had gevolgd, liep achter haar aan naar binnen. Voordat hij over de drempel stapte keek hij nog even om naar Flora. 'Kom me hier om twee uur oppikken,' zei hij.

Flora haalde haar schouders op, draaide zich om en kreeg

Lorna, die aan de overkant van de straat stond, in het oog. Ze liep op haar af.

'Ik kwam toevallig langs,' loog Lorna weinig overtuigend.

Flora rolde met haar ogen. 'En?' vroeg ze, terwijl Lorna keek hoe Joël het naar ontbijt ruikende hotel binnenstapte.

'Hij is heel knap,' zei Lorna. 'Je zult hem uit Inge-Britts klauwen moeten houden.'

'Ze stinkt naar bacon,' zei Flora geïrriteerd.

'O ja, daar hebben mannen een hekel aan,' zei Lorna.

Lorna ging mee naar de boerderij om te lunchen. Flora zette thee voor haar en besloot havercrackers te bakken om zichzelf op te vrolijken, met veel zout en een nootachtige korst. Toen ze klaar waren en voordat ze afkoelden, belegde ze ze met plakken van Fintans kaas.

'Jezus!' zei Lorna na de eerste hap.

'Ja, ik weet het.'

'Deze havercrackers zijn geweldig!'

'Dank je. En dat is kaas die Fintan heeft gemaakt.' Het was de combinatie met de knapperige crackers die het hem deed.

'Wat een genot! Dit maakt bijna goed dat ik al in geen tijden' – *kauw, kauw* – 'seks heb gehad,' constateerde Lorna.

'Dat moet je niet zeggen,' zei Flora. 'Straks roep je nog over ons af dat we nooit van ons leven meer seks hebben!'

'Dat kan me niks schelen als ik me de hele dag vol mag proppen met dit,' zei Lorna. 'Echt. Meer! Meer! Ja, ja ja...'

'Even voor de duidelijkheid, dit is dus geen seks, hè,' zei Flora.

'Ach, ik stop lekkere dingen in mijn mond, dus het komt in ieder geval in de buurt,' zei Lorna terwijl ze met een strijdvaardige blik nog twee crackers pakte. Ze tuurde naar de kaas. 'Fintan? Echt?'

'Hij maakt kaas in zijn vrije tijd. En ik denk ook nog andere dingen.'

'Die jongen haat het om op de boerderij te werken.'

Flora was verbaasd. 'Echt? Ik dacht dat hij gewoon een luie donder was.'

'Hij haat het! Was je dat niet opgevallen?'

Flora zweeg.

'Echt niet?'

Ze haalde haar schouders op. 'Ik dacht dat het wel oké met hem ging.'

Lorna keek haar bevreemd aan. 'Hij heeft nog nooit een vriendin gehad, hij is duidelijk gedeprimeerd, hij drinkt te veel...'

'Dat geldt voor zowat het hele eiland,' zei Flora nerveus.

'Nou, het is in ieder geval fantastisch dat het hem is gelukt zoiets lekkers te maken!' zei Lorna tactvol. 'Maar vertel eens, waarom heb je je zo opgetut?'

'Ik ben aan het werk,' zei Flora. 'Ik heb een baan, weet je!'

Haar vriendin trok haar wenkbrauwen op. 'Havercrackers bakken? Ik moet zeggen dat je er goed in bent.'

Ze schudde haar hoofd. 'Na de lunch gaan we naar Mr. Rogers toe.'

'O, "we" hè? Dat verklaart een hoop. Tussen twee haakjes, Charlie vroeg naar je.'

'Die gigantische beer van Outward Adventures?'

'Ja. Hij is leuk,' zei Lorna. 'Je kunt beter met hém naar bed.'

'Is Jan zijn vrouw, of hoe zit dat?' vroeg Flora.

'Wat maakt jou dat uit? Jij bent zo verkikkerd op Joël...'

'Hou je mond!' zei Flora. 'Jij gaat hem in ieder geval niet ontmoeten.'

Lorna knipperde met haar ogen en legde plotseling haar hand over die van Flora. 'Je hebt het zwaar te pakken, hè?'

'Ja.'

'Helpt het?' vroeg ze zacht. 'De hele tijd aan hém denken, in plaats van aan je moeder?'

Het bleef stil. 'Ik kan toch aan hen allebei denken?' zei Flora. En daarna: 'Ja, het helpt.'

'Goed. Maar neem het niet te serieus, oké?'

'Jeként hem niet eens!'

'Een geslepen advocaat die alleen maar uitgaat met supermodellen, je al jaren niet ziet staan en hier is óm de een of andere geheimzinnige golfbaaneigenaar te verdedigen?'

'Ja, als je het zo formuleert...'

'Wat zeggen je vrienden ervan? De vrienden die hem wél hebben ontmoet?'

'Hmm. Min of meer hetzelfde als jij.'

Lorna grijnsde. 'Ik zie je later. Geef me maar een paar van die havercrackers en wat van die kaas mee. En als je toch bezig bent, ook wat boter, graag. Kan ik niet gewoon álles meenemen?'

Flora keek toe terwijl ze de restanten van de lunch in haar tas schoof.

'Hoe zie ik eruit?' vroeg ze.

'Meer mascara. Je hebt de selkievloek.'

'Er zijn plekken op de wereld waar witte wimpers worden beschouwd als het mooiste wat er is,' verzuchtte Flora. 'Waar mensen op een wachtlijst staan om zo'n dure witte mascara te bemachtigen.'

'Waarom in vredesnaam? Tippex is toch ook goed?'

Flora gooide een garde naar haar.

'Hou op! Hou op, rare albino!'

'Rooie!'

Flora verliet het huis grinnikend en stapte weer in de Land Rover. Bramble, die nu weer goed liep, lag voorin te bakken in de zon.

'Weg!' zei Flora. Ze vroeg zich af of Joël van honden hield. Zou ze Bramble meenemen? Het idee dat hij niet van honden hield, was afschrikwekkend. Een vent die hard was, misschien zelfs slecht, kon ze best aantrekkelijk vinden. Maar iemand die niet van honden hield? Tsja, ze kon maar beter het risico niet nemen dat over hem te ontdekken. En bovendien stond het niet erg professioneel een hond mee te nemen, zelfs al ging er op Mure nooit iemand ergens heen zonder hond. Ze joeg Bramble de auto uit.

20

Toen ze parkeerde bij de haven liep Ollie, de dierenarts, met een kort knikje langs de auto. Nou ja! Waarom behandelde iedereen haar nog steeds als een arrogante Londense trut die het eiland waar ze geboren was in de steek had gelaten?

Voor het hotel stond Joël haar op te wachten. Ze had zich afgevraagd of hij misschien iets anders aan zou hebben dan zijn pak. Soms kon het een hele schok zijn als je iemand in andere kleren zag, wist ze. Bijvoorbeeld iemand die er fantastisch uitzag op zijn werk, maar die als je hem in zijn vrije tijd tegenkwam iets afgrijselijks droeg als een bermuda, waarin hij net een uit de kluiten gewassen peuter leek. Of hij had zoiets geks als een oorbel of harige voeten in sandalen, waardoor opeens alle aantrekkelijkheid verdween. Ze hoopte dat dat nu ook zo met Joël zou zijn.

Maar hij had helaas nog steeds zijn prachtig gesneden pak aan, hoewel Flora opmerkte – hoe kon dat haar ook ontgaan, ze was zo gefocust op alles wat hij deed – dat hij een ander overhemd had aangetrokken. Hij knikte bruusk naar haar, lette er goed op aan de linkerkant in te stappen en richtte toen zijn aandacht weer op zijn telefoon.

Flora vroeg zich af of ze de hondenharen zorgvuldiger van de stoelzitting had moeten vegen en besloot dat dit een mooie gelegenheid was om het hondenvraagstuk aan te kaarten.

'Sorry voor de hondenharen.'

Joël haalde alleen zijn schouders op. 'Oké,' zei hij terwijl hij door de papieren bladerde die zij voor hem had verzameld. 'Nu gaan we erachter komen waarom ik in vredesnaam zesduizend kilometer heb moeten vliegen.'

Even later draaide ze het smalle onverharde weggetje op dat naar de noordkant van het eiland leidde. Aan het einde ervan lag het enorme landgoed van Colton Rogers. De inwoners van Mure vroegen zich af waarom een Amerikaanse miljardair hun piepkleine eilandje aan het einde van de wereld met zijn ijzige wind in godsnaam verkoos boven een vakantiehuis op de Bahama's, de Canarische Eilanden, Barbados of, op sommige dagen, welke willekeurige andere plek dan ook. Dat zeiden ze natuurlijk alleen tegen elkaar, want als iemand die niet van Mure kwam zoiets zou zeggen, zou die binnen vijf seconden de mond worden gesnoerd door een koor aan protesten.

'Ik bedoel,' zei Joël, 'het interesseert toch niemand hier wat anderen op het eiland doen? Jullie hebben genoeg zee om op uit te kijken, lijkt me.'

'Natuurlijk interesseert dat de bewoners hier! Bovendien houden ze niet van veranderingen en staan ze een beetje wantrouwig tegenover mensen die niet van hier zijn.'

Joël wierp een verbaasde blik op haar. 'Dat klinkt als zo'n primitief volk dat kwade geesten oproept om vreemden te verjagen.'

'Zulke dingen zou ik hier maar niet hardop zeggen.'

Hij snoof en verviel in stilzwijgen.

'Dit is een heerlijke plek om op te groeien.' Flora besefte dat ze maar wat zei om de stilte te doorbreken. 'Waar ben jij opgegroeid?'

Hij wierp een boze blik op haar, alsof ze een onzichtbare

grens had overschreden. 'Hier en daar,' antwoordde hij, waarna hij zijn aandacht weer op de papieren richtte.

Er priemde een baan zonlicht door de wolken boven het dal. Flora keek omhoog naar Macbeths schaapskudde op de heuvel. De dieren waren geschoren voor de zomer en kwamen van de heuvel af drentelen, op weg naar de stal. Ze zag Macbeths zoon Paul, die bij haar in de klas had gezeten; hij was een grappige, luie jongen geweest die schaapsherder wilde worden omdat hij domweg niets beters kon bedenken om te doen in het leven dan op schapen passen, 's avonds naar de pub gaan met zijn vader en al hun maten en met het mooiste meisje trouwen dat hij tegenkwam op het maandelijkse dansfeest, de *ceilidh*, wat hij allemaal binnen korte tijd had bereikt. Flora keek hoe hij van rots naar rots sprong, op het land waar zijn familie al generaties lang werkte, met grote ontspannen stappen, bezig met iets wat hem met de paplepel was ingegoten, iets wat hij van nature begreep en waar hij voor was geboren.

Even later stopte ze voor het enorme metalen toegangshek van het landgoed, stapte uit en drukte op de knop van de intercom. De camera die boven haar hing begon te brommen omdat hij naar haar toe zwenkte en hoewel ze er nooit over had nagedacht, was ze opeens benieuwd hoe het er binnen uit zou zien. Er werd hier nooit iemand uitgenodigd; er was een eilander die een oogje in het zeil hield, maar dat was een zwijgzame, gesloten man die zich niet onder de bewoners begaf, dus was er ook niets om over te roddelen. Er deden verhalen de ronde over bezoekjes van beroemdheden en sportsterren, maar ook daar was nooit iets van bevestigd.

De enorme ijzeren hekken begonnen langzaam open te schuiven. Voor hen lag een lange, met kiezels bedekte oprijlaan met perfect gesnoeide bomen en onberispelijk bijgehouden bloemperken erlangs, en een gazon dat wel met een nagelschaartje leek te zijn geknipt. Het was heel anders dan de rest van Mure.

Het huis was ooit een groot landhuis geweest, een streng en grimmig gevaarte dat was gebouwd voor de dominee, die uit een rijke familie kwam. Maar de dominee had de lange, donkere winters niet aangekund en zijn opvolger was een vrijgezel die veel liever in het huis naast de kerk had gewoond, hoewel dat donker en koud was. Tegenwoordig hadden ze een forenzende dominee van het vasteland en woonde de plaatselijke huisarts in het huis naast de kerk. En Colton Rogers had het landhuis gekocht en was bezig het op te knappen.

Het leek in niets meer op hoe Flora het zich herinnerde uit haar jeugd, toen ze door de hekken naar het donkere, sombere huis had staan turen en de moedigste jongens over de hekken klommen om het huis vanbinnen te bekijken, of in ieder geval beweerden dat ze dat hadden gedaan. Het grimmige gebouw leek nu teruggebracht in de originele staat. De grote ramen waren hersteld en de rottende sponningen vervangen. De stenen van het huis waren gezandstraald en hadden nu een zachte lichtgrijze tint die mooi paste bij de tuin. Het grind was onberispelijk, de enorme voordeur glanzend zwart en in de vensterbanken stonden rijen buxusboompjes. Het was werkelijk prachtig.

'Wauw,' zei ze.

Joël leek niet onder de indruk. Misschien was het voor hem allemaal niet zo bijzonder.

Achter het huis lagen bijgebouwen en een enorm, verleidelijk uitziend zwembad, met een dak erboven dat op mooie dagen helemaal open kon (Flora vroeg zich af of dat ooit gebeurde). Er stond ook een aantal dure auto's, waaronder verschillende Range Rovers, stuk voor stuk glimmend gepoetst.

Er leken geen honden te zijn, die maakten waarschijnlijk te veel rommel in de tuin. Het grote, traditionele huis had iets onwerkelijks; het was prachtig opgeknapt maar maakte een te nette, opgepoetste indruk. Ze zag manden met lavendel en er was een oude stenen put met een glimmende emmer erboven. Het leek wel een Disneyversie van Mure, maar ze waren gewoon op het eiland, met licht dreigende wolken boven hun hoofd om dat te bewijzen.

De deur werd opengedaan door een vrouwelijke bediende die buitenlands klonk en echt een zwart jurkje met een wit schortje droeg. Flora was onder de indruk, want ze had nog nooit een dienstmeisje op het eiland gezien, maar Joël was weer niet geïmponeerd. Zo moeten rijke mensen in Amerika leven, concludeerde Flora, hij vindt het allemaal doodnormaal. Nou ja, misschien was het ook wel normaal, dacht ze terwijl ze de brandschone garderobe binnenstapte, waar tot haar verbazing een hele rij groene rubberlaarzen in allerlei maten, zelfs babymaten, stond.

'Hallo!'

Colton Rogers kwam op hen af. Hier, buiten de beslotenheid van het kantoor in Londen, zag hij er nog altijd lang en getraind uit, zelfs een beetje intimiderend. Vroeger was hij topsporter geweest, wat nog steeds aan hem te zien was. Alles wat hij had verdiend met zijn sport had hij geïnvesteerd in start-ups in Silicon Valley, waarvan er minstens twee inmiddels heel succesvol waren.

'Hé, Binder, goed je weer te zien. Ik hoef je niet te bedanken voor je komst, want een bezoekje aan Mure is nou niet bepaald een straf, toch?'

Joël bromde maar wat.

Flora vroeg zich af hoe zijn kamer in de Harbour's Rest was. De mooiste lag recht boven de bar, die met het vorderen van de avond steeds lawaaieriger werd. Ze hoopte dat hij van vioolmuziek hield. En van heel, heel lange liederen over zeevaarders en mythische zeewezens.

'Flora, was het niet?'

'Hallo, Colton.'

'Willen jullie eerst een rondleiding?'

Flora had al bijna 'ja' gezegd, maar dacht er gelukkig net op tijd aan dat die beslissing niet bij haar lag.

'We zijn hier om te werken,' reageerde Joël.

'Ja, ja, maar ik betaal voor jullie tijd, toch? Ik betaal me altijd blauw aan jullie chique advocatentypes, dus kan ik er maar beter van genieten. Toch? Kom, dan laat ik jullie de boel hier zien,' zei Colton. Hij liep met grote stappen langs hen naar zijn erf vol glanzende auto's en koos, tot ieders verbazing, een quad. 'Dit is dé manier om ergens te komen hier,' zei hij. 'Veel beter dan dat afschuwelijke Londense verkeer, toch?'

Joël ging naast hem zitten, Flora klom achterop en ze reden weg, Flora met haar handen op haar rok omdat die anders te hoog opwaaide. En weer viel ze van de ene verbazing in de andere bij het zien van al het werk en alle energie die er was – en nog steeds werd – gestoken in het temmen van de prachtige natuur van Mure en die om te vormen tot een nettere, gestructureerdere versie van zichzelf. Zo was het originele kreekje dat tussen de bomen door kronkelde uitgegraven en verbreed, waren er watervalletjes in gemaakt zodat de zalm er kon kuitschieten en was er nieuwe forel en zalm in uitgezet voor het geval er iemand wilde vliegvissen, vertelde Colton. Het was prachtig, vond ze, maar ook een beetje nepperig.

'Ik sluit hier tijdens het vissen meer deals dan in drie lange dagen vol saaie vergaderingen in een bedompt kantoor,' zei Colton. 'Ik haat New York, jullie niet?'

Joël haalde nietszeggend zijn schouders op.

Flora wist niet wat ze moest zeggen, want ze was nog nooit in New York geweest.

'Die verzengende zomers! Vreselijk! Je kunt er geen adem halen. Niemand kan dat. Ik snap niet waarom je dáár in vredesnaam zou willen blijven. En die winters! Je bevriest er levend. Geef toe, het weer in New York is altijd vreselijk. Altijd!'

'En hier is het beter?' vroeg Joël kalmpjes.

'Hier is het perfect! Nooit te warm! En snuif die heerlijke lucht hier eens op! Heerlijk. Toe!'

Gehoorzaam deden ze wat hij vroeg. Joël zat wat bozig voor zich uit te kijken, zich misschien afvragend wat dit allemaal moest kosten, maar Flora genoot van de frisse lucht. Toch ergerde ze zich een beetje aan Colton, omdat die leek te denken dat het allemaal van hém was.

'Waar woon je?' vroeg hij plotseling.

'Shoreditch,' antwoordde Joël.

Flora probeerde niet met haar ogen te rollen. Natuurlijk, een van de hipste, bruisendste wijken van Londen, langzamerhand onbetaalbaar.

'Ik had het tegen haar,' zei Colton.

'Op de MacKenzieboerderij,' antwoordde ze.

'Welke is dat?'

'Die op de heuvel die uitkomt op het strand.'

'O ja! Die ken ik. Een prachtige plek!'

'Ben je van plan The Rock te gaan openen?'

'Dat was wel het plan, ja.' Colton rimpelde zijn neus. 'Maar het lukt waarschijnlijk niet. Mijn personeel wil hier niet werken. En alles moet geïmporteerd worden... Ik denk niet dat het rendabel is.'

'Waarom kunnen er geen mensen van het eiland werken hier?'

'Omdat die allemaal vertrekken naar het vasteland,' zei Colton. Hij keek haar kil aan. 'Jij woont toch ook niet op de boerderij?'

Flora kleurde en schudde haar hoofd.

'Hoe doet de boerderij het? Valt er nog de kost te verdienen?'

Flora bromde wat nietszeggends, wat ongemakkelijk terugdenkend aan wat Innes over de boeken had gezegd. 'Maar er zijn hier ook allerlei prima producten te krijgen,' zei ze.

'Daar zie ik weinig van. De meeste vis die hier wordt gevangen gaat meteen naar het vasteland. Knolraap, ja, die is er in overvloed, als je daarvan houdt.'

'Goed klaargemaakt is knolraap heel lekker,' zei Flora. 'En we hebben zeewier. En kaas...'

'Kaas? Waar?'

Flora beet op haar lip. 'En er is een aantal heel goede bakkers op het eiland.'

Colton haalde zijn schouders op. 'Tsja, het had nu eigenlijk klaar moeten zijn... Misschien moet ik er toch wat meer haast achter zetten.'

De quad hobbelde door een paar open stukken wilde natuur, die werden onderbroken door nieuw aangeplante bosschages. Tussen de jonge bomen hielden zich tientallen herten schuil, meer dan Flora ooit bij elkaar had gezien op het eiland. Het waren groepjes hinden en hun in het voorjaar geboren jongen, met hun witte opstaande staartjes die op en neer dansten, en stevige grotere bokken die door de struiken erachter struinden. Het was een fantastisch gezicht.

'Kun je hier op herten jagen?' Voor één keer klonk Joël oprecht geïnteresseerd.

'Herten. Hoenders. Fazanten. Je moet alleen uit de buurt van de steenarenden blijven.'

'Er zijn hier steenarenden?'

'Ja, maar als ik er een neerschiet word ik gearresteerd, opgehangen, gevierendeeld en ceremonieel verbrand,' zei Colton lachend. Toen hij Flora's gezicht zag, voegde hij er vlug aan toe: 'Jezus! Ik wíl helemaal geen arenden schieten. Het was gewoon een grapje. Je moet alleen oppassen, dat is alles.'

'Dus je gaat hier zakenrelaties van je uitnodigen?' wilde Joël weten.

Flora zou zweren dat ze opeens dollartekens in Joëls ogen zag. Hij zou waarschijnlijk zelfs Gaelisch gaan leren als hem dat toegang tot Coltons relaties verschafte.

'Ik ga hier iedereen uitnodigen die ik mag,' antwoordde Colton. Hij rolde met zijn ogen en vervolgde: 'Maar geen mensen die me vragen waar de dichtstbijzijnde Gucciwinkel is.'

'Waar ís die eigenlijk?' vroeg Flora belangstellend. Ze had niet verwacht dat ze Colton zou mogen, maar merkte dat dat wel zo was. En ze had gehoopt dat ze Joël ook zou mogen, maar daar was ze niet zo zeker van.

'Reykjavik,' zei Colton. 'Vlakbij als je het vliegtuig neemt, dus ik snap niet waar dat soort mensen over klaagt.'

Ze sloegen een perfect zandpad in. Mijn god, wordt dit iedere morgen door iemand aangeharkt of zo? dacht Flora. Ze nam aan dat het als je zo rijk was als Colton geen probleem was dat te regelen. Wel vroeg ze zich af waar al zijn personeel eigenlijk vandaan kwam. En hield hij ze opgesloten in zijn kelder of zo? Vreemd allemaal...

'We zijn er!' riep Colton uit. Hij stopte en gebaarde breed met zijn arm. 'Moet je zien! Moet je dit nou eens zien! Helemaal niets! Niet eens een telefoonpaal. Of een televisiemast. Geen huis, geen wolkenkrabber, geen metro, geen bushalte en geen reclamebord. Geen trottoir, geen vuilnisbakken. Niets wat door de mens is gemaakt. Waar je ook maar kijkt.'

Behalve The Rock natuurlijk. Flora wist dat het hotel nog niet af was en had niet veel meer verwacht dan de bouwval die er altijd had gestaan. Maar toen ze uitstapte, zag ze onmiddellijk dat het daar in de verste verte niet meer op leek, wat haar oprecht verbaasde. Het drong tot haar door dat ze gewend was geraakt aan de arrogante, stadse visie dat er buiten Londen niets te vinden was wat de moeite waard was, dat je ten noorden van de Watford Gap zelfs geen fatsoenlijke cappuccino kon krijgen. Maar dit logenstrafte alles!

Beneden haar lag een kleine steiger met lantaarns die aangestoken konden worden in de donkere maanden. Een heuse rode loper bedekte het rotspad dat omhoogleidde naar het hotel. Ze liepen de stenen bordestrap naar de ingang op, waarvan de treden zo schoon waren dat ze wel gestofzuigd leken. Het hotel zelf was laag en opgetrokken uit grijze stenen in dezelfde kleur als de rotsen, alsof het ontworpen was om op te gaan in de natuur. Het had lichtgrijze houten deuren en raamkozijnen en achter elk raam was een zacht lichtschijnsel te zien, zelfs overdag, waardoor het er erg gastvrij uitzag. Behalve het gekrijs van de rondcirkelende vogels klonk er een zacht, tinkelend welkomstmuziekje, en Flora trok haar wenkbrauwen op.

'Via deze steiger kunnen we de gasten ophalen uit de haven,' verklaarde Colton. 'Dan hoeft er niemand langs mijn huis om hier te komen. En bovendien arriveren ze dan per boot, wat natuurlijk extra charme heeft.'

Langs het pad was een prachtige Japanse siertuin aangelegd, met vetplanten die heerlijk roken en de winterse stormen op Mure konden doorstaan. Ernaast zag ze een kruidentuin met rijen lavendel en munt. Had ze maar een schaartje bij zich om er wat van af te knippen... En verderop lag een ommuurde groentetuin, waarin ze net rijen kolen en aardappelplanten kon onderscheiden. Alles wat daar groeide zou wel in het restaurant van het hotel worden gebruikt. Colton had duidelijk grote ambities.

Het hele complex grensde aan een prachtig strand met verbijsterend wit zand, dat zich mijlenver leek uit te strekken. Erachter zag ze duinen met lage bremstruiken en aan de andere kant van het strand lag de eindeloze zee, helemaal tot aan de Noordpool.

Dit leek wel het einde van de wereld; het was alsof er een totale leegte voor hen lag. Alles om hen heen was stil. Even schoot het door haar hoofd hoe heerlijk Bramble het hier zou vinden.

'Behalve The Rock is hier helemaal niets wat door mensenhanden is gemaakt,' benadrukte Colton nog een keer met een ernstig gezicht, op een toon die klonk als de voice-over bij een documentaire. 'Helemaal niets. Hebben jullie enig idee hoe zeldzaam dat is? Hoe bijzonder? En al helemaal in dit kleine landje. Maar dat geldt tegenwoordig eigenlijk voor de hele wereld. In de woestijn staan telefoonmasten. De oerwouden van Afrika liggen vol met plastic. Overal zijn reclames te zien. Over de hele wereld. Maar dit kleine stukje van die wereld – met de schoonste lucht en het beste water – is van mij. En ik heb er veel voor over om het zo te houden als het is. Het is hier perfect. Ongerept. Ik knap The Rock niet op om rijk te worden, dat bén ik al. Ik knap het eenvoudigweg op omdat het mooi moet zijn, prachtig. En als ik dood ben, laat ik het na aan de inwoners van Schotland... En daarom moesten jullie dit zien.'

Flora knipperde met haar ogen. 'Waarom?'

'Omdat er sprake is van het aanleggen van een groot windmolenpark in zee, net nu we bijna klaar zijn voor de opening. Recht voor de neus van iedereen die hier komt. Het verpest mijn uitzicht maar, nog belangrijker, het verpest alles wat deze plek zo bijzonder maakt.'

Alsof ze een teken hadden gekregen kwamen er twee strandlopers langswandelen, druk kwetterend met hun lange oranje snavels, alsof ze voor de lunch afspraken. En misschien was dat ook wel zo.

'Het unieke van deze plek, wat het hier zo speciaal maakt voor iedereen die hier komt, zal allemaal verdwijnen, alleen maar om een paar targets te halen in het groenestroombeleid. Wat trouwens ook helemaal niet klopt; met alle brandstof die verbruikt zal worden om die molens te maken, te transporteren en neer te zetten, is ongeveer een half olieveld gemoeid. Maar als het moet – als het écht moet, vanwege een paar mensen in Brussel die er geld aan verdienen of zo – als het onontkoombaar is, kunnen ze dat park ook een stukje verderop neerzetten. Of rondom het vasteland. Of, kan mij het schelen, tegenover jullie boerderij, die verdient toch niet direct de schoonheidsprijs.'

'Nou, hartelijk bedankt,' reageerde Flora gepikeerd.

'Ik wil in ieder geval niet dat het park hier komt. En daarom heb ik jullie nodig.'

'Wij doen normaliter alleen fusies en overnames,' zei Joël nadenkend. Hij keek naar het landschap, merkte Flora op, maar hij leek het niet echt te zien. Alsof hij niet begreep wat het betekende en alleen geïnteresseerd was in het inschatten van de geldelijke waarde ervan. 'Ik bedoel, Schotse ruimtelijke ordening... is heel iets anders.'

'Ja, dat weet ik, maar kunnen jullie deze zaak toch op je nemen? Ik ken jullie nu en wil niks te maken hebben met de een of andere zelfgenoegzame kakker uit Edinburgh met veel te duur briefpapier.'

Joël knikte. 'Wie keurt dit soort plannen goed?'

'De gemeenteraad,' antwoordde Flora automatisch. 'Zij gaan over de ruimtelijke ordening. Tenzij het een enorm probleem wordt, dan beslist de eilandraad erover, neem ik aan.'

'Waarom willen ze het windpark niet ergens anders neerzetten?'

Colton haalde zijn schouders op. 'Geen idee. Ik heb protest aangetekend, maar tot nu toe krijg ik weinig steun. Ik heb geen idee hoe ze hier over me denken.'

Opeens richtten beide mannen hun blik op Flora.

'Wat?' vroeg Flora, die weinig zin had de vraag te beantwoorden. Ze had naar de zee staan kijken omdat ze dacht dat ze de kop van een zeehond uit de golven omhoog zag komen. Ze keek nog een keer. Ja! Daar had je hem; zijn snorharen glommen in de zon. Ze wilde Joël aanstoten om hem erop te attenderen, maar dat was natuurlijk volkomen ongepast.

'Hoe denken ze hier op het eiland over Colton?' drong Joël aan, met een geërgerd gezicht omdat ze haar aandacht niet bij het gesprek had.

'O...' Flora wist niet goed wat ze moest doen; de waarheid vertellen of de cliënt naar de mond praten. 'Eh... Ze zien je hier niet veel,' begon ze, en ze voegde er diplomatiek aan toe: 'Je bent er niet vaak.'

Colton fronste zijn voorhoofd. 'Maar ik pomp een hoop geld in dit eiland.'

Het bleef even stil.

'Met alle respect...' begon Flora. Hoewel Joël haar een waarschuwende blik toewierp, besloot ze dat het weinig zin had eromheen te draaien. De eilandbewoners zouden hem niet steunen, zo was het nu eenmaal. 'Maar de bewoners hier zijn van mening dat je niets inbrengt... Je laat al het werk door je eigen mensen doen, en je koopt niets wat hiervandaan komt.'

'Dat komt doordat de producten...'

'Ik vertel je alleen hoe het zit,' zei Flora. 'Je drinkt ook nooit een biertje in de pub.'

'Waarom zou ik dat doen?'

'Zomaar,' antwoordde Flora. 'Dat doen mensen nu eenmaal.'

'Waarom?'

'Waarom bestaan er pubs?'

Colton glimlachte. 'Oké, ga verder. Wat doe ik nog meer fout hier, behalve dat ik in het eiland investeer, erop bouw, de flora en fauna hier bescherm...'

'Maar daar ga je ook weer een deel van afschieten.'

'Medewerkers van advocatenkantoren beginnen tegenwoordig verkwikkend eerlijk te worden,' merkte Colton op tegen Joël, die zonder iets te zeggen toekeek.

Flora was nerveus, bang dat ze te ver was gegaan. 'Sorry,' zei ze.

'Nee, nee,' zei Joël. 'Het is juist bruikbare informatie, Colton. Te weten waar je staat, zodat je een goede strategie kunt bedenken.'

'Wat? Is het bruikbaar te weten dat iedereen een hekel aan me heeft?'

'Dat is niet waar!' riep Flora uit. 'Maar niemand kent je!'

Er viel een stilte. De golven kabbelden kalm over het perfecte strand.

'Dus ik moet aardig tegen de mensen hier zijn? Zodat ze me steunen?'

'Je kunt natuurlijk sowieso aardig zijn tegen iedereen,' zei Flora met een klein lachje.

Colton glimlachte terug. 'Ja, ja, oké, als een jurist het zegt...'

'Ik ben geen...' begon Flora, maar Joël onderbrak haar.

'Is het niet mogelijk om van de directe omgeving een beschermd natuurgebied te maken of zoiets?'

Flora schudde haar hoofd.

'Wat?' vroeg Joël.

'Het eiland is te klein,' zei ze. 'Als je geen windmolenpark aan mag leggen om de natuur en de inheemse dieren te beschermen, zou de zone waarin dat niet is toegestaan het hele eiland omvatten en mag je het nergens neerzetten.'

'Nou, láten we het dan nergens neerzetten,' merkte Colton op.

'Dan bouwen ze straks een kerncentrale en heb je spijt als haren op je hoofd,' zei Joël.

'Kijk, daar is-ie weer!' zei Flora wijzend.

'Wat?'

Colton en Joël volgden haar uitgestrekte arm, maar begrepen eerst niet wat ze bedoelde.

'Kijk dan!' zei ze verbaasd. 'Zien jullie hem niet?'

De zeehond kwam met een verbaasde uitdrukking op zijn glimlachende kop weer een stukje boven de golven uit. Het water droop van zijn snorharen.

'O, kijk nou toch!' riep Colton uit.

'Niet op jagen, hè!' waarschuwde Flora.

Hij sloeg zijn ogen ten hemel. 'Nee, mevrouw, natuurlijk niet. Tjee, is hij niet prachtig?'

'Zeker,' bevestigde Flora.

Joël kneep zijn ogen half dicht en tuurde ingespannen. 'Wat is dat? Een zeeleeuw?'

Ze keken hem allebei aan.

'Jij brengt veel te veel tijd door met haaien in pak,' zei Colton lachend, waarna hij zich tot Flora richtte. 'Maar jij was degene die hem spotte.'

Flora knipperde ongeduldig met haar ogen. Nou en?

'Ik snap nu waarom die oude legende hier wordt verteld.'

'Wat voor oude legende?' vroeg Joël.

'Over selkies,' zei Colton. 'Daar geloven ze hier in. Zeehonden die hun pels afstropen en in mensen veranderen. Soms trouwen ze met een eilandbewoner, maar uiteindelijk gaan ze allemaal terug naar zee. Ben jij er een? Is dat familie van je?'

Flora deed haar uiterste best om te glimlachen, maar ze kon het gewoon niet.

'Selkies zien er toch net zo uit als jij, met dat witte haar en die bleke huid?' vroeg Colton.

Plotseling kreeg Flora een flashback van de begrafenis, die vreselijke, afschuwelijke dag, en werd ze overvallen door zo'n verdrietig gevoel dat ze bijna moest huilen. 'Mmm,' mompelde ze.

Verbaasd keek Joël naar haar; ze leek opeens helemaal van streek. Haar witte gezicht tekende zich af tegen het witte strand, met een groene zee erachter die exact dezelfde kleur had als haar ogen. Plotseling zag hij dat iets wat in de stad kleurloos lijkt, hier helemaal op zijn plaats was. Hij veranderde van onderwerp: 'Wat is dan wel een oplossing?' vroeg hij.

'Verder hier vandaan,' antwoordde Flora meteen, opgelucht dat ze hun eerdere discussie weer oppakten. 'Ergens waar het park niet te zien is. Bijvoorbeeld achter Benbecula; dat is onbewoond, er nestelen alleen vogels. Je zou de windmolens over een grotere afstand moeten verschepen, dus kost dat wat meer. Maar ze wat verder neerzetten, ik zou niet weten waarom dat niet kan. En de vogels zullen het niet erg vinden.'

'Grote kans dat ze er blij mee zijn,' zei Colton. 'Iets nieuws om onder te schijten.'

'Dus er is een oplossing,' zei Flora, 'wat betekent dat het vooral neerkomt op pr.'

Joël wierp haar een scherpe blik toe.

'Die wij natuurlijk helemaal kunnen afhandelen,' vervolgde ze zonder haperen.

'Oké. Waar zou je willen beginnen?' vroeg Colton.

Flora glimlachte hem toe. 'De gemeenteraad.' Toen schoot haar iets te binnen. 'O!' zei ze bedremmeld.

'Wat?'

'Dat kan een probleem zijn. Mijn vader zit in de gemeenteraad.'

'Dat is toch juist fantastisch!'

'Eh... ik ben bang dat hij geen grote fan van je is.'

'Echt? Moet ik dan mijn charmes op iederéén loslaten hier?'

'Dat kan nooit kwaad.'

'Maar dit kan wel kwaad voor míj!' zei Colton. 'Het is de bedoeling dat dit een veilige haven van rust en kalmte voor me is. En ik heb helemaal geen zin om elke minuut van de dag bezig te moeten zijn met slijmen bij oude dronkaards die ik niet kan verstaan... Sorry, dat bedoel ik niet als belediging voor je vader.'

'Hmm,' zei Flora.

'Wie zit er nog meer in de gemeenteraad?' vroeg Joël.

Ze maakten een lijstje: Maggie Buchanan, de oude Mrs. Kennedy, Fraser Mathieson. Geen groepje dat van nature geneigd was blij te zijn met veranderingen. Wat juist gunstig kon zijn, vond Colton, als je geen windmolenpark voor je deur wilde. Maar als een windmolenpark de elektriciteit voor de eilandbewoners goedkoper zou maken, zou het hun vermoedelijk niet veel uitmaken waar het kwam.

'Nou,' zei Joël op de terugweg. 'Jullie weten nu wat je te doen staat. Dus kan ik weer naar Londen en houden jullie me op de hoogte van de vorderingen.'

'Wacht even,' zei Colton. 'Ik wil dat je hier blijft om me te helpen nieuwe voorstellen te formuleren. De mensen moeten zien dat ik dit heel serieus neem en een echte jurist inschakel.'

'Is zij niet voldoende?' vroeg Joël met een blik op Flora.

Flora keek hem boos aan, en hij was zo fatsoenlijk om lichtelijk beschaamd te kijken.

'We moeten een goede indruk maken,' zei Colton. 'Ga er morgen op uit, vraag rond, en dan spreken we 's avonds af voor het diner. Neem gerust iemand van hier mee als je wilt,' zei hij tegen Flora. 'We kunnen maar beter meteen beginnen met het charmeoffensief.'

21

Flora reed de Land Rover voorzichtig naar achteren, bang om een van Coltons kostbare auto's te raken. Joël zat naast haar aantekeningen te maken.

'Goed gedaan,' zei hij en ze wierp een verraste blik op hem. 'Hij mocht je. Nu moet je de rest van het eiland ook nog voor je zien te winnen. God weet waarom ik hier moet blijven.'

'Zodat hij een echte advocaat naast zich heeft?'

'Een echte advocaat die een enorme stapel werk heeft liggen.' Hij keerde zich naar haar toe. 'Maar als dit goed uitpakt, kan hij ons een enorme berg werk opleveren. Dus...'

'Dus maak er geen puinhoop van.'

Hij keek haar aan. Er trilde iets om zijn mondhoeken. 'Is dat hoe ik klink?'

'Wat? Nee!' reageerde Flora paniekerig.

'Het leek of je mijn zin voor me afmaakte.'

'Ik bevestigde voor mezelf dat ik er geen puinhoop van moet maken,' zei Flora haastig.

'Hmm,' zei Joël met een blik op haar. 'Eh, oké dan.'

Flora tackelde Maggie Buchanan als eerste. Ze woonde in haar eentje in een van de grote huizen naast de pastorie. Flora had haar altijd nogal chic gevonden.

'Aha, het verloren schaap keert terug,' zei ze toen ze opendeed, gekleed in een keurige trui, een sjaal en een waxjas. Er scharrelden een paar honden om haar voeten.

'Hallo, Mrs. Buchanan.'

Flora voelde zich een kind dat kwam vragen of ze een hardloopwedstrijd voor het goede doel wilde sponsoren, en dat werd er niet beter op toen Maggie haar niet uitnodigde om binnen te komen.

'Dus je bent een stadse tegenwoordig.' In elk woord klonk afkeuring door.

'Hmm.' Onzeker begon ze de situatie uit te leggen.

'O ja, je werkt voor die Amerikaan.' Ze zei 'die Amerikaan' alsof ze het over Donald Trump had.

'Hij wil goede dingen voor dit eiland doen, de boel opknappen,' zei Flora.

'Nou, dan kan hij beginnen met dat lelijke gat bij de haven op te vullen.'

'Wat bedoelt u?'

'Die roze winkel. Die leegstaat. Hij heeft het pand gekocht, maar doet er niks mee. Hij is gewoon van plan alles op te kopen hier en er een pretpark van te maken. Maar daar komt niks van in!'

'Oké,' zei Flora. 'Ik weet zeker dat ik daar wel met hem over kan praten.'

'O ja?' Maggie keek haar vorsend aan over de rand van haar bril. 'Nou, veel succes dan! Maar dat windmolenpark kan veel geld voor Mure opleveren, en van dat van hem zien we hier maar bar weinig.'

Met Mrs. Kennedy verliep het niet veel beter. Bovendien had ze een hoop te zeggen over Flora's dansen of, beter gezegd, het feit dat ze daarmee was gestopt. Flora luisterde beleefd naar haar en beloofde uiteindelijk half en half dat ze haar oude danstenue tevoorschijn zou halen, hoewel het een wonder zou zijn als dat haar nog paste.

Ontmoedigd ging ze op weg naar de supermarkt om iets voor het avondeten te halen – tot haar verrassing merkte ze dat ze uitkeek naar het koken – en botste daar bijna meteen tegen een enorme vent op die worstjes in zijn mandje legde.

'Hallo!' zei hij opgewekt toen hij haar zag. Het was Charlie, de sympathieke leider van Outward Adventures.

In Londen liepen er maar weinig mannen rond die er zo uitzagen als hij. Gezond. Alsof hij altijd buiten was en niet doorlopend onder de tl-lampen of in kamers zonder ramen zat.

'Waar is je hond?' vroeg hij met een frons. 'Hoe gaat het met hem?'

'Prima, dank je,' zei Flora. 'En waar zijn jouw kleine kameraden?'

'O, die zijn weer weg,' zei hij. 'Zij hebben hun tijd gehad, ze zijn naar huis. Volgende week heb ik een groep zakenmensen. Daarom koop ik nu deze chique worstjes.' Zijn stem klonk somber.

'En je bent niet zo gelukkig met zo'n groep?'

'Teambuilders? Nee... Die lopen aan een stuk door te klagen en zijn idioot competitief, en uiteindelijk worden ze dronken, doen ze het met elkaar en zien het als een feestje.'

'En mag het dan geen feestje zijn? Is het juist het punt dat je drijfnat wordt en je verschrikkelijk voelt?'

'Ze nemen het niet serieus, dus leren ze er ook niets van. Ze klagen over de muggen en zien nooit het mooie hier. Als ik ze zo ver weet te krijgen dat ze tien minuten niet naar hun schermpje zitten te kijken, beschouw ik dat als een enorme prestatie.'

Flora dacht meteen aan Joël, verdiept in zijn telefoon of zijn papieren. 'Waarom neem je zulke groepen dan op sleeptouw?'

'Omdat het idioten zijn die een fortuin betalen. En dat betaalt weer voor die jongens.'

'Ach, kom op, je leert ze toch wel íéts?'

'Ik doe mijn best,' antwoordde Charlie. Zijn gezicht verzachtte enigszins. 'Sorry. Het komt gewoon omdat die jongens vanmorgen naar huis moesten en ik me zorgen maak om hen. Sommigen van die kinderen komen uit een heel moeilijke thuissituatie. Soms... soms wou ik dat ze niet terug hoefden. Een van die jongens zei dat ook, dat hij niet naar huis wilde. Hoe erg moet het daar zijn als je op je twaalfde niet naar je moeder wilt?'

Even stonden ze zwijgend bij elkaar.

'Dus dat is waarschijnlijk de reden waarom ik niet zo vrolijk ben bij het vooruitzicht van een groep managers uit Leicester die hier komt om een beter functionerend team te worden.' Hij wierp een blik in haar mandje. 'Sorry, luister maar niet naar me, ik draaf een beetje door. Wat ga je maken?'

'Dat weet ik nog niet precies.' Bij de slager had ze een stuk goed stoofvlees gehaald en ze had een pak bloem in haar mandje liggen. In het receptenboek van haar moeder had ze opgezocht hoe je een Yorkshire-pudding maakte, maar ze betwijfelde of alleen de juiste ingrediënten voldoende waren om die gouden, knapperige luchtigheid van de Yorkshires van haar moeder te imiteren.

'Het is goed dat je terug bent gekomen om voor je familie te zorgen,' merkte Charlie op.

'Daarom ben ik hier niet!' protesteerde Flora. 'Echt niet! Ik ben hier bezig aan een klus. En ik kook ondertussen een beetje. Het zijn volwassen mannen, ze zouden voor zichzelf moeten zorgen. Ik wil ze alleen laten zien hoe.'

'Nou, wat voor klus het ook is waarvoor je hier bent...' begon hij, maar toen bloosde hij een beetje, alsof hij te veel had gezegd.

'Dat zal ik je vertellen. Ik probeer te voorkomen dat er hier een windmolenpark komt.'

Charlie kneep zijn ogen tot spleetjes. 'Waarom?'

'Omdat die oerlelijk zijn.'

'Vind je? Heb je ooit goed bekeken hoe ze allemaal ronddwentelen op een winderige dag? Terwijl ze al die fantastische gratis energie opwekken? Ik vind het juist een prachtig gezicht.'

Flora wierp een blik in zijn mandje. Naast de worstjes lagen er havercrackers en een pak Weetabix in. 'Jij hebt een hoop ongezonde dingen in je mandje liggen,' constateerde ze.

'Dadelijk ga je me nog vertellen dat ik ze terug moet leggen.'

Flora glimlachte.

'Ik bedoel... Jij kunt een heerlijke stoofschotel maken met wat jij in je mandje hebt,' zei Charlie.

Ze keek naar hem op. 'Solliciteer je nou naar een uitnodiging voor het avondeten?'

'Ach, ik denk dat ik een Weetabix tussen twee havercrackers stop en klaar!'

'Kan ik je van gedachten laten veranderen over windmolenparken?'

'Nee.'

Flora pakte een fles plaatselijk gebrouwen ale van een plank. 'Die kan ik natuurlijk in mijn stoofschotel doen,' mompelde ze peinzend.

'Ik haat windmolenparken, altijd al gedaan,' zei Charlie lachend.

Flora grinnikte. 'Oké, het is een stel ondankbare honden voor wie ik kook, dus kan ik iemand die mijn kookkunsten waardeert wel gebruiken.'

Ze rekende af en Charlie droeg haar boodschappen terwijl ze het pad naar de boerderij op liepen.

'Bivakkeer je nou doorlopend in een tent?' vroeg Flora zich af.

Charlie schudde zijn hoofd. Hij vertelde dat hij een kantoortje aan de andere kant van het eiland had en daar ook een boerderijtje huurde.

'Kom je dan niet in de verleiding om naar huis te gaan als het regent?' vroeg Flora verrast. 'Omdat je er vlakbij zit?'

'Om een beetje regen?' vroeg Charlie. 'Waarom zou ik?'

'Omdat het nat en smerig is?'

'Niet zo smerig als een hete, plakkerige tent,' zei Charlie. 'Nee, geef mij maar wind en frisse lucht.'

Onder het lopen bewonderde Flora zijn brede schouders en de manier waarop hij de boodschappen droeg – alsof ze niets wogen.

'Ik snap echt niet hoe iemand tegen de hitte kan, echt niet,' ging hij verder.

Flora dacht aan de verzengend hete dagen in Londen, als het te warm was om te slapen, de stank op straat niet te harden was en de airconditioning niet goed werkte zodat iedereen bezweet en chagrijnig was. 'Waar ga je dan naartoe als je vakantie hebt?'

Charlie glimlachte. 'O, overal waar bergen zijn. Dan beklim ik een paar pieken. Vorig jaar was ik in de Alpen. Daar is het zó mooi!'

'Je hebt de Alpen beklommen?' vroeg Flora geïmponeerd.

'Ja, een paar.'

'Met Jan?'

'Jan is een uitstekende klimmer.'

Dat geloof ik meteen, dacht Flora. Ze keek hem aan omdat ze verwachtte dat hij verder zou uitweiden, maar dat deed hij niet.

Toen ze bij de boerderij aankwamen, troffen ze Innes achter de boeken aan. Zodra hij hen zag, duwde hij ze opgelucht weg.

'Hé Innes!' begroette Charlie hem.

'*Ciamar a tha-thu*, Teàrlach,' zei Innes.

'Nee, niet naar het Gaelisch switchen,' zei Flora. 'Het is irritant en bovendien volg ik het niet meer.'

'Maar hij komt van de Westelijke Eilanden!'

'Precies! Niet van hier. Dus...'

Charlie haalde zijn schouders op. 'Het maakt mij niet uit,' zei hij. 'Hoewel ik liever Teàrlach wordt genoemd dan Charlie. Dat past beter bij mij.'

Flora rolde met haar ogen. 'Nou, dat had je dan wel kunnen zeggen toen je je aan me voorstelde!'

'Ik heb er genoeg van het altijd te moeten spellen.'

'Wat ben je eigenlijk aan het doen?' vroeg Innes. 'Waar is je groepje zielige kinderen?'

'Terug naar huis. Morgen krijg ik een bootlading klootzakken hier. Dus vanavond klamp ik me vast aan elke strohalm.'

'O! Nou, hartelijk bedankt!' reageerde Flora.

Innes sprong op. 'Biertje?'

Ze liepen allemaal de keuken in, die, verbazend genoeg, was opgeruimd na de lunch. Flora knipperde met haar ogen. Misschien maakte het verschil dat de keuken nu was schoongemaakt. Of misschien duurde dit maar een dag en vervielen ze daarna weer in hun oude gewoontes.

'Ik hoorde dat je baas hier is,' zei Innes. 'Waarom? Komt hij je controleren?'

'Natuurlijk niet,' zei ze. 'Hij is hier om Colton bij te staan. We proberen het windmolenpark tegen te houden.'

'Het windmolenpark?' vroeg Innes na een stilte.

Flora knikte.

'Hij heeft peperdure advocaten laten komen en de hele heisa, vanwege een... windmolenpark?' Innes schudde zijn hoofd.

'Hoe bedoel je?'

'De problemen hier... De dingen die hij zou kunnen doen. De werkgelegenheid verbeteren. Geld terug naar het eiland laten vloeien, in plaats van alles importeren. Zijn eigendommen onderhouden. Het roze huis staat gewoon leeg!'

'Ja, dat weet ik.'

'Maar in plaats daarvan wil hij hier zakenmensen laten komen om prachtige dieren dood te schieten... Verdomme, Flora, hij koopt hier niet eens zijn melk!'

Flora knipperde met haar ogen. 'Echt niet?'

'Veel succes met het vinden van iemand die hem wil steunen in wat hij wil. Dit eiland is ten dode opgeschreven, verdomme. Windmolenparken...'

De enormiteit van de taak die voor haar lag begon tot Flora door te dringen. 'Oké dan,' zei ze.

Ze sloeg het receptenboek open en zette Charlie aan het uien snijden. Algauw vulde de geur van karamelliserende uien, knoflook en rundvlees de keuken en besloegen de ramen. Innes vertelde haar tot haar verbazing dat er achter het huis nog een paar potten met kruiden van haar moeder stonden. Ze had verwacht dat die allang kapot zouden zijn door de winterse stormen, maar ze deden het redelijk, stelde ze tevreden vast. Ze knipte wat tijm af en deed dat bij de stoofschotel.

Charlie maakte een spinaziesalade. Bij uitzondering vond ze het prettig om samen met iemand te koken. Ze liepen elkaar niet in de weg, maar stapten soepel om elkaar heen terwijl ze elkaar de rasp aangaven of een mes zochten, en toen Fintan, Hamish en Eck terugkwamen van het land en vermoeid hun laarzen uittrokken, was alles klaar. Het deeg op de stoofschotel was gerezen tot een gouden deksel en de jus was ingedikt tot een heerlijke saus. Hamish grijnsde breed toen ze allemaal begonnen te eten. Zelfs haar vader at, viel Flora op, terwijl hij anders voornamelijk in het vuur zat te staren.

'Dat was heerlijk,' zei Charlie uiteindelijk, toen iedereen de laatste restjes saus van zijn bord schraapte.

'Wat hebben we na, Flora?' vroeg Hamish, die drie keer had opgeschept.

Flora wierp een korte blik op Fintan. Toen stond ze grijnzend op. 'O, oké dan.' Ze liep naar de voorraadkast en kwam terug met iets wat ze die ochtend had gemaakt, toen ze zich eigenlijk had moeten verdiepen in haar papieren maar daar te rusteloos voor was geweest omdat ze wist dat Joël zou komen. Met een zwier presenteerde ze de oude cakeschaal, met een prachtige, glanzende fruitcake erop. 'Hij had eigenlijk nog wat langer moeten staan,' waarschuwde ze.

Maar het effect was meteen duidelijk: iedereen vrolijkte zienderogen op. Hamish grijnsde breed. Flora ving Charlies blik en besefte dat hij naar haar zat te staren. Ze bloosde ervan.

'Weet je zeker dat je niet wist dat ik kwam eten?' vroeg hij grinnikend. Toen hij zag dat ze tevergeefs op zoek was naar een mes stond hij op, haalde een Zwitsers zakmes uit zijn zak en klapte het grootste mes ervan open, waarna hij het met een buiging aan Flora overhandigde.

Glimlachend begon ze enorme plakken van de cake te snijden.

'Ik vind het fijn dat Flora thuis is,' zei Hamish zacht terwijl Innes opstond om thee te zetten.

'Weet je wat we nog missen?' vroeg Flora terwijl ze Fintan recht aankeek.

Hij schudde zijn hoofd. 'Nee.'

'Bij fruitcake hoort een stukje k...'

'Hou mij erbuiten, Flora.'

'Waarbuiten?' vroeg Innes.

Fintan wierp een nerveuze blik op hun vader, maar Flora sloeg haar armen over elkaar en trok een gezicht alsof ze niet van plan was cake uit te delen. Fintan stond op, ging naar buiten en kwam even later terug met een stuk kaas.

Flora sneed er stukjes van en serveerde die met de cake. Het was de bedoeling dat je een hap cake nam, dan een hapje kaas en het allemaal wegspoelde met een slok rode wijn. Die hadden ze niet in huis, maar met thee was het ook lekker.

Charlie keek waarderend op. 'Zo,' zei hij goedkeurend. 'Dat is apart! Heerlijk!'

Fintan glimlachte. 'Dank je.'

'Heb jij die kaas gemaakt?'

Eck keerde zijn hoofd naar hem toe. 'Is dat zo?'

Fintan haalde zijn schouders op. 'Ach, gewoon iets wat ik uitprobeer.'

'Maar het is... het is...'

'Ik heb ze alleen maar laten rijpen naast een paar oude whiskyvaten.'

Eck schudde verbijsterd zijn hoofd. 'Ben je daar de hele tijd mee bezig? In plaats van op het land te helpen?'

'Nou, ik zat niet in de bioscoop, als je dat soms bedoelt.'

Er viel een stilte en Eck legde de rest van zijn kaas op zijn bord zonder er iets van te proeven.

Omdat Charlie de spanning wat wilde wegnemen begon hij een grappig verhaal te vertellen over een van zijn afgrijselijke managementteams dat in gevecht was geraakt met een schaap. Bramble kwam naar Flora toe en legde zijn kop op haar schoot. Iedereen dronk een glas van Ecks huisgemaakte wijn – wat op zijn gunstigst gezegd 'gevaarlijk spul' was – en Flora zat bij de AGA te luisteren naar de vrolijke stemmen om zich heen. Ze voelde zich voor het eerst bijna tevreden, zeker omdat het duidelijk was dat Charlie het ook gezellig vond (wat volgens haar te maken had met het feit dat hij nu in een lekker warm huis zat in plaats van in een tentje in de storm, wat hij daarover ook beweerde).

Om acht uur stond hij op om te gaan, ook al was ze bezig thee te zetten.

'Het was echt heerlijk,' zei hij. 'Ben je als jurist ook zo goed in je werk?'

'Wat, net zo goed als in koken en afwassen voor een uit de kluiten gegroeid stelletje kleuters?' zei ze terwijl ze met hem mee naar buiten liep om met Bramble een stuk de heuvel af te lopen. 'Dat hoop ik wel, ja.'

'Zo moet je niet praten,' zei Charlie. Hij aaide Bramble over zijn kop. 'Het is belangrijk wat je doet. Eten maken. Zorgen dat het gezellig is. Je familie bij elkaar brengen. Ik zag je vader bijna glimlachen.'

Flora rolde met haar ogen. 'Niet naar mij.'

'Het is een talent, een gave. Je zou trots op jezelf moeten zijn. Iedereen zou wel zo goed in iets willen zijn als jij bent,' vervolgde hij.

'Ik heb het eigenlijk allemaal van mijn moeder,' zei Flora, met een gevoel alsof ze zijn complimenten niet verdiende. 'Zij heeft me het geleerd.'

'Dat heeft ze dan heel goed gedaan. Wacht even. Fintan!'

Haar broer liep het erf over, op weg naar zijn geliefde kazen. 'Ja?' reageerde hij.

'Ik wil graag een kilo van die kaas. Voor de managers. Kun je me een stuk verkopen? Hij is geweldig.'

Fintan kleurde. 'Tsja, ik weet niet... Ik bedoel, hij is niet goedgekeurd door de keuringsdienst of iets dergelijks...'

'De keuringsdienst?'

'Anders mag je een kaas niet verkopen. Je moet een keurmerk hebben, zodat je niet per ongeluk iemand vergiftigt.'

'Maar je hebt hem ons net laten eten.'

'Ja, nou, dat zijn wij maar. Ik bedoel, als jij cliënten hebt en zo...'

'Dan kun je wel een proces aan je broek krijgen,' zei Flora zelfbewust. 'Misschien zelfs niet alleen civiel, maar ook strafrechtelijk, omdat het kan gaan om vergiftiging.'

Charlie snoof. 'Ik laat ze drinken uit bergbeekjes waarin negentien verschillende soorten koeienpis te vinden zijn,' merkte hij op. 'Ze kunnen heus wel tegen iets wat niet gepasteuriseerd is.'

Uiteindelijk stemde Fintan erin toe hem iets te verkopen, op voorwaarde dat Charlie zorgde dat iedereen die ervan at een niet-aansprakelijkheidsovereenkomst ondertekende die Flora beloofde op te stellen.

Charlie knikte met een geamuseerd gezicht. 'Je kunt natuurlijk ook gewoon de keuringsdienst uitnodigen om dat keurmerk te krijgen.'

Fintan keek verbouwereerd, maar Flora knikte.

'Ja! Dat zou je moeten doen, Fintan.'

Flora en Bramble liepen tot het hek met Charlie mee.

Ze stonden ieder aan een kant en keken elkaar aan. De wind was gaan liggen, maar het bekende patroon van donkere wolken en heldere zonneschijn verlichtte de heuvel als een buitenaards landschap. De hei bedekte de aarde, de lucht rook naar voorjaar.

Charlie boog voorover om Bramble in zijn nek te krabben, iets wat de hond heerlijk vond. 'Dus...' zei hij.

Flora keek naar hem op. Hij was zo stevig en solide. Joël was ook lang, maar tengerder, afgetraind. Ze gromde inwendig; wanneer zou ze nou eens ophouden iedere man te vergelijken met Joël, die nog irritant was ook. Wanneer was ze nou eindelijk eens over die stomme verliefdheid heen en kwam ze terug in de echte wereld?

Charlies knappe, brede gezicht had een kalme, open uitdrukking. Ze kon zich heel goed voorstellen hoe veilig zijn beschermelingen zich onder zijn hoede moesten voelen. Als ze met hem was, was ze zichzelf en dacht ze niet aan het eiland of haar werk, maakte ze zich geen zorgen over wat de mensen van haar vonden en miste ze haar moeder niet... Met hem was ze in het moment, was er niets anders dan het gezelschap van deze langzaam pratende, betrouwbare, geruststellende man. Ze glimlachte naar hem.

Hij glimlachte verlegen terug. 'Nou, het was fijn dat ik je tegen het lijf liep,' zei hij, precies op het moment dat haar telefoon begon te rinkelen, die op die plek een zwak signaal had.

Flora schrok, nam op en draaide zich om.

'Flora,' klonk het zakelijk. Het was geen begroeting. 'Ik wil je aantekeningen zien en weten wie je vandaag hebt gesproken. Hoe de situatie er nu voorstaat. Dus kun je morgenochtend naar me toe komen? Vroeg? Ik weet niet hoelang ik hier nog kan blijven.'

'Natuurlijk.'

Joël hing op. Ze keek op naar Charlie, maar de betovering was verbroken.

'Dat was mijn baas. Ik moet...'

'Ja, ja,' zei Charlie glimlachend. 'Je echte baan.' Hij draaide zich om. 'Ik zie je over een week.'

'Tenzij het regent!' reageerde Flora grijnzend.

'Vooral níét als het regent.'

Ze keek hem na terwijl hij wegliep, lichtvoetig voor zo'n

stevige man, het hele pad af, tot hij zijn hand even opstak als afscheid en ze terugging naar de boerderij om de jongens op hun kop te geven dat ze de afwas nog niet hadden gedaan.

22

Dokter Philippoussis was voor Joël degene die het dichtste in de buurt kwam van een... Tsja, wat eigenlijk? Joël belde hem meestal op onmogelijke tijden en alleen als hem iets dwarszat. Dr. Philippoussis was gelukkig ook iemand die dat voor lief nam. Hij wilde graag horen of het goed ging, of in ieder geval zo goed als het kon gaan, met het ernstige jongetje dat hij had leren kennen toen het steeds opnieuw onder toezicht van de kinderbescherming werd geplaatst en dat nu een serieuze, enorm succesvolle hoogvlieger was.

In zijn jaren als kinderpsychiater had dokter Philippoussis een hoop moeilijke situaties gezien, en hij had zijn best gedaan niet te veel na te denken over zijn cliënten, behalve over hoe hij hen het beste kon helpen. Maar in het geval van Joël, die – op een spectaculaire manier – uit een dergelijke moeilijke situatie was ontsnapt, vond hij het lastig om niet vaker over hem na te denken. Mede omdat, zoals zijn vrouw en hij tegen elkaar zeiden, zij de enigen waren die dat deden.

'Waar ben je?'

'God weet waar,' zei Joël. 'Echt, dit is het einde van de wereld.' Hij staarde uit het raam. 'Het is tien uur 's avonds en nog helemaal licht.'

'Echt? Dat klinkt geweldig!'

'Nou, dat is het niet. Ik kan niet slapen.'

'Wat doe je dan? Werken?'

'Tuurlijk,' zei Joël, met een blik op de papieren die voor hem op het gammele bureautje op zijn hotelkamer lagen.

'Kun je niet een stuk gaan lopen? Een beetje rondkijken?'

'Ik zit op een eiland. Ik kan nergens heen en het is een klotezaak waaraan ik werk, en... ik weet niet. Ik denk dat het tijd wordt om weer te verhuizen.'

'Je hebt... je hebt iemand ontmoet?'

'Dat is niet... dat is niet waar het me om gaat. Dat heb ik je gezegd. Werk helpt. Werken, dat is wat ik wil.'

'Maar de wereld heeft zoveel te bieden, Joël.'

'Goed. Oké. Dan verhuis ik wel naar Singapore. Of Sydney misschien. Dan zie ik er nog wat van.'

'Heb je die mindfulnessoefeningen geprobeerd?'

Joël maakte een gnuivend geluid. 'Ik ben je patiënt niet, Phil.'

Dokter Philippoussis wist wel beter dan te proberen Joël raad te geven. Het enige wat er van hem werd verwacht, was dat hij de telefoon opnam.

'Oké, Joël. Je krijgt de groeten van Marsha.'

Joël knikte, hing op en trok zijn laptop naar zich toe. Hij overwoog de gordijnen dicht te doen, maar dat was nergens voor nodig omdat er buiten alleen maar golven te zien waren die zachtjes het strand op kabbelden, geduldig, eindeloos.

23

Flora had nu zes van de zeven gemeenteraadsleden gesproken; haar vader liet ze aan Joël en Colton over. Geen van de ontmoetingen was erg bemoedigend, hoewel de zwaarlijvige dominee in ieder geval aardig tegen haar was geweest en geïnteresseerd leek in haar verhaal. Maar dat kon ook te maken hebben met de jamcakejes die ze die ochtend had gebakken en voor hem had meegenomen.

Het was heel raar; ze had het gevoel dat ze niet meer kon stoppen met koken en bakken nu ze eenmaal was begonnen. Het leek wel of ze die kant van zichzelf had afgesloten toen ze verhuisde, net zoals ze alle andere aspecten van haar vroegere leven had onderdrukt. Maar de eenvoudige handelingen van bloem zeven, boter toevoegen en eenhandig de eieren breken, zorgden ervoor dat ze zich meer met haar moeder verbonden voelde, in plaats van dat ze verzandde in droevige herinneringen. Had ze dat maar eerder geweten...

Zelfs als het haar gelukt was de dominee (misschien) te overtuigen en hij aan hun kant stond, had ze geen goed nieuws voor Colton. Slecht nieuws zelfs. En vanavond, herinnerde ze zich, zouden ze samen gaan eten. Met Joël.

'Waarom ben jij zo vrolijk?' vroeg Fintan. Hij zat voor het vuur en hoorde haar eilandliedjes zingen terwijl ze een kruidkoek aan het maken was. Waarschijnlijk had ze niet eens door dat ze zong. Hij herinnerde zich dat zijn moeder vroeger hetzelfde deed.

'Kom hier, Fintan,' zei ze. 'Jij moet straks, als ik weg ben, meer gaan koken. Je hebt er duidelijk talent voor. Dus zal ik je laten zien hoe je een shepherd's pie maakt?'

Fintan fronste zijn voorhoofd. 'O, is het nu eindelijk míjn beurt om mama's kookkunsten te leren?'

Flora draaide zich om, verbaasd en boos. 'Hoe bedoel je?'

Fintan, die die dag al een flinke ruzie met zijn vader achter de rug had omdat hij 'tijd verspilde aan die kaasonzin', was niet in een vergevingsgezind humeur. 'Het was altijd Flora, Flora, Flora, toch? Altijd Flora aan wie mama vroeg bij het fornuis te komen staan, altijd Flora voor wie wij naar buiten werden gestuurd omdat ze rust en stilte nodig had voor haar o zo belangrijke proefwerken, altijd die lieve kleine speciale Flora.'

Zijn woorden staken haar, en er sprongen tranen in haar ogen. 'Wat bedoel je?'

'Je hoeft hier echt niet terug te komen om het ons allemaal nog eens lekker in te wrijven hoeveel tijd zij altijd aan jou besteedde.'

'Jezus! Dat is zo oneerlijk,' zei Flora, plotseling heel erg boos. 'Zó oneerlijk! Jarenlang zit iedereen me op mijn nek en krijg ik te horen dat ik terug moet komen en mijn "plicht" moet doen. En als ik dat dan doe, krijg ik weer commentaar.'

Fintan haalde zijn schouders op. 'Nou, je bekijkt het maar. Ik heb jou niet nodig om me de geheimen van een stomme shepherd's pie te leren.' Hij keek haar boos aan. 'Ik kan prima koken. Ik heb het alleen niet op mama's schoot geleerd, hè? "Naar buiten, jongens".'

Hij imiteerde hun moeder en Flora kon hem wel slaan. 'Wat wil je daarmee zeggen?'

'Wat denk je zelf? Jij was altijd haar lievelingetje. Jij bent degene die hier weg kon gaan, jij mocht gaan doen wat je leuk vond. O nee, Flora's huiswerk is zo belangrijk! O nee, Flora heeft nieuwe dansschoenen nodig. O, Flora gaat naar de universiteit!' De pijn stond duidelijk op zijn gezicht te lezen.

Flora legde het mes neer dat ze had gepakt om de wortelen mee te snijden. 'Zo moet je niet denken! Ze was dol op je!'

'Ze keek niet verder dan jou en Innes.'

'Natuurlijk wel.'

'Nou, míj zag ze in ieder geval niet staan.'

Ze deed een stap naar hem toe. 'O, Fintan... Ik denk dat ze... Ze wilde gewoon niet dat ik zo'n leven kreeg als zij had, ze wilde dat ik weg kon, dat is alles.'

Er viel een akelige stilte, en ze voelde op de een of andere manier dat er iemand binnen was gekomen en achter haar stond. Ze draaide zich om. Haar vader, precies op het verkeerde moment thuisgekomen. Hij had gehoord wat ze zei. Ze kleurde dieproze.

'Pap! Pap. Hoi! Ik dacht er net over... om een shepherd's pie te gaan maken, met Fintan.'

Eck keek hen allebei aan. Hij zag er heel moe uit. 'Nee, dat hoeft niet, meiske,' zei hij zacht. 'We halen wel wat bij de frietzaak. Doe maar geen moeite.'

'Het is helemaal geen moeite!'

'Vind je?' vroeg hij. Toen, in doodse stilte, pakte hij zijn krant en liep naar zijn stoel bij het vuur.

'Goed,' zei Flora. Ze veegde haar handen af aan een theedoek en zette de kruidkoek met een klap in de oven. Ze kon hier toch geen goed doen, dus ging ze weg voordat ze alles nog erger maakte. 'Ik ga!'

'Waarnaartoe?' vroeg Fintan chagrijnig.

'Naar The Rock. Uiteten met Colton Rogers.'

Fintan keek verbaasd op. 'Is The Rock open dan?'

'Bijna. Ik geloof dat ze willen proefdraaien met ons.'

'Hebben ze dan een kok en zo? Ik heb gehoord... ik heb gehoord dat het fantastisch is daar.'

'Het is er prachtig,' antwoordde Flora naar waarheid.

Fintan stond op. 'Ik ga mee.'

'Je bent niet uitgenodigd,' zei Flora.

'O, is het een onderonsje voor chique mensen uit Londen? En Amerikanen, natuurlijk. Dan kunnen jullie gezellig bij elkaar zitten en champagne zuipen en stomme grappen maken over de boeren hier. Allemaal achterlijk, hè?'

'Fintan! Hou op!'

Boos liet hij zich op zijn stoel neervallen. 'Maak je niet druk om mij! Ik blijf hier wel in mijn eentje.'

'O, jezus!' snauwde Flora. 'Waar zijn al je vrienden, Fintan? Ik bedoel, je bent jong, je ziet er lang niet slecht uit, maar jij zit hier de hele tijd maar naar je kaas te staren en mij de schuld van alles te geven. Wat is er met je aan de hand?'

'Voor het geval het je was ontgaan,' zei Fintan, 'mijn moeder is overleden.'

Eck negeerde hen allebei.

Flora liep naar haar broer toe. 'Ja, ik weet het,' zei ze zacht, 'en daarom heb ik mijn vrienden juist extra hard nodig.'

'Nou, die van mij zijn allemaal naar het vasteland verhuisd,' zei Fintan. 'Maar dat was voor mij niet weggelegd, toch?'

Het bleef lang stil.

'Als je wilt,' zei Flora uiteindelijk, 'kun je mee vanavond.' Colton had tenslotte gezegd dat ze iemand mee kon nemen.

Fintan knipperde met zijn ogen. 'Wat bedoel je?'

'Je kunt mee gaan eten, als je wilt.'

'Echt? Met Colton Rogers?'

'Met Colton Rogers. En mijn baas.'

Fintan schoot rechtop. Haar baas interesseerde hem niet, maar: 'Wist je dat hij BlueFare heeft bedacht?'

'Ja, dat weet ik. Technisch gedoe. Bla bla bla. Hij heeft van alles bedacht.'

'Wauw,' zei Fintan. Hij keek omlaag naar zijn kleren. 'Ik heb niks om aan te trekken.'

'Je hebt toch wel íéts.'

Fintan zuchtte. 'Ja, mijn begrafenispak.'

'Noem het niet zo,' zei Flora. 'Het is je bruiloftspak. Je hebt het gekocht voor Innes' bruiloft, toch?'

'O god, dat fiasco,' zei Innes, die met Hamish de keuken in kwam bonken, volkomen ongevoelig voor de sfeer die er hing. 'Noem het in godsnaam je begrafenispak!' Hij keek naar de oven. 'O, mooi, wat eten we vanavond?'

'Niks, om precies te zijn,' zei Flora. 'Fintan en ik gaan uiteten. Sorry.'

'Mogen wij mee?'

'Nee. Maar je kunt de kruidkoek over zevenentwintig minuten uit de oven halen.'

24

Flora had een eenvoudig zwart jurkje aangetrokken. Ze keek in de spiegel en besloot dat het haar enorm bleek maakte, als een victoriaans spook. Maar ze had niets anders, dus moest ze iets zien te vinden om het een beetje op te vrolijken.

Achter in de kledingkast stond de sieradendoos van haar moeder. Annie had er eigenlijk nooit iets uit gedragen, behalve haar trouwring en één paar kleine diamanten oorknopjes dat ze indeed met Kerstmis. Flora wist dat ze een aantal sieraden had geërfd, en dus waren ze nu eigenlijk van haar, nam ze aan, hoewel ze liever had dat ze naar Agot gingen. Ze kon het nog niet over haar hart verkrijgen om iets van haar moeder te dragen. Op een dag zou ze toch wel onder ogen moeten zien dat haar moeder dood was, wist ze, en dat iemand die er niet meer is de spullen niet meer nodig heeft die ze had en bij haar hoorden.

Maar niet nu. Zeker niet nu. Ach... misschien toch wel. Ze zou bescheiden beginnen en kijken hoe dat ging. Nog steeds wat aarzelend maakte ze de sieradendoos open. De inhoud was nog precies hetzelfde als toen ze er als kind mee speelde. Een kleurige pauwenverenbroche, met blauwe en groene veren gezet in matzilver filigraan. Op Mure waren geen pauwen, dus waar de broche vandaan kwam was een raadsel: misschien van de een of andere rijke verre nicht uit Edinburgh, of van een van de nichtjes die waren verhuisd naar Newfoundland of Tennessee, die wilden pronken met hun succes. Waar het sieraad ook vandaan kwam, het was prachtig. Haar moeder had het nooit gedragen – ze zou de kleuren te opvallend hebben gevonden en de broche te kwetsbaar, misschien ook te kostbaar, hoewel Flora geen idee van de waarde had. Maar wat zonde, dacht ze, toen ze hem voorzichtig uit de doos pakte, wat zonde om zoiets prachtigs te hebben en het je hele leven te bewaren voor de juiste gelegenheid, een gelegenheid die nooit was gekomen.

Haar ouders gingen altijd naar de ceilidhs, de volksdansavonden in het dorp. Iedereen deed dat, dat hoorde er nu eenmaal bij als je op Mure woonde. Haar vader stond dan bij de andere boeren aan de bar, dronk de lokaal gebrouwen ale en discussieerde over de kosten van het veevoer, terwijl haar moeder, die er opvallend uitzag met haar lippenstift op, bij de vrouwen stond en daar een praatje maakte. Flora kon zich niet herinneren dat haar ouders ooit samen uit eten waren geweest of iets anders deden samen, gewoon om met z'n tweetjes te zijn. Ze kon zich echt geen enkele keer herinneren. Dus was er nooit een reden geweest, nooit een gelegenheid die bijzonder genoeg was om de broche op te spelden.

Ze hield hem tegen de rechterbovenkant van haar jurk en keek in de spiegel. In eerste instantie was ze bang dat ze er te veel uit zou zien als een Schots clanhoofd, maar toen ze zichzelf beter bekeek, zag ze dat het groen van de veren haar ogen groener maakte en dat de kleurige broche het simpele jurkje omtoverde in iets bijzonders. Met een opgewekte glimlach liep ze naar de keuken, waar haar vader nog steeds achter zijn krant zat.

'Pa, vind... vind je het goed als ik mama's broche leen?'

Hij keek nauwelijks op en gebaarde met zijn hand dat het

goed was. Hamish en Innes stonden enigszins onthand bij het fornuis.

'Kom op, jongens. Maak een shepherd's pie. Hier is het recept. En alles is in huis: gehakt, wortelen, aardappelen, Fintans kaas. Niks ingewikkelds aan.'

'O mijn god. Kijk ze nou eens! Moeten we de rode loper uitleggen?' vroeg Innes.

'Hou je kop.' Fintan was boos.

'Trek je niks van hem aan,' zei Flora snel. 'Waarom luister je überhaupt naar hem? Hij loopt gewoon te kloten.'

'Ik loop helemaal niet te kloten!'

'Wel. Dus hou ermee op.'

'Hou zelf op!'

'Pa!' schreeuwde Fintan. 'Zeg tegen Innes dat hij moet ophouden met kloten.'

'Iedereen moet ophouden met kloten hier,' bromde Eck vanachter zijn krant.

Innes stak zijn tong uit naar Flora.

'Goed, wij gaan,' zei ze. 'Veel succes met de shepherd's pie.'

Hamish draaide zich om toen ze bij de deur was. 'Je ziet er mooi uit, Flora,' complimenteerde hij haar.

'Dank je, Hamish,' reageerde ze extra luid, zodat de anderen er iets van zouden leren.

Colton had gezegd dat hij de boot zou sturen om hen op te pikken. Ze verheugde zich op het tochtje. In het zachte avondlicht liepen Fintan en zij omlaag naar de haven, langs de grazige weiden waar de koeien na het melken lagen te rusten. Fintan zag er goed uit in zijn pak, maar ook nerveus. Dat irriteerde Flora een beetje, want ze wilde zelf niet nerveus overkomen, hoewel ze dat wel was; ze voelde zich verplicht de rol van de volwassen, wereldse juridisch medewerker uit Londen te spelen.

De avondlucht was schoon en fris en rook net zo zuiver als een glas koud water. De zee was zo glad als een spiegel en reflecteerde de smalle band witte wolkjes aan de horizon. Het was echt een prachtig gezicht. Flora voelde zich trots en was blij dat Joël nu hier op bezoek was in plaats van in de winter, als de regenbuien elkaar afwisselden en er tussendoor heel even een regenboog te zien was door een opening in het wolkendek voordat dat weer dichttrok. Niet dat hij zijn omgeving überhaupt leek op te merken. Ook nu, in de lente, kon het weer om de haverklap omslaan, maar vanavond was alles kalm en stil; er hing een sfeer van tijdloosheid toen ze de hoofdstraat insloegen en langs het rijtje gekleurde huizen omlaag liepen naar de haven. Flora benoemde ze een voor een, net zoals ze als kind had gedaan: paars voor de bakker, geel voor de slager, oranje voor de dokter, blauw voor de frietzaak. Niets in het roze huis, niet meer.

Bertie Cooper, die de boot bestuurde, stond hen op te wachten op de kade, met zijn pet keurig in zijn handen. Hij vond Flora fantastisch, maar was te verlegen om haar mee uit te vragen, zeker nu ze omging met al die chique stadsmensen, en met Colton Rogers in het bijzonder. Hij zuchtte diep. Misschien maar beter ook.

'Hallo,' begroette hij haar verlegen. 'Je ziet er mooi uit.' Ze glimlachte naar hem, waardoor ze nog knapper was.

Flora realiseerde zich plotseling dat het lang geleden was dat ze echt had geglimlacht: niet de nepglimlach die ze had geperfectioneerd voor haar werk of het geruststellende glimlachje als mensen vroegen hoe het met haar ging, en ook niet de avondjes-uit-met-Kai-glimlachjes, als ze eindelijk genoeg wijn had gedronken om alles te vergeten. Een echte, gelukkige glimlach en het ongewone gevoel dat ze naar iets uitkeek.

Ze had via Snapchat een selfie verzonden aan haar vrienden,

voor de grap, alleen om hen te stangen, en Kai had meteen gereageerd dat hij nooit, maar dan ook nooit meer een woord met haar zou wisselen als ze met Joël naar bed ging. Lorna had gevraagd of haar baas al iets aardiger tegen haar was en beweerde dat niemand zijn gedrag zou accepteren als hij eruit had gezien als een domme eland. Flora glimlachte nog een keer. Ze wist inmiddels dat er absoluut niets zou gebeuren tussen haar en haar zwijgzame, egocentrische baas.

Maar dat maakte het feit dat het een prachtige avond was niet minder waar. Ze gingen naar een echt restaurant. Ze was in gezelschap van een knappe man – oké, hij was haar broer, maar wat maakte dat uit? – en het eten was vast heerlijk. Met een ongewoon zelfvertrouwen stapte ze in de boot. Misschien kwam het door haar broche dat ze zich zo voelde...

25

Flora genoot van Fintans reactie toen ze The Rock naderden. Vanaf de boot was het nog een indrukwekkender gezicht dan vanaf het land. Het idee om deze idyllische plek te verpesten met enorme metalen monsters leek een grote vergissing. Hoewel het nog licht was, brandden de lantaarns op de steiger allemaal toen Bertie haar met een brede grijns van de boot hielp.

Joël en Colton zaten al in de bar, die rechts van de ingang lag. Er brandde een flink vuur in de haard hoewel dat die avond nauwelijks nodig was, of dat vonden Flora en Fintan in ieder geval. Ze waren niet ingesteld op temperaturen boven de twintig graden; was het warmer, dan kregen ze daar uitslag van. Winderig en fris weer was voor hen normaal.

Ze deed haar best om niet te stotteren van de zenuwen, maar voelde een akelige blos opkomen die haar verraadde. Joël had een lichtgroen overhemd aan, dat prachtig contrasteerde met zijn grote donkere ogen. Hij glimlachte en wierp een belangstellende blik op Fintan, wat Flora alleen maar nerveuzer maakte. Ze wist dat Fintan er goed uitzag; de meisjes op school waren altijd dol geweest op haar twee lange broers: Innes met zijn pretogen en ondeugendheid en Fintan met zijn krullen en melancholieke blik.

Colton droeg zijn gebruikelijke poloshirt, jeans en sneakers, met op zijn neus een ziekenfondsbrilletje. Het was zo'n ongepaste en lelijke outfit dat Flora zich afvroeg of hij er misschien expres zo uitzag. Verwachtte hij dat mensen zouden denken dat zo'n abominabele kledingstijl alleen maar kon betekenen dat hij zo rijk was dat hij niemand meer hoefde te imponeren?

'Hallo,' zei Flora. Ze probeerde heel normaal te klinken, maar hoorde dat ze een rare piepstem had. Fintan staarde naar Colton alsof hij een beroemdheid was, wat waarschijnlijk ook zo was hier op het eiland; hij werd zo weinig gezien en er werd zoveel over hem gespeculeerd. 'Eh, dit is mijn broer Fintan. Je zei dat ik iemand mee mocht nemen.'

'Hoi!' zei Colton met een brede glimlach.

Joël knikte alleen even naar hem, alsof hij zoiets al had verwacht. Er ging een vlaag van ergernis door Flora heen omdat hij natuurlijk dacht dat ze nooit zo'n knappe man aan de haak kon slaan. Zodra ze was gaan zitten bood Colton haar een glas champagne aan.

Met een steelse blik op Joël om te zien of hij daar geen bezwaar tegen had – het leek hem niets te interesseren – antwoordde ze: 'Graag.'

'Doe voor mij maar een biertje,' zei Fintan terwijl hij in zijn zakken naar geld zocht.

O nee! Flora vervloekte zichzelf dat ze hem niet van tevoren had verteld dat er niet van hem werd verwacht dat hij betaalde.

Colton wuifde zijn geld weg.

'Zullen we meteen aan tafel gaan?' vroeg hij en ze pakten hun drankjes en liepen achter hem aan het restaurant in. 'Jullie zijn mijn allereerste gasten.'

'We voelen ons vereerd,' zeiden Joël en Flora tegelijkertijd, en even keken ze elkaar aan.

In het restaurant hing een totaal andere sfeer dan in de gezellige bar: heel formeel. Het was er stil en het voelde vreemd dat zij vieren de enige gasten waren. Flora pakte de gloednieuwe, stijve en uiterst chique menukaart op.

Hier bij The Rock willen we u van een bijzondere smaakbeleving laten genieten... een keur aan zintuiglijke explosies... basisingrediënten als liefde en creativiteit... las ze in de introductie, wat Flora terecht interpreteerde als een teken dat het hier ontzettend duur was. Alles was 'speciaal geselecteerd', er waren 'symfonieën' van groenten, fruit kwam uit 'boomgaarden' en oesters en sardines hadden 'intense smaken'.

Flora zag dat Fintan een gekwelde uitdrukking op zijn gezicht had, en ze schonk hem een bemoedigende glimlach. 'Colton, misschien wil jij voor ons bestellen?' opperde ze.

Colton bleef echter om zich heen kijken en vroeg: 'Wat vinden jullie ervan?' Er hingen hertenkoppen aan de wanden en het tapijt had een Schotse ruit.

'Ik weet zeker dat het hier fantastisch wordt,' zei Flora. 'En de kaart is heel bijzonder. Is dit het soort eten waar jij van houdt?'

'Nee,' antwoordde hij. 'Ik heb liever een goede steak.'

Hij bestelde de proeverij van de chef en een paar flessen wijn met namen die Flora niet kon uitspreken, en ze was blij dat hij alles voor hen uitkoos. Bovendien was er altijd een kans dat Joëls tong wat losser zou komen na een paar glazen. Zou ze hem dan wat beter leren kennen? Misschien was zijn houding alleen maar show en was hij zo'n 'ruwe bolster, blanke pit'-type. Ze stelde zich al voor wat ze dan tegen Kai zou zeggen: 'O, als je hem eenmaal kent, is hij echt heel aardig. Hij werkt in zijn vrije tijd in een dierenasiel, maar wil niet dat iemand dat weet'.

Het eerste wat misging, was het brood. Het was zogenaamd

versgebakken, maar dat was het duidelijk niet. En de boter, in de vorm van een bloem, was keihard en kwam rechtstreeks uit de koelkast.

Fintan keek verbaasd. 'Die boter komt uit een pakje,' fluisterde hij tegen Flora.

'Hou op met fluisteren,' reageerde ze snel. 'Dit is een restaurant, natuurlijk moeten ze dingen inkopen.'

'Nou, ze doen anders hard hun best om te suggereren dat ze het zelf hebben gemaakt. En kijk eens wat voor gelul hier op de menukaart staat: "Al onze ingrediënten zijn afkomstig van het hart van dit eiland." Er zijn tien melkveebedrijven op Mure,' mopperde Fintan, 'en ik kan je vertellen dat er geen een boter in de vorm van dit soort debiele bloemetjes maakt.'

'Wat is er met jullie?' vroeg Colton, die zich over de overdreven grote tafel naar hen toe boog. Het licht was zo subtiel dat ze hem nauwelijks konden zien. In wezen aten ze in het donker.

'Niks,' zei Flora haastig.

'Nou...' begon Fintan.

'Nee! Stil!' siste Flora hem waarschuwend toe.

'En, hoe is het gegaan vandaag?' vroeg Colton aan Flora.

'Eh...' Ze wierp een blik op Joël.

'Je kunt een nieuw tijdschema en een nieuw voorstel indienen,' antwoordde Joël terwijl hij zijn koffertje openmaakte. 'Ik heb alle papieren opgesteld, zodat je die voor mijn vertrek alleen hoeft te ondertekenen. De Schotse wetgeving is niet erg veel ingewikkelder dan de onze en dit is een solide beargumenteerd voorstel om het windmolenpark achter het volgende eiland in zee te plaatsen. Dat brengt wat extra kosten met zich mee, onder andere voor het onderhoud, maar behoudt de uniekheid van dit eiland voor bezoekers en toekomstige generaties, bla bla bla...'

'Oké, goed werk,' zei Colton terwijl hij de papieren vluchtig doorkeek. 'Dus nu moet ik dat alleen nog langs de gemeenteraad zien te krijgen. Hoe is het daarmee gesteld?'

Flora nam nog een flinke slok wijn, die heerlijk smaakte. 'Tsja,' zei ze. 'Er zijn een paar kwesties.'

'Zoals?'

'Het roze huis. Dat zit iedereen dwars hier.'

'Het roze huis? Wat is dat?'

'Dat roze gebouw. In de hoofdstraat. Je laat het leegstaan.'

Colton leek in verwarring. 'Hier?'

'Ja! Hier!'

'Is dat van mij dan?'

Flora keek hem aan, ontzet dat iemand een huis kon kopen en dat niet wist.

'Blijkbaar wel,' bromde Joël.

'Verdomme,' zei Colton. 'Wat nog meer?'

'Personeel,' vertelde Flora. 'Er zijn volop tieners van dit eiland die waarschijnlijk terug zouden komen als er hier meer werk was dan alleen de koeien melken.'

Fintan maakte een sarcastisch geluid, maar Flora besteedde geen aandacht aan hem.

'Maar waar het uiteindelijk op neerkomt, is dat de mensen hier je niet kennen. Ze zien je nooit en weten niet wat voor iemand je bent. Ze stellen zich een soort Donald Trump voor en denken dat je de meest afgrijselijke dingen van plan bent met "hun" eiland, dus proberen ze al je plannen te dwarsbomen.'

'Maar ik probeer het eiland juist te beschermen.'

'Het eiland misschien, maar de bewoners niet,' constateerde Flora eenvoudig.

'Huh,' zei Colton. Hij keerde zich naar Fintan. 'Ik bedoel, jij woont hier fulltime, toch? Wat doe je?'

'Ik ben boer,' zei Fintan gelaten en hij klokte nog een glas wijn naar binnen.

'O ja? Je ziet er helemaal niet uit als een boer.'

'Hoezo? Omdat ik hier niet met een grasspriet in mijn mond aan tafel zit?' Hij klonk geïrriteerd en afwerend en Flora wist dat dat was omdat hij zich geen houding wist te geven.

'Nee,' zei Colton. 'Ben je altijd zo agressief?'

'*Braveheart* gezien?' reageerde Fintan. 'Bang voor de gewelddadige plaatselijke bevolking?'

'Fintan! Hou je mond!' siste Flora. Tegen Colton zei ze: 'Sorry. Helaas heeft niemand zijn familie voor het kiezen...'

'Nee, inderdaad, dat geldt zeker voor jou, ja,' mompelde Fintan.

Flora besefte – te laat – dat hij al te veel wijn had gedronken. Het was even stil. 'Zo is het wel genoeg,' zei ze.

Fintan, zag ze, begreep meteen dat hij te ver was gegaan. 'Sorry, zussie,' zei hij. Hij keek de tafel rond, wreef over de achterkant van zijn zonverbrande nek en zei nogmaals: 'Sorry, iedereen.'

De ober kwam iets serveren wat hij een 'amuse' noemde, wat een enorm blad met vier kleine schaaltjes erop bleek te zijn, waarin een oester lag te zwemmen in een of andere gestolde gelei.

'Wat is dit?' vroeg Colton een beetje geïrriteerd.

'Het is "oestersurprise *de la mer*",' zei de ober trots.

En inderdaad was het een surprise; het zag er verbazingwekkend uit. Ze keken allemaal nogal twijfelachtig naar het gerechtje, dat erg onappetijtelijk leek. Flora was opgegroeid met wilde oesters, die ze vaak vers van de kustlijn at. Soms legde haar moeder wat oesters bij het vuur zodat ze gerookt werden en opensprongen. Als het zover was, brandden haar broers en zij hun vingers aan de hete schelp, maar dat maakte niet uit omdat de rokerige, zoute delicatesse die erin zat te lekker was om op je bord te laten liggen. Wat nu voor hen lag was een brok viezige gelei, met daaromheen een andere viezige gelei.

Fintan pakte zijn vork niet eens op. Hij leek verbijsterd van ongeloof. 'Wat is dit?' vroeg hij. 'Ik kon niet verstaan wat die vent daarnet zei.'

'Tsja,' zei Colton hoofdschuddend. 'Ik weet het ook niet.'

'Ik snap het niet,' mompelde Fintan. 'Echt niet.' Hij liep rood aan. 'Wat hebben ze in vredesnaam met die oesters uitgevoerd? Ze zijn helemaal verpest.'

Nadat de schaaltjes waren weggehaald, probeerden ze allemaal – niet erg geestdriftig – de mousse van asperges en ansjovis. Het gesprek stokte en Fintan keek opnieuw in verwarring naar zijn bord.

'Ik snap het niet,' zei hij weer.

'Tsja,' zei Colton, die er verontwaardigd uitzag – een beetje als een man die niet blij is met het feit dat hem een lekkere steak wordt ontzegd. 'Ik heb mijn mensen opdracht gegeven een topkok te zoeken voor het restaurant hier, en...'

'Dus zo werkt dat, als jij iets wilt? Je geeft je personeel gewoon opdracht om het te regelen?' vroeg Fintan verbaasd.

'Ja, ik heb het nogal druk,' grijnsde Colton een beetje meesmuilend.

'Met je mensen opdracht geven om dingen voor je te regelen,' zei Fintan.

Het was even stil. 'Ja, en...'

'En wat?'

De ober stond weer bij hun tafel. 'En hier is een marmelade van garnalen,' zei hij.

Fintan wuifde hem geïrriteerd weg. 'Dus jij bent hier op ons eiland gekomen en hebt iemand anders, iemand die hier nooit is geweest, opdracht gegeven allerlei beslissingen te nemen die óns raken?'

'Hij schijnt een van de topkoks te zijn wat betreft experimentele gerechten,' vertelde Colton.

'Ja, afgrijselijke experimentele gerechten,' reageerde Fintan. 'En waarom staat er steeds "van lokale ingrediënten"? Ober, alstublieft, kunt u mij vertellen waarom er bij alles "van lokale ingrediënten" staat?'

Flora zag dat Joël de woordenwisseling met een klein lachje volgde. Hij leek er, bij uitzondering, bijna van te genieten, of was er in ieder geval helemaal bij met zijn aandacht. Waarom vond ze hoornen brillen toch zo vreselijk aantrekkelijk? Had ze dat altijd al gevonden of was het gewoon omdat Joël zo'n bril droeg? Zijn wimpers waren zo lang dat ze de glazen raakten. Even vroeg ze zich af wat er zou gebeuren als ze nu, terwijl Fintan en de ober in discussie waren, haar voet langs zijn... Nee! Nee! Nee! Ze was aan het werk! Vlug nam ze nog een slok wijn.

'Eh...' De ober had het warm en leek nerveus. Het was al erg genoeg dat zijn baas er was. 'Nou...' begon hij. 'We gebruiken bijvoorbeeld lokaal zout.'

'Welk zout is dat dan?'

'Steenzout uit de Hebriden.'

'De Hebriden liggen tweehonderd zeemijlen hiervandaan!'

De ober kuchte. 'Maar dat valt wel onder lokaal, meneer.'

Fintan knipperde met zijn ogen. 'Dus een beetje zout uitstrooien over de gerechten maakt alles hier op wonderbaarlijke wijze "van lokale ingrediënten"?'

'Zout is een onmisbaar ingrediënt, meneer.'

'Ik geloof niet dat "van lokale ingrediënten" een juridische term is,' merkte Joël droogjes op.

'Wacht even,' zei Colton. 'Dus ik zeg tegen al mijn vrienden, kennissen en cliënten dat we hier de allerbeste Schotse producten gebruiken en...'

Fintan duwde zijn bord weg en nam een flinke slok wijn, die hij achteroversloeg alsof het bier was, omdat hij normaliter ook bier dronk. 'Mag ik zien welke kazen jullie hier serveren?'

De ober had het nu heel benauwd. 'Eh, ik zal zien wat ik...'

'Nee, u ziet niks,' zei Colton. 'U haalt ze gewoon.'

De ober verdween. Even later kwam de hoofdober naar hun tafeltje toe, rood aangelopen en zweterig, wat niets met de temperatuur te maken had.

'Is er een probleem, Mr. Rogers?'

'Dat weten we niet. Daarom willen we de kazen zien.'

Er werd een wagentje binnengereden met overduidelijk net uitgepakte, geïmporteerde kazen, waaronder zelfs een verdacht fabrieksmatig uitziende witte cheddar. Fintan snoof van alle soorten de geur op.

'Verstand van kazen?' vroeg Colton een beetje geamuseerd. Hij had Fintan de peperdure bordeaux die hij had besteld achterover zien slaan.

'Ja,' zei Fintan. Hij sneed van alle soorten een stukje af en begon nadenkend met proeven. 'Voor hoeveel staat uw kaasplankje op de kaart?' vroeg hij.

'Eenentwintig pond,' zei de ober. 'Daar krijg je vier soorten voor.'

'Dat is pure afzetterij!' zei Fintan bot. 'Dit is geen... Dit is niet lokaal!'

'Tsja, het zijn gepasteuriseerde kazen...'

'Precies. Rotzooi!'

'In Amerika zijn ongepasteuriseerde kazen verboden,' merkte Colton op. 'Smerige Europese gewoonte.'

'Hoeveel doden vallen er per jaar na het eten van een stukje kaas?' vroeg Fintan. 'Ik zal het jullie vertellen: nul!'

'En hoe zit het met listeria?'

'Ja, er worden hier welgeteld nul komma nul personen per jaar opgenomen in het ziekenhuis wegens listeria,' pareerde Fintan.

'Ik heb me in je vergist,' zei Colton met een glimlach. 'Jij hebt echt verstand van kaas!'

Colton zat helemaal naar Fintan toe gedraaid, merkte Flora op, en bekeek haar broer met een licht geamuseerde blik.

Plotseling besefte ze dat ze zich helemaal niets had afgevraagd over Coltons seksuele voorkeur; ze was er gewoon van uitgegaan dat hij zo'n type was met een hoop dure ex-vrouwen. Ze had geen idee of hij getrouwd was, een vriendin had, of wat dan ook. Ze vroeg zich af of het Fintan ook was opgevallen dat Colton zoveel aandacht voor hem had en wierp een korte blik op Joël. Tot haar grote verrassing ving hij haar blik en glimlachte hij heel lichtjes naar haar. Een beetje geschrokken wendde ze haar ogen af en staarde in het niets.

'Dus jij kunt betere kazen aanraden?' vroeg Colton aan Fintan.

'Ik máák betere kaas,' zei Fintan. 'En we hebben hier op het eiland betere boter, betere vis, veel betere oesters... Ik bedoel, álles is beter hier! Mrs. Laird in het dorp bakt brood dat duizend keer beter is dan dit. Flora kookt beter dan die koks van hier. En we hebben veel, veel betere kazen.'

Colton nam hem even op. 'Jij maakt betere?'

'Tjezus! Ja!'

'Dan wil ik die wel eens proeven.'

Fintan haalde zijn schouders op. 'Ik stuur wel wat naar je toe.'

'Nee. Nu! Ligt er kaas bij jullie op de boerderij?' Hij knipte met zijn vingers naar de hoofdober. 'Iemand zal die moeten halen.'

Fintan stond op om te gaan.

'Nee, nee. Jij niet! Blijf zitten. Iemand anders doet het wel.'

Er kwam iemand uit de keuken haastig naar hun tafeltje toe lopen en Fintan instrueerde hem nauwkeurig waar hij de verschillende kazen kon vinden. Ook droeg hij hem op boter uit de koelkast mee te nemen – niet de verpakte boter, maar die in de botervloot met de koe erop, benadrukte hij, alsof hij er niet op vertrouwde dat de man het verschil zou kennen tussen verse en in de winkel gekochte boter. De ober rende zowat het restaurant uit, alsof zijn baan op het spel stond – wat ook zo was. De hoofdober kwam vertellen dat de kok niet naar hun tafeltje durfde te komen, omdat hij te bang was.

Colton zuchtte diep, bestelde enorme bellen whisky en stelde voor terug naar de bar te gaan.

Joël treuzelde een beetje, alsof hij een moment met Flora alleen wilde hebben. Ze kon er niets aan doen; haar hart maakte een sprongetje. Ze rook iets duurs, een citrusachtige eau de cologne, en zag, hoewel het duidelijk was dat hij zich had geschoren die dag, alweer donkere stoppels op zijn strakke kaaklijn. Al haar zintuigen waren op hem gericht, op elk klein detail van hem, op de aura die hem omgaf. Even vergat ze al het andere: het restaurant, haar baan, het feit dat hij haar baas was. Hoe kon hij niet merken wat ze voor hem voelde? Of was hij eraan gewend? Reageerde elke vrouw zo op hem? Of interesseerde het hem gewoon niets?

'Ongewone strategie,' merkte hij op terwijl ze het restaurant uit liepen.

'Inderdaad,' zei Flora. 'Sorry. Wilt u dat ik hem mee naar huis neem?'

Hij keerde zich naar haar toe. 'Is hij gay?'

'Nee,' reageerde Flora meteen. Toen was ze even stil. 'Eh... ik ben lang weggeweest hier.'

Joël keek verbaasd. 'Je weet niet of je eigen broer gay is of niet?'

'Het is niet iets wat ik... Heb jij broers of zussen?' Opeens tutoyeerde ze hem.

Joël had te veel van de uitstekende wijn gedronken en te weinig gegeten van het slechte eten, en voor hij het wist hoorde hij zichzelf antwoorden: 'Dat weet ik niet.' Meteen kon hij zichzelf wel voor zijn kop slaan.

Flora bleef abrupt stilstaan. Joël verstijfde.

'Hoe bedoel je?' vroeg Flora.

'Ik bedoel nee. En trouwens, als ik een broer had die op mannen viel, zou me dat niets uitmaken.'

'Ik beweerde ook niet dat het me iets uitmaakte,' zei Flora. 'Ik zei dat ik... Ik weet het gewoon niet honderd procent zeker.'

Joël knikte en liep voor haar uit naar het enorme raam, terwijl zij, in verwarring, naar zijn rug en het landschap erachter keek.

Buiten begon een lichte mist op te komen, waardoor alles zachter werd en een mysterieus randje kreeg. De kalme zee was zo glad als een spiegel; hij zag er eigenlijk niet uit als een zee, maar als een meer van rook. De lange, vlakke, bekende kustlijn van Mure rees eruit op in groene en bruine pasteltinten. De lichtjes van de haven waren nog net zichtbaar.

Joël keek op zijn horloge. 'Dit is toch idioot, het is tien uur 's avonds maar het had net zo goed tien uur 's morgens kunnen zijn. Ik kan hier absoluut niet slapen. Wanneer wordt het in vredesnaam donker?'

'Het wordt hier niet donker, behalve in de winter,' antwoordde Flora schouderophalend.

'Hoe zit het dan? Ligt dit eiland net zo ver naar het noorden als Finland?'

'O, nee,' antwoordde Flora. 'Wij zitten hier veel noordelijker.'

Hij draaide zich naar haar om en nam haar op, zoals ze daar stond in het vreemde witte licht dat door het raam viel. Weer merkte hij op dat haar ogen de kleur van de zee hadden, hoewel de zee op dat moment grijs was van de mist, en niet groen, zoals laatst. Het was alsof de kleur van haar ogen mee veranderde met die van de zee. Heel bijzonder.

Flora voelde zich vreemd, maar niet daarom. Ze keek naar Colton, die de deur uit was gelopen naar het terras, een enorme sigaar opstak en er ook een aan Fintan aanbood. Ze zag Fintan aarzelen – Flora was er bijna zeker van dat hij nog nooit een sigaar had gerookt, maar wat wíst zij eigenlijk van hem? – en de sigaar accepteren, waarna ze samen op een van de handgemaakte houten banken gingen zitten waarop nonchalant wat dure kasjmieren dekens waren gelegd. Overal stonden kleine kaarsjes in glazen potjes te flakkeren, hoewel dat als verlichting niet nodig was, en de lucht geurde heerlijk naar iets wat eigenlijk bedoeld was om de muggen weg te houden.

'Dit doet me denken aan Avalon,' merkte Joël op. 'Alsof dit eiland een luchtspiegeling is die elk moment kan verdwijnen in de mist.'

'Ik ben bang dat je in de war bent met het telefoonsignaal hier,' zei Flora, waarna ze werd beloond met een glimp van een zeer zeldzaam lachje. Maar hij maakte zijn ogen niet los van de horizon.

26

Bertie voer de boot ondertussen zo snel mogelijk terug; de ober was doodsbang dat hij Mr. Rogers tegen zich in had genomen. Tot Innes' en Ecks verbijstering was de man de melkerij binnengestormd en had hij zowat alles wat hij bij elkaar kon graaien gepakt en meegenomen. Innes had nog haastig het overgebleven stuk fruitcake, wat brood, roggebrood en de havercrackers die Flora had gemaakt toegevoegd aan zijn lading, plus een paar potjes uit de voorraadkast.

Toen Joël en Flora de ober gehaast het pad op zagen komen, liepen ze ook het terras op om bij de anderen te gaan zitten. Het was vrij kil nu, maar er waren warmtelampen aangestoken, wat een extra gezellige sfeer gaf. De muziek was uitgezet en het enige wat er te horen viel was het zachte gezang van vogels, die leken te weten dat het bedtijd was, ook al was dat nergens aan te zien, en geblaf vanaf het water.

'Zijn er honden hier?' vroeg Joël, om zich heen kijkend.

De anderen lachten.

Flora zei: 'Zeehonden blaffen ook.'

'Vertel je me nou dat ik een stelletje blaffende zeehonden hoor?' vroeg Joël. 'Tjezus man, deze plek is gewoon één grote illusie!'

Ze keken allemaal toe terwijl er een sneeuwhoen langzaam

achter de ober aan over de rode loper waggelde, als een dreumes die net leerde lopen. Plotseling barstten ze allemaal in lachen uit.

'Eén grote illusie, verdomme!'

'Daar ga je!' Colton hief zijn glas naar Joël. 'Iedereen valt op een gegeven moment voor de betovering van dit eiland. Deze plek is gewoon een paradijs.'

'Ik begin je te geloven.'

Met een angstig gezicht en een beetje buiten adem overhandigde de ober de enorme mand aan Colton. 'Alstublieft, meneer!'

Zonder dat iemand dat leek te hebben geregeld, werden er borden, messen en meer glazen whisky gebracht. Colton haalde de havercrackers, twee ronde plakken donkergele boter – de ene gemengd met zoutkristallen die glansden in het licht, de andere zonder toevoegingen en wat donkerder van tint – en drie stukken kaas, een harde, een zachte en iets ertussenin, uit de mand.

Flora ademde diep in; ze zag dat er ook een pot chutney en een spread van Spaanse pepers van haar moeder in de mand zaten. Ze snapte niet hoe die erin waren beland. Die had Innes er waarschijnlijk snel bij gestopt. Fintan zocht intussen naar iets waarin hij zijn sigaar kon uitmaken, zag ze. Hij oogde nerveus en trots.

Colton fronste zijn voorhoofd. 'Serieus, als jullie van plan zijn me te vergiftigen... Me te besmetten met bacteriën... Ik bedoel, die kazen zitten er helemaal vol mee...'

'Alle kazen zitten vol bacteriën,' merkte Fintan op. 'Je eigen lichaam draagt op dit moment ongeveer honderddertig miljard verschillende bacteriestammen met zich mee.'

'Ja, daarom drink ik ook van die drankjes voor een gezonde darmflora.'

'Echt? Ik dacht dat mensen dat doen omdat ze smaken als aardbeienmilkshakes.'

'Dat ook.'

Fintan stond op en zocht een klein mes uit. Hij boog zich over de robuuste eikenhouten tafel en sneed flinke stukken van alle drie de kazen. Toen ging hij weer zitten en keek de anderen een voor een uitdagend aan.

Onverwacht was Joël de eerste die in actie kwam. Hij negeerde de havercrackers, maar pakte een flink stuk blauwe kaas en stopte dat in zijn mond. Iedereen nam hem gespannen op terwijl hij kauwde, en Flora maakte van de gelegenheid gebruik door uitgebreid naar zijn lippen te staren. Toen knipperde hij snel met zijn ogen alsof iets hem verbaasde en liet zijn hand zakken.

'Goh,' zei hij.

'Wat zijn de eerste symptomen?' wilde Colton weten. 'Ik bedoel, begin je meteen over te geven of wat?'

Fintan sneed een stuk van de zachte kaas af en smeerde dat op een stuk brood. Grijnzend deed Flora een klodder chutney op een sneetje roggebrood en legde er een plak kaas op. God, ze was vergeten hoe heerlijk dat was. Ze wilde niet te gulzig lijken, maar ze had nauwelijks iets gegeten; het liefst had ze alles meteen in haar mond gepropt. De vijfentwintig jaar oude Laphroaig erbij was een gouden combinatie, besefte ze.

Joël kon zich niet herinneren dat hij ooit een vrouw met zoveel oprecht genot had zien eten. Even dwaalden zijn gedachten af en vroeg hij zich af of ze in andere geneugten ook zo begerig zou zijn. Toen dwong hij zich zijn aandacht weer op zijn cliënt te richten.

'Oké, oké, wat is dit?' vroeg Colton. 'De laatste die de dodelijke kaas eet, is een lafaard? Ik moet jullie waarschuwen, mijn voedingsdeskundige denkt dat ik misschien lactose-intolerant ben.'

'Wat zijn de symptomen daarvan?' vroeg Flora nieuwsgierig.

'Stemmingswisselingen, vermoeidheid...'

'Misschien ben je gewoon een chagrijnige klootzak,' zei Fintan, en er viel een stilte. Niemand, maar dan ook niemand, durfde Colton Rogers voor paal te zetten, voornamelijk omdat hij een belachelijke hoeveelheid tijd doorbracht met mensen wier bestaan afhing van het salaris dat hij betaalde. Toen begon Colton te grinniken en deed net of hij Fintan een klap wilde verkopen.

'Rustig aan,' zei die, terwijl hij zogenaamd wegdook. 'Kom op, neem wat!'

Het was komisch om Coltons gezicht te zien. Flora was een enorme kaasliefhebber en vond Fintans creaties heerlijk, maar dat was geen vergelijk met de reactie van een man die opgegroeid was met Amerikaanse kaas en eindelijk iets proefde wat zo rijk, zo complex en zo diep van smaak was.

'Goeie god,' verzuchtte hij uiteindelijk. 'Jezus, Joël, heb jij dit geproefd?'

'Ja.'

'Ooit zoiets gegeten?'

'Ik heb een tijdje in Frankrijk gezeten.'

'*Ik heb een tijdje in Frankrijk gezeten,*' bauwde Colton hem na. 'Jezus, watje! Ik wed dat je daar niets hebt gegeten wat zo lekker is als dit.'

'Nee,' reageerde Joël, verrast door zijn eigen antwoord. 'Ik geloof van niet.'

Colton sneed nog een flink stuk voor zichzelf af. En nog een.

Pas toen ontdekte Flora dat Innes de rest van de fruitcake ook in de mand had gestopt. Ze begon de Amerikanen onmiddellijk uit te leggen dat ze eerst een hap cake, dan een hap harde kaas en als laatste een slokje van de rokerige, turfachtige whisky moesten nemen. Een tijdlang was er geen geluid te horen, behalve af en toe een kreet van verrukking, die gemakkelijk verkeerd kon worden geïnterpreteerd.

'Mijn god,' zei Colton uiteindelijk. 'Ik bedoel... mijn god!'

'Proef de boter,' zei Flora boosaardig.

'Jij wilt me dood hebben!'

'Niet voordat je die boter hebt geproefd. Smeer alleen wat van die met zoutkristallen op een stukje roggebrood.'

Hij proefde een stukje en begon met zijn handen te wapperen. 'Shit! Nou ben ik opeens óók gek op boter!'

Fintan lachte meesmuilend. 'Je hebt nog niets van de blauwe kaas gegeten.'

Colton keek er spijtig naar. 'Mijn god, man, ik denk niet dat ik dat durf. Ik kom maar gewoon uit Texas, hoor. Mozzarella op een pizza en Amerikaanse *Jack cheese* op al het andere, meer ben ik niet gewend.'

'Je zult het echt moeten proberen,' hield Fintan aan. 'Als je hier geaccepteerd wilt worden...'

'Jij wilt dat ik kaas eet met aders erin? Blauwe aders, zelfs?'

'Inderdaad!'

'Sorry, jongen. Er zijn grenzen.'

Maar Fintan sprong op, sneed een stuk af, liep om de tafel heen en stapte op Colton af. Flora was geschokt. Colton knipperde met zijn ogen. Het was duidelijk dat er in lange tijd niemand zo tegen hem had gedaan. Misschien wel nooit. Wat moet het gek zijn, dacht ze, om zo rijk te zijn dat iedereen je voorzichtig behandelt. Was dat fijn? Vreemd? Had je dat zelf nog in de gaten?

Het tweetal was weggerend naar het strand. Colton sloeg lachend zijn handen voor zijn mond, en Fintan had een uitdrukking op zijn gezicht die Flora nooit eerder gezien had. De matte, afstandelijke blik in zijn ogen was verdwenen, terwijl hij Colton zogenaamd tegen de grond probeerde te krijgen om hem de kaas te laten proeven. Uiteindelijk tackelde hij hem. Flora's hand vloog naar haar mond.

Hoe had ze zo blind kunnen zijn? Zo gefixeerd op haar eigen leventje, haar eigen gevoelens en teleurstellingen? Fintan was een stille tiener geweest, maar bij hen in huis was nooit veel gepraat. Hij werd boer, net als de andere jongens; hij zou de kost verdienen, de cirkel van de seizoenen volgen, af en toe naar Inverness gaan, misschien op een paar paarden wedden, naar shinty kijken en met een leuke meid van het eiland trouwen. Dat was wat jongens op Mure deden en ze had er, net als haar ouders, geen vragen bij gesteld.

Ze zag Colton grinnikend overeind komen uit het zand, eindelijk toegeven en een hapje van de kaas nemen, waarna hij zijn gezicht zogenaamd van afschuw vertrok.

'Je wist het niet,' zei Joël zachtjes, met zijn ogen strak op zijn whiskyglas gericht.

Flora was zo geschokt dat ze hem nauwelijks hoorde, maar toen het tot haar doordrong dat hij iets had gezegd, besefte ze ook iets anders. Ze had hem nooit eerder iets op een aardige toon horen zeggen. Tegen niemand.

'De helft van mijn vrienden is gay,' zei ze haperend.

'En het is nooit in je opgekomen?'

'Ik heb de laatste tijd... weinig contact gehad met mijn familie,' zei Flora.

Joël trok zijn wenkbrauwen op.

De twee anderen kwam nog steeds grinnikend terug van het strand.

'Dit is waarschijnlijk het vreemdste zakendiner dat ik ooit heb meegemaakt,' merkte Colton op toen hij weer bij de houten tafel stond.

'We hebben het nauwelijks over zaken gehad,' merkte Flora op met een blik op Fintans blozende gezicht.

'Waar heb je het over? Het is zonneklaar,' zei Colton. 'Dit was een pitch, toch?'

'Wat?'

'Lokale leveranciers,' zei Colton geduldig, alsof ze een randdebiel was. 'Dat is toch jullie plan? Het roze huis openen? Ik doe mee! Huur zoveel mensen in als je wilt. Het is een goed plan, het bevalt me. Kunnen jullie open zijn vóór de gemeenteraad bij elkaar komt?'

'Wát?' riep Flora uit.

Fintan stak zijn hand uit om haar het zwijgen op te leggen. 'Tuurlijk,' zei hij.

'Ik vermoed dat ik dan ook maar meteen een openingsfeestje moet geven,' zei Colton terwijl hij om zich heen keek. 'Bah! Ik heb een hekel aan feestjes. Maar dat is dé manier om iedereen in één keer te ontmoeten. Dus moet het maar.'

Fintan keek op zijn horloge. Zijn gezicht betrok. 'Ik moet gaan,' zei hij. 'Melken.'

Verbaasd keek Colton op. 'Maar het is nog vroeg,' beklaagde hij zich, met een blik op de horizon. Toen keek hij ook op zijn horloge. 'O, ja,' vervolgde hij. 'Goh. Normaliter zou ik me allang doodvervelen.'

Fintan glimlachte ongemakkelijk. 'Oké. Ga je mee, zussie?'

'Maar...' zei Flora, lichtelijk in verwarring. Wat was er allemaal gebeurd?

'Goed,' zei Colton. 'Jullie regelen het met het roze huis. Organiseer een feest en prijs het aan, zodat iedereen komt. Dat is een goede start.'

'Maar...' begon Flora nog een keer toen ze een hand op haar schouder voelde. Het was Joël, die haar naar Berties bootje dirigeerde.

'Het was een fantastische avond,' zei Colton enthousiast. Hij stak zijn hand uit om die van Fintan te schudden, en hield hem net iets te lang vast.

27

Alles was wit. De lucht was wit, de zee was bijna wit, het water weerkaatste het witte licht en ze had het gevoel dat ze over een blanco pagina zeilde met de rimpels van de golven als zinnen die zich achter haar uitstrekten. Ze was op een schip, een oud, krakend zeilschip. De kale masten staken hoog boven haar uit – waar waren de zeilen? Er ontbrak iemand. Wie? Stop! riep ze. Stop de boot! Stop! Maar er luisterde niemand en ze voeren door. Er was iemand overboord geslagen. Ze moesten terug! Maar het schip voer er steeds verder vandaan. Ze schreeuwde, maar niemand hoorde haar en niemand stopte de boot...

Het kwam waarschijnlijk – nee, zeker – door de whisky dat Flora om drie uur 's nachts wakker schrok uit een vreemde witte droom over schepen, ijs en kou. Ze had een droge mond en het dunne dekbed was half van haar af gegleden. Het was ijskoud in huis.

Tijdens de terugtocht met de boot had ze de hele tijd nog willen praten over alles wat er die avond was gebeurd, maar Joël en Fintan hadden haar samen – samen! hoe absurd – de mond gesnoerd en gezegd dat ze het er de volgende dag wel over zouden hebben. Het eerste wat ze zag in het donker, was het knipperende lichtje van haar telefoon. Ze wreef haar ogen uit, trok het dekbed om haar rillende schouders en pakte hem op. Het was werk: memo's, plannen, een hele rits ideeën van Joël. Maar het was diep in de nacht.

Slaap je niet? appte ze.

Hij antwoordde ogenblikkelijk.

Het is klaarlicht. Hoe moet een mens hierbij slapen?

Flora vond het doodnormaal. Ze was van kinds af aan gewend om naar bed te gaan als de zon volop scheen. En andersom: in het pikkedonker naar school te gaan in de winter.

De gordijnen dichtdoen? stelde ze voor.

Die zijn te smerig.

Flora had medelijden met hem. De Harbour's Rest was tenslotte vrij erg.

Waarom kon je eigenlijk niet in The Rock logeren?

De kamers zijn blijkbaar nog niet klaar.

Serieus, slechter kunnen ze toch niet zijn.

Goed punt. Ik had moeten aandringen. Zelfs drie muren was beter geweest dan dit.

Flora glimlachte naar haar telefoon.

Zilte zeelucht is goed voor de nachtrust.

Dat is een gezegde hier op het eiland, toch? Misschien kan ik de manager overtuigen van het feit dat een flinke schoonmaakbeurt goed is voor de nachtrust.

Ach, kom op. Geef toe, zo erg is het hier niet.

Ik heb nooit gezegd dat het hier erg was.

Joël genoot van hun conversatie. Het voelde een beetje vreemd om zo met elkaar te praten, vooral zo laat in de nacht. Een kletspraatje, zonder op iets uit te zijn. Geen versiertruc. Hij fronste zijn wenkbrauwen. Ze zou toch niet denken... Nee. Natuurlijk niet. Ze was een beginnend juridisch assistente, toch? Dat zou ze zich echt niet in het hoofd halen. Ze was gewoon iemand met wie je makkelijk een praatje maakte. En jezus, hij kon echt niet slapen.

Hij sprong op en begon door de kamer te ijsberen. Het loslatende behang deprimeerde hem, maar buiten zag het er onwerkelijk en best mooi uit.

Is het veilig om nu een wandeling te gaan maken hier?

Als je oppast voor de wilde haggis, die kan gevaarlijk zijn. Maar mocht je er een tegenkomen, dan moet je gewoon wegrennen, want ze zijn te langzaam om je te pakken te krijgen. Ze hebben twee korte en twee lange poten omdat ze steeds rondjes lopen in de heuvels.

Hahaha.

Flora werd plotseling enthousiast.

Waar ga je wandelen?

Ik dacht te beginnen op Broadway en dan via de winkelstraten naar Chinatown om een hapje te eten...

Hahaha.

Joël trok zijn jas aan. Hij voelde zich rusteloos.

Geen idee. Haventje? Alles is gesloten.

Het is midden in de nacht.

Na een lange pauze typte Flora uiteindelijk:

Zal ik naar je toe komen?

Hij tuurde met knipperende ogen naar zijn telefoon. Normaliter... Ach. Hij gaf niet veel om gezelschap, dokter Philippoussis noemde hem een lone wolf. Hij staarde nog een keer naar het bleke water.

Als je dat leuk vindt.

Ze waste haar gezicht, trok een grimas vanwege haar slordige haar en maakte er een vlecht van die over haar schouder viel. Toen trok ze haar spijkerbroek, een gestreept T-shirt, een visserstrui en een paar grote laarzen aan en zette als laatste haar geruite *bunnet* op – een Schotse baret. Ze zag er absoluut niet uit als iemand die haar baas ging verleiden, prentte ze zichzelf streng in. Op z'n hoogst misschien de een of andere visser, maar niet haar knappe, stadse baas uit Londen met wie ze midden in de nacht had afgesproken. Natuurlijk niet.

En daar was ze ook helemaal niet mee bezig terwijl ze de trap af liep. Ze dacht aan het idiote idee van Colton, dat Fintan en zij op de een of andere manier zijn catering gingen overnemen. Dat plan moest zo snel mogelijk in de kiem worden gesmoord.

In de keuken dronk ze eerst een groot glas ijskoud water om alle whisky uit haar lijf te spoelen en maakte toen een thermosfles sterke koffie. Bramble was overeind gekomen toen ze binnenkwam, en ze knikte naar hem omdat hij mee mocht. Toen stapte ze naar buiten, de ochtendkilte in die lekker fris en opwekkend voelde, hoewel de ochtend, technisch gezien, nog een paar uur weg was.

Op Mure was het nooit druk of lawaaierig, maar op dit uur was het net de maan. Het leek wel of alle mensen van de aarde waren verdwenen en ze aan het einde van de wereld stond. Er hing nog steeds een lichte mist boven het land, die iets dromerigs aan alles gaf. De toppen van de heuvels gingen verborgen onder nevelige wolken, de telefoonpalen waren verdwenen en als je door een mistbank liep, was de lucht ineens vochtig en bedompt.

Flora zag hem voordat hij haar zag; hij stond bij het haventje en staarde over de zee uit. Eigenlijk leek hij totaal niet op zijn plaats hier, in zijn mooie jas en dure schoenen, als een op een verre planeet gestrande astronaut voor wie alles om hem heen vreemd en onbekend was en voor wie alle zekerheden uit het leven waren verdwenen.

Bramble jankte zacht, een waarschuwing, en Flora boog zich naar hem toe.

'Het is goed,' fluisterde ze, terwijl ze over zijn zachte oren aaide. 'Het is goed.' *Alsjeblieft, hou van honden,* bad ze en ze kruiste haar vingers.

Bramble, gerustgesteld, schoot weg over de keien van het haventje en precies op dat moment keerde Joël zich om, waarna hij begroet werd door een enorme, modderige, overenthousiaste hond die tegen zijn dure kleding op sprong.

Joël werd bijna gevloerd terwijl hij de hond op hetzelfde moment probeerde te verwelkomen en van zich af probeerde te duwen. Hij wendde zich tot Flora, die een stukje verderop stond te lachen.

'Ja hoor, heel grappig. Bedankt dat je me laat aanvallen door een molenpaard,' zei hij toen ze dichterbij kwam.

'Bramble!' schreeuwde ze. 'Kom hier! Stoute hond!'

Bramble negeerde haar volkomen, zoals gewoonlijk, en rende weg om een duik in zee te nemen.

Wat beteuterd keek Joël omlaag naar zijn bemodderde broek. 'Ik vraag me af of Colton de stomerijkosten vergoedt.'

'Misschien moeten we aan Fintan vragen of hij dat wil opperen.'

Hij keek haar aan en glimlachte. Ze zag er zo anders uit dan het meisje dat hem op kantoor nauwelijks was opgevallen. In de grote oude trui, zonder make-up, met roze wangen en haar haren in een vlecht die onder de geruite baret vandaan kwam, en die bijzondere waterverfkleurige ogen.

'Is dat... is dat een thermosfles?' vroeg hij hoopvol.

'Zou kunnen.'

'Gaan we vissen of zo?'

'Wil je koffie of niet?'

Joël glimlachte. 'Liever dan wat ook ter wereld.'

'Ik dacht dat je de roomservice wel had gebeld om koffie.'

'Hebben ze daar roomservice dan?'

'Normaliter niet,' antwoordde Flora terwijl ze bedacht dat Inge-Britt daar in dit geval waarschijnlijk wel toe bereid was. 'Misschien als je het vriendelijk vraagt.'

'Ik vraag altijd vriendelijk om iets!'

Ze wierp hem een veelzeggende blik toe, en hij wist even niet wat hij moest zeggen.

'Nou, voor New Yorkse begrippen dan,' gaf hij onwillig toe.

Flora schonk een beker koffie voor hem in, zoet en heet. Hij pakte hem gretig aan en bedankte haar er zelfs voor. Toen gingen ze samen op de kademuur zitten en staarden naar de lage zon.

'Ik kan het bíjna zien, weet je,' zei Joël. 'Wat Colton zo bijzonder vindt aan deze plek. Het is... het is hier anders dan waar ook ter wereld.'

De mist was opgetrokken en de kleuren van de dageraad werden steeds onderbroken door wolken; het gaf een streperig effect op het water, dat roze, goud en geel schitterde onder de ongewoon witte hemel.

'Inderdaad.'

'Je lijkt hier thuis te zijn.'

Flora haalde haar schouders op. 'Nou, niet echt. Maar luister. Dat idee van Colton...'

'Ik weet dat het ongewoon is,' zei Joël.

'Op z'n zachtst gezegd, ja.'

'Ik dacht... Heb je mijn aantekeningen gelezen?'

'Nee,' zei Flora. 'Ik sliep. Slaap jij nooit? Ben jij Batman of zo? Dat zou een heleboel verklaren!' zei ze met een grijns.

Joël glimlachte. 'Echt?'

'Ik heb je aantekeningen dus niet gelezen.'

'Nou,' begon Joël, 'in wezen komt het neer op pr-werk. Dus als jij iets kunt organiseren, zoals een pop-upstore in dat roze huis, krijgen we daarmee al voet aan de grond bij de eilandbewoners. En dan het feestje. En de kaas en wat het ook is wat Fintan allemaal wil verkopen. Ik bedoel, dat zou de boel de juiste kant op helpen, toch, en de mensen hier ervan overtuigen dat Colton het goed voorheeft met dit eiland. Als het allemaal positief uitpakt, handelen we alles naar tevredenheid af, wordt hij cliënt bij ons en halen we miljoenen binnen aan zijn toekomstige opdrachten. Daar gaat het uiteindelijk om. Ik zeg het maar eerlijk.'

'Ja, dat snap ik,' zei Flora. Ze slaakte een zucht. 'Maar ik heb een baan! Een echte baan, niet zoiets als winkeltje spelen op dit eiland.'

'Dat is ook een echte baan,' zei Joël. 'En bovendien heb ik voldoende juridisch medewerkers die jouw werk kunnen overnemen.' Hij tuurde naar de zee. 'Maar ik ken niemand anders die kan helpen om deze klant, die onze allergrootste zou kunnen worden, binnen te halen.'

'Serieus?'

'Het is maar voor een paar weken, wanneer beslist de gemeenteraad? Daarna kun je weg, zo gaat het nu eenmaal met pop-upstores. Die zijn tijdelijk. Ik denk alleen dat je veel voor de firma zou kunnen betekenen.'

Bramble kwam terugrennen uit de zee, zijn vacht vol zout en water.

'Kom,' zei Flora. 'Laten we een stuk op de Endless gaan lopen.'

'De wat?'

'De Endless. Het strand.' Ze sprong van het muurtje af. 'Het is niet echt eindeloos, natuurlijk.'

Joël liep achter haar aan de weg naar de duinen op, waarlangs de huizen steeds schaarser werden. Eenmaal boven bleef hij staan. Hij zag de hond rennen, die kennelijk druk op zoek was naar konijnen. Hij keek uit over het strand, dat zich kilometers en kilometers voor hem uitstrekte. Het zand was spierwit, en de bleke zee kabbelde er kalmpjes overheen. In de lichte nevelresten van de mist was niet te zien waar het witte zand eindigde – het vervaagde in het oneindige. Vóór hem was niets anders dan strand, een fantastisch glorieus strand, volkomen verlaten, ongerept, alsof er nog nooit iemand was geweest. Alleen Bramble maakte pootafdrukken in het zand.

Om de een of andere reden, waarschijnlijk de combinatie van gebrek aan slaap en geen contact met Londen, benam het uitzicht hem de adem. Het was alsof dit de eerste keer was dat hij het echt zag. De lucht voelde fris in zijn longen, hij rook de geur van koffie op de zilte bries, zag de vacht van de hond golven in de wind. Hij voelde zich... Hij wist niet wat hij voelde. Een vreemd soort bevrijding. Vrijheid. Iets nieuws, iets wat hij niet kende. Hij deed een stap naar voren.

'Wauw,' zei hij. 'Jezus! Het lijkt wel... of wij dit hebben ontdekt.'

'Dat heb je ook,' zei Flora eenvoudig.

'Het is... het is...' Hij kon de woorden niet vinden.

Bramble rende voor hen uit, sprong hoog in de lucht en was naarstig op zoek naar een stok. Flora begon mee te zoeken, maar draaide zich toen om naar Joël, die nog steeds als aan de grond genageld stond. Plotseling werd ze overvallen door een vreemd gevoel. Ze had zo verlangd naar dit moment – dat ze met zijn tweeën waren, dat hij met haar praatte, naar haar keek, haar eindelijk zág. En nu het zover was, voelde ze zich... Hij leek opeens zo klein, zoals hij daar stond op de Endless, bijna nederig. Ze was nieuwsgierig naar hem: wat maakte hem zo gesloten, zo in zichzelf gekeerd? Had hij iemand verloren?

Maar die gedachten leidden haar, zoals altijd op Mure, naar iets waarbij ze niet wilde stilstaan: naar de hand die de hare had vastgehouden de eerste keer dat ze op de Endless had gelopen en verhalen had gehoord over Vikingen, strandjutters , feeën... alle oude legendes van de eilanden. Haar gezicht werd triest. Ze was er zo moe van, van alle herinneringen die steeds maar weer door haar hoofd maalden. Zo moe.

Ze zag een stok liggen die voor Bramble perfect was om mee te spelen en raapte hem op. Ze trapte haar laarzen uit, rolde haar broekspijpen op en gooide de stok zo ver als ze kon. Toen rende ze erachteraan in het heldere licht van de eindeloze ochtend, zo hard als ze kon, naast de hond, plonzend door de kalme branding. Dat was de beste manier om alle gedachten te verjagen, de droom van die nacht te vergeten, aan de klauwen van het eiland en dat wat haar was overkomen te ontsnappen. Rennen, en nooit meer omkijken.

Het strand bleef zich voor haar ontrollen, totdat ze een heel eind weg was, Joël niet langer kon horen roepen en uiteindelijk neerviel op het zand. Toen Bramble ongerust haar wangen begon te likken, verborg ze haar gezicht in zijn vacht. Ze voelde zich wat beter nu, buiten adem maar op de een of andere manier meer van leven vervuld dan ze in lange tijd was geweest. Na een tijdje stond ze op en begon langzaam terug te lopen.

'Sorry,' zei ze toen ze Joël bereikte. 'Sorry. Ik had opeens behoefte om...'

Vreemd genoeg had Joël bijna haar voorbeeld gevolgd, zijn schoenen uitgetrokken en gerend alsof hij vleugels had. Hij was heel even in de verleiding gekomen om een poging te doen haar in te halen, vast te pakken en met zich mee omlaag te trekken naar het zand, allebei buiten adem, heet, zweterig... Maar die gedachte had hij meteen verjaagd. Ze was in dienst bij zijn firma, en hij vermengde zijn privéleven, hoe beperkt dat ook was, nooit met zijn werk.

Even keken ze elkaar aan. Toen ademde Flora diep in en vervolgden ze hun wandeling, kalmer nu.

'In de zomer is het hier heel anders. Druk zelfs. Toen we

tieners waren maakten we hier kampvuren en haalden we allerlei kattenkwaad uit.'

'Dat geloof ik graag.'

'Hoe was het waar jij bent opgegroeid?'

Het bleef een tijdje stil. Joël keek uit over het heldere water en slaakte een zucht. Even overwoog hij zelfs om het haar te vertellen. 'Het was...'

Maar door zijn hoofd schoten weer die verwarrende gedachten. Hij vroeg zich af hoe die koele, bleke huid zou aanvoelen. De porseleinen witheid ervan, de delicate sproeten hier en daar. Hij vroeg zich af welke uitdrukking die oceaanogen van haar dan zouden krijgen. Toen keek hij om zich heen naar het onwereldse landschap en dacht: waarom ook niet? Dokter Philippoussis zou het goedkeuren...

Hij was moe. Moe van naar bars gaan en tot laat in de avond werken, van stomme kantoorpolitiek en lekkere meiden die mee uit genomen wilden worden naar de duurste restaurants en dan geen hap aten als ze er eenmaal waren. Moe van wie het beste kantoor had, de grootste cliënt, de duurste motor, de extravagantste vakantie, het coolste appartement en de mooiste vriendin. Het ging maar door, en hij wist niet waar het eindigde. Dat had hij nooit geweten; hij wist zelfs niet, nu hij hier stond, waar het allemaal voor diende, waarom hij het allemaal deed. Het enige hier waren een goedmoedige hond en een verwaaid meisje, en verder helemaal niets, zover je kon kijken.

Hij was niet alleen moe omdat hij de hele nacht niet had geslapen. Drie uur 's nachts was niets bijzonders voor hem. Hij had nooit goed geslapen. Nooit. Hij had het haar bijna verteld... Maar toen sprong die stomme hond weer tegen hem op.

'Bramble!' schreeuwde Flora bestraffend. 'O, mijn god, het

spijt me heel erg. Heel erg. Er moet een manier zijn om die modder eraf te krijgen.'

Bramble leek helemaal door het dolle, maar uiteindelijk wist ze hem weer onder controle te krijgen. Ze wierp een zijdelingse blik op Joël. Ze had het gevoel gehad... Wat? Iets. Alsof hij op het punt had gestaan haar iets te vertellen. Geen idee wat dat kon zijn. En nu leek dat moment voorbij.

Ze liepen verder en bespraken de zaak-Colton, en toen ze het einde van het strand bereikten (Joël was belachelijk teleurgesteld dat het strand uiteindelijk een einde bleek te hebben, dat gemarkeerd werd door een vuurtoren) begon de witte hemel lichtblauw te kleuren. Het beloofde een mooie dag te worden.

Ze liepen het hele eind terug naar de plek waar Flora haar laarzen had uitgetrapt, waar ze hun wandeling waren begonnen. Onderweg had ze aarzelend ingestemd met zijn voorstel dat zij de boel moest regelen en in Coltons buurt moest blijven tot na de vergadering van de gemeenteraad, terwijl Joël terug naar Londen ging.

'Ontbijt?' stelde ze voor.

Snel wierp Joël een blik op zijn horloge. 'Het is vijf uur. Vier uur geleden zaten we nog te dineren. En het is dus, technisch gezien, nog nacht.'

'Oké,' zei Flora. 'Het was maar een voorstel.'

'Zou dat ontbijt dan weer uit kaas bestaan?'

'Nee.'

Vreemd genoeg had Joël alweer trek. De frisse lucht, vermoedde hij. Normaliter hield hij zijn eetgewoonten even streng onder controle als alle andere aspecten van zijn leven.

'Wat is er open voor het ontbijt?'

'O, de jongens staan zo op. Ga maar mee naar de boerderij.'

28

Tegen de tijd dat ze het pad naar de boerderij opgelopen waren, bruiste het huis inderdaad van de activiteit. De jongens waren allemaal al opgestaan. Het was heerlijk warm in de keuken na de frisse ochtendlucht: de AGA en het haardvuur maakten de kamer gezellig en een beetje benauwd.

'Hoi,' zei Innes, die met zijn rug naar hen toe in een versleten pyjama en op sokken met gaten erin bij de gootsteen de ketel vulde en die op het fornuis zette. Pas toen draaide hij zich om en zag hij Joël staan. 'En wie mag dit in godsnaam zijn?' vroeg hij verstoord.

Joëls jas was een beetje vochtig, evenals zijn dure schoenen en de zoom van zijn broekspijpen. Zijn brillenglazen begonnen te beslaan. Voor het eerst vond Flora hem er kwetsbaar uitzien.

'Ik ben Joël Binder, Flora's baas,' antwoordde Joël rustig, terwijl hij zijn hand uitstak naar Innes.

'Het is verdomme vijf uur in de ochtend!' constateerde Innes. 'Hoeveel uur werken jullie advocaten eigenlijk?'

'Niet zoveel uur als boeren,' merkte Joël kalm op.

'Papa?' klonk een klein maar vastberaden stemmetje. 'Veels te veel hewwie, papa.'

Iedereen viel stil toen er een meisje op haar blote voetjes de keuken in kwam trippelen. Het was Agot die, in haar ogen wrijvend, met haar spierwitte haar helemaal in de war en haar geliefde knuffelwasbeertje in haar hand, iedereen met haar ogen tot spleetjes geknepen bestraffend opnam.

'Hewwie, allemaal?' vroeg ze streng.

Joël knipperde met zijn ogen.

'Goedemorgen, Agot, lieverd. Zal ik een kopje thee voor je inschenken?' vroeg Flora snel.

Het meisje grijnsde toen ze haar zag en rende naar haar toe om haar te knuffelen. 'Wie is dat, tante Flowa?'

'Dit is Joël,' zei Flora een beetje ongemakkelijk.

Joël lachte een half lachje naar Agot en zei: 'Hoi!'

'Hoi!' zei Agot. 'Ik Agot.' Ze keerde zich om naar Flora. 'Onbijt?'

Eck stond in de deuropening.

'Pa!' riep Flora uit. 'Jij hoeft toch niet op te staan voor het melken!'

'Denk je dat een mens kan slapen met al dat geklets van jullie?' Eck leek niet op te kijken van Joëls aanwezigheid.

De thee werd uitgedeeld.

'Opa!' gilde Agot.

'Wat is er, kleintje?'

'Onbijt? Bwood?'

Flora glimlachte. Agot was dol op brood.

'O, dat weet ik zonet niet,' zei Eck fronsend. 'Heb je niet liever een lekker bordje pap?'

'Bwood!'

'Oké, oké,' zei Flora. 'Omdat ik blijkbaar iedereen wakker heb gemaakt, zal ik spektosti's maken. Innes, zet jij koffie, niet iedereen houdt van dat afgrijselijke theebrouwsel van je.'

'Ja!' riep Agot juichend. 'En wadio!'

Innes zette de radio aan op Radio Gael en Agot begon meteen te dansen op de Schotse volksmuziek. Ze wervelde over de tegelvloer, met haar lange nachtjapon fladderend om zich heen.

'Je verwent dat kind,' zei Eck tegen Innes, terwijl Flora de enorme zwartgeblakerde koekenpan tevoorschijn haalde.

'Inderdaad. Dat doe ik zeker, en dat blijf ik doen na alles wat ze met mij en Eilidh heeft moeten doormaken.'

Flora haalde het spek, dat in vetvrij papier was gewikkeld, uit de koelkast, terwijl Innes koffiezette met de cafetière die Flora had gekocht, van de uitstekende, donkere koffiesoort die Flora samen met de koffiepot had aangeschaft. De meeste boerenknechten moesten er niets van hebben, die hielden meer van de gewone instant oploskoffie. Agot danste ondertussen vrolijk door. Er was herrie, geklets en vrolijke muziek.

'O god!' zei Flora plotseling terwijl ze zich naar Joël omdraaide. 'Eet je eigenlijk wel spek?'

Nu pas merkte Eck hem op. 'Ben jij een van de knechten?'

'Pa, laat alsjeblieft je ogen nakijken en koop een nieuwe bril! Straks probeer je Bramble nog te melken!'

Bramble hief zijn kop op toen hij zijn naam hoorde.

'Ik... ik werk bij dezelfde firma als Flora,' zei Joël. Flora kneep haar ogen tot spleetjes. Zag ze het nou goed? Gríjnsde hij? 'En ja, spek is prima.'

'Waarom zou spek níét goed zijn?' vroeg Eck, waarop Innes zei dat hij zijn mond moest houden.

Fintan kwam fluitend binnen en keek voor een keer eens niet naar de grond, wat uiterst ongewoon was.

Dat verbaasde Innes. 'Waarom ben jij opeens zo vrolijk?'

'O, zomaar,' antwoordde Fintan met een glimlach. Hij schonk thee in voor zichzelf. 'O, wauw, dat ruikt heerlijk, zussie. Maak je er voor mij ook een?' Hij tilde Agot op en zwierde haar in het rond, waardoor ze begon te gillen en te schateren. 'Goedemorgen, mooi meisje van me.' Toen hij zich omdraaide, ontdekte hij Joël pas. 'O, mijn god, heb je vannacht hier geslapen?'

Opeens was het doodstil in de keuken.

'Wat?' vroeg Eck.

'Flowa, jij slaappawtijtje?' brabbelde Agot.

Ze voelde dat ze knalrood werd. 'Natuurlijk niet!'

'Ken je hem?' vroeg Innes aan Fintan. 'Ik dacht dat hij bij Flora's firma werkte?'

'Ja, dat is ook zo, en hou nou je mond maar,' reageerde Flora.

'Je bloost, zussie,' merkte Fintan op.

'Mond dicht allemaal! Die verdomde koeien moeten gemolken worden. Anders kunnen jullie dat op een lege maag gaan doen.'

Uiteindelijk zaten ze allemaal rondom de enorme tafel. Joël zei niet veel, en Flora was bang dat hij de manier waarop ze met elkaar omgingen maar niks vond.

Maar dat was het niet. Hoewel hij als kind veel tijd bij gezinnen had doorgebracht, had hij die geen van alle goed leren kennen. Hij was altijd weer overgeplaatst – het slimme, in zichzelf gekeerde jongetje dat niet schattig, aardig of leuk genoeg was om te worden geadopteerd, dat moeilijk te bereiken was, rare dingen zei en op school altijd beter presteerde dan de oudere kinderen.

Tegen de tijd dat dokter Philippoussis opmerkte dat hij heel intelligent was en een plekje voor hem regelde op een goede school met een sympathieke leraar die hem alle boeken gaf die hij maar wilde en zijn honger naar kennis voedde, was hij al een tiener, en niemand wil een tiener in zijn gezin opnemen, niet echt. Uiteindelijk won hij een studiebeurs voor een internaat en trok de kinderbescherming haar handen met een zucht van verlichting van hem af.

Het gezinsontbijt waar hij nu middenin zat, maakte hem nerveus. Flora's familie praatte zoveel; ze kletsten maar door terwijl ze hun tosti's aten en eindeloze mokken thee dronken. Joël hield zich vrij streng aan zijn dieet en at nooit spektosti's, hoewel dat niets te maken had met een religieuze overtuiging. Hij was opgegroeid met een hele reeks aan verschillende religies – baptisten, atheïsten, katholieken, protestanten – en had er niets van meegenomen. Nee, het was omdat spek vol zat met vet en koolhydraten, twee dingen die hij uit zijn leven had verbannen om fit en gezond te blijven en de blaffende meute die hem voor zijn gevoel altijd op de hielen zat voor te blijven. Wie er precies deel uitmaakten van die blaffende meute zou hij niet kunnen zeggen, maar ze zaten hem in ieder geval altijd op de hielen.

Voorzichtig nam hij een hapje van zijn tosti. Dat was nog iets waarbij hij had geleerd op zijn hoede te zijn: nooit je eten alleen laten. Nog geen seconde. Dan pakt iemand het van je af.

Hij knipperde met zijn ogen van verrassing. Hij bleef zich verbazen hier. Hij wist niets over catering of verkoop en dat soort dingen, maar hij wist wel het een en ander over eten, goed eten: dure diners met cliënten, de bakken met geld die hij uitgaf in hippe nieuwe restaurants. En één ding stond voor hem als een paal boven water: dit overtrof alles. Het brood was misschien van gisteren en opgebakken, maar ontegenzeggelijk van geweldige kwaliteit. Dit knapperige, zoute spek, deze mokken sterke thee... dit kon je overal verkopen. Flora was er geknipt voor. Hij keek naar haar terwijl ze moeiteloos een tweede portie op het bord van een enorme, stille jongen liet glijden, die nog een broer van haar moest zijn – hoeveel had ze er eigenlijk? Hier is ze goed in, dacht hij, hierin kan ze schitteren.

Intens genietend van zijn tosti bekeek hij de lawaaierige, lachende, plagende clan en luisterde naar de woordenwaterval van onbegrijpelijke gesprekken over veevoer en opbrengsten en weer die verdomde kaas, toen hij tot zijn verrassing voelde dat er een klein meisje bezig was op zijn schoot te klimmen. Agot was spontaan naar hem toe gedribbeld en probeerde nu langs zijn been omhoog te kruipen.

'Agot, niet doen!' zei Flora toen ze het zag.

Agot trok een pruillip. 'Liefe man!' zei ze verdedigend, terwijl ze broodkruimels over Joëls broek en de vloer uitstrooide.

'Sorry,' zei Innes. 'Agot, eraf!'

Joël zat als versteend. Hij was geen kinderen gewend en had geen idee wat hij moest doen.

'Niet af!' protesteerde Agot op luide toon. Ze bood Joël een stukje van haar tosti aan.

'Het is prima,' beweerde hij terwijl hij het stukje brood aanpakte en op tafel legde.

Iedereen ontspande zichtbaar. Dit is heel normaal, hield hij zich voor. Gezinnen zijn doodnormaal. Jij bent het die raar reageert. En hoewel het een volkomen onbekende situatie voor hem was, merkte hij dat hij het totaal niet onplezierig vond. Het meisje met haar mollige beentjes wriemelde en wrong net zo lang tot ze zich lekker op zijn schoot had genesteld. Ze rook lekker, naar gebakken brood, een vaag bekende shampoo, en slaap.

'Mmm, tosti,' zei ze tevreden, en ze nam een flinke hap terwijl er een druppel vet op zijn nu waarschijnlijk voorgoed geruïneerde broek belandde.

Flora kneep haar ogen even dicht, maar toen ze die opendeed, ving ze Joëls blik en drong het tot haar door dat hij glimlachte. 'Dit is een onweerstaanbaar lekkere tosti,' zei hij. Hij keek Fintan aan. 'Je plan gaat lukken! Het wordt een succes, ik weet het zeker.'

Fintan sloeg zijn ogen neer. 'Dank je wel.'

Toen wierp Joël een blik op zijn horloge. 'Ik moet gaan, wil ik straks het vliegtuig halen,' zei hij.

Flora knikte. 'Ik weet het. En ik kan beter ook maar aan het werk gaan. Kom Agot, dan stop ik je weer in bed.'

'Agot niet moe!'

Joël maakte aanstalten om op te staan, maar Agot sloeg haar armpjes onmiddellijk om zijn hals.

'Niet weggaan!' zei ze koppig.

'Sorry,' zei Flora. 'Agot! Ophouden!'

'Niet naaw bed!'

Joël maakte Agots armpjes voorzichtig los en zette haar op de vloer neer.

Toen Flora naar hem keek, voelde ze een idioot sterk verlangen in zich opkomen om precies hetzelfde te doen als Agot had gedaan: haar armen om zijn hals slaan en die zachte blik in zijn ogen zien verschijnen.

Nee! Ze wilde die zachte blik helemaal niet. Echt niet. Ze ademde diep in. Ze moest zich niet gek laten maken. Dat kon echt niet.

'Niet naaw bed,' zei Agot nog een keer.

Nee, dacht Flora, er gaat hier niemand naar bed.

29

Daarna ging alles heel erg snel. Flora had zich even afgevraagd of Joël terug uit Londen zou komen om het papierwerk af te handelen, maar natuurlijk was dat ver beneden zijn stand.

In een paar weken was alles geregeld. Elke dag arriveerden er nieuwe apparatuur en andere spullen die ze nodig hadden voor hun plannen, inclusief een stel superstrenge inspecteurs van de keuringsdienst, die alles controleerden, veranderingen eisten en weer terugkwamen om te zien of die naar behoren waren uitgevoerd. Fintan werkte dag en nacht om te voldoen aan alle voorschriften en hield alles brandschoon.

Al het personeel van Colton kwam naar hen toe om waar dan ook mee te helpen, en Colton zelf ondernam een tripje naar het dorp om personeel te werven en het balletje aan het rollen te brengen. Hij bood fatsoenlijke lonen en flexibele uren voor wie in The Rock wilde komen werken.

Om een logo voor de zaak te ontwerpen schreef Lorna een tekenwedstrijd uit voor de schoolkinderen, die werd gewonnen met een tekening van een gelukkig koetje in de wei met de bleke zee op de achtergrond.

Agot kreeg een woedeaanval toen er voor de *Island Times* een foto werd gemaakt van het meisje dat had gewonnen en weigerde naast hen te komen staan; ze wierp zich op de grond en schopte met haar benen.

Flora nam contact op met een paar meisjes met wie ze vroeger op school had gezeten om te vragen of zij interesse hadden in werk op het eiland, of misschien iemand wisten die dat had. En zo dienden zich twee enthousiaste meiden aan, Isla en Iona, die voor de zomervakantie terug op het eiland waren en voor hen kwamen werken.

Een andere aanwinst was Mrs. Laird, die bij de dokter en de dominee het huishouden deed maar bovendien, zoals Fintan toevallig wist, het beste brood van het eiland bakte.

'Er zijn veel dames hier op bezoek geweest voor pa,' vertelde Fintan aan een van afschuw vervulde Flora, 'maar zij kon verreweg het beste bakken.'

'Jullie hebben ze toch wel afgewimpeld?'

'Tuurlijk niet! Ze brachten ik weet niet hoeveel zelfgemaakte, ingevroren ovenschotels mee. Hoewel wij het meestal gewoon bij worstjes hielden.'

'Ik vroeg me al af hoe we aan negentien nieuwe ovenschalen kwamen.'

'Hmm,' reageerde Fintan.

'Ik hoop dat jullie Mrs. Laird niet aan het lijntje hebben gehouden.'

Maar Fintan had wel gelijk gehad, ze bakte heerlijk brood en fantastische *bannocks* (broodjes) en *bridies* (hartige bladerdeegflappen).

Flora nodigde haar en de twee meiden uit op de boerderij, waar ze zich gezamenlijk over het vlekkerige receptenboek bogen.

'Alles moet volgens deze recepten,' benadrukte ze. 'Scones. Cakes. Tosti's. Soep, elke dag twee soorten. Niets ingewikkelds. Maar het is belangrijk dat jullie deze recepten volgen.'

Mrs. Laird knikte.

'Dat zijn Annies recepten,' zei ze ernstig. 'En zij was de beste kok van het hele eiland.'

'Dat is een heel groot compliment uit uw mond,' reageerde Flora.

Ze verdeelden het werk. Flora nam de pasteien en de taarten op zich, omdat ze daar goed in was en ze het rustgevend vond die te maken, hoewel ze zich ook niet te goed voelde om zo af en toe mee te helpen met het kneden van het brooddeeg. Mrs. Laird en zij leerden Iona en Isla, allebei blond en met blosjes op hun wangen, stap voor stap hoe ze alle cakes moesten maken. De meisjes waren heel tevreden; ze kregen beduidend meer betaald dan bij andere zomerbaantjes op het eiland.

Iedereen hielp mee om de winkel een flinke opknapbeurt te geven. De jongens gaven de binnenkant een lik verf, Innes flirtend met talloze meiden die thuis waren voor de vakantie en Fintan zonder hen een blik waardig te keuren. Wat ben ik toch blind geweest, dacht Flora, en ze nam zich voor het er binnenkort met hem over te hebben.

Op de etalageruit kalkten ze POP-UP.

'Zodat dat voor iedereen duidelijk is,' zei Flora. Zodra de gemeenteraad had gestemd, zou ze terug naar Londen gaan. Als ze er daarna mee door wilden gaan was dat prima, maar zonder haar.

'Pop-up?' vroeg Mrs. Laird. 'Wat betekent dat in vredesnaam?'

'Dat het tijdelijk is. Dat we hier alleen voor de zomer zitten.'

'Nou, noem het dan gewoon Zomerrestaurant.'

Flora haalde haar schouders op. 'Oké.'

'Je kunt het ook Annies Restaurant noemen,' opperde Mrs. Laird.

Flora keek haar een tijdje zwijgend aan. Toen antwoordde ze schor: 'Beter van niet.'

Mrs. Laird knikte begrijpend.

'En het is niet echt een restaurant,' zei Flora. 'Het is meer een café waar je allerlei huisgemaakte hapjes en gerechten kunt eten.'

'Nou, dan noem je het toch een café,' zei Mrs. Laird. 'Dan weten de mensen tenminste dat ze geen idiote dingen kunnen verwachten, alleen normaal eten zoals je het thuis ook maakt. Maar dan lekkerder, natuurlijk.'

'Wat vinden jullie van Café Zon en Zee?' mengde Isla zich in het gesprek.

'Dit is Mure! De zon is er vaker niet dan wel!' merkte Iona op, waarop Isla met haar ogen rolde.

'Nee, dat klinkt me best goed in de oren. Ik ga ervoor!' vond Flora.

Dus werd er CAFÉ ZON & ZEE op een mooi wit houten bord geschilderd, dat goed stond op de roze buitenmuur. Innes en Hamish hingen het op.

En op een gegeven moment waren ze helemaal klaar; alles was door en door gecheckt en de winkel was tot de nok toe gevuld met scones en cakes, het brood van Mrs. Laird, Fintans kazen, warme pasteitjes en glanzende fruitcakes. Ze kon een gevoel van trots niet onderdrukken bij het zien van wat ze in slechts een paar weken voor elkaar hadden gekregen. Dit was niet gewoon maar verzoekschriften indienen, in de weer zijn met papieren, klusjes uitvoeren voor de juristen of achter een computer zitten. Dit voelde, voor het eerst, alsof ze echt iets voor elkaar had gekregen, iets had gecreëerd, iets nuttigs en iets moois. Het was een gevoel dat ze niet kende.

'Wens me succes, pa,' zei Flora, toen ze de eerste ochtend naar het café ging om het te openen. De roze kleur aan de hemel was allang verdwenen en het was een heldere, mooie dag in juni, de periode waarin de dagen nooit eindigden en de toeristen gearriveerd waren om zich te verbazen over de schoonheid en de rust van het eiland.

Eck bromde alleen: 'Ik vind het maar een gek plan, het kan nooit een succes worden. En bovendien ben ik de jongens er weer mee kwijt.'

Innes beet op zijn lip.

'Staat het er nog steeds zo slecht voor?' vroeg Flora. 'Dat we de kaas gaan verkopen brengt toch wat geld in het laatje?'

'Je zult er bergen kaas voor moeten verkopen, wil het helpen. De rekening van het kalverentransport is binnen.' De jaarlingen werden altijd naar het vasteland vervoerd om te worden verkocht op de markt van Wick. 'We mogen van geluk spreken als we onze kosten kunnen dekken.'

Flora wreef met haar handen over haar ogen. Ze wist niet wat ze moest zeggen.

'En nu moet ik Fintan ook nog missen voortaan,' deed haar vader een duit in het zakje.

Flora keek naar haar broer, die een blauw-wit gestreepte lange schort over zijn witte T-shirt en strakke spijkerbroek droeg. Haar vader volgde haar blik.

'Fintan heeft er volgens mij lang geleden al de brui aan gegeven,' zei Flora.

'Misschien wel,' reageerde Innes. 'Nou, veel succes. Bewaar maar een shepherd's pie voor ons.'

30

Maar van een shepherd's pie bewaren was geen sprake, want vanaf de eerste minuut dat ze open waren was het druk. In het begin kwamen de mensen alleen uit nieuwsgierigheid, om te zien wat Flora uitvoerde, maar zodra ze iets proefden stond het vast dat ze terug zouden komen. Flora durfde Inge-Britt nauwelijks onder ogen te komen, hoewel de IJslandse geen enkel probleem met het café leek te hebben en je eigenlijk niet kon spreken van concurrentie als het een zaak betrof waar je met moeite een kop waterige koffie geserveerd kreeg.

De allereerste klant, om acht uur 's morgens, was Charlie.

'Teàrlach!' begroette ze hem vrolijk.

Hij zag er zo opgewekt en knap uit zoals hij binnenkwam, met gebogen hoofd omdat de deuropening te laag was voor zijn lange gestalte. Achter hem ontdekte ze een groepje bleke kinderen, gehuld in rode en gele regenjacks die duidelijk intensief gebruikt waren.

'Ik zie dat je weer een groepje jongens bij je hebt!'

'Godzijdank!' reageerde Charlie. 'Vorige week had ik een groep juristen. Verschrikkelijk! Niet persoonlijk bedoeld, natuurlijk!'

'En moet je mij nu zien!' zei Flora, doelend op de blauw-wit gestreepte schort die ze om had.

'Zijn juristen allemaal zo competitief en vreugdeloos?' vroeg Charlie hoofdschuddend. 'Zo stijf en geobsedeerd door status?'

Flora dacht aan Joël. 'De meesten wel,' antwoordde ze somber.

'In ieder geval,' zei Charlie handenwrijvend, 'betalen ze de rekeningen. Goed! Ik wil twaalf worstenbroodjes, twee broden en die hele fruitcake.'

Flora keek hem aan. 'Serieus?'

'Ik ben van plan ze heel hongerig te maken.'

'Dan ben ik meteen door de helft van mijn voorraad heen!'

'Ga dan maar gauw meer maken! Ik ben van plan om vanmiddag nog scones te komen halen!'

Flora grijnsde. 'Nou, die krijg je dan van het huis!'

'Dank u wel, mevrouw.'

Ze pakte alles in, deed er wat extra worstenbroodjes bij en zwaaide vrolijk naar de gezichtjes aan de andere kant van de etalageruit. Sommige kinderen zwaaiden voorzichtig terug. Ze glimlachte bij de gedachte dat die kinderen een geweldige dag tegemoet gingen, zeker als het weer zo helder bleef als nu.

Toen Charlie zich omdraaide om te gaan, werd ze overvallen door een gevoel van blije opwinding om de prachtige dag en – tot haar eigen verbazing – ook van trots om al die zelfgemaakte spullen die haar omringden, hoewel dit, hield ze zichzelf voor, niet haar echte werk was, niet haar echte leven. Wat betekende dat ze zich nu ook niet hoefde te gedragen zoals in haar echte leven in Londen.

'Teàrlach,' riep ze toen hij zijn hoofd boog om de winkel uit te stappen. 'Zullen we... Vind je het leuk om een keertje iets te gaan drinken?'

Hij keek haar zogenaamd geschokt aan, terwijl alle kinderen lachend en schreeuwend om hem heen gingen staan, en stak zijn handen afwerend omhoog. 'O, doe me dit niet aan!'

De kinderen begonnen allemaal door elkaar te roepen.

'O, ze is verliefd op u!'

'Is dat uw vriendin?'

'Wat vindt Jan daarvan?'

Charlie lachte. 'Hou je brutale mond, jullie allemaal! Hup, hup, schiet op, doorlopen!' En hij begon ze het weggetje naar de haven af te dirigeren, maar vlak voor hij uit het zicht verdween, draaide hij zich om naar Flora, trok een komisch gezicht, gaf een vette knipoog en knikte.

Ze glimlachte nog steeds toen ze naar achteren liep om te kijken hoe Iona en Isla het ervanaf brachten in de keuken, en zelfs nog toen Lorna langskwam op weg naar school.

'O, kijk nou toch eens, een echte winkeljuffrouw!' riep Lorna uit.

Flora bloosde. 'Hou op!'

'Dit klinkt vast raar,' zei Lorna, 'maar je ziet er goed uit. Eh... gelukkiger.'

'Ja, omdat ik niet meer word beschimpt op straat hier!'

'Dat was helemaal niet zo. Mensen vergeten snel. En je bént er, tenslotte.'

'Tijdelijk,' zei Flora vastberaden. 'Maarre... waar kan ik je mee verblijden?'

'Het allerpittigste wat je hebt.'

'Voor jezelf?'

Nu was het Lorna's beurt om te blozen. 'Soms lunchen Saif en ik samen, als het rustig is in de praktijk.'

'Je meent het...' Flora stopte een pasteitje dat gevuld was met haggis, een typisch Schots vleesgerecht gemaakt van schapenhart, -long en -lever, in een zakje.

'Gewoon als vrienden,' zei Lorna.

'Tuurlijk.'

Lorna zuchtte diep. 'Hoe zit het met die aantrekkelijke advocaat van je?'

'Die is terug naar Londen,' zei Flora. 'En sindsdien heb ik niks meer van hem gehoord.' Ze overhandigde Lorna het zakje.

'Mijn god, wij zijn echt heel erg shit in mannenzaken!' zei Lorna.

'We zijn het absolute dieptepunt,' was Flora het met haar eens. 'Serieus. Isla en Iona hebben allebei een vriend.'

'Er zijn drie keer meer mannen dan vrouwen op Mure,' zei Lorna. 'Hoe komt het dan dat wij zo bedroevend slecht zijn in dit soort dingen? En voor een selkie zoals jij is het al helemaal abominabel.'

'Hou je kop, rooie!'

'Wat een losers zijn we toch...'

Flora zuchtte. 'In ieder geval zijn we allebei losers. Gedeelde smart is halve smart, toch? O, ik wilde je nog wat vragen. Charlie...'

'Mr. Outward Adventures?'

'Hoe zit het met hem?'

'Ik weet het niet. Eerlijk. Hij is niet van hier.'

'Nee, van drie eilandjes hiervandaan.'

'Ja, precies!' reageerde Lorna. 'Een buitenlander dus.'

'O, mijn god, aan jou heb ik ook niks!'

'Hoezo, vind je hem leuk?'

Flora haalde haar schouders op. 'Ik vind hem... ja, wel leuk, ja. Wat natuurlijk betekent dat ik op slag verdoemd ben. Zo gaat dat nu eenmaal bij mij en dat zal altijd wel zo blijven.'

Lorna lachte en liep naar de uitgang. 'Nou, veel succes dan maar, loser!'

'Jij ook, loser!' zei Flora. 'Zullen we gauw afspreken en dan heel veel wijn drinken, misselijk worden maar ons daar niks van aantrekken en nóg meer drinken?'

'Ja, graag,' antwoordde Lorna grif, terwijl ze de deur uitging en daarbij bijna tegen Colton op botste.

'Nou, nou!' zei hij tevreden. 'Het is je gelukt! Niet slecht voor een stelletje geldwolven.'

'Dank je!'

'Heb je ze al verteld van het feest?'

'Jij gaat het iedereen hier naar de zin maken tot ze toegeven, toch?'

'Ja, natuurlijk! Kijk naar buiten! Het is een prachtige dag! Prachtig! En het uitzicht! Je denkt toch niet dat ik dat laat verpesten door een horde metalen monsters voor de kust! Echt niet. En nou wil ik graag een stukje kaas.' Hij krabde nonchalant aan zijn baard. 'Dus... Eh... Je broer.'

Flora keek verwachtingsvol op. Er hing blijkbaar iets in de lucht vandaag. 'Mmm?'

'Is hij...' Colton zette zijn bril af en vervolgens weer op.

'Ja?'

'Nou, ik vroeg me af...'

Zelfs miljardairs, dacht Flora, zelfs miljardairs veranderen in tieners als ze iemand leuk vinden. Het leek de middelbare school wel!

Colton leek een beetje te blozen toen Iona binnenkwam, een bakplaat vol met Annies geglazuurde broodjes in haar handen. Het was fantastisch, vond Flora, om alles wat hun moeder vroeger voor hen had gemaakt weer terug te zien. En helemaal fantastisch dat er weer van genoten werd. Haar dood had een enorme leegte achtergelaten, maar op deze manier was ze weer een klein beetje terug. Eigenlijk had Flora verwacht dat het pijnlijk zou zijn al die lekkernijen van vroeger terug te zien, maar tot haar verrassing was dat beslist niet het geval.

Ze richtte haar aandacht weer op Colton. 'Ja?' vroeg ze met een glimlach.

Colton keek om zich heen alsof hij had staan dromen en

opeens besefte waar hij was. Hij knipperde met zijn ogen. Wat hij ook had willen vragen, het ogenblik was voorbij.

'Eh... ja. Nou. Eh... Ik bedoel... Wil jij hem vragen te cateren voor het feest in The Rock? Hij kan het allicht proberen, toch? Jullie tweeën. Of eigenlijk, jullie allemaal.' Hij maakte een gebaar dat de winkel omvatte.

'O!' zei Flora, die dit niet had verwacht. 'Hoe zit het dan met je dure kok?'

'Hij is... Ja. Die is er nog steeds. Maar hij zou dan onder Fintan werken. Vóór Fintan, bedoel ik.'

Flora glimlachte. 'Wauw! Ik weet zeker dat dat een grote verrassing voor Fintan zal zijn. Als mijn vader hem tenminste kan missen...'

Het leek of Colton daar iets op wilde zeggen, maar op dat moment kwam Mary Buchanan binnen, zoals altijd perfect gekleed en met een afwezige glimlach op haar gezicht.

'Goedemorgen, Mrs...'

'Buchanan,' siste Flora naar Colton.

'Mrs. Buchanan! Fijn u te zien! Hoe vindt u dat het hier is geworden?'

Maggie keek om zich heen en snoof. 'Dat werd tijd ook! Het is een schande dat het hier zo lang leeg heeft gestaan! Ik hoop dat de buitenkant ook nog wordt geschilderd?'

'Eh, ja, natuurlijk, mevrouw,' zei Colton. 'Ik ben Colton Rogers, trouwens.'

Ze keek hem nietszeggend aan, wat vrij brutaal was, vond Flora, omdat ze precies wist wie hij was. 'O,' zei ze. 'Prettig kennis te maken.'

'Ik ga een feest geven in The Rock,' ging Colton verder, niet van zijn stuk gebracht. 'Ik zou het heel fijn vinden als u komt.'

'Is dat zo?' reageerde Maggie. 'Vier scones, alsjeblieft, Flora. Zonder rozijnen.'

Flora pakte wat ze vroeg en deed een beetje stuntelig bij de kassa om tijd te rekken, maar Maggie zei verder geen woord. Ze draaide zich meteen na het afrekenen om en struinde met een kort 'goedendag' de winkel uit.

'Ze mag me niet.' constateerde Colton.

'Je kunt maar beter zorgen dat het een geweldig feest wordt.'

Die middag stonden er nog vóór de winkel sloot al schilders voor de deur.

En zo ging het elke dag. Het bleef ontzettend druk in Café Zon & Zee, van de eerste lattes om acht uur 's morgens tot de laatste plak cake om vier uur 's middags. Elke dag.

De tijd vloog om en hoewel er een hoop was om over na te denken en over te piekeren – het eiland, de boerderij, de gemeenteraad, Londen – zou Flora je, als je haar had gevraagd of ze zich zorgen maakte, verward hebben aangekeken. Ze had het veel te druk met andere dingen: zich afvragen welke vis er die ochtend binnen zou komen om viskoekjes van te bakken, of ze nog genoeg room hadden en of de bramenjam niet te zuur was.

En daarbij moesten ze ook nog een feest organiseren...

De dag van het feest was het koel en helder, met laaghangende wolken aan de hemel die leken te wachten tot ze nodig waren. Ze hadden voor de lunch met Colton afgesproken in The Rock. Fintan spijbelde van de boerderij die dag en leek, zoals altijd, blij dat die last even van zijn schouders was. Zijn hele houding was losser, meer ontspannen.

'Ik wilde bordjes opmaken met verschillende stukjes kaas erop, een soort proeverij,' zei hij. 'Dus als jij dan die havercrackers bakt... En als je toch bezig bent, kun je misschien wat meer maken en een beetje chili in het deeg doen. En wat kaas, om ze nog lekkerder te maken? En we gebruiken boter van de boerderij natuurlijk. En met de fruitcakes erbij...'

'Je hebt het goed uitgedacht,' zei Flora aanmoedigend. 'Het wordt vast een succes!' Ze wandelden samen door de tuinen van The Rock.

'Kijk! Ze hebben aardbeien hier, en verse munt en alles! Mijn god, wat je hiervan kunt maken! Moet je zien wat er allemaal staat!' Hij zag er gelukkig uit tussen de rijen groenten en kruiden, helemaal in zijn element.

Ze glimlachte naar haar broer. 'En dan ga je ook nog met Colton samenwerken. Kan niet beter, toch?' zei ze zonder nadenken.

Hij verstijfde. 'Hoe bedoel je?'

Ze had gehoopt dat het niet zo moeilijk zou liggen, maar deze reactie was niet echt ontspannen te noemen. Ja, natuurlijk was Mure een klein eiland, maar dit was de eenentwintigste eeuw. Het homohuwelijk bestond, de Kerk leek het min of meer te hebben opgegeven homoseksualiteit te verbieden. Het eiland was traditioneel, maar absoluut niet hardvochtig.

Fintan wilde haar niet aankijken.

'Niks. Ik bedoel... jullie lijken het samen goed te kunnen vinden.'

'Dus?'

'Dus niks!'

Er viel een lange, ongemakkelijke stilte.

'Ik kan met heel veel mensen goed opschieten,' zei Fintan.

'Natuurlijk kun je dat. Dat weet ik wel.'

'Maar ík ben niet degene die met mijn baas naar bed gaat.'

'Ik ga helemaal niet met hem naar bed!'

'Maar dat zou je wel willen!'

'Getver, hou je kop, bah, ik luister niet naar je.'

'Echt wel! Dat zou je echt wel willen! Dus... hoef je mij de les niet te lezen!'

'Hou je mond! Ik luister niet!'

'Je valt op hem! Dat verbaast me niets. Het is ook een stuk.'

Ze bleven allebei stilstaan. Fintan keek alsof hij ergens op was betrapt.

'Ja, dat vind ik ook,' zei Flora zachtjes.

'Wat vind jij ook?' hoorden ze een opgewekte Amerikaanse stem vragen. Colton droeg die dag een spijkerbroek, grote laarzen en een enorme hoody waarin hij eruitzag als een uit de kluiten gewassen puber, wat waarschijnlijk precies het effect was waar hij op uit was. 'Hey!' begroette hij hen. 'Goed jullie te zien! Het wordt een fantastisch feest straks en iedereen zal me aardig vinden en voor mijn voorstel stemmen, toch?'

'We zullen ons best doen,' zei Fintan nors.

'Kom, dan lunchen we vroeg,' zei Flora opgewekt. 'Vanmiddag moet ik erop toezien dat er tientallen taarten worden gebakken.'

Ze zaten buiten in de zon op de houten bank voor The Rock en genoten van het weidse uitzicht. Hun lunch bestond uit oesters en roggebrood, met versgeperst citroensap en azijn voor bij de oesters en Fintans boter voor op het brood. Het was grappig: als kind hadden ze het donkere, compacte brood nooit lekker gevonden, er altijd over gejammerd en geklaagd bij hun moeder en verlangd naar het zachte fabrieksbrood uit de supermarkt. Maar nu Flora volwassen was, kon ze de rijke smaak ervan wel waarderen. Agot daarentegen vond het 'baaaaaah'.

'God, wat is het hier toch heerlijk,' zei Colton plotseling. Hij zat heel dicht naast Fintan. 'Geen telefoontjes, geen stomme vergaderingen, geen geldbeluste juristen... degene in dit gezelschap uitgezonderd natuurlijk.'

'Natuurlijk,' zei Flora.

Colton keek haar vragend aan. 'Waarom ben je hier eigenlijk ooit weggegaan?'

'Waarom ga jíj hier steeds weg?'

'Omdat ik dit eiland pas heb ontdekt toen ik veertig was en toen inmiddels de eigenaar was van een multinational met kantoren en werknemers op alle continenten. Maar ík vroeg het eerst.'

Flora haalde haar schouders op en gooide haar oesterschelpen in de zee. Ze maakten een bevredigend plofgeluidje. 'Omdat ik wilde werken,' zei ze. 'En niet iets in het toerisme wilde doen.'

'Er zijn zat banen hier,' zei Fintan.

'Ja, als je in de Harbour's Rest wilt werken.'

'Je vriendin Lorna zit niet in het toerisme.'

'Mijn vriendin Lorna, het hoofd van de school hier, ligt 's nachts wakker omdat er hier niet genoeg baby's worden geboren om voldoende leerlingen te leveren, waardoor de school waarschijnlijk gesloten moet worden.'

'Omdat mensen zoals jij wegtrekken en geen kinderen krijgen.'

'Gaan we het nou over kinderen krijgen hebben?'

'Oké, hou op met dat gekibbel,' greep Colton in. 'Maar wil je nu dan niet terugkomen? Nu je hier weer werkt?'

Flora glimlachte. 'Ik vind het leuk om voor je te werken, maar mijn thuis is ergens anders.' Ze keek om. Een groepje mannen – en jongens, de studenten waren thuis van het vasteland – bracht het hotel in gereedheid voor de festiviteiten van die avond. Ze hoopte dat het een groot succes werd. 'Eh...' begon ze terwijl ze opstond. 'Ik moet terug. Zorgen dat iedereen vanavond komt. De meiden aan het bakken zetten. Is de bar klaar?'

'Zeker,' zei Colton. 'Zelfs voor Schotten. En we hebben een band, doedelzakspelers, dansers...'

'Gootsteen, aanrecht?'

'Aan alle basisvoorwaarden is voldaan, mevrouw, zoals je baas het uit zou drukken,' zei Colton.

'Komt hij ook?' vroeg Flora iets te snel.

'O, dat lijkt me niet, de stemming is pas volgende maand,' antwoordde Colton.

'Ja, dat is natuurlijk zo.' Ze probeerde haar teleurstelling te verbergen. Ze had Joël rapporten gestuurd over de vorderingen, maar nooit iets van hem gehoord. Kai zei dat geen nieuws goed nieuws was, maar dat vond ze geen geruststelling.

'Fintan, kun jij hier blijven om alles te overzien?' vroeg ze.

Colton keek hem met een glimlach aan.

'Tuurlijk,' zei Fintan.

Flora zag The Rock langzaam uit het zicht verdwijnen terwijl ze wegvoer op Berties boot. Het deed haar goed Fintan en Colton daar samen te zien zitten, met hun hoofden naar elkaar toe gebogen. Zo zo... Ze vroeg zich af of Innes iets vermoedde. Dat moest haast wel. Zou ze er iets over zeggen? Of juist niet? Ze vond het maar lastig.

Toen ze uit de boot stapte, botste ze bijna tegen iemand op die kaarsrecht op de kade stond. 'Mrs. Kennedy!' riep ze uit. 'Sorry, ik zag u niet!'

'Je hebt nooit veel rekening met me gehouden,' reageerde Mrs. Kennedy met een grimmig gezicht.

Flora probeerde of een glimlachje hielp, maar dat bleek geen effect te hebben. 'Tsja,' zei ze.

'Je ging er gewoon vandoor,' ging Mrs. Kennedy verder, 'en liet ons zomaar in de steek, met niemand die je plaats kon innemen.'

‘Mrs. Kennedy! Ik had u verteld dat ik ging verhuizen.’

‘Precies aan het begin van het Highland Games-seizoen!’

‘Ik moest stage lopen en een kamer vinden.’ Het was belachelijk, vond Flora, hoe vaak ze zich op het eiland weer een kind van veertien voelde. ‘Nou, ik ben in ieder geval terug nu,’ zei ze opgewekt. Deze vrouw zat tenslotte in de gemeenteraad. ‘Dus als ik het op de een of andere manier goed kan maken met u...’

Mrs. Kennedy keek haar aan met haar sluwe kraaloogjes. ‘Nu je het zegt, ik weet misschien wel wat...’

31

Margo knipperde ontsteld met haar ogen. 'Maar de zaak-Yousoff kan niet blijven liggen... Ik bedoel, het is niet echt noodzakelijk dat u teruggaat, toch? Ik dacht dat het allemaal onder controle was.'

'Colton Rogers kan een heel belangrijke cliënt voor ons worden. Ik wil er zeker van zijn dat hij tevreden met alles is.'

'Op dat godvergeten eiland? Lijkt me moeilijk. En u moet de bespreking in New York ook nog voorbereiden.'

Joël wierp een vluchtige blik in zijn agenda. 'Dat kan ik in het vliegtuig doen. Ik vind gewoon dat ik daar moet zijn. Rogers belde vandaag nog.'

Colton had inderdaad graag gehad dat hij erbij was, maar er was nog iets wat hem aantrok te gaan, iets met het eiland. Hij kon er niet echt de vinger op leggen, maar sinds hij terug was, hadden de drukte van de stad en de spanning van zijn werk hem niet meer zo geboeid. Londen was opnieuw ten prooi gevallen aan een hittegolf, waardoor alles klam en vochtig aanvoelde en iedereen lethargisch was. Maar als hij terugdacht aan het eiland met dat eindeloze witte strand, de frisse lucht, de weinige mensen die er waren en die enorme leegte, leek het bijna een droom. Een mooie droom.

'Rogers drong erg aan.'

Nogmaals knipperde Margo met haar ogen. 'Ik zal een vlucht boeken.'

'En je moet ook naar een outdoorwinkel.'

'Hoe bedoelt u?'

'Ik heb outdoorspullen nodig.'

Het enige persoonlijke wat Margo ooit voor haar baas deed, was telefoontjes van ademloze blondines afhouden. Dit was nieuw.

'Wat voor soort outdoorspullen?'

'Geen idee! Kleding. Koop maar wat je denkt dat ik nodig heb. Je kunt nu gaan. En doe de deur achter je dicht.'

Ze wist precies wanneer ze snel moest maken dat ze wegkwam, wat een van de redenen was dat ze al zo lang voor Joël werkte. Haar baas versleet zijn personeel in een razend tempo, vooral omdat hij sliep met de knappe jonge vrouwen, die vervolgens overstuur raakten, en de oudere vrouwen niet zag staan, waardoor die ook overstuur raakten. Margo was lesbisch en onverstoorbaar, wat haar min of meer geknipt maakte voor haar baan. Elke keer als hij onbeschoft tegen haar was geweest, vroeg ze om loonsverhoging, wat hij dan altijd zonder commentaar goedkeurde. Ze pakte de telefoon om de luchtvaartmaatschappij te bellen. Daarna zou ze zich verdiepen in outdoorkleding.

'Nou, dat is dan geregeld,' zei Mrs. Kennedy.

'O, Mrs. Kennedy. Echt, alles behalve dat. Ik heb in geen jaren gedanst!'

'Wat is geregeld?' Charlie had haar vanaf het andere eind van de straat zien staan en was naar hen toe gekomen om gedag te zeggen.

'Pas je nog in je kostuum?' vroeg Mrs. Kennedy.

Flora rolde met haar ogen. 'Ja!' antwoordde ze boos.

'Nou, dan is het dus geregeld.'

'Helemaal niet!' protesteerde Flora.

'Wat is geregeld?' vroeg Charlie nog een keer. 'Flora, ik wil wat je straks overhebt graag van je kopen.'

'Er blijft niets over vandaag. Alles gaat naar het feest.'

'O ja!'

'Flora gaat dansen op het feest,' kondigde Mrs. Kennedy aan.

'Echt?' vroeg Charlie.

'Nee,' zei Flora. 'Ik heb veel te lang niet geoefend.'

'Kun je nog wel een wrong maken in dat haar?' Mrs. Kennedy ging onverstoorbaar door.

'Nee,' zei Flora, die slechte herinneringen had aan het strak achterovergekamde haar dat verplicht was bij het dansen. 'Dus u zult me moeten diskwalificeren.'

'We doen de *Ghillie Callum* en de *Seann Triubhas.*'

'Is er een band?' vroeg Charlie.

'Ja.'

'Fantastisch!'

'Teàrlach, daar help je me niet mee.'

Charlie glimlachte een beetje mysterieus.

'Wat?' vroeg Flora.

'Ach, jij zult het je wel niet herinneren... Maar ik denk dat ik je al eerder heb zien dansen.'

Flora kneep haar ogen tot spleetjes. 'Dat betwijfel ik.'

'Een hele tijd geleden. Bij een *mod* van alle eilanden. Wij kwamen van Bute.'

Flora fronste haar voorhoofd. De mod was een feest ter ere van de traditionele muziek van de Highlands en de Eilanden. En ook een geweldige kans voor tieners om te ontsnappen aan hun ouders en zich te misdragen.

'Ik wist dat ik je ergens van kende,' zei hij. Er verschenen lachrimpeltjes om zijn ogen.

'Wat? Wat deed je daar dan?' vroeg Flora.

'O, ik was een van de doedelzakspelers.'

'Nou, dat verduidelijkt niet veel... Daar zijn er veel van bij zo'n feest.'

'Ja, ik weet het.'

'Ik wil geen foto's van dat feest zien, hoor!' waarschuwde Flora hem plotseling. 'Ik deed vroeger veel te veel make-up op.'

'En ik had toen veel meer haar,' zei Charlie. Hij was even stil. 'Je danste heel erg goed.'

'Nou, zo goed was ze nou ook weer niet,' merkte Mrs. Kennedy pinnig op.

'Ja, ik weet het weer! Je haar ging los onder het dansen,' zei Charlie.

'Dat gebeurde altijd.'

'Het was zó licht van kleur! Ik had nog nooit zoiets gezien.'

'Ongelooflijk dat je dat nog weet.'

'Ik zie je om zes uur,' zei Mrs. Kennedy.

Flora keek ongerust op haar horloge. 'Wat? Maar ik moet de meiden nog instrueren.'

'Die dansen ook,' zei Mrs. Kennedy zelfgenoegzaam. 'Zorg ervoor dat ze weten wat ze doen...'

'O, nee toch!'

'... als je wilt dat ik naar het feest van Mr. Rogers kom en hem het voordeel van de twijfel geef.'

'Dan zie ik u daar,' zei Charlie met een brede glimlach.

'Dit is gewoon chantage,' beweerde Flora terwijl ze Mrs. Kennedy nakeek.

Charlie keek om zich heen. Jan kwam met grote stappen op hen af.

'Oké,' zei hij gehaast. 'De plicht roept.' Hij stak zijn hand op en liep naar Jan, die hem onmiddellijk op zijn kop begon te geven over iets van die ochtend.

'Tot straks,' zei Flora.

32

De rest van de dag vloog in een krankzinnig tempo voorbij. Iedereen bakte en bakte tot de ramen van de keuken helemaal beslagen waren. Het hele dorp kwam langs omdat men wist dat Flora op de een of andere manier achter het hele gebeuren zat. De mensen wilden weten wat ze moesten aantrekken en wie er nog meer gingen en of ze zich wel op hun gemak zouden voelen. Er was nauwelijks een huishouden dat geen uitnodiging had ontvangen.

Fintan moest enorm veel regelen. Hij stond stijf van de zenuwen toen de professionele cateraars en drankleveranciers kwamen opdagen, maar voor zover Flora wist handelde hij alles keurig af.

Intussen kwam er taart na taart uit de oven in Café Zon & Zee, bakten ze bergen havercrackers en bracht Innes vrachten eten naar The Rock. Iedereen werkte zich in het zweet en had hoogrode wangen, maar het zag ernaar uit dat ze op tijd klaar zouden zijn. Innes bracht ook frambozen, ingevroren bramen van de vorige zomer en de heerlijke bergbraambessen met hun scherpe, frisse smaak die op het uiterste puntje van Mure groeiden.

Agot was door Innes bij hen afgezet omdat ze heel lastig was tijdens de ritjes in de bestelbus, maar in de keuken was ze ook geen lieverdje. Ze bleef maar rondjes hollen en weigerde om een middagslaapje te doen. Zelfs een stuk gebakken kaas kon haar niet overhalen; ze keek er alleen naar en zei toen dat ze taart wilde.

Flora besteedde veel aandacht aan het decoreren van haar creaties. Ze sneed blad- en fruitvormen uit en maakte hier en daar zelfs een vlaggetje van Mure. Toen er op de radio een liedje van Karine Polwart – 'Harder to Walk These Days Than Run' – werd uitgezonden dat ze allemaal kenden, begon iedereen mee te zingen. Flora en Agot zongen ook keihard mee met de snelle gedeelten en dansten zelfs even samen door het café, allebei onder de bloem en met de slappe lach, toen Joël opeens, helemaal uit het niets, met een weekendtas in de deuropening stond.

Van schrik liet Flora de zeef op de grond vallen. 'O!'

Nu hij toch was gekomen, voelde ze zich opeens heel onzeker. Het leek ongepast dat ze betaald werd voor wat ze hier de afgelopen weken had gedaan, ook al had Joël gezegd dat dit juist zo belangrijk was.

En... Hij zag er zo... zo knap uit! Ze had gedacht dat het haar gelukt was hem een beetje te vergeten, maar ze had het mis. Natuurlijk was hij hier totaal niet op zijn plek met zijn nette pak en het mobieltje in zijn hand – alsof dat opeens als door een wonder een signaal zou oppikken.

Ze besefte dat ze bloem op haar neus had en veegde het gauw weg. Joël zei nog steeds niets. Was hij kwaad? Had ze meer papierwerk moeten insturen? Maar ze had de opdracht de eilandbewoners voor Colton te winnen, toch? En dat was precies waar ze mee bezig was...

Het vrolijke tafereeltje dat Joël aantrof toen hij binnenstapte, bracht hem in verwarring. Het was iets wat hij niet kende, iets vreemds voor hem. Hij had zich nooit een voorstelling van families gemaakt, niet op deze manier. Het was zo anders, zo onbekend voor hem. De schaterlachende vrouw met haar ongewone lichte haar; het kleine kind dat eruitzag als een miniatuurheksje, dat naar hem toe kwam rennen met haar bijzondere witte haar achter zich aan wapperend en keihard 'Joël!' riep met een enorme grijns op haar gezichtje; de muziek; de vrolijke tienermeisjes die zich naar hem omdraaiden; de zoete geur die in de keuken hing; de warme verlichting.

Het was alsof hij op iets stuitte wat een soort heimwee in hem opriep, hoewel hij het nooit eerder had meegemaakt en hij nooit deel had uitgemaakt van zoiets. Het was een heel vreemd gevoel. Joël had van kleins af aan geleerd dat hij gewoon moest pakken wat hij wilde hebben, omdat het geen mens interesseerde wat hij deed of hoe hij het deed. Maar dit, dit was iets wat hij niet kon pakken, dit zou hij nooit hebben. Hij kon zich niet eens voorstellen hoe hij het ooit zou kunnen krijgen. Wat zij hadden, was niet te koop. Hij knipperde met zijn ogen.

'Sorry,' zei Flora. Wat ongerust vanwege zijn ernstige gezicht deed ze een stap naar hem toe. Intussen had Agot zijn been vastgepakt en leek dat niet meer los te willen laten. Zijn broek zat al vol spetters van de overtocht en was nu ook nog voorzien van vegen bloem. 'Ik ben bang dat je niet op Mure gekleed bent.'

Hij zei maar niets over de tas vol outdoorkleding die Margo voor hem had gekocht. Hij had alles bekeken, maar niets aangetrokken; hij zou een belachelijk figuur slaan in kleding die zo duidelijk niet bij hem paste.

'Nee,' zei hij. 'Ik weet niet goed wat ik anders aan zou moeten doen.'

Een pak is als een beschermend harnas voor hem, besefte Flora opeens. Waarvoor wist ze niet.

Joël stapte eindelijk verder het café in. Ze hadden het zo ingericht dat het iets van een huiskamer had, met kleedjes op de tafels. Nu was elke tafel bedekt met de baksels voor die avond.

'Het ruikt lekker hier.'

'Is er nog iets wat ik kan doen?' vroeg Flora twijfelend.

Joël glimlachte. 'Nee, dit zouden wel eens de meest rendabele uren kunnen zijn van alles wat we ooit voor klanten hebben gedaan. Mag ik een plakje cake?'

'Taawt ete!' riep Agot blij en ze bood hem een zompig stukje aan dat ze in haar vuistje hield geklemd.

'O,' zei Joël. 'Toch maar geen plakje dus...'

Agot en Flora keken hem allebei aan, en in de manier waarop leken ze opeens heel erg op elkaar.

'Dank je wel, Agot.'

Bramble kwam slaperig overeind om hem te inspecteren en voegde nog wat hondenharen toe aan de smeerboel op zijn broek.

'Je hebt wel andere kleren bij je, toch? Voor vanavond?' zei Flora met een blik op zijn weekendtas. Ze wenste dat ze niet zo rood en zweterig was en haar haar had gewassen.

'Ik heb nog een pak bij me,' antwoordde Joël.

Flora keek hem aan en trok haar wenkbrauwen op. 'Geen kilt?'

'O, nee, in geen geval,' zei hij gedecideerd.

'Maar dat is de gewoonte hier.'

'Ja, nou, heroïne spuiten is ook een gewoonte maar dat doe ik ook niet.'

'Joël!' zei Flora verwijtend.

'Wat is o-iene?' vroeg Agot.

'Sorry,' zei Joël. 'Echt, ik zou me... heel ongemakkelijk voelen.'

'Alleen in het begin even.'

Joël schudde zijn hoofd. 'Ik ben vast niet de enige die niet in kilt is. Gaat Colton verkleed?'

'Het is geen "verkleden"! Het is gewoon wat je hoort te dragen hier. En ja, natuurlijk trekt Colton een kilt aan. Als je het mij vraagt, overdrijft hij zelfs nogal.'

'Hoe bedoel je?'

'Laat maar.'

'Nee, serieus, ik ben de klant graag ter wille.'

'Nou, dan kun je maar beter zorgen dat je een kilt hebt.'

Joël slaakte een diepe zucht. 'En hoe doe ik dat?'

'Een van de jongens heeft er wel een.'

'Echt? Een reserve?'

'Nou, Fintan staat de hele avond in de keuken, dus hij zal die van hem wel niet aantrekken.'

'Dus hij mag wel een broek aan, als een normaal mens.'

'Nee, hij zal zijn kilt wel aanhebben, maar zijn gewone, niet die voor formele gelegenheden.'

'O, god,' zei Joël. 'Ik pas Flora, sorry.'

'Oké.'

'Dus... Is alles... Wat is onze strategie voor vanavond?'

Flora wierp een blik op al het eten. 'Nou, dit is de mijne, min of meer.'

'Ja, maar, buiten dit?'

'Gewoon, charmant doen en als het onderwerp ter sprake komt, kun je opperen het windmolenpark verder van het eiland vandaan te plaatsen. Ik wijs je de raadsleden wel aan. En doe extra charmant tegen Mrs. Buchanan als je kunt – dat is een taaie. Je kunt een praatje met mijn vader maken... O, en met dominee Anderssen. Hij komt uit een echte oude Vikingfamilie, dus laat je niet in de luren leggen door zijn vriendelijke buikje en joviale act.'

'En familie zijn van het binnendringende volk is hier iets positiefs?'

'In Amerika schijnt het zo te werken, toch?' merkte Flora op terwijl ze een taart uit de oven haalde en er een nieuwe in zette.

Joël glimlachte. 'Dus hij zal het, als Scandinaviër, niet erg vinden dat ik geen kilt draag?'

Flora keek hem bestraffend aan. 'Ja, nou, ik zou zeggen, probeer het, dan merk je het vanzelf.'

'O help,' verzuchtte Joël. Hij begon spijt te krijgen van zijn impulsieve beslissing om te komen.

'Het had veel erger kunnen zijn,' zei ze. 'Wacht maar tot je ziet wat ik aan moet.'

'Oké, ik zal erover nadenken.' Het leek of hij een beetje bleef dralen, maar toen draaide hij zich vastberaden om en liep naar de deur. 'Ik kan maar beter een kijkje gaan nemen bij Colton.'

'Niet vertellen dat ik iets over zijn outfit heb gezegd,' waarschuwde Flora hem. Colton had haar laten zien wat hij aan zou doen en ze had geprobeerd complimenteus te reageren. Joël knikte kort en was verdwenen.

'Hij vedwietig,' zei Agot wijs.

Flora keek haar verrast aan. 'Verdrietig?' vroeg ze. 'Hoezo?'

'Weet nie...' antwoordde Agot. Haar aandacht was al bij iets anders. 'Taawt! Wil taawt!

33

'Nou, hij past wel, min of meer,' zei Mrs. Kennedy twijfelachtig.

Flora was er niet zo zeker van. Maar verder was alles klaar. Er stonden enorme kannen vers gekarnde room om over de taarten te gieten, die later in parten zouden worden gesneden om te worden geserveerd door de giechelende meisjes van het eiland die het hotel had ingehuurd. Flora had Fintan nog niet gezien. Ze nam aan dat hij in de keuken rondhing bij de cateraars.

Er was duidelijk niet beknibbeld op de kosten; even geleden hadden Kelvin en zijn zonen enorme hoeveelheden lokaal gevangen langoustines afgeleverd. Ze had haar wenkbrauwen opgetrokken.

'Ja,' had Kelvin gereageerd, 'ik weet het. Had hij ons maar eerder gevraagd. Hoeveel geld heeft hij wel niet?'

'Genoeg,' antwoordde Flora.

Ze had snel een douche genomen op de boerderij en was toen naar The Rock gegaan, waar het een heksenketel was van mensen die dingen klaarzetten en gehaast heen en weer liepen. In de ruimte die was gereserveerd voor degenen die gingen optreden bekeek ze haar oude kostuum. Ze had de kilt geborsteld en de blouse, het lijfje en de sokken gewassen. De schoenen had ze moeten lenen; die van haarzelf waren zo zacht en versleten dat ze bijna uit elkaar vielen. Dansschoenen gingen nou eenmaal nooit lang mee.

Ze had altijd van de lichtgroene tartanruit gehouden. De meeste meisjes kozen felle, harde kleuren zodat ze opvielen: helblauw, rood en paars, kleuren die de aandacht trokken als je allemaal samen danste. Maar de subtiele kleur van haar kilt, gecombineerd met het mosgroen van het lijfje, was een van de weinige dingen die ze ooit had gedragen die haar ogen goed deden uitkomen in plaats van ze flets te maken.

'Heb je geoefend?' vroeg Mrs. Kennedy.

Inderdaad had ze de dansen een paar keer doorgenomen – in haar eentje, anders zouden de jongens haar maar plagen. Ze kon dan wel niet meer zo hoog springen als vroeger, maar zodra de muziek was begonnen, hadden haar spieren zich de passen onmiddellijk herinnerd.

Toen Iona en Isla binnenkwamen en haar helemaal uitgedost zagen staan begonnen ze meteen te giechelen; normaal gesproken zagen ze haar als een volwassene die supercool was omdat ze in Londen woonde.

'Hoe is het om in zo'n grote stad te wonen?' vroeg Isla timide. 'Is het er echt zo druk en stikt het er van de inbrekers en tasjesdieven en zo?'

'Ja,' zei Flora. 'Maar het is er toch... leuk.'

In feite leek het allemaal reuze ver weg. Ze kon het zich niet echt meer voorstellen, net zoals je je als je het warm hebt niet kunt indenken hoe het is om het koud te hebben. Haar hersens leken alles wat niet te maken had met het eiland gewoon uit te wissen.

'Er zijn heel veel cafés en andere uitgaansgelegenheden en er is altijd wel wat te doen. Het leven staat er nooit stil, en er komen mensen vanuit de hele wereld, niet zoals hier voor de zomervakantie maar echt het hele jaar door en uit alle windstreken. Uit Albanië en Afrika en Portugal en allerlei plekken waar je zelfs nog nooit van hebt gehoord.'

'Heb je wel eens een beroemdheid gezien?'

Flora glimlachte. 'Ik heb Graham Norton een keer op straat zien lopen. Telt dat?'

'Die van de tv?' Ze dachten even na en besloten dat het telde.

'En jullie, gaan jullie allemaal weer weg na de zomer?' vroeg Flora.

Ze haalden hun schouders op. Wat viel er anders te doen? De meesten zouden weer vertrekken, naar Inverness, Oban, Aberdeen, Glasgow of nog verder. Er kwamen wel nieuwe mensen op de eilanden wonen, maar dat was een ander slag: Engelse excentriekelingen die dachten er een puur natuurbestaan te kunnen opbouwen (wat veel ten hemel geslagen blikken van de eilandbewoners opleverde), Canadezen die op zoek waren naar hun wortels, gepensioneerden. Niet echt de levensader van een gemeenschap. Niet deze jonge meiden met hun blozende wangen en oplichtende ogen, die nu aan de warming-up begonnen en hun lange, bleke ledematen strekten.

Ze bevonden zich in een zaaltje aan de achterkant van The Rock, dat, vermoedde Flora, bedoeld was voor bruiloften en partijen. Het was een prachtige ruimte, met een Schots geruit behang in zachte kleuren, klassieke olieverfschilderijen aan de wanden, een vuur in de gigantische open haard en overal comfortabele zitjes. Er hing een sfeer van luxe en comfort, en ook hier waren natuurlijk enorme ramen die uitzicht boden op het landschap, in dit geval de rotsen achter het hotel waar krijsende zeemeeuwen en arenden cirkelden en doken in het eindeloze licht.

Tegen zevenen arriveerden de eerste gasten.

Het was amusant om te zien hoe de eilandbewoners zich

hadden opgetut voor het feest. Vrouwen die het hele jaar op rubberlaarzen rondbanjerden, waren bijna onherkenbaar op hoge hakken en in pastelkleurige jurken. Gelukkig regende het niet. Er scheen ook geen zon, maar de lucht was heel lichtblauw, wit en zachtgrijs; het was zo'n avond waarop de hemel in de zee overgaat en het verschil bijna niet te zien is.

De lantaarns langs het pad bij de ingang brandden weer en Bertie had versterking gekregen van een veel grotere boot, die heen en weer voer en nu groepjes verwachtingsvolle gasten met opgewonden blosjes op hun wangen afzette. De mensen werden begroet door een doedelzakspeler die iets rustigs en klassieks speelde. De jonge dansmeisjes tuurden vol belangstelling naar de jongens die uitstapten.

'Oooo, kijk, daar heb je Ruaridh MacLeod,' fluisterde Iona, en ze begonnen allemaal hevig te giechelen toen er een knappe blonde jongen van de boot stapte. Hij was omringd door zijn vrienden en probeerde duidelijk te doen alsof zijn moeder niet in dezelfde boot was gearriveerd. Alle meisjes voelden op slag of hun haar nog goed zat; ze droegen allemaal een onberispelijke, weelderige wrong in hun nek waarvoor ze duidelijk hadden betaald, terwijl Flora's haar, zoals altijd, alweer los begon te raken.

Ze genoot van het gegiechel, maar het deed haar ook ineenkrimpen. O, hoe diep kon een kalverliefde gaan... Het deed haar denken aan haar eigen verliefdheid. Tsja, blijkbaar werd het er niet minder op met de leeftijd. Ze keek of ze Joël ergens zag, maar die was er blijkbaar nog niet. Na het dansen moest ze zich meteen omkleden, nam ze zich voor. Die stomme kilt moest ze zo gauw mogelijk uitdoen, want ze had haar mooiste jurk bij zich voor daarna. Zou hij een kilt aanhebben? Ze probeerde zich hem zo gekleed voor te stellen. Stel dat hij het deed. Tjee... Dat zou wat zijn.

Lorna kwam even langs. Ze zag er oogverblindend uit in een donkergroene jurk die de kastanjebruine kleur van haar haren prachtig deed uitkomen.

'Shit,' begroette Flora haar. 'Dit is enorm irritant. Waarom kun jij er ook niet gewoon uitzien als een tiener?'

'Zie ik het nou goed? Heb je sokjes aan?'

'Hou je mond!'

Lorna pakte een glas champagne en trok haar wenkbrauwen vragend naar Flora op.

'Nee, ik neem niks,' zei Flora. 'Straks val ik nog van het podium of roep ik iedereen op niet voor Coltons voorstel te stemmen!'

'Jij moet wel enorm goed betaald worden,' zei Lorna.

'Ik begin onderhand te vinden dat het niet genoeg is,' antwoordde ze met een sombere blik op haar kilt.

'Je haar raakt los.'

'Ik weet het, ik weet het, hou je mond.'

Plotseling zag ze Colton staan, die iedereen die aankwam een hand gaf en welkom heette. Hij ving Flora's blik en kwam met een brede grijns naar haar toe.

'Kijk nou toch eens!' zei hij vrolijk. 'Dit is wat je noemt echte toewijding.'

'Begin jij nou ook al?' Hoe ze er nu uitzag was zo anders dan de wereldwijze, stadse Londense vrouw die ze wilde zijn. Maar het was wel meer, wie ze werkelijk was, wist ze.

'Nee! Echt! Je ziet er prachtig uit!'

'Inderdaad,' beaamde Lorna, die haar een kus op haar wang gaf en in de drukte verdween.

Flora strekte haar been naar achteren. 'Ik hoop dat ik niet te stijf ben.'

'Neem een *wee dram* voor je op moet. Whisky helpt vast om de spieren wat los te maken.'

Ze glimlachte. 'Mrs. Kennedy zou me vermoorden! Letterlijk!'

Colton grijnsde. 'Nou, je bent hier in mijn huis, dus ik zou je graag alle traditionele gastvrijheid bieden.'

Flora deed een paar stappen naar achteren om zijn outfit goed te kunnen bekijken. Ze barstte bijna in lachen uit, maar sloeg net op tijd haar hand voor haar mond.

'Wat is er?'

'Niks.'

Hij kneep zijn ogen tot spleetjes. O jee, ze moest vooral niet vergeten dat hij een superrijke, superbelangrijke cliënt was.

'Vind je het niks?'

Colton was uitgedost als een clanchief, met alles erop en eraan: een Highland kilt voor formele gelegenheden in een felle roodgroene ruit, een lange geklede jas, een enorme harige heuptas, een gigantische dolk in zijn crèmekleurige kous, een geborduurd Schots geruit vest, een gestrikte das, een sjerp in dezelfde ruit als zijn kilt schuin over zijn brede borstkas en een grote geruite baret met drie sneeuwhoenveren erop.

'Bestaat er een Rogersclan?'

'Mijn moeder was net zo Schots als jij,' zei Colton. 'Een Frink, om precies te zijn.'

Even wist Flora niet wat ze moest zeggen. 'Nou,' wist ze uiteindelijk uit te brengen, 'je ziet er prachtig uit.'

Colton straalde. 'Dank je wel.'

De doedelzakspeler begon langzamer te spelen en werd nu vergezeld door een violist. De muziek zweefde door de schemerige avond.

Toen schraapte Mrs. Kennedy nadrukkelijk haar keel.

'Is dat een seintje?' vroeg Colton.

'Ik geloof het wel,' zei Flora.

'Waar is je broer?'

'Hij is achter en helpt met alles klaarzetten. Hij is supernerveus.'

Colton glimlachte. 'Volgens mij... Volgens mij ligt hem dit wel, toch?'

Flora knikte. 'Hij is niet echt geschikt voor een bestaan als boer.'

'Precies!'

Mrs. Kennedy kuchte dringend.

Buiten, op het grasveld dat afliep naar de zee, was een klein podium opgebouwd dat omringd werd door vuurkorven. Het was het soort podium dat gebruikt kon worden bij trouwerijen als het weer ernaar was. Het kon beter, dacht Flora, maar ook slechter.

Heel Mure had zich eromheen verzameld. Vroegere onderwijzeressen. Oude vrienden die waren gebleven, oude vrienden die waren weggegaan maar op bezoek waren. De slager, de melkboer, de vrouw van het postkantoor, de jongens van de boerenclub en de oude mannen van de bowling. Het Noorse festivalcomité en de Fair Isle-breiers – ze herkende ze allemaal, en zelfs degenen die ze niet kende herkende ze aan hun lichte groene ogen, die dezelfde kleur hadden als de hare. Ze keken allemaal naar haar en veroordeelden haar omdat ze van het eiland was vertrokken.

Maar één gezicht zag ze niet, besefte ze... en het volgende moment stond ze op het punt in huilen uit te barsten, in te storten, helemaal niet meer in staat om te dansen. Haar moeder had nooit een optreden van haar gemist. Zelfs als, besefte ze nu, dat betekende dat ze de jongens alleen moest laten; Fintan opgezadeld met iets wat hij misschien helemaal niet wilde, zoals een spelletje shinty. Was hij gedwongen om te zwemmen of te verzuipen met de oudere jongens?

Er ging een steek van schuldgevoel door haar heen, die werd gevolgd door een nog pijnlijkere steek van verdriet om de lege plek in de menigte. O god, wat miste ze haar moeder! Als tiener had ze volksdansen stom, beschamend en nergens voor nodig gevonden, maar ze had altijd geweten wat een plezier ze haar moeder ermee deed. En ze was er goed in geweest, had wedstrijden gewonnen, rozetten en bekers, prijzen die ze nooit een blik waardig had gekeurd en had laten verstoffen op haar slaapkamer. Ze moest moeite doen om haar tranen in te houden.

'Alles oké?' hoorde ze opeens iemand naast zich vragen. Het was Charlie. Hij droeg een simpele outfit: een wijd hemd met een leren vetersluiting en een jagerskilt in gedekte kleuren in plaats van een formele. Het stond hem goed! Hij zag eruit of hij ervoor was geboren, maar hij was natuurlijk ook een Schot.

'O ja, alles oké,' zei ze. 'Hoi.'

'Je kijkt zo somber.'

Ze fronste haar wenkbrauwen. 'Is dat een gewoonte van je, mensen vertellen dat ze somber kijken? En helpt dat dan? Knappen ze ervan op?'

'O,' zei Charlie, van zijn stuk gebracht. 'Nee, geen gewoonte,' antwoordde hij, veel minder relaxed dan anders.

'Sorry,' zei Flora en ze veegde snel over haar ogen. 'Ik was gewoon... even in gedachten verzonken.'

'Oké,' zei Charlie. Hij zweeg even. 'Mis je je moeder?'

Ze keek hem aan, geraakt door zijn fijngevoeligheid, maar op dat moment barstten de doedelzakken los in 'The Bonnie Wife of Fairlie' en werd ze meegevoerd met de golf andere danseressen, die uitwaaierden langs het publiek en de rook van de vuren.

Ze ging helemaal op in het dansen en besefte meteen hoeveel ze was kwijtgeraakt in haar jaren als student en daarna als forenzende kantoormuis. Ze was vergeten hoeveel ze van dansen hield, vooral op live muziek, die tot in al haar poriën doordrong. Ze verloor zichzelf in de ingewikkelde passen van de zwaarddans en sprong en schopte perfect synchroon met de andere meiden, terwijl haar haar, zoals altijd, los begon te raken en de rode gloed van het vuur weerkaatste. Het publiek klapte en floot en de meisjes dansten, sneller en sneller, naar elkaar toe, langs elkaar heen en weer uit elkaar, ze dansten en dansten, terwijl de vlammen hoog oplaaiden en de muziek nog steeds versnelde.

Joël, die laat aankwam en zich totaal niet op zijn plek voelde, liep de trap op vanaf het zacht klotsende grijze water. Onderweg verstoorde hij een paar reigers, die opvlogen toen hij naderde. Hij was net op tijd bij de ingang van de tuin om haar te zien.

Ze draaide haar hoofd zijn kant op, naar de opgewekte gezichten van het publiek, maar zag hem niet. De vlammen verlichtten haar bleke huid. Diep geconcentreerd en verwikkeld in een gecompliceerde reeks danspassen wervelde ze weer van hem vandaan en verdween, met haar inmiddels loshangende haar wapperend achter haar aan. Er bleef slechts een impressie van haar op zijn netvlies achter.

Hij stond als aan de grond genageld terwijl het met volle kracht tot hem doordrong wat deze vrouw voor hem betekende. Hij vloekte hartgrondig. Waarom was deze betoverende vrouw, dit vreemde, onbekende, mysterieuze wezen hem nooit eerder opgevallen? Het was onbegrijpelijk. En het ergerde hem mateloos; hij besefte eindelijk wat hij eigenlijk al een tijdje had geweten en balde geïrriteerd zijn vuist.

Dit wilde hij helemaal niet. Om te beginnen was ze in de

verste verte zijn type niet. Zijn type droeg nooit een kilt, danste niet in een nacht waarin het nooit donker werd, op een eiland dat niet leek op en ver verwijderd was van elke plek waar hij ooit was geweest. Een plek die met haar erbij op een droom leek. Kliffen, vogels, een eindeloze zee en leeftijdloze bewoners die je aankeken met een diepe wijsheid omdat ze wisten waar ze geworteld waren, waar ze thuishoorden en altijd hadden gewoond. Dat was niks voor hem. Dit was niet wat hij wilde. Hij kon niet alles riskeren. Alles waar hij zo hard voor had gevochten, wat hij had opgebouwd om zichzelf te beschermen en af te sluiten van de wereld om hem heen.

De doedelzakken speelden steeds sneller en het geklap klonk steeds luider.

Hij was niet het type man dat veel aan introspectie deed. Hij had het nooit van enig nut gevonden, in geen enkele omstandigheid. En op dit moment wilde hij zich er ook niet aan overgeven. Het was een kwestie van zelfbehoud. En dat was belangrijk. Hij kon niet... Hij had het ruim dertig jaar gered in zijn eentje. Hij wist wat dokter Philippoussis nu zou zeggen: 'Het leven is meer dan werken alleen.'

En Joël zou hem tegenspreken met voorbeelden van de mannen die hij kende – en het waren bijna altijd mannen – die alleen maar werkten; mannen die trouwden, maar hun gezinnen ongelukkig en eenzaam maakten omdat ze zich louter wijdden aan de afleiding die hun werk hun bood.

Dat had hij nodig. Dat had hem gered. Gezinnen en persoonlijke relaties zouden hem niet redden. Dat wist hij uit ervaring. Hij knipperde met zijn ogen en nam zich voor een of ander leuk serveerstertje te versieren, iemand die hem kon afleiden. Hij keek weer op, precies op het moment dat ze een draai maakte.

En toen zag ze hem opeens, voor het eerst, en ze kreeg een

hoogrode kleur omdat ze zijn blik ving. Hij voelde dat hij naar haar lachte, een brede lach, het gebeurde helemaal vanzelf. Voor één zeldzame keer had hij zichzelf niet onder controle.

Joël kon zich niet heugen wanneer hij niet aan het werk was geweest, aan de telefoon had gezeten om zaken te doen, een cliënt had proberen binnen te halen, een bespreking had gehad, een aantrekkelijke vrouw had proberen te versieren in een bar (alleen maar om zichzelf te bewijzen dat dat lukte) of het uiterste van zijn lijf had gevraagd in een triatlon...

En nu stond hij hier en deed hij niets van dat alles. Hij stond alleen maar, hier, op het noordelijkste puntje van de wereld, en keek naar een dansende vrouw. Hij had het gevoel dat hij zich in een droomwereld bevond, waar alles anders was dan in de wereld die hij kende, terwijl zijn verleden, het verleden waar hij nooit bij stil wilde staan, in zijn herinneringen naar boven kwam. Hoe hij moeiteloos van het gepeste lagereschoolkind was veranderd in een superieure middelbareschoolleerling op zijn chique internaat, prijzen en beurzen in de wacht had gesleept en zijn eenzaamheid en frustraties had gekanaliseerd door zich overal in vast te bijten, wat in zijn vakgebied en zijn omgeving, de steden waar hij woonde, alleen maar werd gewaardeerd.

En toen hij ouder werd, volwassen, had zijn fanatieke gesport ervoor gezorgd dat zijn lichaam gespierd en lenig was geworden – een lichaam dat vrouwen niet konden weerstaan. Hij had met zijn toenemende rijkdom steeds iemand ingehuurd om een appartement voor hem te vinden en in te richten bij zijn verhuizingen naar New York, Hongkong en Londen. Hij bleef nooit ergens lang genoeg om meer te doen dan geld verdienen, uit te gaan met zijn collega's en vrouwen te ontmoeten die kwamen en, het liefst snel, weer gingen. Vrouwen die krijsten, scholden en huilden, hem vertelden dat hij geen hart had, geen ziel, leeg was, precies voldeed aan het beeld dat mensen hadden van advocaten, wat het een beroep maakte dat goed bij hem paste. Alsof hij dat zelf niet wist...

En nu was hij hier, op deze godvergeten plek, en keek hij naar een vrouw die wervelde in de gloed van het vuur. Hij kon zijn ogen niet van haar afhouden en stond nog steeds met die glimlach op zijn gezicht, besefte hij – geen advocatenlachje, geen geef-me-je-geldglimlach, geen gemene slinkse grijns, geen flirterige uitnodiging aan een meisje met modelaspiraties. Dit was een glimlach die hij domweg niet kon tegenhouden, naar de vrouw die zijn blik vasthield terwijl ze over het podium wervelde en de voor hem zo vreemde muziek steeds sneller en opzwepender werd. De danseressen veranderden in één grote dansende, lachende waas. Joël deed zijn ogen even dicht en wreef over de brug van zijn neus. Dit was zo onwerkelijk... Er was iets vreemds met hem aan de hand, maar wát wist hij niet; hij had geen idee wat er met hem gebeurde en dat joeg hem angst aan, het maakte hem banger dan hij ooit was geweest. Was hij maar niet gekomen.

34

De storm van applaus die de Mrs. Kennedy Highland Dancers beloonde toen ze met hun handen op hun heupen een lichte buiging maakten verraste Flora. Het geklap en geroep rolde als een golf over hen heen, en ze keek genietend naar alle gezichten die ze eerder zo vijandig en afkeurend had gevonden.

Nu waren het gewoon gezichten. Van bekenden. Van thuis. Van mensen die ze kende, altijd had gekend. Ze voelde zich een beetje huilerig, maar wilde niet te geëmotioneerd worden terwijl ze nogmaals boog, dit keer hand in hand met de andere dansers. Toen kwam de hele band het podium op en begon de ceilidh, en ze begaf zich naar het hotel om zich te gaan verkleden. Ze had geglimlacht bij het zien van Joël, gezien dat hij niet overstag was gegaan door haar geplaag en geen kilt had aangetrokken. Hij was in pak, een iets donkerder pak dan dat van overdag; ze vermoedde dat dat de mate van variatie was die hij acceptabel vond. Het was een boodschap. Een boodschap aan haar, een reminder dat hij een buitenstaander was.

Maar hij had – en ze besefte dat ze die nu pas voor het eerst had gezien – een prachtige glimlach gehad.

Onderweg naar binnen kwam Charlie op haar aflopen. 'Dat was... dat was geweldig!' zei hij, licht blozend.

'Dank je, Teàrlach,' antwoordde ze, een beetje licht in haar hoofd en lacherig, alsof ze al iets te veel van Coltons whisky had gedronken.

'Wil je straks met me dansen?'

'Misschien.'

Ze voelde zich uitgelaten, vrij en gelukkig... en dat gevoel werd nog sterker toen ze haar vader in het oog kreeg. Ze had niet verwacht dat hij zou komen, hoewel ze tegen de jongens had gezegd dat ze het hem moesten vragen, maar of hij zou komen of niet kon niemand voorspellen. En hij ging nooit uit, niet echt; ze kon zich niet herinneren wanneer hij voor het laatst níét op de boerderij was geweest. Natuurlijk had ze hem uitgenodigd voor een bezoekje aan Londen, maar als ze echt eerlijk was, moest ze bekennen dat ze stiekem opgelucht was als hij zei: 'O nee, nee, ik kan niet weg van de boerderij.'

Sinds wanneer was hij eigenlijk zo klein, flitste het door haar hoofd. Ze herinnerde zich hoe hij met grote stappen door de velden liep, enorm, met een groepje honden naast zich, zichtbaar van kilometers verderop waar ze haar huiswerk maakte aan de keukentafel. Soms keek ze even op om naar buiten te kijken – naar de schaduwen op de heuvels, de wolken die langs de hemel joegen, elkaar achternazaten en over elkaar heen leken te buitelen, zoals in april de lammetjes huppelden in de met stenen bezaaide velden beneden.

Nu torende Flora voor haar gevoel boven haar vader uit. Ze zag dat zijn haar geknipt moest worden. Hij had nog steeds haar, wit, dat over zijn eveneens harige oren viel. Hij droeg zijn oude kilt, de enige die hij ooit had gehad: een tartanruit van de Lindsayclan van zijn moeders kant. Zij was een vastelander geweest, die vanuit Argyll was verhuisd om te trouwen met zijn vader nadat die uit de oorlog was teruggekeerd. Het donkere rood was flets geworden. Hij had het nooit nodig gevonden een nieuwe aan te schaffen; deze kilt had hem door elke bruiloft en elk feest en festival heen geholpen en zou nooit meer worden vervangen. Zijn wangen waren rood, met gesprongen adertjes van de harde wind waartegen hij zich zijn leven lang schrap had gezet tot hij, zoals een oud gezegde op Mure luidde, 'een man was die niet meer rechtop kon staan'. Voor het eerst sinds ze terug was, leek hij blij haar te zien.

'Och yon, dhu,' zei hij geëmotioneerd en hij omhelsde haar. Zijn oude wollen sjerp kriebelde in haar neusgaten. 'Nou, ik kan niet zeggen... ik kan niet zeggen dat ik het wat vind hier, al dat chique gedoe...' Hij gebaarde om zich heen naar de prachtige zaal. 'Maar kindje, zij zou het... zij zou...'

Hij hoefde zijn zin niet af te maken, want ze begrepen allebei al wat hij wilde zeggen.

'Kom,' zei Flora terwijl ze met haar hand over haar ogen veegde, 'we gaan iets eten.' Ze zou zich later wel omkleden.

In het restaurant waren alle tafeltjes aan de kant geschoven. Er stonden zware zilveren schalen uitgestald, die glanzend afstaken tegen de witte tafelkleedjes. Er was van alles te eten: kreeft, haring op zijn Noors (met kleine rode uitjes, bergbraambessen en kappertjes), de langoustines die Kelvin had gevangen, grote knapperige roggebroden, klonten verse boter met zoutkristallen die schitterden als edelstenen, lokaal geconserveerde zalm (inclusief die in whisky, die altijd heel populair was) en enorme schalen *kedgeree*, de bekende Schotse rijstsalade met vis. Niets ingewikkelds, niets te luxueus. Geen chique gerechten met allerlei dwaze frutsels. Gewoon goed, vers voedsel van het eiland, het soort eten dat er al eeuwen werd gegeten. Fintan hield alles in de gaten, met een grote grijns op zijn gezicht.

De whisky vloeide rijkelijk, en er was ook gin, wat de laatste jaren een belangrijk exportartikel was geworden, wist Flora. Het werd gemaakt in vaten waarin de whisky was gerijpt. Gin was veel sneller drinkbaar, maar natuurlijk niet te vergelijken met de vijfentwintig jaar gerijpte single malts. Maar het was ook heerlijk. Colton stond bij de dranktafel en zorgde ervoor dat alle glazen vol bleven.

En dan waren er de taarten en de puddingen. Ze kon een glimlachje van tevredenheid niet onderdrukken toen ze die zag. De taarten, zonder uitzondering perfect, namen een hele tafel in beslag. Er stonden ook cakes die door anderen waren gebakken, maar de taarten waren de echte sensatie, met het glanzende fruit en de crèmekleurige kannen met room ernaast. Het was bijna zonde om ze aan te snijden, zeiden verschillende mensen.

Ernaast, op een aparte tafel, met een groot bord met MACKENZIE-BOERDERIJ erboven, lagen de kazen, al in kleine driehoekjes gesneden zodat je van elke soort kon proeven, met de grote ronde kazen erachter en een paar schalen versgebakken havercrackers ernaast. Het was een lust voor het oog.

'Nee, nee,' mompelde Colton tegen haar, toen hij haar naar alle heerlijkheden zag kijken, 'jij gaat terug naar je afgrijselijke bureau in die afgrijselijke stad.'

Hij overhandigde haar een single malt van het eiland die ze, iets te snel, opdronk. Ze voelde de drank meteen naar haar hoofd stijgen, waar hij zich vermengde met de adrenaline.

'Een bureau bij een firma waar er hard wordt gewerkt om aan al jouw eisen te voldoen.' Ze attendeerde hem fijntjes op zijn eigen rol in dit geheel.

Colton, die vrij dronken bleek, spreidde zijn armen uit. 'Dit soort dingen is zeldzaam, meisje. Veel zeldzamer dan jij denkt.'

Flora glimlachte toen hij haar glas weer vulde. 'Kom op,' zei ze, 'je bent hier aan het werk. We gaan een rondje langs de gemeenteraad maken.'

Colton zuchtte diep. 'Dit voelt erger dan mijn allereerste pitch.'

'Ja, dat zal best. Nu weet je wat je te verliezen hebt.' Ze zei maar niet dat zij ook een beetje nerveus was. De mensen vergaten niet gauw hier. Maar ze had een taak, dus rechtte ze haar schouders.

'Flora.'

'Maggie!'

Maggie Buchanan snoof. 'Dat was niet slecht. Helemaal niet slecht.'

'Ja, ja, dank u wel. U hebt Colton Rogers al ontmoet,' zei Flora met een gebaar naar Colton.

'Ja. Wat een leuk idee, dit feest,' reageerde Maggie droogjes. 'En nog wel met zulke nobele en onbaatzuchtige motieven!'

Colton glimlachte. 'Graag gedaan,' zei hij met opeengeklemde kaken.

In de zaal ernaast begon de band 'A Dashing White Sergeant' te spelen en Maggie, bijna zeventig maar nog steeds ongelooflijk lichtvoetig doordat ze, weer of geen weer, overal op de fiets naartoe ging, pakte Coltons hand.

Zo, dacht Flora, dat is een stap voorwaarts! Terwijl ze lachend naar hen keek, drong het tot haar door dat Colton alle dansen had geleerd. Hij was geen geboren volksdanser zoals de bewoners van het eiland, die de Schotse tradities in ere hielden; iedereen danste, zodra ze konden lopen, op bruiloften en andere feesten. Dansen was hier zo natuurlijk als ademhalen, of zingen als er gezongen moest worden.

Voor Colton was het natuurlijk totaal anders. Flora zag dat hij steeds naar iets keek wat hij in zijn zak verborgen had – eerst dacht ze dat het een heupflacon was, maar toen zag ze dat het een boekje over volksdansen was. Hij bestudeerde snel de passen en bewegingen en voerde die dan heel zorgvuldig uit, heel anders dan de geboren en getogen eilanders het deden. Tijdens het dansen glimlachte hij vriendelijk naar iedereen. Hij was veel aardiger dan ze had gedacht, veel interessanter en fijner besnaard dan ze die eerste ochtend dat ze hem ontmoette had aangenomen, toen hij zo bot had gezegd wat een vreselijke stad hij Londen vond.

Ze wierp een blik op Fintan. Hij stond, glimmend van trots, naast de kaastafel en volgde Coltons vorderingen op de dansvloer met meer dan vluchtige belangstelling. Ze draaide zich om en mengde zich onder de mensen.

'Die taart,' zo sprak een oude vrouw die ze zich vaag herinnerde van het postkantoor haar aan. 'Die taart... O... Het was net of Annie terug was.'

'Dank u wel,' zei ze, een beetje ontroerd.

'Je lijkt op haar – ze was een echte selkie.'

Soms had tegenspreken geen zin. 'Ja,' zei Flora.

'Je lijkt heel erg op haar.'

'Daar ben ik blij om. Heel blij.'

'Welkom thuis,' zei de vrouw zacht, en veel van de mensen bij haar in de buurt knikten Flora toe en zeiden hetzelfde. *'Velcom, velcom,'* klonk het om haar heen in het plaatselijke dialect, en haar glas werd weer bijgeschonken.

Opeens stond Charlie naast haar. 'Ga je mee dansen? Je hebt het beloofd!' Hij stak een groot stuk taart vanaf het bord in zijn hand in zijn mond.

'Maar je bent nog aan het eten!'

'Ja,' zei hij met een glimlach. 'Maar ik dacht dat ik je maar beter kon boeken voordat je te populair wordt. En die taart is echt heerlijk. Neem zelf een stuk!'

Eerst was ze te opgewonden geweest om te eten, maar nu

probeerde ze een hapje. Het was de kersentaart en die smaakte inderdaad prima. 'Het is waar, ik ben geweldig,' zei ze voor de grap.

'Het is uw avond, Ms. MacKenzie!' Hij zette zijn bord weg en bood haar zijn arm aan.

'Waar is Jan?' vroeg ze plotseling. Dit was absurd: hij flirtte duidelijk met haar en dat was niet oké als hij een relatie had. Want ze moest toegeven dat ze hem echt leuk vond. Haar hart maakte geen sprongetje en begon niet sneller te kloppen zodra ze hem zag, zoals bij Joël, maar dat was stom, want Joël zou ze nooit krijgen. Charlie stond voor haar, met zijn brede, betrouwbare aanwezigheid, zijn open gezicht en heldere blauwe ogen. Zo helemaal tegengesteld aan Joël. Maar als ze hem beter ging leren kennen, moest ze eerst weten hoe het zat.

Charlie keek verbaasd. 'O, die is hier ook ergens,' zei hij vaag.

Toen zag Flora haar opeens; ze liep gretig op de taarttafel af.

'Zijn jullie twee...'

'Uit elkaar,' vulde hij snel aan. 'Ik dacht dat je dat wel wist. Dat iedereen dat weet.'

'Nou, ik ben niet iedereen,' zei Flora opgewekt.

'Nee, inderdaad.'

Had ze maar de kans gehad zich te verkleden, schoot het even door haar heen, waarna ze zich meteen realiseerde dat wat ze nu aanhad haar eigenlijk veel beter stond dan de iets te kleine Karen Millen-jurk die ze het jaar daarvoor had aangeschaft voor een bruiloft en die de investering totaal niet waard bleek.

'Maar jullie werken nog wel samen?' vroeg ze verder.

'O ja! We runnen samen het bedrijf. Jan is een prima vrouw.'

'Waarom zijn jullie dan...?'

'Zeg, gaan we nog dansen?' vroeg Charlie. 'Of moeten we hier blijven staan en eerst ons hele leven met elkaar doornemen, alsof we in zo'n realityshow op de televisie zitten?'

Flora lachte. 'Ik had niet gedacht dat jij de tijd zou hebben om naar dat soort programma's te kijken.'

'Ja, maar je kent me dan ook door en door.' Hij pakte haar hand en leidde haar naar de dansvloer. Colton danste ondertussen met twee oude dames van de curlingclub; het was een dans waarbij iedere man met twee vrouwen danste en vice versa. Ze leken erg tevreden dat zij hém te pakken hadden. Charlie wervelde haar de groep in en met Bertie aan haar andere kant sloten ze zich aan bij de rest.

Als vanzelf gaf ze zich over aan de muziek, wervelend en zwierend, op hoge snelheid en zonder pauzes. De kilts van de mannen waaierden uit terwijl zij naar hen toe en weer van hen weg draaide. Ze voelde zich zo vrij opeens.

Vanachter een van de zware gordijnen, diep in de schaduw, stond Joël naar haar te kijken. Hij zag haar lachen met die grote vent die haar, voor zover hij kon zien, al de hele avond achternaliep. Hij wist dat hij een hongerige blik in zijn ogen had en verachtte zichzelf erom. Zachtjes vloekend verliet hij de zaal.

Flora eindigde de dans grinnikend en realiseerde zich toen pas dat ze niet had gecheckt hoe het met Joël ging, wat heel onattent van haar was omdat hij haast niemand kende hier. Ze moest hem onder haar hoede nemen en aan de mensen voorstellen, want Colton had het daarvoor te druk. Tot haar verbazing had ze helemaal niet aan hem gedacht toen ze met Charlie danste.

'Sorry,' zei ze terwijl ze om zich heen keek. Ze zag hem niet. 'Ik moet iets doen. Kun jij Mrs. Kennedy ten dans vragen?'

'Nee,' zei Charlie. 'Ze is angstaanjagend.'

'Ja... maar ze zit in de gemeenteraad.'

Charlie rolde met zijn ogen, terwijl Flora wegglipte van de dansvloer.

Ze controleerde alle hoeken en gaten van de benedenverdieping van het hotel, waar verschillende grote haardvuren brandden en diverse comfortabele sofa's stonden. Ze had het heel warm gekregen in de zaal, van de drukte, het dansen en de whisky die nu door haar aderen stroomde.

Plotseling kreeg ze zijn glanzende donkerbruine haar in het oog; zijn hoofd stak boven de rugleuning van een bank uit en aan de zijkant ervan zag ze een glanzende donkere schoen en het uiteinde van een broekspijp. Met zijn dure pak, onberispelijk als altijd, was hij zo anders dan de rest van de mannen in kilts hier. Zo zichzelf. Zo Joël. Ze zag de blik weer voor zich waarmee hij naar haar had gekeken toen ze danste. Het was maar een seconde geweest, niet eens, maar ze had het zich niet ingebeeld, toch? Toch? God, waar was ze in vredesnaam mee bezig?

Een beetje aangeschoten vergat ze al het andere. Ze vergat de rest van de bewoners van Mure in de andere ruimte, Charlie die op haar wachtte om nog een keer met haar te dansen, het feit dat het de bedoeling was dat ze Colton hielp, naar hem luisterde, hem voorstelde aan de eilanders en probeerde die aan hun kant te krijgen. Ze vergat alles behalve de nabijheid van Joël, de man die ze al zo lang en zo hevig aanbad. Hier waren ze, duizenden kilometers verwijderd van hun normale leven, ver weg van alles wat belangrijk was voor hem – wat dat ook mocht zijn.

Ze was hier voor de firma, omdat de firma het wilde. Ze was weggegaan van Mure omdat haar moeder dat wilde. Ze was weggebleven omdat... omdat ze niet had geweten wat ze anders moest. Af en toe voelde ze zich als een bootje dat heen en weer werd geslingerd op de golven, niet zeker waar ze zou terechtkomen en waarom. Vermoedelijk zou ze op een dag terugkijken op haar leven en beseffen dat ze nooit echt ergens voor had gekozen.

Het vuur flakkerde verleidelijk, de herrie van het feest vervaagde achter haar. Hij had haar niet gezien; zijn hoofd bewoog niet. Ze ademde diep in. Dit paste absoluut niet bij haar. Maar ze voelde zich ook heel anders dan gewoonlijk: niet schuldig, niet gedeprimeerd, geen slechte dochter en niet slecht op haar gemak. En zelfs als het alleen voor deze nacht was... Vanavond voelde ze zich goed, vond ze dat ze iets verdiende, dat haar harde werken iets opleverde. Als andere mensen kregen wat ze wilden, mocht zij dat toch ook?

Nerveus beet ze voor de laatste keer op haar onderlip en deed een stap naar voren. 'Joël?'

'Flora! Hallo! Leuk je te zien!'

35

Inge-Britt stond op om Flora te begroeten, in de veronderstelling dat Flora op zoek was naar haar baas, hoewel Joël niet had gezegd dat Flora hem nog moest spreken. Niet dat Inge-Britt nou bijzonder aandachtig naar hem had geluisterd; ze had zich in een verleidelijke pose op de enorme bank genesteld en zich geconcentreerd op zijn platte buik en lange benen, zich afvragend hoe snel ze kon opperen om samen naar de Harbour's Rest te gaan. Inge-Britt had een heel directe manier van benaderen, iets wat Joël in zijn verwarring waardeerde omdat het bekend terrein voor hem was.

'Inge-Britt!' riep Flora uit, volkomen op het verkeerde been gezet en knalrood. Het liefst was ze in huilen uitgebarsten. Maar dat wilde ze in geen geval. 'Wat leuk je te zien!'

'Nou, iedereen is hier en niet bij mij in de zaak, dus kon ik net zo goed komen feesten,' reageerde Inge-Britt, om er meteen aan toe te voegen: 'Je hebt me nooit verteld dat je baas zo... boeiend is.'

'O nee?' mompelde Flora.

Joël kon haar niet aankijken. Hij kon het gewoon niet. Was ze boos op hem? Teleurgesteld? Wilde ze iets met hem? Opeens wilde hij, meer dan wat dan ook, haar lichte haar in zijn handen voelen, haar in zijn armen nemen. Hij wilde met haar naar bed, natuurlijk wilde hij dat. Dat wilde hij altijd. Maar het was meer. Hij wilde met haar praten. Hij wilde haar troosten, hij wilde dat zijn verdriet het hare raakte, zijn eigen pijn met haar delen. Nooit had hij de behoefte gevoeld om iets te delen – als je geen speelgoed hebt, kun je ook niet leren delen.

Hij sloot zijn ogen en hief zijn hoofd niet op. 'Heb je me nodig?'

Ja, wilde ze zeggen, ik heb je nodig! Ik heb goede seks nodig en het gevoel zélf iets te kiezen in plaats van dat er voor me wordt gekozen. Ik wil mezelf zijn, naar bed gaan met iemand van wie iedereen denkt dat hij niet goed voor me is, ik wil nou eindelijk eens een keer wild en gevaarlijk zijn en niet het kleurloze, stille, hardwerkende meisje dat iedereen verwacht dat ik ben.

Ze slikte moeizaam. 'Nee,' zei ze. 'Niks aan de hand. Ik kwam alleen even kijken of alles goed met je was. Je hebt vast niet veel ervaring met ceilidh-dansen en ik was bang dat je er niet veel aan vindt.'

'O, ik kan je die dansen wel leren,' zei Inge-Britt vrolijk.

'Ik dans niet,' reageerde Joël kortaf.

'Nou, waarom ben je dan gekomen?' merkte Flora bits op, voordat ze zich kon inhouden.

'Godzijdank,' reageerde Inge-Britt terwijl ze nonchalant de glazen volgoot met meer wodka uit de fles die naast haar stond. 'Scandinaviërs vinden het hilarisch, kan ik je vertellen. *A-diddly-diddly-diddly-diddly-diddly.*' Ze was nogal dronken.

Plotseling was Flora zich akelig bewust van haar belachelijk strak aangesnoerde fluwelen lijfje, de kinderachtige kilt die tot op haar knieën hing en haar losgeraakte haar. Ze moest er in hun ogen idioot uitzien, als een domme boerin.

'Dan ga ik weer terug,' zei ze, en ze deed een poging tot glimlachen die jammerlijk mislukte. 'Colton wil je straks waarschijnlijk nog wel even spreken.'

'Prima,' reageerde Joël, hoewel het hem veel moeite kostte dat te zeggen. Hij nam een slok van zijn drankje in de hoop dat de alcohol hem zou verdoven. 'Ik hoor het wel als je nog iets van me wilt.'

Met grote stappen liep Flora terug naar de danszaal, waar Charlie moedig probeerde Mrs. Kennedy te begeleiden. Toen de muziek ophield, liep ze, zonder zich te bekommeren om de vraag of het onbeschoft was, op hem af, pakte zijn hand en trok hem met zich mee voor hij de kans had om voor Mrs. Kennedy te buigen, zoals gebruikelijk was.

Buiten was de hemel wit met aan de horizon een klein streepje blauw, wat betekende dat het bijna middernacht was. Op het grasveld waar het podium had gestaan hing de feestverlichting nog, en ze hoorden het geritsel en gefluister van andere koppels tussen de bomen. Ze hield zijn enorme hand vast en keek naar hem op. Zijn helderblauwe ogen keken diep in de hare, en toen de band weer begon te spelen, legde hij zijn hand tegen haar wang. Meer aanmoediging had ze niet nodig; ze hief haar hoofd naar hem op en kuste hem, hard, met alle passie die ze in zich had.

Het volgende moment kwam de schok, alsof ze een emmer koud water over zich heen kreeg, wat zonder twijfel ook letterlijk zo was geweest als er een in de buurt had gestaan. Ze voelde dat iemand de achterkant van haar lijfje vastgreep en haar uit de omhelzing wegrukte. Geschrokken draaide ze zich om. Ze was helemaal opgegaan in het genot van het kussen van een knappe man onder de heldere hemel.

Jan stond voor hen, met een hoogrood gezicht. 'Waar ben jij verdomme mee bezig?'

Flora wankelde naar achteren en wierp snel een blik op Charlie, die er afwerend, boos en erg sexy uitzag. 'Jij zei tegen me...' begon ze.

'We nemen een pauze, zei je!' schreeuwde Jan. 'We zijn niet uit elkáár!'

Charlie keek van de een naar de ander. 'Die "pauze" duurt al maanden,' zei hij. 'Luister, Jan, wees redelijk...'

'Nee,' zei ze, en haar mond vertrok tot een strakke streep. 'Wees zélf redelijk. Je weet wat papa heeft gezegd.'

Flora had er geen enkele behoefte aan te weten te komen wat papa had gezegd. Ze trok die belachelijke klotekilt van haar recht – dit was echt de laatste keer dat ze hem aanhad – en met een kleur als een boei en zich bewust van het feit dat de mensen zich zouden afvragen waar ze uithing en wat ze aan het doen was, maakte ze zich uit de voeten. Ze ging de Land Rover zoeken en naar huis. Ze wilde niks meer te maken hebben met Charlie, Jan, Joël, Inge-Britt, eilandbewoners, Londenaren, Amerikanen en wie dan ook op de hele wereld.

Om weg te komen kon ze niet anders dan langs de feestzaal, waar het feest nog in volle gang was. Colton stond nog steeds pontificaal midden op de dansvloer, maar de muziek snerpte nu in haar oren en het opgewekte geluid van de gasten die het naar hun zin hadden klonk als het gekrijs van vogels in een dierentuin. De pracht van de warme gezellige ruimtes was verpest, alsof iemand een akelig fluorescerend licht had aangedaan dat elke groef in ieders gezicht en elke vlek op kleding liet zien en alles smoezelig maakte.

36

Flora was voldoende ontnuchterd om Lorna vanuit The Rock een lift naar huis te geven. Onderweg vertelde ze haar vriendin het hele verhaal over Charlie en Jan.

'En wat heeft haar vader er verdomme mee te maken?' eindigde ze furieus. 'Ze is een volwassen vrouw! En dus moet ze zich ook zo gedragen!'

'Ja, eh...' had Lorna gereageerd, ervan balend dat zij blijkbaar de brenger van het slechte nieuws moest zijn. 'Haar vader is Fraser Mathieson. Zij heet Jan Mathieson.'

'Fraser Mathieson, lid van de gemeenteraad?' vroeg Flora stilletjes.

'Eh... ja.'

'Fraser Mathieson, de rijkste man van het eiland? Buiten Colton dan? O shit,' zei Flora. 'God, mannen zijn klootzakken.'

'Ik mocht Charlie wel.'

'Ik had het verdomme niet eens over hem,' zei Flora en ze vertelde Lorna over Joël en Inge-Britt. 'Alles is helemaal klote.'

Toen ze allebei thuis waren, praatten ze online nog wat door. Kai en Lorna hadden elkaar nooit ontmoet, maar ze maakten kennis op WhatsApp en waren het helemaal met elkaar eens, wat hielp, echt hielp. Flora zat bij het licht van het dovende haardvuur en dronk thee als troost, wat niet hielp. Godzijdank was Bramble er nog, die zijn kop op haar schoot had gelegd en af en toe een lik gaf over haar hand, alsof hij die bedekte met kleine kusjes.

Klootzak, typte Lorna.

Walgelijke, afschuwelijke klootzak, typte Kai. Zullen wij hem vermoorden voor je?

Graag!

Dan regel ik wat vergif uit Saifs medicijnkastje! typte Lorna.
💉 💊

Ik stop rotte vis in zijn bureaula.

Flora grinnikte, slaakte een diepe zucht en pakte een paar koekjes die ze niet mee had genomen naar het feest, omdat ze had gedacht dat ze er na afloop misschien wel trek in zou hebben. Dat was het probleem met dansen en hartzeer: je werd er hongeriger van dan je dacht. Ze wist dat er meisjes waren die wegkwijnden van verdriet en heel mager werden, maar dat gold in ieder geval niet voor haar!

Ze fronste haar wenkbrauwen toen ze een auto hoorde stoppen voor het huis. Haar vader, Innes en Hamish waren allang thuis en lagen alle drie in bed; ze kon haar vader horen snurken. Agot had luid geprotesteerd toen haar vader had gezegd dat ze weggingen, en het meisje moest zo ongeveer met geweld worden afgevoerd. Ze had alle dansen meegedanst en was meestal gewoon recht voor de eerste de beste beschikbare man gaan staan en had dan luidkeels van hem geëist dat hij met haar danste. God mocht weten hoe dat op haar veertiende zou gaan.

Dus wie was dit dan?

Heel even, heel even dacht ze dat het Joël misschien was, die was gekomen om haar om vergiffenis te smeken, haar te vertellen dat hij veel liever een muizige juridische medewerker had dan een langbenige IJslandse amazone. Maar Joël had natuurlijk helemaal geen auto hier. Zij had hem rond moeten rijden. Ze schudde haar hoofd, woedend op zichzelf dat ze zulke idiote dingen dacht.

O god! Opeens bedacht ze iets: toen ze danste en hij naar haar keek, had hij haar toen uitgelachen? Was dat de betekenis van zijn brede grijns geweest? Had hij haar staan uitlachen? Was het leedvermaak? Vond hij haar een belachelijke, stomme boerin? Ze voelde dat ze rood werd. De avond was zo goed begonnen, was zo goed verlopen; ze had zoveel complimenten gekregen over haar taarten en havercrackers. En nu zat ze hier weer in die stomme keuken, te staren naar haar thee. Alweer.

Of was het Charlie misschien? Hun kus was heftig en gepassioneerd geweest en had iets wakker gemaakt in haar, iets wat ze heel lang niet had gevoeld... Ze wilde niet eens bedenken hoelang. Al die tijd, met werk en verwarring en verdriet en die stomme onmogelijke verliefdheid die haar belette om zich heen te kijken, had ze genegeerd wat ze wilde, wat ze nodig had. Ze raakte haar mond voorzichtig aan. Haar lippen waren wat gezwollen. Alleen het gevoel hebben dat er naar haar werd verlangd, dat iemand haar begeerde... te weten dat het allemaal nog bestond...

Degene die buiten was, had blijkbaar geen plannen om binnen te komen. Zachtjes sloop ze naar het keukenraam, maar de lichten buiten waren uit. Ze kon net twee hoofden onderscheiden achter de voorruit – het was een grote Range Rover –

toen het tot haar doordrong dat zijzelf goed te zien was vanwege de gloed van het haardvuur achter haar. Snel schuifelde ze achteruit.

Een paar minuten later kwam Fintan binnen en reed de auto weg, hobbelend over het rotsachtige pad.

Flora keek op en kwam overeind om nog een kop thee in te schenken. 'Wat is dit nou voor een tijd om thuis te komen?' vroeg ze plagerig, in een poging haar eigen hartzeer te verdoezelen.

Fintan keek haar aan, glimlachte traag en knipperde net zo traag met zijn ogen. Hij zag er een beetje verward uit. 'Sorry. Sorry. Ik... ja. Colton bood aan om me thuis te brengen.'

'Colton heeft je thuisgebracht?'

'Eh... ja.'

'Had hij niet veel te veel whisky gedronken?'

'Jawel,' antwoordde Fintan eerlijk terwijl hij de mok thee dankbaar van haar aanpakte. 'Dat had hij zeker. Het was een bonkige rit naar huis.'

'Fin!'

'Nee, het was oké. Agent Clark lag laveloos onder de taarttafel toen ik wegging, dus die kon geen bonnen meer uitschrijven. Alles was op, trouwens. De mensen likten de borden gewoon af. Je bent best goed, eigenlijk.'

Flora keek bedenkelijk en negeerde zijn halve compliment terwijl ze melk in zijn mok schonk. 'Dus...'

Fintan beet op zijn lip en probeerde een grijns te onderdrukken. 'Mm?'

'Nou...'

'Flora. Als je iets wilt vragen, vraag het dan!'

'Oké. Ik wil weten of pa het weet.'

'Hoezo? Ben je bang dat hij een hartaanval krijgt van de schrik?'

Flora schudde haar hoofd. 'Ik snap niet waarom het nooit in me is opgekomen.'

'Omdat je nooit ook maar één gedachte aan ons hebt gewijd.'

'Dat is niet waar.'

'Je weet dat het wel waar is, Flora. Dat weet je best. Je bent hier weggegaan en hebt nooit meer aan ons, koeienstrontscheppers, gedacht.'

'Hou op!' zei Flora. 'Alsjeblieft. Ik ben doodmoe. Kunnen we alsjeblieft geen ruzie meer maken? Vanavond had een leuke avond moeten zijn. Het wás een leuke avond.'

'O, nee, nou hoeven we opeens geen ruzie meer te maken. Fintan is gay, wauw, is dat niet fantastisch, nou is je familie bijna cool genoeg voor iemand uit de grote stad.'

'Fintan!' Flora huilde nu echt, woedend dat ze niet uit haar woorden kon komen.

'Nou heb je in ieder geval één broer die acceptabel is voor je stadse vrienden, hè?' ging Fintan verder.

Ze ademde diep in, stond op en keek hem recht aan. 'Dus je hebt voor ik terugkwam al een vriend gehad? Vóór Colton?'

Fintan zweeg.

'Dus je was al bezig uit je oude leven te breken? En je had ook al cateringaspiraties en het idee iets te beginnen en je eigen weg te vinden... voordat ik terug was?'

Het bleef lang stil.

Fintan haalde zijn schouders op. 'Het ging wel oké met me.'

'Je zou ook kunnen zeggen: dank je wel zus, dat je mij aan Colton hebt voorgesteld.'

Hij keek haar aan, opeens ook in de greep van verdriet. Uiteindelijk haalde hij zijn schouders op. 'Het spijt me.'

Flora slikte met moeite. 'Mij ook.'

Allebei gingen ze aan de oude tafel zitten. Fintan speelde met zijn theelepel.

Aarzelend begon hij: 'Op de begrafenis...'

'Toen heb ik dingen gezegd die ik niet meende,' zei Flora zacht.

Fintan knikte. 'Dus kwam je maar gewoon nooit meer terug.'

'Ik schaamde me.'

'En voelde je je gelukkig daar in Londen?'

Langzaam schudde ze haar hoofd. 'Ik weet niet zeker of ik wel weet wat gelukkig zijn is. Ik had het in ieder geval druk. Was altijd bezig. Is dat niet voldoende?'

'Nee, volgens mij niet.' Hij stak zijn hand naar haar uit. 'Het spijt me dat ik zo tegen je heb geschreeuwd. Het heeft lang opgekropt gezeten.'

'Ja,' zei Flora. 'Dat snap ik.'

'En ik vind... Het is fijn dat je terug bent, Flora. Dat meen ik. Je hebt gewoon... Ik had me niet zo vast moeten bijten in mijn oude verwijten. Ik was zo verbitterd.'

'Dank je wel dat je dat zegt.'

'Maar vertel pa nog maar niets,' waarschuwde Fintan.

'Oké. Hij praat toch nauwelijks met me.'

Fintan glimlachte. 'Maar hij is fantastisch, vind je niet?'

'Colton?'

Fintan knikte.

'Ja. Hield hij die baret de hele tijd op?'

'Heb je niks mee te maken.'

'Die gigantische baret met al die veren?'

'Hou je kop!'

Flora grinnikte.

'En jij? Heb je geen afspraakje met je baas?' Hij keek haar vorsend aan. 'Je vindt hem leuk, hè? Toch? Ik heb het me niet ingebeeld?'

Flora schudde haar hoofd. 'Ben je gek! Maar het doet er niet toe. Hij heeft Inge-Britt beter leren kennen, vanavond.'

'O, de vurige IJslandse.'

Flora knikte. 'Dus. Mij best. Niks aan de hand.' Even twijfelde ze of ze hem zou vertellen over Charlie, maar ze besloot dat niet te doen. Waarschijnlijk zou het morgenochtend sowieso al op het hele eiland bekend zijn.

'Hij leek me ook niet jouw type.'

'Waarom zegt iedereen dat toch?'

'Ik bedoel...Ik weet het eigenlijk niet. Ik geloof dat ik je heb gespot met iemand die in ieder geval wél leuk is. Charlie MacArthur?'

'Joël is leuk!' Flora schoot uit haar slof.

'Echt?'

'O, god, weet ik veel. Je weet toch hoe het is als je tot over je oren verliefd bent en hij de enige is aan wie je denkt en je hem niet uit je hoofd kan krijgen en je gewoon wilt...' Ze zweeg.

'O, ja, dat weet ik heel goed,' beaamde Fintan. 'Mijn god, hoe verliefd ik wel niet ben geweest op agent Clark.'

'Echt?' riep Flora uit, zich meteen een Vikingfestival van lang geleden herinnerend.

'O ja! Jarenlang!'

'Maar ik... Ik ben nog een tijdje met hem gegaan...'

'Ja, dat weet ik nog heel goed. Bedankt nog!'

'Tjezus, geen wonder dat we zo vaak ruzie hadden!'

Fintan glimlachte. 'Maak je geen zorgen, ik heb wraak genomen op de kerstborrel.'

'Met wie?'

Fintan noemde de naam van Flora's vriendje van vroeger, van toen ze vijftien was. Hij werkte in de garage en had een motor, wat ze toen superstoer vond. Haar moeder was woedend geweest.

'Nee!' riep ze uit.

'*Och aye the noo,*' zei hij in plat Schots. 'Echt wel. Ach, er is weinig te doen hier op Mure, dat weet je...'

Ze kneep haar ogen tot spleetjes en keek hem onderzoekend aan. 'Ik ga naar bed, voordat jij nog meer schokkende onthullingen doet.'

'Niks te zien, niks te doen, alleen wij en de selkies en de feeën en de...'

'Hou op!'

'Ja, ja. Nou, ik ga slapen. Morgen hebben we verdomme het jaarlingentransport. Mogen we naar het vasteland met een stelletje koeien. Echt een uitstapje!'

Ze omhelsden elkaar warm.

Flora voelde zich beter. Min of meer.

37

Joël stond voor het raam naar de witte golven te staren. Hij keek om: op het bed achter hem lag Inge-Britt, met haar prachtige lange lijf, diep in slaap, haar haar helemaal in de war. In Joëls ogen zag ze er hetzelfde uit als zoveel andere vrouwen. Ze had al gezegd dat ze vroeg moest opstaan om het ontbijt te maken.

Hij keerde zich weer om naar het raam. Het was alweer volop licht, hoewel het pas vijf uur was. Hoe hielden ze het toch uit hier? Wanneer sliepen ze? Hoe konden ze überhaupt slapen? Wende je er gewoon aan dat het dag en nacht licht was? Waarschijnlijk wel.

Buiten was het ruw en buiig weer. De golven beukten tegen de kademuur en hoewel er geen bomen waren waaraan je kon zien dat het hard waaide, zag hij dat het helmgras met vlagen plat tegen het duinzand werd gedrukt. Er vloog een grote reiger op van het strand. Joël zag het beest even worstelen met de harde wind, maar toen strekte hij zijn vleugels en vloog vastberaden weg in wat hem een heuse storm toescheen.

Hij keek omhoog. Er was zoveel hemel te zien hier. De wolken joegen er zo snel langs dat het onwerkelijk leek. Het was een hypnotiserend gezicht.

Hoewel hij moe was, doodmoe – hij sliep nauwelijks tegenwoordig, zelfs voor zíjn doen – wist hij dat het werk zich opstapelde op zijn bureau, dingen waar hij eigenlijk bovenop hoorde te zitten en die hij niet mocht missen. De wereld raasde voort zonder hem, en als hij toch niet terug naar bed ging moest hij eigenlijk nu een paar uur gaan werken.

In plaats daarvan trok hij een dikke donkerblauwe trui aan van de stapel die Margo voor hem had ingepakt en ging, met zijn voeten op de vensterbank, op een stoel bij het raam zitten. Hij betrapte zich erop dat hij naar de wolken zat te staren, zichzelf verliezend in de vormen en patronen die door de lucht zeilden, en besefte dat hij zich op de een of andere rare manier, ondanks alles, in lange tijd niet zo rustig had gevoeld. Hij dacht aan Flora. Hij was de dans ontsprongen, dat wist hij, want hij had haar gezicht gezien. Daardoor had hij zich beter moeten voelen, maar gek genoeg was dat helemaal niet zo. Dat hij haar vandaag zou zien stelde hem op een vreemde manier gerust.

Hij keek naar de voortrazende wolken en voelde zijn hartslag vertragen, en voor hij het wist was het acht uur. Hij had niet gemerkt dat hij was ingedut, maar Inge-Britt was verdwenen, de storm woedde nog steeds en het was tijd om aan het werk te gaan.

38

'Mag er een dekseltje op voor onderweg?' vroeg Flora aan Iona en Isla, die allebei een gigantische kater hadden, wat alle studenten overkomt als er gratis drank wordt geschonken. En Isla had Ruaridh ook nog versierd, wat Iona niet beviel. Of misschien was het andersom.

'Je zou geen kartonnen bekertje moeten gebruiken. Neem liever een thermosfles mee van huis,' klonk een bazige stem achter haar.

Ze draaide zich om en daar stond Jan, gekleed in een felroze fleecetrui die zelfs een topmodel niet zou staan. Haar hart sloeg over. 'Jan!' zei ze. 'Luister. Je moet me geloven. Ik had absoluut geen idee... Charlie zei dat jullie uit elkaar waren. Anders zou ik nooit...'

Jan gaf haar thermosfles aan Isla, zonder er blijk van te geven dat ze Flora had gezien of gehoord. 'Hallo Isla.'

'Goedemorgen. Hebt u plezier gehad op het feest?'

'Nee. Absoluut niet. En daarbij vond ik het ook één grote protserige toestand,' beet Jan haar toe. 'Vreselijk, dat etaleren van je rijkdom. Bah!'

Flora dacht terug aan de hoeveelheden eten die ze Jan op Coltons kosten naar binnen had zien stouwen en balde haar vuisten.

'O, ik vond het geweldig!' zei Isla. 'Jij zag er heel leuk uit, Flora.'

'Bedankt,' zei ze. 'Ik had zelf het gevoel dat ik een beetje voor gek liep.'

'Ja, er is een tijd dat je je nog in zo'n Schotse danskilt kunt persen, en een tijd dat dat echt niet meer kan,' merkte Jan op, alsof ze geen helroze fleece droeg. Ze marcheerde naar buiten.

'Zal ik haar in het vervolg gewoon de toegang weigeren?' vroeg Flora zich hardop af.

'Ga je eilanders de toegang weigeren?' Iona was verbijsterd.

'Je hebt gelijk,' reageerde Flora. 'Dat is niet erg verstandig, hè?'

'Wat heb je misdaan?' vroeg Iona.

'Ooo!' zei Isla, met een ondeugende blik.

'Oké, oké, jullie kunnen gaan roddelen als ik weg ben,' zei Flora. 'Maar bedenk wel dat ik dacht dat ze uit elkaar waren.' Ze sloeg haar ogen ten hemel. 'Het lijkt *Friends* wel hier, alleen twintig jaar later dan op de rest van de wereld.' Ze keek om zich heen. 'Goed, ik neem een paar bannocks mee.'

Joël wil me dan wel niet, dacht ze, en ik weet niet of ik hem het mogelijk slechte nieuws over Fraser Mathieson wel durf te vertellen, maar een warm, knapperig broodje is altijd welkom op zo'n kille ochtend als deze.

Colton had de boot gestuurd om haar op te halen, want de jongens hadden de Land Rover mee om de aanhangwagen met protesterende jaarlingen naar het vliegveld te rijden. Het was een vervelende, smerige klus en ze hadden er allemaal een hekel aan, vooral op zo'n vreselijke ochtend als deze.

Maar in de eetzaal van The Rock was alles opgeruimd en brandschoon, het haardvuur brandde en het was er warm en gezellig. Het zag er prachtig uit.

Colton keek op toen Flora met een blad in haar handen binnenkwam.

'Ik ben het even kwijt,' zei Colton lachend. 'Zijn we bezig met een juridische zaak of het lanceren van de MacKenzie Catering Company?'

'Juridische zaak,' zei Flora, op hetzelfde moment dat Joël 'Kan dat niet tegelijkertijd?' antwoordde.

Ze keek niet naar hem en hief haar hoofd niet op, en hij voelde zich een beetje goedkoop en gegeneerd.

Flora concentreerde zich op de bannocks en smeerde er op Mure gewonnen honing op die ze ook uit het café had meegenomen. De broodjes smaakten heerlijk, en met de koffie uit Coltons dure apparaat zelfs perfect. Buiten stormde het bijna spookachtig. De zee was wit en de wolken raceten langs de hemel. Ze fronste haar voorhoofd. De vaartocht om de noordelijkste punt van het eiland was heftig geweest en ze wilde er niet aan denken dat ze ook nog terug moest.

Joël zat aan de andere kant van de tafel. Ze hadden nauwelijks een blik op elkaar geworpen. Hij zag er anders uit, maar ze kon niet zo gauw bedenken waardoor dat kwam. Toen besefte ze het plotseling: hij had geen das om, maar droeg een eenvoudig blauw overhemd met een trui! Niet te geloven! Waarschijnlijk had hij zijn das gebruikt om Inge-Britt aan het bed vast te binden tijdens alle hevige IJslandse seks, dacht Flora bitter. Even zag ze het voor zich en ze schudde haar hoofd om het beeld kwijt te raken.

'Nou,' zei Colton. 'Het was een succes gisteravond, lijkt me.' Hij zag er opgetogen uit, als een lange, ondeugende kabouter, en verwachtte overduidelijk een enthousiaste reactie. Maar Joël en Flora waren allebei erg stilletjes en Coltons gezicht betrok.

'Ja, het was geweldig,' zei Flora, in een poging enthousiast te doen. 'Iedereen is geweest en het was een groot succes. Ze vonden het fantastisch dat je een feest gaf. Heb je echt met iedereen gedanst?'

'Met iedereen die wilde,' zei Colton. 'Een paar van de ouderlingen waren een beetje stijfjes, vond ik.'

Flora glimlachte. 'Dat hoort zo bij ouderlingen. Die moeten stijfjes zijn, dat is hun werk.'

'O ja, natuurlijk.'

'Ik denk dat het allemaal prima gaat,' stelde Flora vast. 'Ik stel voor door te gaan met de pop-up, ik bedoel Café Zon & Zee. Volgens mij kunnen de meiden de boel goed aan. En Fintan kan ook meehelpen.'

'O, ja?' vroeg Colton, met een raadselachtig glimlachje.

'Jij moet de rest van de zomer gewoon zichtbaar zijn, je vertonen onder de mensen, je laten zien. Praten met de bewoners hier, de lokale producten kopen, in alle winkels komen, in de pub. Van het eiland genieten. Dan denk ik dat iedereen in september veel meer genegen is te luisteren naar jouw argumenten. Het gaat de goede kant op.'

Colton knikte. 'Om eerlijk te zijn,' zei hij, 'heb ik Fintan al gevraagd om fulltime bij me te komen werken. Heeft hij dat niet verteld?'

Flora knipperde met haar ogen. Wat? 'Nee,' antwoordde ze. 'Daar heeft hij niets over verteld tegen mij.'

'Het is niet meer dan logisch,' zei Colton. 'Hij zou de catering van The Rock op zich kunnen nemen. Hij heeft de kennis en de feeling. Je hebt zelf gezien hoe hij het er gisteravond vanaf heeft gebracht. En hij kent alle mensen die iets kunnen leveren, heeft de contacten met de lokale leveranciers.'

Verwoed schudde ze haar hoofd. 'Je begrijpt het niet! Dat is onmogelijk. Fintan kan de boerderij niet in de steek laten. Ze kunnen hem niet missen daar.'

Colton haalde zijn schouders op. 'Dat is niet echt... Ik bedoel, ik heb het hem al gevraagd.'

'O, mijn god. Maar mijn vader... Als hij Fintan niet meer heeft om op het land te werken, moet hij verkopen. We kunnen ons niet veroorloven iemand in te huren. Dan stort alles in...' Ze viel stil en bedacht hoe gelukkig Fintan de avond daarvoor had geleken. Hoe graag hij dit wilde, hoe nodig hij het had om dit te doen. En ze wist ook dat ze geen enkel recht had om hem te vragen of hij kon blijven. Niet na alles wat zij had gedaan. Het had geen zin om nu met argumenten over loyaliteit aan te komen.

'Wat gebeurt er dan met jullie boerderij?' vroeg Colton.

Flora trok een bezorgd gezicht. 'Tsja. Dit zijn lastige zaken... Ik bedoel, dat land wordt al generaties lang door MacKenzies bewerkt. Maar tijden veranderen, neem ik aan. Pa begint oud te worden. Innes is de helft van de tijd bezig met Agot, en Hamish, tsja, die is niet echt goed in de managementkant van dingen. Ik bedoel, voor je het weet heeft hij zelf alles opgegeten.'

Colton staarde over het water. Je kon de boerderij goed zien liggen; de lichtgrijze muren glansden in het vroege ochtendlicht. Hij boog zich naar haar toe. 'Hoeveel kaas maakt Fintan ook alweer?'

'Niet genoeg om zoveel te verkopen dat er echt iets aan wordt verdiend.' Flora praatte gejaagd, ze was opeens heel nerveus. 'Maar behalve de kaas hebben we ook zeewier en... andere zuivelproducten natuurlijk, en wat schapen... Ik bedoel, het is gewoon een boerderij.'

Colton knikte peinzend. 'Het zou...' begon hij, 'ik bedoel, het zou een hoop importproblemen schelen en ik zou nog meer betrokken raken bij de gemeenschap hier...'

Flora keek hem aan, ze begreep niet wat hij wilde zeggen.

Maar Joël begreep het wel. 'Je gaat hier toch geen eigendomsoverdrachtszaak van maken?'

Colton grijnsde. 'Is dat beneden de waardigheid van mijn chique jurist uit Londen?'

'Ja!'

Colton grijnsde nog breder. 'Nou, dat maakt het helemaal de moeite waard voor mij.'

'Waar hebben jullie het over?' vroeg Flora.

'Is dat niet duidelijk? Ik koop de boerderij. Je vader kan daar gewoon blijven wonen. Fintan werkt voor mij en je andere broers helpen hem met de kaas en de boter en zo, en alles wat hier nodig is wat van jullie kan komen, komt van jullie. En dit hier...' – hij maakte een weids gebaar dat de ruimte waarin ze zaten omspande – 'wordt wereldberoemd!'

Met een diepe zucht leunde ze naar achteren. 'Ben je van plan iedereen van dit eiland in dienst te nemen, louter om te voorkomen dat dat windmolenpark doorgaat?'

'Nee, natuurlijk niet,' reageerde Colton kregelig. 'Ik wil jullie in dienst nemen omdat jullie goed zijn!'

Flora liet langzaam haar adem ontsnappen.

'Wat? Het is toch duidelijk een win-winsituatie,' vond Colton.

'Ja, nou, jij bent niet degene die mijn vader ervan moet overtuigen dat hij zijn boerderij moet verkopen.'

'Maar hij hoeft er niet uit! Hij hoeft niet te verhuizen! Hij kan er gewoon blijven wonen.'

'Daar gaat het niet om.'

Colton knipperde met zijn ogen. 'Ik zou hem een goede prijs bieden.'

'Daar gaat het ook niet om.' Flora moest haar best doen om niet geïrriteerd te klinken.

'Het is zeker een oplossing, Colton,' zei Joël. 'Een oplossing die we uitgebreider moeten bespreken. Oké. Maar ik moet terug naar Londen. Dus Flora, jij blijft hier totdat alles in kannen en kruiken is.'

Ze wilde protesteren, maar durfde het niet. In plaats daarvan wierp ze een blik uit het raam. 'Eh, Joël... Ik ben bang dat je vandaag niet terug kunt.'

'Hoe bedoel je?'

Buiten stond het water al zo hoog als de zeewering en joegen de wolken nog harder langs de hemel. 'Er landen geen vliegtuigen in dit weer.'

'Wat bedoel je?'

'En de veerboot gaat ook niet. Er gaat helemaal niets met dit weer.'

'Doe niet zo belachelijk,' protesteerde Joël. 'In Chicago landen ze nog als er ruim twee meter sneeuw ligt.'

'Ja,' beaamde Flora. 'Sneeuw die er al ligt, kalm en rustig. Dit is heel iets anders. En bovendien zijn het hier kleine vliegtuigjes. Nee, ik geloof niet dat je vandaag nog thuiskomt.'

'Natuurlijk wel! Dat moet.'

Op datzelfde moment hoorden ze een knal en viel de stroom uit.

'Wat is dit, verdomme?'

'De stroom is uitgevallen,' merkte Flora voorzichtig op. 'Dat gebeurt hier wel vaker.'

Joël wierp een blik op zijn telefoon. 'Wat betekent dat de wifi is uitgevallen.'

'Ja, de wifi valt dan ook uit.'

Joël vloekte uitgebreid. 'Maar ik heb de zaak-Foulkes. Die moet ik voorbereiden. Ik zou hier letterlijk maar één nacht blijven. En de Arnold-conventie... Ik heb hier absoluut geen tijd voor.'

'Het verbaasde me al dat je kwam,' merkte Colton op.

Joëls gezicht vertrok in een grimas. Het had hem zelf net zo verbaasd. 'Ja, maar ik moet nu echt weer weg.'

Flora en Colton keken elkaar aan.

'Nou, ik zou niet weten wat ik daaraan kan doen,' zei Colton.

'O, god,' zei Flora. 'En de jongens zijn onderweg naar het vasteland. Ze zitten in een vliegtuig om het vee weg te brengen. Dat zal een vreselijke reis zijn.'

Op dat moment weerklonk een enorme donderslag.

'Dus ik zit hier vast?' vroeg Joël.

'Kunnen we een van jouw auto's lenen om terug naar het dorp te gaan?' vroeg Flora aan Colton.

'Ach! Die staan nu allemaal in de ondergrondse opslag.'

'Huh?'

Colton leek in verlegenheid gebracht. 'De zoute lucht hier is slecht voor de lak.'

'Maar je hebt toch wel één auto die beschikbaar is? Een Range Rover of zo?'

'Het probleem is... Het is Overfinch.'

Hoewel ze geen idee had wat dat was, begreep ze uit de toon waarop hij het zei dat hij niet van plan was een vervoermiddel aan hen uit te lenen.

'Colton!' zei Flora kwaad. 'Ben je hier ooit in de winter geweest? Serieus!'

Hij keek een beetje beschaamd.

'Als jij erbij wilt horen hier, als je dat werkelijk wilt...' Flora stond op, haar ogen spoten vuur. 'Als jij wilt dat wij onze manier van bestaan opgeven en voor jou komen werken, voor je koken, achter je staan en je steunen, moet jij ook je betrokkenheid laten blijken door hier aanwezig te zijn. Je kunt niet alleen langs komen wippen op de mooie dagen. Of we doen het samen, of we doen het helemaal niet.' Te laat besefte ze dat ze stond te trillen van woede en dat beide mannen haar aanstaarden. Ze slikte moeizaam. Zoiets had ze nog nooit gedaan in haar professionele hoedanigheid. 'Eh...' zei ze. 'Het spijt me.'

Maar Colton schudde zijn hoofd. 'Nee,' zei hij. 'Ik denk dat ik je begrijp.'

Joël staarde haar nog steeds aan.

Er kwam geroep van buiten. Het was Bertie Cooper, die waarschuwde dat ze nú moesten komen als ze nog terug wilden. Hij had grote moeite de boot stil te houden.

'We moeten gaan,' zei Flora. 'Ik weet dat het maar een kort stukje lijkt, maar er zijn hier al veel boten vergaan. Als je van wrakduiken houdt, kun je je lol op hier. Ze waren allemaal vlak bij de kust, maar niemand kon iets voor ze doen. Dat is altijd al zo geweest.'

'Kom op!' schreeuwde Bertie opnieuw. 'Ik vertrek! Ik vertrek nu!'

De driedubbele ramen van The Rock hadden het gehuil van de felle zomerstorm tegengehouden, maar zodra ze buiten waren, kregen ze de volle laag. Ze konden niets tegen elkaar zeggen omdat ze niets konden horen boven het gebeuk van de golven en het gieren van de wind uit. Colton liep kordaat naar beneden – hij weigerde hen alleen te laten gaan en wilde per se mee – en Flora volgde hem op de voet. Op de aanlegsteiger gleed ze uit en struikelde half, maar voor ze het wist stond Joël naast haar. Hij greep haar arm vast en hield haar overeind. De adem stokte haar in de keel toen ze hem probeerde te bedanken. Hij bleef haar vasthouden terwijl hij haar naar de boot leidde, zijn hand stevig om haar elleboog, waardoor ze zich getroost en veilig voelde.

Het korte tochtje naar het haventje was rampzalig. De boot bonkte over de zee en alles werkte tegen; de motor bleef stilvallen en vanwege de hoge golven maakte de boot veel water. Bertie knikte naar hen dat ze moesten hozen. Joëls kleren waren volkomen doorweekt, hun ogen brandden van het zoute water en Flora's haren zwiepten wild langs haar gezicht.

Toen ze ongeveer halverwege waren en ze even stopte met hozen om te kijken hoe ver ze nog moesten, keek Joël naar haar om. Plotseling, terwijl het water over de reling sloeg en alles in een waternevel gehuld was, leek ze heel erg op een wezen uit de diepte van de zee: een waternimf of een meermin.

Flora zag dat hij naar haar keek en dacht dat hij zich ongerust maakte. 'Het gaat goed hoor,' loog ze. 'Ik heb het wel erger meegemaakt dan zo.'

Hij schudde zijn hoofd en zette zijn bril af omdat hij er niets meer door kon zien. Even keek Flora naar zijn prachtige donkerbruine ogen, maar toen dwong ze zichzelf om zich weer om te draaien en de kustlijn in de gaten te houden, terwijl Bertie vloekte en het water voor de zoveelste keer liet weglopen uit de motor. Uiteindelijk, toen de boot alarmerend slagzij begon te maken en zelfs Colton er ongerust uit begon te zien, bereikten ze de kade, worstelend tegen de wind, doorweekt en klappertandend.

Tot hun grote opluchting kwam Andy, de barman van de Harbour's Rest, meteen naar buiten met een stapel dekens en een hete grog voor hen allemaal, die ze dankbaar accepteerden. Andy nodigde hen bovendien uit om zich te komen opwarmen in de hotelbar.

Niet veel later hoorden ze een enorm tumult en luid geblaf buiten. Het was Bramble, die in alle consternatie binnen kwam stormen en nat en harig tegen Flora opsprong, dolblij haar te zien. Hij hijgde en jankte. Flora liet zich op haar knieën zakken, blij haar gezicht in zijn vochtige vacht te kunnen verbergen. Ze was veel banger geweest op zee dan ze had laten blijken. Ze vermoedde dat Joël en Colton niet hadden beseft hoeveel gevaar ze liepen – tenslotte leek het maar een kort stukje varen. Maar iedereen die van Mure kwam, wist maar al te goed wat er had kunnen gebeuren. Ze wierp een korte blik op Bertie, die zijn eerste grog al achterover had geslagen en met bevende handen aan zijn tweede begon. Hij knikte haar toe.

'Er is verder niemand op zee, toch, vandaag?' vroeg ze.

Bertie schudde zijn hoofd. 'Nee, niemand. De ferry gaat ook niet.'

Joël keek omlaag. 'Tjezus,' zei hij. 'Ik heb geen droge kleren meer.'

Hij had die ochtend een hele tijd naar de tas met outdoorkleding die Margo voor hem had gekocht zitten staren en was tot de conclusie gekomen dat die, hoe spijtig ook, niet bij hem paste, dat hij niet net zou doen of hij hier hoorde. Diep vanbinnen wist hij dat hij nergens thuishoorde. Hij was naar buiten gelopen om het grootste deel van zijn kleding in de vuilnisbak te gooien, maar had zich toen afgevraagd wat Flora daarvan zou vinden. Daarna had hij aan Inge-Britt gevraagd of zij iemand wist die die kleren zou kunnen gebruiken. Inge-Britt had alles meteen naar Charlie en Jan gebracht. Daar had hij nu spijt van.

'Ik dacht dat ik vanmiddag hier zou vertrekken.'

'Geen ferries en geen vliegtuigen,' zei Bertie in het plaatselijke dialect.

Joël begreep er genoeg van om te knikken. Hij keek nog een keer omlaag. Zijn dure broek was druipnat.

'Ik heb wel iets wat je kunt lenen,' zei Colton. 'Maar dan moeten we weer terug. En bovendien is de stroom uitgevallen, dus werkt mijn elektrische garderobekast natuurlijk niet.'

'Colton!' Hoofdschuddend keek Flora hem aan. Ze barstte in een schaterlach uit, voornamelijk van opluchting na alle spanning.

Alsof het een antwoord was, sloeg er een harde vlaag water tegen het raam van de pub. Het was niet alleen regen die tegen het glas kletterde, maar ook zeewater van de golven die over de kademuur sloegen.

'Misschien straks,' zei Colton.

'Ik heb wel iets,' zei de barman en hij verdween naar achteren. Even later kwam hij terug met een gigantische overall.

Colton en Joël keken elkaar aan.

'Neem jij hem maar,' zei Joël. 'Jij bent tenslotte de cliënt.'

'Wat gaan jullie verder doen?' vroeg Colton.

'Ik moet naar huis,' zei Flora, die het geen aantrekkelijk idee vond om weg te moeten uit de gezellige hotelbar. Er kwamen steeds meer mensen binnendruppelen om te schuilen; kennelijk hadden ze stuk voor stuk besloten dat ze net zo goed even een borrel konden nemen. De ramen begonnen al te beslaan. 'Ik breng later wel iets van de jongens, als jullie dat willen. Geen kilt,' voegde ze eraan toe met een blik op Joël.

Joël keek de pub rond, hij stond in tweestrijd. Toen keek hij haar aan. Haar natte haar sliertte om haar nek en haar ogen leken passerende wolken. 'Oké,' zei hij.

Bramble draafde al opgewekt naar de deur. Toen Flora die openduwde, waaide er een stormvlaag binnen met een snelheid die wel honderd kilometer per uur leek. Bramble schrok terug.

'Nee, we gaan, Bramble,' zei Flora streng, met haar hoofd gebogen tegen de harde wind. 'Dit lukt ons best.'

'Weet je het zeker?' vroeg Colton. 'Je vat gegarandeerd een flinke kou!'

Ze keek om en schudde haar hoofd. 'Ik ben hier geboren,

hoor!' En ze verdween in de storm, in de witte nevel van de regenvlagen en het opspattende zeewater alsof ze er deel van uitmaakte.

39

Joël stond roerloos naar de deur te staren, viel Colton op.

'Ik zou achter haar aan gaan,' zei hij eenvoudigweg. 'Dat is trouwens geen zakelijk advies. Die verdomde MacKenzies ook!'

Maar Joël hoorde hem niet eens. Zijn intuïtie vertelde hem dat hij het niet moest doen, in de pub moest blijven, zich niet bloot moest geven, zich moest gedragen zoals hij altijd had gedaan...

De wind liet de deur rammelen. Buiten was het één witte watersluier; de wind en het water maakten alles wazig en mysterieus. Het was een pure, perfecte storm.

Hij aarzelde. Colton had zich afgewend. Niemand lette op hem. De bar zat vol mensen, maar er was niemand die aandacht aan hem schonk.

Hij was vijfendertig. Hij herinnerde zich dat hij haar achterna was gerend op het strand, dat hij haar van het podium had willen trekken op het feest. Hij dacht aan alles wat hij te verliezen had, de complicaties van het leven. Hoewel alles hier zoveel simpeler leek. Hij wenste... Wat wenste hij? Wat wilde hij nou eigenlijk?

Thuiskomen, hij wilde zich ergens thuis voelen. Maar hij wist niet waar zijn thuis was. Hij keek nog een keer om naar de bar en alle mensen daar. Toen stormde hij naar buiten en begon te rennen.

'Wacht!' riep hij. 'Wacht, Flora. Ik ga mee. Wacht op mij!'

De wind beukte in zijn gezicht en sneed hem de adem af. Het leek haast onmogelijk dat hij hier in het gematigde, natte, benauwde Groot-Brittannië was.

'Flora!' riep hij zo hard hij kon. De storm sloeg zijn woorden weg. Hij tuurde om zich heen door het regengordijn en kon nog net de – nog altijd kwispelende – staart van Bramble onderscheiden, aan het begin van het pad aan de andere kant van de haven dat de heuvels in leidde. 'Wacht!'

Hij racete achter haar aan, zonder zich iets aan te trekken van het weer of de kou, zonder zich erom te bekommeren dat hij met zijn dure schoenen in diepe modderplassen stapte. Zijn bril werd weer volkomen onbruikbaar en hij moest hem afzetten en in zijn zak steken, waardoor de wereld om hem heen nog waziger werd dan die al was en hij alles slechts vaag kon onderscheiden, een wereld waar de zee en de lucht in elkaar overgingen, met nauwelijks een horizon die hen scheidde. Het was een eindeloze, witte, waterige wereld. Eindelijk wist hij zo hard te schreeuwen dat ze hem hoorde. Hij zag dat ze zich omdraaide, zag de verraste uitdrukking op haar gezicht.

Flora bleef op hem staan wachten en kon haar lachen niet inhouden toen ze zag hoe hij eraan toe was. Er was niets over van zijn normaal zo beheerste, georganiseerde, kalme zelf: zijn haar zat tegen zijn hoofd geplakt, het water stroomde langs zijn nek en zijn overhemd was volkomen doorzichtig.

Joël keek naar de lucht en dacht aan al het werk dat hij moest doen en alles waar hij te laat mee was, hoeveel uren hij niet in rekening kon brengen en welke belachelijke omstandigheden hem in deze situatie hadden doen belanden. Hij besefte dat hij niet het flauwste idee had waarin hij zich begaf en vroeg zich af of hem dat wel een reet interesseerde, en besloot toen meteen dat dat niet zo was. En hij merkte dat hij ook lachte, schaterde, hij kon zich niet herinneren wanneer hij dat ooit had gedaan. Nooit waarschijnlijk.

Flora begon verder het pad op te rennen, door de regen en de wind, terwijl het lachen haar de adem benam. Joël kwam achter haar aan, en Bramble blafte opgewonden en sprong opzettelijk in de plassen. Uiteindelijk bereikten ze het hek van de boerderij. Flora was nog nooit in haar leven zo door- en doornat geweest. Het erf was verlaten, er was niemand behalve zij, de koeien en de kippen; alle anderen waren op het vasteland.

Ze liet zich uitgeput tegen de oude, zware houten deur van het huis vallen, onder het afdakje, buiten adem en hijgend van de inspanning, de storm en het lachen. Joël zat haar op de hielen: ze hoorde hem achter zich aan komen en wist, onmiddellijk, intuïtief, wat er ging gebeuren, ondanks Inge-Britt en alle andere Inge-Britts, ondanks Charlie, ondanks alles wat haar vrienden tegen haar hadden gezegd. Ze lachte nog steeds, over hoe doorweekt en idioot ze eruitzagen, hoe absurd het allemaal was, maar desondanks kuste Joël haar hevig en hartstochtelijk en kuste zij hem net zo hevig en hartstochtelijk terug, totdat ze allebei naar zuurstof snakten. En daarmee vloog het kleine deurtje dat door Charlies kus op een kier was gezet wagenwijd open.

40

Joël had het gevoel dat hij een zeemeermin kuste, een nimf uit de oceaan. Haar lange, natte lijf voelde heerlijk zoals het zich tegen het zijne aan drukte, en ze beefden allebei, van de kou maar ook van opwinding. Flora schoof de grendel weg van de deur en samen strompelden ze de keuken binnen, die warm en gezellig was omdat het vuur in de AGA nog brandde. Bramble schoot achter hen langs naar het beste plekje voor het fornuis, waar hij zich liet neervallen na zich eerst flink te hebben uitgeschud zodat de spetters in het rond vlogen. Flora en Joël merkten er niets van.

Flora begon onmiddellijk de knoopjes van Joëls overhemd los te maken en nam hem mee naar de warmte van het vuur. Even flitste het door haar hoofd dat ze moest stoppen met deze haastige hysterie, maar toen trok Joël haar dichter naar zich toe en begon hij ook aan haar kleding te frummelen. Op dat moment drong het tot haar door dat hij net zo hevig naar haar verlangde als zij naar hem en werd ze overspoeld door begeerte.

Ze negeerde het feit dat ze in de keuken van haar ouderlijk huis was, volkomen blind voor alles buiten hem, en voelde alleen zijn koude huid tegen de hare terwijl hij haar gezicht omvatte met zijn handen. Zijn licht behaarde borstkas glom in de gloed van het vuur, dat naast het grauwe daglicht de enige lichtbron was als gevolg van de stroomuitval. Ze lieten zich op de vloer zakken.

Hij maakte zich van haar los. 'Kleed je uit,' zei hij ademloos. 'Kleed je uit. Alsjeblieft. Ik moet je zien. Ik kan niet... ik moet je zien.'

Flora kwam half overeind, stroopte haar natte truitje omhoog en trok het over haar hoofd. Het drong tot haar door dat dat een ongewoon lastig moment was als je het overdag in het daglicht deed en je niet de uren daarvoor in een bar had doorgebracht. En al helemaal omdat er een paniekerige overslaande stem in haar hoofd krijste: 'Híj is het! Híj is het echt!' tegelijk met een andere, bestraffende stem die zei: 'Je bent in mama's keuken! Dit is mama's keuken!'

Toen boog hij zich naar haar toe en kuste haar opnieuw, en een tijdje kon ze aan helemaal niks anders denken.

Haar huid was precies zoals hij die zich had voorgesteld: licht als melk, wit als de hemel buiten, zacht en blank, zonder één vlekje, onbeschrijflijk mooi. Hij wilde elke millimeter ervan verkennen, hij wilde de wolken zien reflecteren in die lichte dromerige ogen, haar haar over haar rug zien vallen. Zijn ogen zochten begerig haar gezicht en dronken haar in.

Wat verward maakte ze zich van hem los. Het enige wat ze wilde zien was hij, maar de keuken om haar heen was vol herinneringen. In het vreemde schemerlicht van de storm voelde het alsof Joël en zij geesten waren en dat om hen heen het normale gezinsleven doorging: mensen die schreeuwden en ruzieden, vioolspeelden, huiswerk maakten, modderige laarzen te drogen zetten bij het fornuis. Ze kon hun aanwezigheid bijna voelen. Even kneep ze haar ogen dicht, overrompeld door alle beelden en gevoelens, zowel uit het verleden als van het moment.

'O, god,' fluisterde ze. 'O, god, ik kan het niet. Sorry.'

Joël ging meteen rechtop zitten, terwijl Flora om zich heen tastte naar haar natte truitje. Hij stak zijn handen verontschuldigend omhoog. 'Oké,' zei hij. 'Het spijt me, het spijt me.'

'Nee, nee, dat is het niet. Het ligt niet aan jou.'

'Wat is er dan?' vroeg Joël. 'Fuck, ik verlang zo naar je. Ik verlang zo heftig naar je.' Hij volgde de lijn van haar gezicht zachtjes met zijn vinger. 'Ik had het niet moeten... Sorry. Ik ben te ver gegaan.'

'O, god, nee,' zei ze blozend, en hij wenste dat híj die blos had veroorzaakt. Ze staarde naar de vloer. 'Sorry.'

Hij vermande zich en boog zich naar haar toe. 'Het is goed, Flora.' Hij streek haar haar achter haar oren. 'Het is goed.' Hij glimlachte naar haar, een glimlach die overging in een wolfachtige grijns toen hij zei: 'Hoewel het wel jammer is. Dit is namelijk een van de weinige dingen waar ik goed in ben.'

Flora's hart leek zich samen te trekken. Ze kon niet geloven dat iets waarvan ze zo lang had gedroomd, waaraan ze zo vaak had gedacht terwijl ze wakker lag, nu werkelijkheid was. Maar ze kon niet met hem vrijen hier. Het liefst was ze in tranen uitgebarsten.

Hij stak zijn handen naar haar uit. 'Wil je dat ik ga?'

Ze schudde gedecideerd haar hoofd.

'Wil je dat ik blijf en niets doe? Me niet verroer?'

Ze schudde nog een keer haar hoofd.

Joe glimlachte. 'Wil je dat ik blijf en andere dingen doe?'

Ze knikte beschaamd. 'Ik kan het niet,' zei ze spijtig. 'Het is niet oké. Niet hier. En je bent ook nog mijn baas.'

Hij glimlachte weer en stak zijn hand naar haar uit. 'Je weet toch dat het oké is om te zeggen wat je wilt?'

'Dat doe ik ook,' fluisterde ze en er gleed een traan over haar wang. 'O, Joël, het spijt me zo. Ik denk... O, god! Ik voel zo'n leegte vanbinnen. Sinds de dood van mijn moeder. Ik dacht dat het wel goed met me ging. Maar nu ik hier terug ben, merk ik dat het helemaal niet goed met me gaat. En ik kan niet eens... Ik heb het gevoel dat er wat ontbreekt. Ook met jou.'

'Hoe bedoel je, "ook met mij"?' vroeg hij. 'Ben ik zo afschuwelijk?'

'Nee!' riep Flora uit. Ze deed haar best om niet te laten blijken hoelang ze al naar hem verlangde en voelde zich verscheurd vanbinnen omdat ze er zo'n puinhoop van maakte.

Hij stond op, ging in de oude schommelstoel zitten en trok haar op zijn schoot. Er lagen twee verschoten Schots geruite dekens over de rug van de bank, die hij naar zich toe trok en om hen heen sloeg. Hij wilde haar vasthouden, móést haar vasthouden. En nergens anders aan denken. 'Wat is er dan?' fluisterde hij.

De tranen die Flora hoog zaten, begonnen over haar wangen te stromen. 'O, god. Het is omdat ik hier terug ben. Het is zo moeilijk.'

Joël fronste zijn voorhoofd. 'Ik dacht dat je het naar je zin had.'

'Dat weet ik, maar...'

Hij herinnerde zich iets. 'Die eerste dag, toen je hoorde dat je naar Mure moest, leek je inderdaad niet blij.'

'Ik had niet het gevoel dat je mij opmerkte.'

'Dat deed ik ook niet, eigenlijk,' zei hij met iets van de afgemeten Joël die ze zo goed kende. 'Maar ik ving een soort... tegenzin op.'

'Toen mijn moeder werd begraven, kwam het hele eiland naar de kerk,' vertelde ze met trillende stem. Zelfs nu deed het haar nog pijn om eraan te denken. Het was een prachtige dag geweest. De uitvaartmis was in het kleine kapelletje op een heuvel die uitzicht bood op de baai, naast de ruïne van de abdij. Het kerkje was eeuwenoud – het was een van de eerste christelijke kerkjes op het eiland, dat oudere geloven had gekend: in Thor en Odin, en daarvoor heidense afgoden, vruchtbaarheidsgodinnen, de *Lughnasa*-goden van de equinox en dáárvoor, wie weet?

Het was een eenvoudig gebouw, met op het kerkhof een groot stenen kruis ter nagedachtenis aan de oorlogsslachtoffers. De namen waren erin gebeiteld, namen die zich herhaalden – de Macbeths en de Fergussons en de MacLeods domineerden. Vanbinnen was het kapelletje heel eenvoudig; het had simpele houten banken, onversierde gezangboeken en kale muren, zoals gebruikelijk was bij de kerken van de noordelijke eilanden, waar hard werken en afkeer van ijdelheid wordt gepredikt.

Zoals overal op Mure kon je het weer al van mijlenver zien aankomen over het lange, vlakke strand, met het vasteland als een dunne streep in de verte. In de zwarte wolken die zich laag aan de hemel verzamelden vielen al snel blauwe gaten, totdat uiteindelijk de hele lucht wolkeloos was en koel wit licht helder door de ongekleurde ramen van het kerkje scheen.

Het kerkje was vol, tot de nok toe gevuld. Natuurlijk. Iedereen was er. De velden waren verlaten, de winkels een paar uur gesloten omdat de mensen afscheid kwamen nemen van Annie MacKenzie, meisjesnaam Sigursdottir, die op Mure was geboren en had geleefd, wier grootouders nog *Norn* hadden gesproken, die drie zonen had gebaard en grootgebracht die, wat uitzonderlijk was, allemaal nog op het eiland woonden, en natuurlijk ook een frivole dochter die enig gefluister veroorzaakte toen ze langsliep: niet getrouwd, weet je, woont helemaal daar in dat Londen, wat ze dáár in vredesnaam moet, ze vindt zichzelf zeker te goed voor Mure tegenwoordig.

Flora was eraan gewend, echt, en luisterde niet erg, maar accepteerde in plaats daarvan de condoleances en de aardige woorden over haar moeder, knikte vriendelijk en bedankte de mensen voor hun komst. Maar binnen in haar bouwde de spanning zich op. Ze ergerde zich.

Na de begrafenis gingen ze allemaal naar de boerderij, waar er cakes van vrienden en buren, broodjes van de bakkerij en thee werden geserveerd en de whisky uit theekopjes werd gedronken omdat er niet genoeg glazen waren. Iemand had een viool meegebracht en begon een treurige melodie te spelen, terwijl de gesprekken luider werden en iedereen zich voorbereidde op de avondwake voor Annie.

Maar het enige waaraan Flora kon denken, was de manier waarop de mensen naar haar keken, en haar herinneringen aan haar moeder: haar eindeloze geduld, haar harde werken, hoe lief en vriendelijk ze was, maar ook haar frustraties, die Flora had gevoeld in de manier waarop ze haar dochter pushte dat ze moest gaan dansen, bijles moest geven, om extra lessen moest vragen en de wijde wereld in moest. Maar dat zag niemand. Ze zagen een moeder die een engel was geweest en een dochter die iedereen teleurstelde. Het huis was vol met mensen die Annie haar hele leven hadden gekend – velen een stuk ouder dan haar moeder was geworden, moest ze triest vaststellen – en iedereen praatte positief over haar.

Hamish zat alleen maar in de verte te staren; hij huilde niet eens, wat veel erger was dan als hij wél had gehuild. Eilidh, de vrouw van Innes, gaf Agot de borst en Flora zag dat ze ruzieden over wanneer ze zouden vertrekken. Fintan was nergens te bekennen. En haar vader... De mensen praatten tegen hem, maar hij hoorde hen niet – hij zág hen zelfs nauwelijks, dacht Flora – en op een gegeven moment begonnen ze ook allemaal tegen háár te praten, ze kon er niet aan ontkomen.

Mrs. Laird vroeg of ze nu op Mure bleef om voor de jongens te zorgen – de vierde keer dat haar dat werd gevraagd in een halfuur – en furieus op iedereen nam ze een flinke slok whisky, liep opgefokt naar haar vader toe en ging kwaad naast hem staan. Hij had te veel gedronken, zag ze.

En zij ook, maar dat had ze niet doorgehad. Toen haar vader opstond en naar buiten ging, was ze achter hem aan gegaan. Omringd door zijn vrienden liep hij het huis uit, het erf over en de heuvel af naar de zee.

'Ze kwam van de zee,' zei hij met luide stem. Te luid. 'Ze kwam van de zee, die heeft haar hierheen gebracht en nu weer teruggenomen. Ze was nooit echt van ons.'

En de andere mannen knikten en glimlachten en bromden instemmend.

Maar Flora was furieus geworden, ze was overvallen door een woede die sterker was dan ze ooit had gevoeld en ze had zich krijsend naar hem toegekeerd: 'Dat is gelul! Hou ermee op. Ze is nooit ergens naartoe geweest en heeft nooit iets gedaan, en dat is jouw schuld. Jij hebt haar aan huis gekluisterd gehouden, geketend aan de keuken. Ze was helemaal geen selkie! Ze was helemaal geen wezen uit de zee dat aan land kwam om jouw slaaf te spelen! En zeg zulke dingen niet om goed te praten wat je haar hebt aangedaan, want zij heeft haar hele leven opgesloten gezeten in dit... dit klotegat!'

Ze was naar de kademuur gerend en had daar naar de zee zitten staren, als verdoofd, niet alleen door de koude wind maar ook door alle dingen die ze moest voelen of voelde, maar waarvan ze niet wist wat ze ermee moest. En ze was woedend op alle mensen die zeiden dat het normaal was, een natuurlijke reactie: haar verdriet om alle dingen die haar moeder nooit zou zien en meemaken, alle kleinkinderen die ze niet zou kennen, alles wat ze elkaar niet meer konden vertellen.

Alles was weg. Voor altijd. Het was onwerkelijk, het was verkeerd en Flora bezwoer dat ze niet terugging naar het huis en de mensen, hoewel de geluiden van de wake naar haar toe dreven op de wind.

Uiteindelijk liet ze zich door Lorna naar haar huis meetronen om te gaan slapen. En de ochtend daarop nam ze de eerste ferry terug, terug naar Londen, terug naar haar werk, aangespoord door de mantra in haar hoofd: ik moet hier weg, ik moet hier weg, ik moet hier weg.

Joël keek haar aan. 'Heb je echt "klotegat" gezegd?' vroeg hij zacht.

Ze glimlachte flauwtjes. 'Ja.'

'En sindsdien was je hier niet meer geweest?'

'Ik schaamde me te erg,' antwoordde Flora. 'Het was zo vreselijk wat ik heb gedaan.'

'Nee,' zei Joël. 'Het was juist geweldig! Daarmee heb je iedereen hier wekenlang gespreksstof verschaft.'

'Misschien.' Op de een of andere manier hielp het enorm dat ze hem dit had verteld, alsof er een last van haar schouders was gevallen. Ook de groeiende mildheid die ze van de eilandbewoners voelde droeg daaraan bij. En natuurlijk het feit dat ze zo heerlijk en veilig en warm in zijn armen zat. 'Hoe is jouw moeder?' vroeg ze spontaan.

Ze voelde hem even verstijven, en het bleef lang stil. Ze had niet gedacht dat die vraag te persoonlijk zou zijn. Maar misschien was hij dat wel.

'Sorry,' zei ze. 'Je hoeft echt geen antwoord te geven.'

Joël schoof ongemakkelijk heen en weer op zijn stoel. Buiten raasde de storm nog steeds. Hij tuurde in het vuur.

'Mijn god,' zei hij. 'Ik ben doodop.'

Flora keek hem aan. 'Wil je dat ik je in bed stop?'

'Ik geloof niet dat ik dat kan verdragen,' zei hij, haar diep in de ogen kijkend.

Geen van tweeën wilden ze de betovering verbreken. Maar toch stond ze op, hing de natte kleren te drogen bij het vuur en nam hem mee naar boven.

'Kijk nou!' zei hij met een blik op alle rozetten langs de spiegel.

'O, die krijgt iedereen,' beweerde ze nonchalant, blozend.

Hij schudde zijn hoofd. 'Nee,' zei hij. 'Je was prachtig.'

Dat had nog nooit iemand tegen haar gezegd.

Hij liet zich op het zachte bed neervallen en glimlachte slaperig. Het was heel vreemd hem zo te zien liggen, in het bed waarin ze haar hele jeugd had geslapen, had liggen fantaseren over later – en de laatste tijd over hem. Hier lag hij dan, alsof een droom werkelijkheid was geworden.

'Vertel je me een verhaaltje?' vroeg hij, al half in slaap. Hij bedoelde het als een grapje, maar zo klonk het helemaal niet.

Ze trok de dekens over hem heen en ging naast hem zitten. 'Er was eens...' begon ze.

Joël vond haar zangerige manier van praten het mooiste wat hij ooit had gehoord.

'Er was eens een meisje dat ver in het noorden, waar de kastelen staan, werd ontvoerd en een heel eind over de zee werd meegenomen. Maar ze wilde helemaal niet weg...'

Flora zweeg. Haar moeder vertelde haar dit verhaaltje vroeger, maar hoe ging het ook weer verder? Toen ze een blik op Joël wierp, zag ze dat ze dat al niet meer hoefde te bedenken, want zijn ogen waren dichtgevallen en hij was diep in slaap. Een hele tijd bleef ze naar zijn gezicht zitten kijken, betoverd door de schoonheid ervan – de vorm van zijn lippen en zijn hoge jukbeenderen – en vervloekte zichzelf voor de honderdste keer omdat ze niet in staat was te doen waarnaar ze zo verlangde.

Gefrustreerd trok ze de dekens opzij en schoof, vrijwel naakt, naast hem in bed, terwijl regenvlagen tegen de ramen kletterden. Ze voelde zijn slapende lijf tegen het hare, ademde zijn heerlijke warme geur in, groef haar bleke hand in zijn donkere borstharen. Het was niet genoeg, bij lange na niet, maar ze moest het ermee doen.

Op een gegeven moment werden ze allebei wakker. Geen van tweeën wisten ze hoe laat het was en of het dag of nacht was. Flora haalde twee glazen koud water uit de keuken en ze maakten een tent onder de dekens, heel dicht bij elkaar.

Liefdevol sloeg Joël zijn arm om haar heen. 'Sorry,' zei hij en hij klonk nerveus en een beetje haperend, wat zo slecht paste bij hoe ze hem kende dat ze hem moest aankijken om zichzelf gerust te stellen. 'Ik... Je vroeg me naar mijn moeder.'

Flora knikte.

'Normaal... Normaal praat ik nooit...'

'Je hoeft het me niet te vertellen,' zei ze zacht.

'Nee!' reageerde hij op felle toon. 'Nee! Ik wil het... Ik wil het vertellen.' Hij ademde diep in. 'Ik... ik ben opgegroeid in tehuizen en pleeggezinnen. Ik ken mijn ouders niet. Ik heb in... verschillende pleeggezinnen gezeten. Veel.'

Flora richtte haar heldere ogen op hem en probeerde niets van het medelijden te laten blijken waar hij, wist ze, bang voor was. 'En was dat zwaar?' vroeg ze hem direct.

'Ik heb niet veel om het mee te vergelijken.' Hij slikte moeizaam. 'Maar ik denk van wel.'

'Heb je het achter je gelaten?' vroeg ze wat zachter.

'Dat weet ik niet,' zei hij, zo eerlijk als hij kon.

En toen was het haar beurt om zijn gezicht te strelen. Ze trok hem naar zich toe en kuste hem.

Plotseling werd er op de voordeur gebonkt, en ze schoten

allebei overeind, schuldige blikken uitwisselend. De betovering was verbroken. Nerveus keken ze om zich heen op zoek naar kleren en schoenen. Joël had nog steeds niets anders om aan te trekken.

'O, god, het is Colton om te zeggen dat dit geen declarabele uren zijn,' zei Flora nerveus giechelend.

Joël schudde zijn hoofd. 'Kan het je vader zijn?'

'Die op de deur bonkt? Lijkt me sterk.'

Flora trok een broek en een wijde trui aan en rende naar beneden. Het zonlicht, dat na een storm vaak helderder leek dan normaal, verblindde haar toen ze probeerde te zien wie er voor de deur stond en hoe laat het was. Tevergeefs. Er werd weer gebonkt. Bramble begon te blaffen, maar ze hoorde dat het geen blaf was om alarm te slaan, dus moest het een bekende zijn.

'Hallo?' riep ze aarzelend.

'Fintan? Innes?' hoorde ze.

'Sorry,' zei ze terwijl ze met samengeknepen ogen de deur opende. 'Die zijn er niet. Alleen ik.'

De man tegenover haar knikte slechts, hoewel hij een blik over Flora's schouder wierp die bleef hangen bij de kleren die voor het vuur te drogen hingen – het jasje van Joëls pak, zijn gestreepte overhemd.

Pas toen herkende ze hem. 'Teàrlach! Wat is er? Zijn jullie overvallen door de storm?'

'Nee, godzijdank niet, we hebben de jongens op tijd naar een schuilhut kunnen brengen.'

Flora wierp snel een blik op de klok. Tjezus! Het was vijf uur! Ze hadden de hele dag geslapen. 'Hoelang zitten ze daar al?'

'Ze zijn nu op de terugweg.'

'O. Kom je dan vanwege...' Flora voelde dat ze knalrood werd. O god! En dat met een andere man in huis.

'Nee, daar gaat het niet over. Het is...' Charlie leek zijn zin niet af te willen maken. 'Ik eh... moet Ecks tractor lenen.'

'Hoezo?'

Hij fronste. 'Ach, het is iets akeligs.'

'Wat dan?' vroeg Flora plotseling ongerust. 'Is alles oké? Is er iemand gewond?'

'Nee, maak je niet ongerust. Het gaat niet om een persoon. Maar... kun jij tractor rijden?'

Joël zag dat Flora diep in gesprek was met die grote man van het feest, maar hij kon niet horen wat er werd gezegd. Toen draaide ze zich om en hij kon aan haar gezicht zien dat ze wegging, met deze man, en hij wist niet of hij dat wel aankon.

'Ik moet weg. Er ligt een walvis op het strand.'

'Er ligt een wát?' vroeg hij verward, op zoek naar zijn bril. Hij voelde zich akelig beverig en kwetsbaar, helemaal niet zichzelf. En Flora was al bijna de deur uit.

'Een walvis. Dat gebeurt soms. Ze raken verdwaald in de storm en stranden dan op het strand.'

Hij schudde zijn hoofd, volkomen van zijn stuk. Verstrooid haalde hij zijn telefoon uit zijn zak. De verbindingen waren hersteld en hij zag de berichten binnenstromen. Daar kon hij ook al niks van maken.

'Flora! Vergeet de sleuteltjes niet!' riep Charlie gejaagd.

'Ik kom, ik kom zo.' Ze deed een stap naar Joël toe. 'Jij kunt gewoon hier blijven.'

'Maar jij gaat weg.'

'Niet lang. Maar ik móét helpen.'

Hij keek haar aan. Hij wilde niet dat ze wegging. Zijn telefoon piepte. 'Ik moet aan het werk,' zei hij kortaf, zich op hetzelfde moment voor haar afsluitend.

'Nee,' zei Flora. 'Nee. Waag het niet. Waag het niet om dat masker weer op te zetten. Ik meen het.'

'Flora!' schreeuwde Charlie. 'Alsjeblieft! Kun je die ruzie met je baas in godsnaam later afhandelen?'

41

Ze hoorden het arme beest al voordat ze het zagen. Nu de storm voorbij was, werd het een belachelijk prachtige dag. De laatste donkere wolken in de verte werden doorboord door haast Bijbelse bundels zonlicht die reflecteerden op het nu vredig kabbelende water.

De walvis zong; hij riep naar zijn soortgenoten. Flora kende het geluid uit haar jeugd, maar had het naarmate ze ouder werd steeds minder vaak gehoord. Dankzij het jachtverbod op walvissen dat de laatste jaren van kracht was, was hun aantal gelukkig weer toegenomen, waardoor er tegenwoordig op deze hogere breedtegraden weer regelmatig walvisgezang te horen was.

Het arme beest bleek een orka te zijn, een koe van ongeveer vierenhalve meter lang. Ze lag met gekromde rug op haar zij en sloeg met haar rugvin tegen het zand. Gelukkig was de brandweer er al in de persoon van Wallace, die het beest nathield, en lag de kop van het beest zo dat haar spuitgat vrij was. Ze moesten haar terug in het water zien te krijgen; zonder haar te verwonden zouden ze haar ver de zee in moeten slepen zodat ze weg kon zwemmen, anders zou ze opnieuw stranden.

De reddingswerkers van de Royal National Lifeboat Institution waren al aanwezig en een gespecialiseerd team zou worden ingevlogen vanaf Shetland, wisten ze. Totdat zij er waren moesten ze de walvis zo dicht mogelijk bij het water zien te krijgen en het haar zo comfortabel mogelijk maken – niet alleen het feit dat ze gestrand was maar ook de stress kon levensbedreigend zijn.

De politie had al waarschuwingsborden neergezet om ervoor te zorgen dat toeschouwers niet dichterbij kwamen om selfies te maken of het dier te aaien. Het publiek keek op gepaste afstand toe.

Normaliter reed een van Flora's broers met de tractor, maar zij kon het ook. Haar vader had haar, zodra ze bij de pedalen kon, meegenomen het land op om op de tractor te leren rijden, net zoals hij bij de jongens had gedaan. Hoewel ze niet erg enthousiast was, had ze het al snel onder de knie gekregen.

Eerder op de boerderij was Flora de schuur in gestormd om touw, zeil en nog wat spullen te pakken die ze misschien konden gebruiken. Daarna was ze op de tractor geklommen. Natuurlijk zaten de sleuteltjes in het contact, want dat was de gewoonte hier.

Ondertussen had Joël zijn kleren van het droogrek gepakt en razendsnel aangetrokken. Bij de deur was hij even blijven staan omdat hij haar op de felgele tractor de heuvel af zag rijden. Hij had maar weinig meisjes ontmoet die zoiets konden, flitste het door zijn hoofd. Hij keek haar na, maar ging niet achter haar aan. En zij stopte niet en keek niet om.

Beneden op het strand was Charlie de boel aan het regelen. Zodra er voldoende hulp was, wilde hij proberen de walvis op een net te krijgen en haar dan zo ver mogelijk uit de kust te trekken. Het was een lastige en delicate operatie, vooral omdat het enorme dier van streek was en met haar staart sloeg. Het was een akelig gezicht, vond Flora.

Er werd een hoop geschreeuwd en geruzied over wat ze het beste konden doen; sommigen vonden het beter om te wachten op de dierenarts van de kustwacht, terwijl anderen dachten dat dat te lang zou duren en het beest dan zou sterven. Flora zat het een tijdje aan te zien en liet zich op een gegeven moment van de tractor af glijden omdat ze niet langer werkeloos kon toekijken. Ze liep door de afzetting heen naar Charlie, om hem te zeggen dat de tractor klaarstond. Hij bedankte haar gejaagd.

De vissers begonnen hun netten aan elkaar te knopen. Flora keek toe, geëmotioneerd door het feit dat ze dat deden. Ondanks hun miezerige inkomen waren ze bereid hun netten, die ze waarschijnlijk nooit meer uit elkaar zouden krijgen, op te offeren voor de walvis.

Ze keek op toen ze een vliegtuigje hoorde. Nu de storm voorbij was, konden de experts landen. Haar vader en de jongens zouden ook wel gauw terug zijn, vermoedde ze. En Joël zou vertrekken. Ze beet hard op de binnenkant van haar wang om niet in huilen uit te barsten. Zij moest hier op het eiland blijven, in ieder geval tot na de stemming van de gemeenteraad. Voor hem gold dat natuurlijk niet. Hij werkte aan enorme fusies en overnames, grote, juridisch ingewikkelde zaken waarvoor gespecialiseerde kennis van experts nodig was...

'Een dubbeltje voor je gedachten!' hoorde ze opeens naast zich. Het was Charlie.

Ze knipperde met haar ogen en werd zo rood als een pioen. 'Eh, ik ben gewoon bezorgd om dat arme beest.'

'Aye. Ik ook.' Hij keek haar nauwlettend aan. 'Het komt wel goed. Dankzij jouw tractor.'

'Kan ik verder nog iets doen?'

'Wachten, neem ik aan,' zei hij, terwijl een groep mannen

voorzichtig naar de walvis toe begon te lopen. Ze was ongeveer zo groot als drie volwassen mannen, onmogelijk op te tillen, en maakte hartverscheurende geluiden.

Nu Flora toch achter de politieafzetting was, kon ze het niet over haar hart verkrijgen om terug naar huis te gaan zonder te weten hoe het afliep. Dus liep ze, terwijl de mannen zwoegden om het net onder de walvis te krijgen, om het beest heen om bij haar kop te komen. De walvis rook doordringend naar de zee. Haar oog was zo groot als een schoteltje, uit haar enorme bek hing een gigantische tong en tussen haar tanden zaten slierten zeewier. Flora had geen idee waarom ze deed wat ze deed (hoewel haar vader en de helft van het eiland daar later geen enkele twijfel over zouden hebben), maar terwijl iedereen druk bezig was met het net, hurkte ze heel voorzichtig, zonder plotselinge bewegingen te maken, naast de kop van het beest neer.

'Sst,' fluisterde ze zachtjes terwijl ze recht in het enorme oog van de walvis keek. 'Het is goed. Het is goed.'

De walvis bleef spartelen en met haar staart zwiepen, waardoor er een geul in het zand ontstond. Als ze niet oppasten, zou het dier zichzelf bezeren. De mannen sprongen telkens naar achteren om niet geraakt te worden door de gigantische staart, maar Flora negeerde hen.

'Het is goed,' zei ze weer, zacht en geruststellend. 'Ja, het is goed.' Heel traag en behoedzaam stak ze haar hand uit en legde die op wat ze dacht dat de wang van de walvis was, naast haar bek. En terwijl ze dat deed, kwam er een eeuwenoud lied dat ze van haar moeder had geleerd in haar op, een lied uit de tijd dat er nog geen instrumenten waren maar alleen stemmen. In een bar in Londen zou ze het voor geen goud hebben gezongen, maar hier voelde het volkomen natuurlijk.

O, whit says du da bunshka baer?
O, whit says du da bunshka baer?
Litra mae vee drengie

Ze zong en merkte het geschreeuw van de mannen, het zwiepen van de staart van de walvis en de brekende golven niet eens op.

Starka virna vestilie
Obadeea, obadeea
Starka, virna, vestilie
Obadeea, monye

En tot ieders verbazing, terwijl het heldere avondlicht opnieuw door de wolken brak, staakte de walvis haar verzet en bleef lang genoeg stil liggen om de mannen de kans te geven het net onder haar te schuiven en vast te knopen, waarna ze voorzichtig door de tractor naar de zee werd gesleept.

Flora liep mee, terwijl Charlie de tractor bestuurde. Ze hield haar ogen constant op de walvis gericht en bleef zingen, terwijl het beest ook geluiden maakte, kalmere geluiden nu. Ze liep ook mee het water in – het maakte haar niet uit dat ze voor de tweede keer in twee dagen doornat werd – en bleef bij het dier tot de kustwacht het touw overnam. Toen boog ze zich voorover en gaf de walvis zonder erbij na te denken een afscheidskus.

De boot maakte langzaam meer vaart en de walvis begon te bewegen. Flora bleef staan kijken, terwijl de orka naar dieper water werd getrokken. En nog veel verder, tot de boot nog maar een stip aan de horizon was en verdween richting het vasteland. Onder de indruk van de grootsheid van de walvis, de deinende zilveren zee en alles wat er was gebeurd bleef ze nog een tijd staan staren.

Ondertussen stond Joël op de kade te wachten op Bertie Cooper, die hem naar het vliegveld zou brengen voor de vertraagde avondvlucht. Hij keek naar die bijzondere vrouw, die vreemde, onwereldse vrouw, hier op deze plek waar zij thuishoorde en hij absoluut niet. Hij vervloekte zichzelf dat hij haar zo dichtbij had laten komen, dat hij dingen had gedaan die hij had gezworen nooit te doen, dingen waartegen hij zich zijn hele leven had beschermd. Het was een onbezonnen dag geweest, een onbezonnen tijd. Hij vertrok en ging terug naar waar hij thuishoorde, een wereld van hoge gebouwen en belangrijk, ingewikkeld werk. Hij zou Coltons aanbod van een baan op zijn kantoor in New York serieus in overweging nemen... en zijn triatlontraining weer oppakken.

Toch kon hij de hele reis naar het zuiden aan niets anders denken dan aan een huid die zo blank was dat iedere kus van hem, hoe teder ook, een lichte afdruk zou achterlaten.

42

Iedereen die betrokken was geweest bij de reddingsoperatie van de walvis belandde op de een of andere manier op de boerderij. Flora had Joël niet gezien vanaf het strand en was ontdaan omdat hij zonder een woord was vertrokken. Ze probeerde er een goede reden voor te bedenken, maar tevergeefs. Zat hij weer in de Harbour's Rest? Of misschien was hij wel naar The Rock gegaan. Die moest nu wel klaar zijn. Dat zou... Ze stelde zich al voor dat hij op haar wachtte in een van die prachtige kamers... Hoe fantastisch zou dat zijn? Ze glimlachte spijtig.

Ook Colton kwam op de boerderij opdagen, samen met Fintan. Hij had zijn arm nonchalant om Fintans schouders heen geslagen. Fintan was moe en vies na het veetransport.

'Is Joël in The Rock?' vroeg ze zo luchtig als ze kon.

'Nee, die is naar huis,' reageerde Colton. 'Ik heb jóú hier nodig, lieverd, niet hem!'

Flora moest haar best doen om niet te gaan huilen. Ze hield zichzelf voor dat hun samenzijn alleen maar onderbroken was, verder niets. In Londen zou ze met hem praten, en dan zouden ze elkaar beter leren kennen, en... Maar eigenlijk zag ze niet voor zich hoe dat zou moeten gaan. Ze had er zelfs geen flauw idee van. Hoe moest ze aan Kai vertellen wat er tussen Joël en haar was gebeurd? Wat een afgrijselijk vooruitzicht. En hoe kon ze... serieus? Dacht ze nou echt dat ze een relatie zouden krijgen? In Londen? Dat ze samen binnen zouden komen op het werk, de slimme, geslepen jurist en het onopvallende juridisch medewerkstertje? Ja hoor, natuurlijk! Zo zou het niet gaan! De kans daarop was echt superklein, besefte ze verdrietig. Ze kon deze gedachten beter uit haar hoofd zetten.

'Ik denk er trouwens over hem te vragen op mijn kantoor in New York te komen werken. Of in L.A., dat weet ik nog niet,' kletste Colton verder.

Even verstijfde Flora. Toen pakte ze een hete grog en begon er kleine slokjes van te nemen. Na een lange stilte vroeg ze, met een brok in haar keel: 'En wat vond hij daarvan?'

'Ach, je weet hoe juristen zijn,' zei Colton. 'Daar krijg je nooit een rechtstreeks antwoord van.'

Dat verlichtte haar ongerustheid een beetje, maar niet helemaal. 'Je weet dat ik hier niet kan blijven.'

'O, je verandert wel van gedachten,' reageerde Colton.

'Nee, ik ben hier alleen voor de zomer,' waarschuwde ze. 'Tot het 's nachts weer echt donker wordt.'

'Dat zeggen selkies altijd,' merkte Mrs. Laird in het voorbijgaan op.

'Niet!'

In de zitkamer had iemand een viool tevoorschijn gehaald, wat een goed teken was als je zin had in een feestje maar niet als je hoopte dat iedereen gauw zou vertrekken.

'Ik kan niet... Dat veetransport?' begon Fintan. 'Ik heb negen keer een schop gekregen en zit van top tot teen onder de poep. Ik ben tweeëndertig. Ik kan echt niet mijn hele leven zo doorgaan.'

Flora knikte. 'Het kan sowieso niet zo doorgaan...' zei ze zacht.

'En ik heb... Ik heb iets gevonden wat ik graag doe. Iets wat me echt gelukkig maakt. Eindelijk.'

'Waar staan jullie over te ouwehoeren?' vroeg Innes. 'En jij bent echt gestoord, Flora. Met die walvis.'

'Hou je kop,' zei Flora. 'Je bent gewoon jaloers.'

'Op het feit dat je een vis hebt gekust? Ja hoor, vreselijk jaloers!' zei hij minachtend.

'Het is een zoogdier, geen vis, stommerd!'

'*Het is een zoogdier, geen vis, stommerd!*' bauwde hij haar na.

'Ik dacht dat je wel volwassener zou zijn geworden nu je een kind hebt,' merkte Flora geïrriteerd op.

'O, echt?' Hij pakte een paar flessen bier uit de koelkast en liep terug naar zijn vrienden.

'En Innes,' zei Flora. 'Wat moet hij? Het was altijd de bedoeling dat Innes de boerderij zou overnemen. En god, wat doen we met Hamish?'

'Hamish,' zei Fintan, 'Hamish vindt alles best.'

Ze keken allebei naar hem. Hij zat in een hoek van de kamer, zowat uit zijn overhemd barstend. Hij leek te groot voor de ruimte. Een beetje nors keek hij naar de vrouwen, van wie er enkelen waren begonnen te dansen.

'Niemand hoeft hier weg, niemand hoeft te verhuizen,' zei Fintan. 'En de toekomst... die kan alle kanten op met Colton. Maar híér is geen toekomst, dat weet je.'

'Hmm,' zei Flora.

'Ik bedoel, met nieuwe dingen... kan het hier fantastisch zijn. Maar de boerderij? We kunnen niet tegen de concurrentie op, echt niet. Met al die goedkope melk van superboerderijen. En het transport van het vee, je weet wat dat kost en wat het voor de winst betekent.'

Flora knikte.

'Het is alleen maar een lange, trage neerwaartse spiraal...

Dat weet jij, dat weet Innes. Tenzij we iets anders gaan doen hier.'

'Maar dit is het land van de MacKenzies. En dat is het al heel, heel lang,' merkte Flora opeens wat aangedaan op. 'Al generaties lang.'

'Ik weet het,' verzuchtte Fintan. 'We moeten een goed moment uitzoeken. Laten we pa eerst maar eens gaan vetmesten.'

Flora glimlachte. 'Komt voor elkaar.'

Nadat ze het receptenboek had bestudeerd, besloot ze dat ze maar beter niet op goed geluk wilde paddenstoelen kon gaan verzamelen tussen de struiken. Ze was bezig pasteitjes op te warmen die Isla en Iona hadden gemaakt toen er een stevige gestalte de keuken binnen kwam struinen. Flora keek op. Het was Jan, en ze zag er furieus uit.

'O, jij bent het,' zei Flora. 'Eh, dit is mijn huis, dus als je hier bent om me te beledigen, verzoek ik je dat te laten en meteen weer te gaan.' Ze had het gehad met aardig en redelijk zijn, dat had haar in het verleden ook niets gebracht.

'Ik heb een appeltje met je te schillen,' verklaarde Jan.

'Nee, je hebt een appeltje te schillen met Chárlie,' bracht Flora ertegen in, te geïrriteerd om te letten op haar toon.

'Jij bent over de schreef gegaan; je hebt je bemoeid met dieren die in het wild leven,' beweerde Jan met een hoogrode kleur. Flora vroeg zich af of ze had gedronken.

'Sorry?'

'Je hebt die walvis aangeraakt.'

'O! Ja, dat klopt,' zei Flora. 'Ze leek angstig en ik wilde haar geruststellen. Dus heb ik haar een paar bemoedigende klopjes gegeven.'

Jan schudde haar hoofd. 'Ongelooflijk dom.'

'Het was niet gewoon omdat ik haar wilde aanraken. In een

dierentuin zou ik zoiets nooit doen,' protesteerde Flora. 'Ik wilde alleen helpen.'

'Je bemoeit je niet met het leven van in het wild levende dieren.'

'Wat bedoel je?'

'Precies wat ik zeg. Als de mens zich gaat bemoeien met het dierenrijk, breekt de hel los. Vind je niet dat we al genoeg kapotmaken op deze wereld? Dat we niet al verschrikkelijk veel schade hebben toegebracht aan zo ongeveer elk dier op deze aardbol en al helemaal aan walvissen?'

'Ik schoot er geen harpoen op af, ik probeerde haar alleen te kalmeren.'

Jan rolde met haar ogen. 'Geloof je dat nou echt?'

'Wat zou jij dan hebben gedaan? Het beest gewoon laten sterven op het strand?'

'Dat had je moeten doen, ja! Walvissen werpen zich op stranden om redenen die wij niet begrijpen. Misschien was ze oud! Misschien was ze ziek! Weet jij veel?'

Flora voelde dat haar haren overeind gingen staan. 'Dat weet ik ook niet, maar het leek het juiste om te doen op dat moment.'

'O, mensen denken altijd te weten wat het juiste is om te doen. Dat dénken ze. Pff. Jij hier in je luxueuze boerderij met je luxueuze vriendjes.'

Het idee dat de MacKenzieboerderij als luxueus werd bestempeld door iemand die was opgegroeid in de westerse wereld – en ook nog bij de rijkste familie van het eiland – maakte Flora vreselijk kwaad, maar ze probeerde kalm te blijven.

'Nou, sorry hoor,' zei ze. 'Maar ik kon niet werkeloos toekijken terwijl zij lag te sterven.'

'Nee, je had het te druk met de show stelen!'

Dat stak Flora, en ze sloeg haar armen over elkaar, helemaal klaar om Jan van repliek te dienen.

Op dat moment kwam Charlie de keuken in lopen. Bij het zien van Flora brak er een glimlach door op zijn gezicht. 'Hoi!' zei hij.

Jan draaide zich met een ruk om, en toen zag hij haar ook.

'Jan!'

Aandachtig keek Flora toe. Wat was er in vredesnaam gaande tussen hen?

'Eh... Ik kom alleen een paar biertjes halen,' zei Charlie en hij liep haastig naar de koelkast. 'Goed werk vandaag, Flora.'

Jan ontplofte bijna van woede. Toen Charlie weg was, keerde ze zich weer naar Flora om. 'En we zijn weer bij elkaar,' zei ze. 'Dus kun je ophouden met dat geflirt met hem.'

Flora wierp haar handen in de lucht. 'Tjezus! Fijn voor je! Het kan mij niet schelen, want er is... er is iemand anders.' Van alle mensen tegen wie ze dit had kunnen vertellen flapte ze het eruit... tegen Jan? Ze kon zichzelf wel voor de kop slaan.

'O, die arrogante Amerikaan die denkt dat hij alles kan maken?' Ze spuugde de woorden bijna uit. 'Nou, veel geluk met hem. Ik hoorde dat hij met die IJslandse barmeid zat te vrijen.'

'Bedankt,' zei Flora en ze onderdrukte de neiging om tegen Jan te zeggen dat ze moest opsodemieteren uit haar keuken, haar huis en haar leven. Voor altijd.

Alsof Jan er niet meer was, checkte ze haar telefoon. Dat had ze al veel vaker gedaan die dag. Nog steeds niets.

43

Joël had squashvrienden, drinkmaten, kennissen van het werk en dispuutsleden van zijn vroegere universiteit die regelmatig overal op de wereld bij elkaar kwamen. Hij praatte nooit met een van hen over iets persoonlijks.

'Waar zijn de kranten?' vroeg hij bruusk toen hij het kantoor binnenkwam.

Margo keek op. Zelfs voor zijn doen was hij ongewoon chagrijnig, al de hele week dat hij terug was. Tegelijk had hij in recordtijd het achterstallige werk ingehaald, wat een enorm aantal overuren voor haar betekende.

'Times, FT, Telegraph en *Economist,'* noemde ze op, met een blik op de tafel in de lobby. 'Welke ontbreekt er?'

'Ik heb er pas een toegevoegd aan de lijst.'

Margo bekeek haar post. 'O, ja, hier is-ie,' zei ze. 'Die komt blijkbaar een dag of twee later.' Ze staarde ernaar. '*Island Times*?'

'Ja, dan hebben we ons hele werkterrein gecoverd,' zei Joël.

'Zal ik hem op de tafel neerleggen?'

'Nee, geef hem maar aan mij.' Joël stopte de krant onder zijn arm en liep met grote passen naar zijn kantoor.

Verbijsterd staarde ze hem na.

Hoe kon het, dacht Joël, hoe kon het dat hij Flora niet eerder had opgemerkt? Dat vroeg hij zich echt af, want het enige wat hij opmerkte op kantoor, was een leegte in de persoon van Flora. Hij dacht haar overal te zien, haar lichte blonde haar wapperend in de wind. Behalve dan dat hij in een hermetisch afgesloten kantoor zat, vijftien verdiepingen boven de grond, waar de ramen niet open konden en er nooit een briesje binnenkwam.

Maar het kón niet. Hij kon het niet. Hij had de telefoon al een paar keer gepakt om dokter Philippoussis te bellen, hoewel hij wist wat die zou zeggen. Ga naar haar toe. Vertel het haar.

Maar ze paste niet in zijn leven. Het kon gewoon niet. Ze wist het zelf misschien nog niet, maar ze hoorde op dat eiland. Zoals ze zo vol vreugde communiceerde met die walvis, of iets heerlijks bakte, of kibbelde met haar broers. Haar gezicht, zo bleek en strak in Londen, zag er heel anders uit op het eiland. Zelfs als ze dacht dat ze gelukkig zou zijn als ze terugkwam naar de stad, wist hij dat ze dat diep in haar hart niet zou zijn.

En voor hem was er zeker geen plaats daar in het noorden. Die enorme vent, Charlie, hoewel zij hem anders noemde, die er altijd was. Zijn tijd afwachtte. Hij zou veel beter voor haar zijn. Niet iemand zoals hij, die zoveel bagage torste. Stel dat ze zou proberen hem te helpen? Ze zou de eerste niet zijn. En dan had je de poppen echt aan het dansen. Het zat niet in zijn karakter onzelfzuchtig te zijn. Hij had nooit voor meer mensen kunnen zorgen dan voor zichzelf. Maar als het haar betrof...

Hij pakte de krant. Daar stond het, zodra hij de pagina omsloeg: het verhaal over de walvis. Wat trok hem toch zo aan in haar? Ze was geen supermodel, maar op de een of andere manier heel knap. Dat gezicht, haar heldere, rechtstreekse blik, die melkachtige romige huid die ze over haar hele lichaam moest hebben... Het maakte dat alle andere vrouwen overdreven leken, te opgemaakt, met die belachelijke wenkbrauwen die met een potlood leken te zijn getekend. Alle andere vrouwen die hij kende zagen eruit als te dure cocktails, terwijl zij een koel, helder glas water was op een bloedhete dag.

Toen Margo binnenkwam met een doos vol dossiers schrok hij op, alsof hij betrapt was op het bekijken van een pornoblad. Snel schoof hij de krant onder zijn papieren. Normaliter viel hij als een machine op zijn werk aan; hij dook erin, ploegde contracten en wetten door tot op de letter en vond altijd iets wat hij ten voordele van zijn cliënt kon gebruiken. Altijd.

Nu staarde hij uit het raam en vroeg hij zich af wat voor vogel hij daarbuiten zag vliegen. Hij zou haar bellen. Maar wat moest hij dan zeggen? Geen idee. Hij slaakte een zucht en pakte de hoorn op.

De stem aan de andere kant van de lijn klonk bars en pas toen besefte hij dat het in New York op dit moment nog heel erg vroeg was. Dat was op zichzelf al heel uitzonderlijk, want normaliter had hij alle tijdzones keurig paraat in zijn hoofd, zo gewend was hij aan zakendoen over de hele wereld.

'Sorry,' zei hij.

'Met wie spreek ik?' vroeg de stem. 'Nee, wacht, jij bent het hè, Joël?' Het was even stil en Joël hoorde het gesputter van een koffiezetapparaat. Toen werd de stem onmiddellijk vriendelijker. 'Ik hoor vaak van je tegenwoordig!' Het klonk aardig, sympathiek.

Joël besefte opeens dat hij nooit had geweten hoe hij aardig terug moest doen en had dat dus ook nooit gedaan. Maar nu, nu hij echt een probleem had, wist hij dat hij niemand anders had tot wie hij zich kon wenden. Flora... Ja, het was erg wat ze had meegemaakt. Maar zij had die enorme, drukke, lawaaierige familie van haar. En al haar vrienden op het eiland, en al die mensen die haar allemaal leken te kennen.

'Zo,' zei dokter Philippoussis. 'Je hebt dus iemand ontmoet.'

Joël trok de krant onder zijn papieren uit. 'Mm,' zei hij.

Het was een prachtige foto, gemaakt op het moment dat ze zich vooroverboog en praktisch neus aan neus zat met die prachtige walvis. Het zonlicht filterde door haar haar. Verder stond er helemaal niemand op; ze hadden de foto zo gesneden dat de reddingswerkers en de tractor niet te zien waren, alleen Flora, die de walvis terug naar de zee zong.

'Een zij? Een hij? Het?'

Joël knipperde met zijn ogen. 'Een zij.'

'Hmm, interessant,' zei dokter Philippoussis.

'Niet van die hmm-geluiden maken,' zei Joël. 'Ik hoef geen therapeut.'

'Echt niet?'

'Nee,' zei Joël vastberaden. Hij zweeg even. 'Ik heb een vriend nodig. Voor advies. En het gaat niet alleen om mij. Dus ik wil echt goed advies.'

Dokter Philippoussis keek uit het raam van zijn appartement in het centrum van New York. Hij kreeg er nooit genoeg van om de zon te zien opkomen tussen de wolkenkrabbers, zelfs op dagen zoals deze, die voorspelden heet en plakkerig te worden. De vochtige lucht maakte dat hij overwoog zijn baard af te scheren. In de slaapkamer was zijn vrouw nog diep in slaap. Ze zou het fijn vinden te horen dat Joël had gebeld. Ze zou hem hebben geadopteerd als dat ook maar in de verste verte mogelijk was geweest; als ze niet het risico hadden gelopen alles daarmee nog veel erger te maken dan het al was.

Joël was niet verwaarloosd, niet echt. Hij was gekleed en gevoed. Maar er was iets met de jongen; hij was zo in zichzelf gekeerd. Door zijn moeder in de steek gelaten en daarna doorgegeven van pleeggezin naar pleeggezin was hij, zoals zoveel kinderen in zo'n situatie, geen *pleaser* geworden: een kind dat aan iemand hing en alles deed om in de smaak te vallen, wat veel volwassenen aansprak. In plaats daarvan had hij zich afgesloten, zozeer afgesloten dat men zelfs dacht dat hij autistisch was.

Dokter Philippoussis had niet geprobeerd hem open te wrikken; hij had de jongen eenvoudigweg zichzelf laten zijn, hem dingen aangeboden die hem misschien aanspraken – boeken, orde, begrijpelijkheid. Een rechtenstudie was perfect voor hem – de dingen daarin waren zwart of wit, goed of slecht. Ze konden in categorieën worden opgedeeld en in doosjes worden opgeborgen op een manier die niet mogelijk was bij menselijke emoties en het leven.

'Dat ben ik ook, een vriend,' zei dokter Philippoussis terwijl hij toekeek hoe de hoge gebouwen van Manhattan langzaam glinsterend roze en glimmend goud werden en de stad tot leven kwam. Hij zag joggers, mensen die hun hond uitlieten en haastige zakenmensen met vast net zulke afstandelijke, gesloten gezichten als dat van Joël.

'Ze woont op een eiland... soms... en het is zo vreemd daar. Maar ze hoort er, ze maakt er deel van uit. En ik geloof niet... Ik geloof niet dat ik haar moet opzadelen met mijn gedoe.'

'Waarom niet? Is ze hardvochtig?'

'Nee.'

'Zou ze je je slecht laten voelen over wat je hebt meegemaakt?'

'Dat denk ik niet.'

'Wat is het ergste dat er kan gebeuren, denk je?'

Joël kon het niet over zijn lippen krijgen. Er viel een lange stilte.

'Nou, bel haar dan,' zei dokter Philippoussis.

'Maar ik weet niet... Ik weet niet of ik daar al klaar voor ben.' Weer was het lang stil. 'Ik vroeg je om advies!'

‘Dat kan ik je niet geven,’ antwoordde dokter Philippoussis. ‘We zijn vrienden, maar ik heb ook een professionele verantwoordelijkheid ten opzichte van je.’

‘Nee, dat heb je niet!’

‘Jawel.’

‘Nou, als je in mijn schoenen stond...’

‘Je kunt nooit in de schoenen van iemand anders staan,’ zei dokter Philippoussis.

‘O, fantastisch, bedankt.’

‘Ik zou ook kunnen zeggen dat niemand ooit denkt dat hij er klaar voor is.’

‘Is dat je professionele standpunt?’

‘Nee. Je zult zelf moeten kiezen.’

‘Hoe dan?’

‘Gebruik je fantasie.’

‘Ik heb geen fantasie! Ik ben jurist!’

Joël staarde naar de krant. Zijn leven... Onder het oppervlak was zijn leven leeg. Een gapende leegte, dacht hij soms. En dat van haar was dat niet. Het kon geen kleine stap zijn, alles stond op het spel. En hij wist wat het ergste was dat er kon gebeuren... omdat dat elke keer dat hij in een nieuw pleeggezin was geplaatst was gebeurd. Totdat hij had geleerd zich af te sluiten.

44

Er waren een paar weken voorbijgegaan waarin Flora het zo druk had gehad als ze nog nooit had meegemaakt, zelfs nadat de belachelijke opwinding over het feit dat zij in de krant had gestaan geluwd was. Café Zon & Zee werd gewoonweg overspoeld door klanten. Ze leverden nu ook picknickmanden met gevulde Schotse eieren en uitgebreide lunches en die waren razend populair, zowel bij de toeristen als bij de eilanders. De toeristen namen ze mee de kliffen op, of naar de ruïne van de abdij, waarvan de grijze stenen muren op grauwe dagen sombere schaduwen wierpen maar die in de zomer een onweerstaanbare toeristische attractie was. De kinderen speelden in de ruïne, terwijl de ouders in het gras zaten met een fles van Ecks bramenwijn, die het café met schandalige winst verkocht.

Het vreemdste was nog dat haar hart niet gebroken was. Zo voelde het niet. Ze was verdrietig dat ze niets van Joël hoorde, zelfs niet in reactie op de verslagen die ze af en toe maakte. Dan reageerde Margo. Maar ze nam hem niets kwalijk, en ze vroeg zich evenmin af of dat wat er tussen hen was gebeurd iets voor hem betekende. Het zat allemaal bij haar, zij moest eroverheen zien te komen. Haar verliefdheid was één onwerkelijke middag beantwoord en was nog dieper geworden dan die al was. Dat was alles, en nu moest ze... nou... eroverheen zien te komen. Gewoon doorgaan. Haar werk doen. Zelfs de minder prettige kanten ervan.

Op een prachtige dag in augustus, terwijl een briesje de zee deed rimpelen en ze heerlijk voor de boerderij op het stenen muurtje naar de insecten zat te kijken die loom boven de bloemen zweefden, fluisterde Fintan haar iets dringends toe. Hij ging Hamish en Innes van het land halen en zou snel een telefoontje met Colton plegen.

Ze knikte en ging op zoek naar haar vader. Hij zat te dutten in de zon, met Bracken aan zijn voeten.

'Pap,' fluisterde ze. 'Pap, kunnen we even met je praten?'

'Familievergadering!' kondigde Fintan even later aan.

Agot arriveerde, dansend en zwierend aan de handen van Innes en Hamish. 'Ikke pwinses, ikke pwinses!'

'Hoi Agot,' zei Flora, die een pot versgezette thee en warme spritsen uit de oven op tafel zette.

Innes nam haar wantrouwend op. 'Probeer je ons om te kopen?'

'Waar heb je het over?'

'Jij niet pwinses, tante Flowa,' zei Agot, zoals gewoonlijk keihard.

'Ja, dat weet ik schatje,' reageerde Flora.

'Jij selkie.'

'Kunnen we daarover ophouden, alsjeblieft?'

'Jij in kwant!'

Flora dacht niet graag terug aan die dag. Niet meer. Ze zou hier tot Lughnasa, de late oogst, blijven. Dan zou Joël naar Amerika zijn vertrokken en kon ze gewoon terug naar Londen en was er niks aan de hand. Dan zou ze hem nooit meer zien...

En alles zou nog erger dan erg zijn.

Nee, dat wilde ze niet geloven. Ze zou doorgaan met het

werk hier. En dat deed ertoe. Ze hadden succes, met z'n allen. Maar ze waren op een kruispunt beland als Fintan wegging om te werken in The Rock.

'Pap,' begon ze.

Innes keek bezorgd. Hamish zat zoals altijd stil in een hoekje, zijn gezicht vuil van het verzetten van het leeuwendeel van het zware werk.

'Of eigenlijk iedereen,' vervolgde ze. De boerderij stond op naam van haar vader, maar er was geen enkele twijfel over hoe het na zijn dood zou gaan. De jongens zouden hem erven, zo was het altijd geweest en zou het altijd blijven, zolang de zon in het westen onderging en het getij over het zeewier kabbelde. 'Fintan en ik...' Ze keerde zich naar hem toe. 'Wil jij het doen?'

Hij keek haar recht aan en schudde zijn hoofd. 'Kun jij het doen, Flora?'

'Nee,' zei ze. 'Nou... Samen dan.' Ze ademde diep in. 'Er is een bod gedaan,' zei ze. 'Een goed bod. Een heel goed bod. Op de boerderij.'

Het was alsof Eck het niet begreep. Flora herhaalde het nog een keer in de oude taal, om er zeker van te zijn dat hij wist wat ze zei.

'Maar,' bleef haar vader zeggen, 'maar... waarom? Waarom Flora? Het gaat toch goed, ik ben niet ziek...'

'De boerderij behoort Agot toe. Bij geboorterecht,' zei Innes.

'Ikke niet boewdewij, ikke pwinses!' riep Agot.

'Ik geloof niet dat we een kind van drie nodig hebben aan de vergadertafel,' zei Flora een beetje kriegel.

'Maar Flora, ik bedoel... Het gaat toch goed...' Eck was volkomen verbijsterd.

Flora keek naar het doorzakkende afdakje boven de deur en de roestige landbouwmachines in het veld. Kennelijk zag haar vader dat allemaal niet. In zijn hoofd was het nog altijd een lange, gouden zomer waarin de jongens en zij halfnaakt om de schuur heen holden, vuil maar schaterlachend van plezier, of voor de televisie zaten en elkaar opzijduwden om een plekje te bemachtigen om *Countdown* te zien. Hij genoot er altijd van als ze bedelden om een verhaaltje over vroeger, toen ze hun eigen kleren nog maakten en vaak maandenlang afgesneden waren van het vasteland en er nog geen televisie was. Na afloop slaakten de jongens en zij dan een zucht van ongeloof en begonnen te giechelen tot ze tot stilte werden gemaand door hun moeder, die zei dat het echt zo was vroeger, maar dat het ook gezellig was. En dan glimlachte ze en vroeg of er iemand een boterham met kaas wilde of een kopje eigengemaakte soep, waarna ze met z'n allen knus bij het vuur zaten, totdat Fintan en Flora ruzie kregen over wie er meer plaats innam en iedereen in lachen uitbarstte en de honden wild begonnen te blaffen. Dat was wat haar vader zag, wist Flora.

'Pap,' zei ze. 'Ik heb de boeken gezien. Dat weet je. Innes weet het. We kunnen niet zo doorgaan.' Plotseling was ze het liefst op zijn schoot gaan zitten, alsof ze nog een heel klein meisje was. Maar hij had zich al lang geleden voor haar afgesloten en ze wist waarom. 'We hebben niets meer.'

'En pa,' voegde Fintan eraan toe, zijn gezicht nu net zo bleek als dat van Flora. 'Pa, ik wil niet meer op de boerderij werken. Ik wil bij Colton Rogers gaan werken.'

Haar vader knipperde met zijn ogen. Flora keek Fintan doordringend aan.

'En nog iets: Colton is mijn vriend.'

Zelfs Agot zweeg na die mededeling.

Het bloed steeg Fintan naar de wangen. 'Of, eh... Nou, hij is heel belangrijk voor me. Ik weet niet of ik hem wel mijn vriend kan noemen... Ik bedoel, het is nog heel pril.'

Innes en Hamish zeiden niks; ze zaten er roerloos bij. Flora wist niet echt zeker of Hamish het wel begreep, en evenmin of Eck dat deed. Fintans gezicht stond nors, alsof hij hen uitdaagde commentaar op hem te hebben. Hij leek eerder een jongen van zestien dan een man van tweeëndertig.

Agot liep naar hem toe. 'Heb jij vwiendje?'

Wat verlegen glimlachend haalde hij zijn schouders op. 'Ja, zo'n beetje. Ik geloof het wel. Ik vind hem heel leuk, in ieder geval.'

'Ikke ook vwiendje.'

Hij hurkte voor haar neer. 'O ja? Wie dan?'

'Peppa,' zei Agot.

'Pepper?'

'Peppa! Het vawkentje!'

Fintan glimlachte. 'Nou, het is fijn te weten dat ik niet degene ben hier met de raarste relatie.'

Innes stond op en deed een stap naar voren; ook hij was knalrood. Ze waren er niet aan gewend zo met elkaar te praten, de MacKenzies. Hij krabde zich op zijn hoofd. Flora dacht terug aan al het geplaag dat Fintan over zich heen had gekregen – op school, maar ook thuis. Watje. Wijf. Mietje. Enzovoort, enzovoort.

Innes stak zijn hand uit. 'Gefeliciteerd, jongen,' zei hij een beetje ongemakkelijk. 'Ik ben blij dat je iemand hebt leren kennen.'

Fintan schudde hem de hand, maar de twee broers eindigden in een onhandige omarming.

'Mam zou hem gemogen hebben,' zei Fintan verlegen.

'Wist ze het dan van je?' vroeg Innes.

'Natuurlijk! Heeft ze het nooit aan je verteld?'

'Nee, ze gaf ons er alleen flink van langs als we je aan het jennen waren.'

'Dat verdienden jullie ook.'

'Ja, ik neem aan van wel. Maar ja, ze had hem vast gemogen. Hij heeft geld.'

'Nou!' riep Flora uit.

'Wat? Sorry hoor, chique stadse meid, wat is daar verkeerd aan?'

'Ze zou hem gemogen hebben omdat hij een aardige vent is!'

Hamish stak zijn hand op. 'Goed gedaan, maat.'

'Bedankt.'

Ze keken allemaal naar Eck, maar die zat er nog helemaal geschokt bij.

'Pap?' Was het nog te vroeg voor een glas whisky? Flora besloot dat het best kon.

'O, nou...' zei Eck. 'Tsja... tsja... tsja...'

Ze legde een hand op zijn schouder. Fintan probeerde rustig te blijven, maar hij had Agot in zijn armen en omklemde haar zo stevig dat hij zijn nervositeit verraadde.

'Ik vin Peppa lief,' zei Agot nog een keer, in de hoop daarmee het positieve effect van de eerste keer te bereiken.

'Tsja...' Eck leek volkomen ontdaan.

'Gaat het, pap?' Flora knielde naast hem neer. 'Het is oké, weet je. Het is oké.'

Eck schudde zijn hoofd. 'Ja, ja ik weet het,' zei hij verbijsterd. 'Ik weet dat jullie mij allemaal een ouderwetse ouwe zak uit de vorige eeuw vinden.'

'Hoe zou dat nou komen, pa?' vroeg Innes grappend. 'Omdat je ook een ouwe zak uit de vorige eeuw bént!'

'Weet je, vroeger, in de vorige eeuw,' begon Eck, zonder aandacht aan Innes' opmerking te besteden. 'Toen... Ik bedoel, wat de dominee zei in de kerk... Dat was het enige wat telde. We luisterden allemaal naar hem en zo leefden we. Toen was alles nog normaal.'

'Nee, de mensen deden gewoon alsof,' zei Fintan. 'Je weet dat dat zo was. Denk eens aan die oude Mr. MacIlvaney van de snoepwinkel? Hij is nooit getrouwd en woonde bij zijn moeder. Waarom denk je dat hij zo dik was?'

'Omdat hij een snoepwinkel had,' antwoordde hun vader.

'Nee!' zei Fintan. 'Omdat hij zich volvrat omdat hij ongelukkig was. Omdat hij moest verbergen wie hij echt was, wat zijn geaardheid was. Je kunt niet denken dat het vroeger allemaal anders was. Vroeger werd er gewoon niet over gepráát. Want het wás niet anders dan nu.'

'Maar de Kerk...'

'Ach, de Kerk. Die was net zo erg als de rest. Nee, erger.'

Eck zuchtte diep. 'Alles bleef hetzelfde. Mijn leven was vrijwel hetzelfde als dat van mijn grootvader en zijn leven was hetzelfde als dat van zíjn grootvader en ga zo maar door. En dan opeens, boem! Opeens wil iedereen van alles en verandert alles.'

Flora schudde haar hoofd. 'Pap, het is hier niet zoveel veranderd. Echt niet. Niet vergeleken met de wereld buiten Mure.'

'Daarom wil ik ook niets met het vasteland te maken hebben,' zei Eck.

'Je hebt groot gelijk,' zei Flora. 'Maar dit kun je toch wel accepteren? Toch?'

Eck keek op. 'Moet ik het leuk vinden?'

'Nee,' zei Fintan.

'Heb je daarom zo'n hekel aan het werk op de boerderij?'

'Nee,' zei Fintan. 'Ik heb een hekel aan het werk op de boerderij omdat het superzwaar is en de helft van het jaar ook nog eens ijskoud.'

'De andere jongens vinden het niet erg.'

'Ik doe het ook niet graag,' zei Innes.

Toen betrok Ecks gezicht pas echt. 'Hamish?'

Hamish haalde zijn schouders op. 'Ik ben soms ook liever binnen,' zei hij zacht. Dat was een heel lange speech voor Hamish.

Eck stond op. De zon scheen op de velden, ook al waaide er een flinke bries door het hoge, stakerige gras van de duinen. 'Bramble! Bracken!' bromde hij. 'Hier! Kom hier!'

De honden kwamen overeind en keken behoedzaam om zich heen, alsof ze de sfeer aanvoelden. Eck pakte zijn stok, die bij de voordeur stond, en liep met grote stappen het erf af, met de twee honden op zijn hielen.

Flora en haar broers keken elkaar aan.

'Nou,' zei Flora aarzelend, 'dat ging...'

Maar Innes had zich al naar Fintan omgedraaid. 'Dus jij datet met een miljonair?'

'Nee,' antwoordde Fintan.

'Huh?'

'Eerder een miljardair,' zei Fintan.

Innes vloekte. 'Waarom moet je dan nog werken?'

'Omdat ik dat wil.'

'Kan hij ons een miljoen pond geven voor de boerderij?'

'Nee,' zei Fintan. 'Op die manier word je niet rijk.'

'Pff, wat weet jij daar nou van.'

Flora maakte een rundvleesschotel als avondeten en toen ze aan tafel zaten, legden Fintan en zij uit welk plan ze hadden bedacht: een restaurantboerderij, die hoorde bij The Rock en de keuken daar voorzag van alles wat er nodig was – zeewier, zuivel, inclusief kaas natuurlijk, vlees.

'Alles moet biologisch zijn,' zei Flora. 'En dus moeten we specialisten raadplegen om ons te adviseren over wat we het beste kunnen verbouwen. Niet alles wat hier groeit is biologisch verantwoord.'

'Dat kost een fortuin,' zei Innes.

'Het is een goede investering. Echt, Innes, vee naar het vasteland vliegen! Hoe zal dat uitpakken als langetermijnstrategie? Je wordt vermorzeld door de megaboerderijen, en dat weet je. Het is een neerwaartse spiraal. En er zullen hier mensen komen die het geen probleem vinden een fatsoenlijke prijs te betalen voor boter en melk, vlees van topkwaliteit en dagverse ingrediënten. We zouden gek zijn als we het niet deden.'

'Maar de boerderij kwijtraken...'

'De boerderij verdwijnt niet,' zei Flora streng.

'En overal komt de naam MacKenzie op,' zei Fintan. 'Wat duidelijk maakt dat het om een familieboerderij gaat.'

'Maar ze zal niet meer van ons zijn.'

'Technisch gezien niet, nee.'

'Dus zal Agot er ook geen recht op hebben later,' zei Innes.

Agot had in de commotie stiekem Flora's handtas gepakt en was bezig haar gezicht onder de lippenstift te smeren.

'Ja, dat is helaas zo.'

Er viel een stilte.

'Ik weet niet of we wel een keuze hebben,' merkte Fintan somber op.

'Nou, nee, dat vind jij natuurlijk niet,' reageerde Innes bozig. 'Maar stel dat jullie uit elkaar gaan? Moet je dan al zijn geld teruggeven?'

'Dat gaan we natuurlijk goed uitzoeken. Ik heb al een uitstekende jurist die dat voor mij gaat regelen.' Hij wierp een blik op Flora.

'Hamish,' zei Flora. 'Wat vind jij ervan?'

'Krijg ik meer geld,' vroeg hij, 'als ik voor het restaurant werk?'

'Ja,' zei Flora.

'Genoeg om een auto te kopen?'

'Ja.'

Hamish knikte. Iedereen wachtte op wat er verder nog zou komen, maar dat bleek alles te zijn wat hij over het onderwerp te zeggen had.

'Nou...' zei Flora.

Op dat moment werd er op de deur geklopt. Op Mure klopte je aan, maar liep je daarna meteen naar binnen – als de deur niet gewoon openstond, tenminste. Uiteindelijk stond Innes op en deed open.

'Hoi,' zei Charlie, die aan zijn pet stond te frummelen.

'De tractor staat op het erf,' zei Innes.

'Nee, nee, daarvoor ben ik hier niet.' Hij keek de keuken rond en kleurde tot achter zijn oren toen hij zag dat alle broers en Agot er waren. Die reactie was totaal anders dan normaal, als hij zijn rustige, solide zelf was. 'Eh,' zei hij, 'Flora.'

De jongens, blij dat ze verlost waren van de serieuze gesprekken, leunden opgewekt achterover in hun stoel.

'Flora!' riep Fintan. 'Bezoek voor je!'

'Het ziet ernaar uit dat Fintan niet de enige is die aan het daten is!' merkte Innes op. 'Maar ik wed dat Charlie geen miljoenen heeft.'

'Kop dicht, allemaal!' riep Flora, hoewel ze het niet erg vond dat ze weer deden zoals altijd. Ze hadden wel genoeg omhelsd en over gevoelens gepraat voor die dag en het was fijn weer te kibbelen met elkaar.

'Eh, zullen we een stuk gaan lopen met Bramble?' vroeg Charlie. '

'Die is... die is er niet,' antwoordde Flora stijfjes. Ze was haar gesprek met Jan nog niet vergeten.

'O. Oké,' zei Charlie en hij draaide zich om om te gaan. 'Sorry.'

Flora beet op haar lip. Ze wist nog steeds niet hoe het zat.

En ze had ook even genoeg van boerderijen en alle zorgen daarover, schoon genoeg van de slapeloze nachten, haar bittere teleurstelling en die afschuwelijke twijfel aan zichzelf die ze had sinds Joël was verdwenen. Meer dan schoon genoeg.

'Maar we kunnen wel een wandeling gaan maken. Als je dat bedoelde?'

Het was grappig te bedenken wat voor een zelfverzekerde, overdonderende vent Charlie was toen ze hem voor het eerst ontmoette. Hij zag er nu helemaal niet uit alsof hij barstte van het zelfvertrouwen terwijl hij met zijn kolenschop van een hand door zijn haar streek.

'Eh, ja. Goed. Ja.'

'Ik ga pa zoeken,' zei Flora terwijl ze haar vest pakte en de veelbetekenende blikken en de rollende ogen van haar broers negeerde. 'Dus koppen dicht jullie. En doe de afwas.'

Agot kwam op hen af marcheren, helemaal onder een willekeurige selectie van Flora's make-up. 'Hij jouw vwiendje?' vroeg ze ernstig aan Flora. Toen keerde ze zich naar Charlie. 'Ikke ook vwiendje!'

'O ja? Wat leuk om te weten, Agot!' zei Charlie ernstig. 'Fijne avond allemaal.'

45

Het was een fantastische avond. De zon stond roerloos aan de hemel, stilgevallen in haar baan omdat het hoogzomer was. Flora had de lippenstift uit Agots plakkerige vingertjes geplukt – ze liet het aan Innes over om haar schoon te maken – en er snel haar eigen lippen mee gestift. Ze had een paar zomersproetjes op haar gezicht en doordat ze zo druk in de weer was geweest, was ze ook wat van haar Londense kantoorkilo's kwijtgeraakt.

Charlie liep zwijgend naast haar. Hij leek niet het type dat elk stil moment moest invullen met grappen, opmerkingen of gesprekken. Toen hij voor de deur had gestaan, was hij even nerveus geweest, maar voor de rest leek hij zich altijd op zijn gemak te voelen. Lekker in zijn vel. Helemaal het tegenovergestelde van Joël, eigenlijk. Nee, ze ging niet aan Joël denken. Nee. Echt niet. Dat was voorbij. En dit... Ze wierp een zijdelingse blik op Charlie, op zijn sterke schouders, zijn krachtige, kalme profiel.

'Teàrlach,' zei ze zachtjes. 'Ik heb misschien een verkeerde indruk en ik hou niet van gissen naar iets...'

Hij keek haar aan, nog steeds zonder iets te zeggen, tevreden met gewoon een beetje lopen en luisteren.

'Maar Jan,' vervolgde ze, 'wat gebeurde er eigenlijk op het feest? Ik bedoel, serieus, waar ben je in godsnaam mee bezig?'

'Ze zeggen dat selkies altijd heel direct zijn,' zei Charlie.

'Niet van onderwerp veranderen! Je zei dat jullie uit elkaar waren.'

'Dat zijn we ook.'

'Zij... zij zegt van niet. Dat jullie een pauze hebben, maar nog steeds bij elkaar zijn.'

'Nou... dat is niet zo. Ik heb het er met haar over gehad.'

Opeens besefte Flora dat ze Jan al een week niet in het café had gezien. 'En? Vertel eens hoe het zit, want het was een heel vervelende situatie voor mij.'

'Oké, oké,' zei Charlie.

Ze wandelden zwijgend door en Flora miste Bramble opeens heel erg. Het was prettig om een hond bij je te hebben die je kon aaien en knuffelen op ongemakkelijke momenten.

Charlie zuchtte. 'Het spijt me. Het is gecompliceerd. Het was gecompliceerd. We hebben samen een bedrijf. We zijn acht jaar samen geweest. Ik wilde niet... niet te veel gedoe en het had alles kunnen ruïneren. Dat zou het ook hebben gedaan eigenlijk, het bedrijf zou te gronde zijn gegaan. Haar vader heeft het startkapitaal gefourneerd, en... Ik bedoel, haar familie, of eigenlijk allebei onze families, verwachtten dat we zouden trouwen.'

'Dat moet na een jaar of vijf toch een lastige situatie zijn geworden voor je,' zei Flora. Ze had het grappig bedoeld, maar zo klonk het helemaal niet. Meteen had ze spijt dat ze het had gezegd.

'Het is niet zo dat ik haar niet geweldig vind, want ze is in veel opzichten een geweldige vrouw,' zei Charlie. 'Ze heeft meer kansarme kinderen geholpen dan iedereen die ik ken en is oprecht begaan met alles en iedereen.'

'Waarom heb je dan besloten om uit elkaar te gaan? Wat veroorzaakte dat? Heb je iemand anders ontmoet?' vroeg Flora nieuwsgierig. De meesten van de mannen die ze kende stapten alleen uit een relatie als ze een ander in het vizier hadden.

Charlie wierp haar een zijdelingse blik toe. 'Nou...' begon hij.

'Ik wil er niks mee te maken hebben!' zei Flora heftig.

'Nee,' zei Charlie. 'Het was voordat ik jou ontmoette, tijdens *Hogmanay*. Iedereen had gedronken, snap je?'

'Ja, dat ken ik,' zei Flora. Ze dacht met plezier terug aan de wilde feesten op het plein, die de hele nacht doorgingen, de vreugdevuren, het dansen en drinken en de *first-footing* – een Schotse traditie bij de jaarwisseling waarbij de eerste persoon die in het nieuwe jaar over de drempel van je huis stapt een voorspelling is hoe dat zal worden: een donkerharige man is een goed voorteken, een roodharige een slecht. Haar moeder had nooit gewild dat ze ging, maar de jongens beloofden op haar te passen, wat natuurlijk absolute onzin was. Hamish stond altijd bij zijn maten, Innes zat een of ander meisje achterna en Fintan liep meestal te pruilen en te mopperen dat het allemaal maar woest en primitief gedoe was. Flora had zich altijd heerlijk vrij gevoeld bij het de hele nacht buiten zijn in de vrieskou, cider doorgeven en lachen totdat ze dacht dat ze zou barsten.

'Nou, ik was bij Jan thuis en iedereen liep te zeuren dat ik een eerbare vrouw van haar moest maken, zoals dat gaat, weet je wel. En toen dacht ik: als ik een eerbare vrouw van haar maak, maak ik een oneerbare man van mezelf. Omdat ik dan niet eerlijk ben. Dus...'

'Maar je hebt het niet uitgemaakt.'

'Ik beschouw mezelf graag als een moedige man, Flora. Maar ik moet bekennen dat ik dat niet ben.'

Ze glimlachten beiden.

'Ze werd nogal kwaad.'

'Maar dat was in december! En het is nu augustus!'

'We moeten met elkaar werken.'

'Je móét haar vertellen dat het voorbij is. Zij denkt namelijk van niet!'

'Ik weet het,' zei Charlie. 'Ik weet het.' Hij keerde zich naar haar toe. Zonder het zich te realiseren waren ze het hele pad naar de kaap opgelopen. Hij keek haar verlegen aan. 'Jij bent degene... degene die me echt het gevoel gaf... eh... dat ik verder moet met mijn leven, dat ik iets moet veranderen... Net zoals jij hebt gedaan.'

'Dat heb ik niet gedaan. Ik ben hier tot Lughnasa. Ik ben hier alleen voor mijn werk.'

Hij schudde zijn hoofd. 'Volgens mij is het meer dan alleen je werk.'

Ze keek naar hem op. Zijn dikke krulhaar waaide naar achteren. Hij stond op de uiterste punt van de kaap, zijn wilskrachtige profiel afgetekend tegen de rotsen en de heldere hemel, die net zo blauw was als zijn ogen. Hij zag eruit alsof hij als een boom uit de aarde was gegroeid. Hij was zo'n typische eilander, een echte Schot uit het uiterste noorden. Ze kon zich hem niet voorstellen in Londen, ze kon zich hem nauwelijks voorstellen in een stad. Hij hoorde gewoon bij de grond waarop hij stond.

Ze dacht aan Joël. Een filmster, dat had hij geleken in haar ogen. Spelend in een film die ze had móéten zien. Net zoals ze op haar veertiende *The Lord of the Rings* talloze malen had bekeken en de stukken met Orlando Bloom had vertraagd, terwijl ze fantaseerde dat ze, als ze genoeg hadden van Nieuw-Zeeland, misschien wel opnames zouden komen maken op Mure. Dat was niet gebeurd, nog niet althans.

Dat was waar Joël thuishoorde. In een doosje waarin ze haar fantasieën opborg, een doosje dat je een saaie dag door hielp. Hij had een prachtige glimlach, soms, enne... ze had met hem geslapen, in zekere zin... Toch? Maar voor hem, hield ze zich voor, had dat niets betekend. Helemaal niets. Hij had niet gebeld, niet geappt, geen e-mail gestuurd. Hij was terug naar zijn oude leven en had haar, het eiland en alles vergeten. Waarschijnlijk ging hij zelfs verhuizen naar de VS, en dat had hij haar niet eens verteld. Wat ging ze doen: nog meer jaren aan hem verspillen? Jaren van haar leven terwijl hij niet vaker aan haar dacht dan Orlando Bloom deed?

Ze keek naar Charlie en voelde iets fladderen in haar buik. Dit was echt! Dit was werkelijkheid. Iets stevigs.

'Ik woon in Londen,' zei ze.

Charlie haalde zijn schouders op. 'Ja, maar je hoort thuis op Mure. Je bent een eilander. En meer, als we op dat stelletje maniakale bijgelovigen moeten afgaan.'

'Geen sprake van. Dat doen we niet,' zei Flora.

'Nou, het enige wat ik wil zeggen is: eilanders begrijpen elkaar.' Hij sloeg zijn arm om haar heen.

Vanaf het punt waar ze stonden, op het uiteinde van de kaap, konden ze het hele eiland overzien. De haven, het begin van het eindeloze strand erachter en de rotsen daar weer achter. De boerderij. Bertie op zijn boot, vlak bij de altijd druk varende vissersboten, de winkels, die nu dichtgingen – tot verrassing van vele vakantiegangers, die nooit echt in hun systeem kregen dat het wel twaalf uur 's middags leek maar dat dat niet betekende dat het dat ook was. En helemaal aan het einde van het eiland The Rock, een prachtig gebouw, klaar voor de gasten.

Vóór de generatie van haar vader verlieten de mensen die op Mure werden geboren het eiland nooit. De horizon bepaalde het einde van hun hele wereld. Ze hadden bezoekers, soms indringers, maar voor de meesten waren het dorp, dit stuk zee en het land waar de wind altijd waaide het enige wat ze kenden. En het was prachtig.

'Dit is het bloed dat door jouw aderen stroomt,' zei Charlie zacht.

Flora besefte plotseling dat ze heel dicht bij elkaar stonden. Haar haar wapperde in de wind en haar rok deed hetzelfde rondom haar benen. Ze keerde zich naar hem toe; hij torende boven haar uit, zo solide als de grond onder haar voeten, en stak zijn enorme hand naar haar uit. Ze pakte zijn hand vast en samen staarden ze uit over de zee, naar de koppen van de zeehonden die uit het wateroppervlak omhoogkwamen en weer onderdoken.

'Ze kunnen hier toch geen zootje windmolens neerzetten,' verzuchtte ze.

'Precies! Je hebt helemaal gelijk!' Charlie kneep in haar hand.

Toen keek ze naar hem op. Alles, de jagende witte wolken, de duikende vogels, het fluisterende gras, leek te vertragen. Ze leunde iets naar hem toe, een klein beetje maar.

Op dat moment stormde er iets met een enorm kabaal uit de bosjes, luid blaffend. Ze sprongen allebei een beetje schuldig naar achteren. Bramble stond voor hen en blafte als een bezetene.

'Hé,' zei Flora terwijl ze voor hem neerknielde, 'wat is er met jou?'

Hij bleef blaffen.

'Hij lijkt Lassie wel,' zei Charlie lachend, waarmee de spanning brak. 'Kijk Flora, hij probeert je iets te vertellen. Is er weer een kind in de bergen verdwaald, dat Lassie probeert te redden?'

Flora schudde haar hoofd. 'Doe niet zo raar, honden weten echt dingen!'

'Ja, dat zal het zijn, of anders heb je een worstje in je zak.'

'Waarom zou ik in godsnaam een worstje in mijn zak hebben?'

'Omdat je heel toegewijd bent aan je carrière in de catering?'

Flora glimlachte, maar vanbinnen maakte ze zich ongerust. 'Waar is papa?' vroeg ze aan Bramble. 'Ben je van hem weggerend?'

Ze zag Ecks ernstige, bezorgde gezicht voor zich op het moment dat hij wegging. Ze had hem niet gezien onderweg, hoewel ze nauwelijks om zich heen had gekeken, besefte ze. In plaats daarvan had ze naast deze enorme, brede man gelopen en geprobeerd zijn grote stappen bij te houden, gedacht hoe zeker zijn handen waren, hoe sterk hij leek. Ze schudde haar hoofd.

'Hij wil dat we met hem meegaan.'

Charlie lachte. 'Dat meen je toch niet serieus?'

'Ik moet pa sowieso zoeken.'

'Versta je alle dieren, of blijft het bij walvissen en honden?'

'Je kunt bijdehante opmerkingen blijven maken of met me meekomen.'

Charlie grijnsde. 'Mag het ook allebei?'

Ze keek hem aan, met haar ogen half dichtgeknepen tegen de zon, en ze glimlachten naar elkaar.

'Plus,' zei ze, serieus nu, terwijl ze naar beneden liepen, 'moest jij niet met iemand gaan praten?'

De mensen keken naar hen toen ze samen in het dorp aankwamen, zag Flora, en ze vroeg zich af of er over hen geroddeld zou worden. Eigenlijk had ze gedacht dat Charlie haar hand weer zou pakken, maar dat deed hij niet. Natuurlijk niet. Ze voelde dat ze bloosde. Maar ze vond het fijn dat hij er was.

'Heb je mijn vader gezien?' vroeg ze aan de winkeliers.

Andy van de Harbour's Rest had hem niet gezien en Inge-Britt ook niet. Ze had het ondertussen aangelegd met een knappe kreeftenvisser uit Noorwegen en zag er even opgewekt en blakend van gezondheid uit als altijd.

Bramble leek haar nergens heen te leiden, hij was gewoon tevreden dat ze bij elkaar waren en ze naast hem liep. Flora begon ongerust te worden. Ze had aangenomen dat de pub de voor de hand liggende plek was voor haar vader; hij kon er al zijn ongenoegen wegdrinken en zich beklagen over de nutteloosheid van zijn ondankbare nageslacht. En dan, had ze gehoopt, zou hij na een paar uur terug komen wankelen en waren alle gebeurtenissen enigszins verwerkt. Maar nee, hij was nergens te bekennen. Hoewel ze liever niet naar de boerderij wilde bellen, deed ze dat toch maar.

'Nee, hij is nog niet terug,' zei Fintan. 'Is hij niet bij jou, dan?'

'Nee, maar Bramble wel.'

'Is Bramble bij hem weggelopen?'

'Ja, blijkbaar.'

'En hij is naar jou toe gegaan, terwijl er alleen ongelukken gebeuren met die hond als jij in de buurt bent.'

'Ja, ja, hou je mond nou maar.'

Fintan zweeg even. 'En je weet honderd procent zeker dat hij niet in de pub zit?'

Het verbaasde hen allebei te beseffen hoe weinig plekken er waren waar hun vader kon zijn; hoe weinig hij deed, behalve zich kapot werken op de boerderij. Ze vervielen in stilzwijgen.

'Staat de Land Rover er nog?'

Het was even stil. Toen zei Fintan: 'Ja.'

'Moeten we hem gewoon maar laten? Ik bedoel, hij heeft een hoop te verwerken. Allerlei nieuwe dingen. En het is geen slecht weer...'

'Ja, misschien,' zei Fintan. 'Maar het is vreemd van Bramble.'

Weer bleef het even stil.

'Ik haat het om volwassen te zijn,' zei Flora.

'Nee, het is juist fantastisch,' beweerde Fintan. 'Hoe is het trouwens met die knappe vent van je?'

'Bel me als pa thuiskomt,' zei Flora en ze hing op.

Er had zich intussen een kleine menigte verzameld: de meisjes uit Café Zon & Zee waren met bezorgde gezichten naar buiten gekomen en Flora ving gemompel op van de mensen om haar heen over Ecks leeftijd en conditie. Maar zo oud was hij toch niet? Er was niets aan de hand met hem. Toch?

Clark, de politieagent, kwam met een frons op zijn voorhoofd bij hen staan.

'Kunnen jullie de politie niet beter waarschuwen?' vroeg een passerende rugzaktoerist die was blijven staan om te zien of hij kon helpen. Iedereen draaide zich naar hem om.

'Eh... Die is er al,' zei Andy van de pub, met een gebaar naar Clark.

De rugzaktoerist knipperde met zijn ogen. 'O, oké. Hebben jullie een foto van hem?'

Alle ogen richtten zich op Flora, die knalrood werd.

'Eh...' mompelde ze met een blik op haar telefoon, terwijl ze tot haar afgrijzen bedacht dat ze zo ongeveer zeventig foto's van Bramble en Bracken had, talloze plaatjes van The Rock en het uitzicht, en twee van het feest met Joël op de achtergrond (ze had er heel graag een van hem willen maken terwijl hij sliep, maar had dat niet gedurfd uit angst stiekem te lijken), maar dat ze er geen een van haar vader had.

'We weten allemaal hoe hij eruitziet,' zei Andy tot haar oneindige dankbaarheid.

Lorna en Saif kwamen door de hoofdstraat aanlopen om zich bij het groepje te voegen.

'Kom op dan.' Clark nam de leiding. 'We splitsen. Degenen van het westen zoeken in het westen, die uit het oosten in het oosten. Ik ga de huizen langs.'

Flora knikte. Haar hart klopte opeens gejaagd, ze was verrast dat het zo rap ging allemaal. Hij was pas een paar uur weg.

Charlie vroeg: 'Zullen we ook in de bergen gaan zoeken?'

'Nee,' antwoordde Flora. 'Dat zal hij... Daar gaat hij niet heen.'

'Dat zou kunnen verklaren waarom Bramble niet met hem mee is gegaan.'

Bramble dronk luidruchtig uit een bak water die Andy voor hem had neergezet; hij was niet gewend aan de hitte.

'Nee, mijn vaders ischias is daar te erg voor, denk ik...'

Ze zochten de horizon af. Het was zo helder dat ze de top van de klif konden zien; normaliter werd die verborgen door mist of een laaghangende wolk.

'Ik zal Jan een boodschap sturen via de walkietalkie,' zei Charlie, maar hij aarzelde opeens toen hij besefte wat hij zei.

Flora keek hem aan. 'Ja, alsjeblieft.'

Ze deed net of ze druk bezig was met haar telefoon, terwijl hij zijn walkietalkie tevoorschijn haalde. Jan was blijkbaar bezig met het opzetten van het kamp voor die avond, en het baarde Flora zorgen dat dat kennelijk het enige moment was dat Charlie het veilig vond om naar haar toe te komen. Ze hoorde hem in het apparaat mompelen, kort, en het werd al snel duidelijk dat Jan haar vader niet had gezien maar extra attent zou zijn. Toen zweeg Charlie even en wierp hij een blik op Flora. Haar hart sloeg over.

'En Jan,' zei hij, 'als je beneden bent, kunnen we dan praten?'

Flora slenterde weg om het gesprek niet af te luisteren. Waar was haar vader naartoe? Wilde hij dat er naar hem werd gezocht? Had hij gewoon schoon genoeg van iedereen? Hoewel de zon nog steeds hoog aan de hemel stond, liep het tegen negenen. Had hij nou maar een mobiele telefoon, maar daar had hij nooit aan gewild. Die had hij toch helemaal niet nodig, vond hij. Iedereen die hij wilde spreken woonde of vijf stappen verderop of zag hij wel in het dorp als hij daar was. Meer had hij niet nodig.

O, god, pap, waar zit je in vredesnaam? Waar ben je naartoe? Plotseling werd het haar koud om het hart. Ze kon niet nog een ouder verliezen. Dat kon niet. De ouwe idioot! Maar stel dat hij verdwaald was? Gestruikeld en van een klif gevallen? Die paden daar konden gevaarlijk zijn, zelfs bij helder weer. En de wind was weer opgestoken. O god! Nee! Dat kon ze echt niet aan.

Ze dacht aan Joël, maar deze keer op een heel andere manier: hij was iemand die helemaal geen familie had. Altijd zonder ouders. Dát verklaarde zijn houding. Hij voelde zich niet boven iedereen verheven, hij was niet arrogant. Hij was helemaal alleen in een kille wereld. Geen wonder dat hij zo'n briljante advocaat was, zo'n fantastische onderhandelaar. Hij had helemaal niets te verliezen... Iedereen begreep hem verkeerd, besefte ze opeens.

Ze kon het zich niet voorstellen, zonder allebei haar ouders. Zelfs toen ze ver weg zat, drong het nu tot haar door, zelfs toen had ze altijd geweten dat ze een onzichtbare cocon om zich heen had die haar beschermde. Ze had geweten dat ze altijd terug naar huis kon, ook al had ze dat toen niet direct beseft. Ze knipperde de tranen weg uit haar ogen en zag hoe de straat zich vulde met eilandbewoners die elkaar vertelden wat er aan de hand was; nu het nieuws zich snel verspreidde, kwamen er steeds meer mensen uit hun huizen om naar haar vader te gaan zoeken.

'Pap!' riep ze. 'Pap!' Ze keek nog een keer op haar telefoon. Niks. Bramble kwam naast haar staan, en ze begroef haar vingers in zijn dikke vacht, iets kalmer door de warmte van de hond en zijn rustige hartslag. 'Pap!'

Charlie liep achter haar, wist ze. En aan beide kanten zag ze een rij mensen lopen die hielpen zoeken, zich betrokken voelden, bescherming boden. Er rolde een traan over haar wang.

'Pap!'

Met wie zou hij nu willen praten? Wiens gezelschap zou hij opzoeken? En toen, in een flits, wist ze het.

46

Het kerkhof lag achter de abdij, op hetzelfde terrein. De meeste mensen waren verbaasd als ze de verweerde ruïnes van de abdij bezochten en ontdekten dat er op het bijbehorende kerkhof ook nieuwe graven waren tussen de scheefgezakte, oude grafstenen.

Het graf van Flora's moeder was heel eenvoudig. Haar vader had het niet nodig gevonden er een hele toestand van te maken, vooral omdat hij dacht – zoals Flora wist en waarover ze een meningsverschil met hem had gehad – dat ze terug zou gaan naar waar ze vandaan kwam.

Haastig had ze tegen Charlie gezegd dat ze even iets ging checken en ze was de hoofdstraat afgehold, met Bramble uitgelaten springend achter zich aan; waarschijnlijk was hij blij dat ze eindelijk had begrepen wat hij wilde. Bij het hek van het kerkhof bleef ze staan. Achter haar rees de verweerde abdij op, tijdloos en somber, zelfs in het zomerse zonlicht. De toeristen waren weg, naar de pub vertrokken om een visschotel te eten en zich te verbazen over de nooit ondergaande zon. Alles was verlaten.

Bijna verlaten. Bramble holde vooruit, maar Flora hoefde hem niet te volgen om te weten waar hij naartoe ging. De grafsteen van haar moeder stond helemaal aan het andere eind van het kerkhof, vlak voor de zeewering, met de voorkant noordwaarts gericht. Ze trof haar vader ineengedoken aan, met zijn rug tegen de steen. Er drupten tranen van zijn kin – hij leek aan het einde van een lange huilbui – en Brackens kop lag op zijn schoot.

'Pap,' zei ze zachtjes. Ze kreeg geen reactie; hij had haar niet gehoord. 'Pap,' zei ze nog een keer en ze ging naast hem zitten.

'Ach!' zei hij schor toen hij haar zag en hij wreef ongeduldig met zijn handen over zijn gezicht. 'Ach, nee, Flora. Ga weg. Nee!'

'Pap, het is goed.'

Hij schudde zijn hoofd. 'Nee! Alsjeblieft!'

'Ik begrijp dat je alleen wilt zijn, maar ik wist niet waar je was en maakte me ongerust.'

'Ach, niemand mist me.'

Ze bedacht dat ze maar beter niet kon zeggen dat ongeveer tachtig procent van het dorp overal op het eiland naar hem op zoek was en ze uiteindelijk op het kerkhof zouden belanden.

'O, pap. Het spijt me zo. Niemand wilde je van streek maken. Fintan...'

Hij schudde zijn hoofd. 'O, nee, over hem maak ik me geen zorgen.' Hij keerde zijn gezicht van haar af, nog steeds beschaamd dat Flora zijn tranen zag. 'Maar de boerderij... dat is het erge. Dat is moeilijk voor een man. Al die generaties MacKenzies die dat land hebben bewerkt...'

'Maar dat gaat gewoon door, pap! Dat is het punt! Als er niets verandert, betekent dat het einde van de boerderij. Maar op deze manier blijft de naam MacKenzie bestaan en zal die bovendien bekender worden, zelfs buiten het eiland. Zelfs als jij bent gestopt met werken hier! Ik bedoel... Het is juist goed. Dat begrijp je toch wel?'

Eck staarde over de zee uit.

‘En denk eens aan het geld. Zou het niet fijn zijn om wat geld te hebben?’

‘Wat moet ik daarmee?’

‘Nou, reizen! Andere plekken zien! Dingen kopen...’ Flora besefte dat hij helemaal gelijk had. Haar vader hoefde eigenlijk nooit iets. Hij veranderde om de twintig jaar van Land Rover, droeg altijd dezelfde soort kleding en repareerde die zelf als die versleten was. Het idee dat hij naar een chic restaurant zou gaan of een nachtje in een hotel zou doorbrengen, bij een zwembad zou willen zitten... Haar moeder had hem ooit, toen de kinderen groot waren, gedwongen om mee te gaan op een all-invakantie naar Spanje en hij had elke minuut ervan gehaat.

‘O, het was niet zozeer dat hij het daar zo vreselijk vond,’ had haar moeder later verteld. ‘Het was meer dat hij geen idee had wat hij er dééd. Hij begreep er echt geen jota van, wat er leuk aan moest zijn.’

Flora vervolgde haar betoog: ‘Het blijft onze boerderij. De mensen zullen het nog steeds de MacKenzieboerderij noemen, zelfs als wij er allang niet meer zijn.’

Haar vader gaf een paar klopjes op het graf van haar moeder. ‘Ach, doet dat er iets toe dan?’

‘Natuurlijk wel!’ zei Flora ontzet.

Hij knikte en slaakte een lange, diepe zucht. Toen keerde hij zich naar haar toe. ‘Ze hield zoveel van je, weet je.’

‘Dat weet ik. Ik mis haar ook, elke dag.’

‘Ze miste jou, ze miste je, ja.’

‘Maar ze zei dat ik weg moest gaan.’

‘Natuurlijk zei ze dat. Ze dacht dat het goed voor je was, dat er ergens anders een geweldig leven op je wachtte.’

Er sprongen tranen in Flora’s ogen.

‘Ze kon het niet verdragen om je te laten blijven. Voor de

jongens vond ze het minder erg. En ik denk dat Fintan zich daardoor achtergesteld heeft gevoeld.'

Flora knikte. Ze kon niet praten vanwege de brok in haar keel.

'Maar ze hoopte altijd...'

'Alsjeblieft, pap,' wist Flora met moeite uit te brengen terwijl ze strak naar de grond tuurde. 'Zeg alsjeblieft niet dat ze altijd hoopte dat ik terug zou komen, want dat kan ik echt niet aan.'

Hij keek verschrikt op. 'O, nee, lieverd. O, nee. Helemaal niet. Ze hoopte altijd dat je een goed leven zou regelen voor jezelf, dat je gelukkig was, waar dan ook ter wereld.' Hij boog zijn hoofd. 'Na de begrafenis...'

'Pap, dat meende ik allemaal niet. Ik was zo van streek dat ik niet meer wist wat ik deed of zei. Het spijt me heel erg. Ik wou dat ik het nooit had...'

'Nee, nee. Ik heb erover nagedacht. De laatste jaren heb ik er vaak over nagedacht. En ik denk dat je misschien gelijk had. Dat ik haar haar vleugels had moet laten uitslaan. Niet dat ik echt dacht dat ze vleugels had, voordat je me daarvan beschuldigt.'

Dit was een lange speech voor haar vader. Heel lang.

'En daarom heb ik je ook nooit lastiggevallen. Je laten leven hoe je wilde leven. Ik wilde je niet... Ik vond het een afschuwelijk idee dat ze zich hier opgesloten heeft gevoeld. Vastgeketend aan ons, aan de boerderij.'

Flora schudde haar hoofd. Opeens schoot haar iets te binnen, en ze begon in haar tas te rommelen. 'Dat heb ik ook jaren gedacht, pap, dat ze zich hier opgesloten heeft gevoeld. Echt. Maar nu ik terug ben, begrijp ik dat ik het mis had.'

'Hoe bedoel je?'

Ze haalde het beduimelde, versleten receptenboek, plakkerig en met een kaft vol vlekken, uit haar tas. 'Kijk,' zei ze.

'Je moeders recepten.' Eck zette verbouwereerd zijn bril op. 'Aye, dat zijn ze.'

'Nee,' zei Flora, 'je moet erin kijken.'

Ze bladerde naar een chocoladetaart die haar moeder *Beste verjaardagstaart ter wereld, voor mijn beste grote jongens* had gedoopt. Bij een ander recept, voor soep, stond een asterisk met *Goed voor Hamish als hij de andere kinderen weer heeft geplet en zich schuldig voelt.* Er was een recept voor chocoladerepen met een primitieve tekening van al hun vrolijke gezichten en *Lost monopolieruzies op!* ernaast geschreven. Alle zinnetjes die ze had opgeschreven, ingrediënten die ze lekker vond – *Meer witte peper dan Eck aankan* stond er op een pagina gekriebeld – brachten de jaren terug en maakten de pagina's levend. Vooral het kerstgedeelte was schattig, met naast het recept voor de kerstcake kindertekeningen van de Kerstman.

Eck hield het boek vast alsof het iets heiligs was.

Flora wees op namen als *Kampeerstoofschotel, Gelukstaart* en *Welterustenwarmemelk* – met een tekeningetje van een wiegje in de maneschijn erbij – en was heel zeker van zichzelf toen ze zei: 'Dat is niet het werk van een vrouw die ongelukkig was met haar leven.'

Eck kon nauwelijks praten. Hij keek naar haar op. 'Waarom heb je dat in je tas? Het kan kwijtraken of gestolen worden.'

'Omdat ik het aan het kopiëren ben. Voor Café Zon & Zee. Voor het nageslacht. Voor Agot. Ik maak een heleboel kopieën, reken daar maar op.'

'Mooi,' zei Eck. 'Want ik wil deze hebben.' En hij stopte het kookschrift teder weg in zijn oude jas.

Daarna zaten ze nog een hele tijd naast elkaar, Flora met de armen van haar vader om zich heen, en ze wiegden zachtjes op het ritme van het getij achter de muur van het kerkhof.

Toen ze uitgehuild was, zei hij: 'Help me even overeind, lieverd,' en dat deed ze natuurlijk.

Ze stonden arm in arm, klaar om te vertrekken, toen de eerste zoekers het kerkhof op kwamen en riepen: 'Eck! Eck!' Even later werd er opgelucht en blij naar elkaar geschreeuwd dat hij terecht was.

Flora's vader was volkomen verrast door de komst van al die mensen. Vol ongeloof zei hij: 'Ach nee, je hebt toch geen zoekactie op touw gezet?'

'Nee, dat hebben ze zelf gedaan. Ze waren ook ongerust over je.'

Hij schudde zijn hoofd nogmaals. Toen keek hij haar aan. 'Ik zal je missen als je weggaat, Flora MacKenzie!'

'Ik ben hier tot Lughnasa,' mompelde Flora. Maar ze klonk niet erg overtuigd.

47

'Dus we zijn klaar voor de gemeenteraad?' Colton leunde naar achteren op een van de krakkemikkige stoelen die ze op deze milde, heldere avond naar buiten hadden gesleept. Gezien de enorme luxe waarin hij leefde, begreep Flora niet goed waarom hij altijd bij hen was. Nou ja, eigenlijk wel: hij was verliefd op haar broer. Maar als zíj ergens woonde waar het zo heerlijk was als op The Rock, zou ze er nooit meer weg willen. Fintan zat op de armleuning van Coltons stoel en leunde af en toe even tegen hem aan. Ze leken het toonbeeld van geluk samen. Iedereen had een biertje en Flora, die een lange werkdag achter de rug had, vond het prima om alles op zijn beloop te laten en te genieten van de eindeloze avond die zich voor hen uitstrekte.

Agot zat te spelen met Coltons ongelooflijk dure Gucci-loafers. Hoe kon je nou in vredesnaam dat soort schoenen aandoen als je naar een boerderij ging, en ook nog zonder ze vuil te maken, vroeg Flora zich af. Ze begreep er geen zier van. Misschien trok hij gewoon elke dag een paar nieuwe aan. Agot had een paar takjes in zijn schoen gestopt en probeerde die nu op het stroompje dat het water uit de melkerij afvoerde te laten varen. Flora wilde Coltons aandacht er eigenlijk op vestigen, maar het was zo'n heerlijke avond dat ze het allemaal verdienden te relaxen. Bovendien was Colton, als hij eenmaal goed op gang was, lastiger te stoppen dan Agot.

'Kun je alle gemeenteraadsleden voorafgaand aan de vergadering een taart sturen? De bramen zijn rijp en ze zijn heerlijk,' zei hij. 'En doe er ook wat room bij.'

'Maar dat is openlijke omkoperij,' merkte Flora op.

'Helemaal niet. Een gift voor de belangrijke hoogwaardigheidsbekleders en gerespecteerde ouderlingen van dit eiland. Die natuurlijk een hekel hebben aan windmolenparken. En van jou en mij houden.'

'Weet je zeker dat je ze daarmee niet nog meer tegen je in het harnas jaagt?' vroeg ze. 'En dominee Anderssen al helemaal! Hij zal er een punt van maken.'

'Een man die zo'n buik heeft en een heerlijke taart krijgt? Ja, vast.'

'Iedereen kijkt er dwars doorheen.'

'Kom op!' protesteerde Colton. 'Ik verschaf half het eiland werk en ik vraag alleen een paar honderd meter méér. Wat trouwens gemakkelijk gefinancierd kan worden met alle belasting die ik straks moet betalen omdat ik al die mensen in dienst heb genomen. Wist je dat werkgevers in dit land wettelijk verplicht zijn zwangerschapsverlof te geven?'

Flora rolde met haar ogen. 'Ja, ik weet het, we zijn gestoord.'

'Niet dat jíj dat nodig hebt,' zei Colton.

'Ach, hou toch op...'

'Nee, ik meen het. Wat is er gebeurd met die aardige vent die steeds voor je langskwam?'

Flora zuchtte diep. Het was, zacht uitgedrukt, ongemakkelijk, net op het moment dat ze dacht dat ze eindelijk niet meer het middelpunt van alle roddelverhalen op Mure was.

De dag na de verdwijning van haar vader was Charlie langsgekomen in Café Zon & Zee. Zijn enorme gestalte verscheen opeens in de deuropening en Flora had, nerveus en ongerust, opgekeken naar zijn vriendelijke gezicht en blauwe ogen.

Charlie was geen vlam die gloeiendheet brandde, geen vuur waaraan ze zich zou verbranden en dat net zo snel zou doven als het was opgelaaid. Hij was een sintel, traag en smeulend, vuur waar ze dichtbij kon komen en dat lang zou blijven gloeien. Ze deed een stap in zijn richting.

'Teàrlach?'

Toen zag ze zijn gezicht. Achter hem dook zijn groepje op, andere kinderen waarschijnlijk, maar met dezelfde bleke, gespannen gezichtjes. Ze drukten vol verlangen hun plakkerige handen tegen de etalage van het roze huis.

'Het spijt me,' zei hij.

'Wat?' vroeg Flora geschrokken. 'Je zou met Jan praten.'

'Dat heb ik ook gedaan.' Hij glimlachte gepijnigd. 'Ze zei dat ze ervoor zou zorgen dat haar vader al het geld terugtrekt... Dan kunnen we het bedrijf sluiten. Alles waarvoor we hebben gewerkt, alles wat we hebben opgebouwd.'

Flora knikte, zich bewust van Isla en Iona in de keuken, die net deden of ze niet meeluisterden. 'Het zou heel erg zijn om dat allemaal te moeten opgeven,' zei ze zacht. 'Dat begrijp ik. Natuurlijk.'

'Nee, je begrijpt het niet,' zei Charlie. Hij hief zijn enorme hand op en raakte haar haar even aan.

'Nee, ik begrijp het,' zei Flora. Ze slikte met moeite iets weg. Natuurlijk. Ze was het niet waard. Dat wist ze. Hoe vaak had ze dezelfde les nodig om dat eindelijk te leren? Ze was niet nodig. Nooit genoeg.

Charlie schudde heftig zijn hoofd. 'Nee,' zei hij. 'Je begrijpt het niet. Ik zou het zó hebben gedaan. Gewoon opnieuw zijn begonnen.' Zijn stem klonk verstikt.

'Maar waarom heb je dat dan...'

'Omdat het er allemaal niet toe doet als jij niet hetzelfde voor mij voelt als ik voor jou. En dat doe je niet.'

Flora bloosde geschokt. 'Wat? Maar... maar we...'

Charlie glimlachte triest. 'Nee, Flora. Ik heb het geprobeerd. Gehoopt. Dat je meer om mij zou geven dan om hem. Maar er is altijd iemand anders in je ogen. Je bent niet moeilijk te lezen.'

'Dat is gelul!'

'En Jan heeft me dat ook verteld.'

'O, mooi, ik ben blij dat zij het zo goed weet,' reageerde Flora bitter.

'En ik heb hem bij je thuis gezien.'

'Maar hij is weg! Het was...' Ze wilde zeggen dat het niets was, maar dat kreeg ze niet over haar lippen. Nee, dat zei ze niet. Het was misschien niks voor Joël geweest, maar voor haar was het alles.

'O, Flora,' zei Charlie terwijl hij haar recht aankeek. 'Beter een koud bed dan helemaal geen bed.'

Flora staarde hem alleen aan.

'Veel succes en geluk met alles,' zei hij. Toen riep hij zijn jongens bij elkaar om te vertrekken.

'Wacht!' riep Flora. 'Wacht!' Ze nam de hele schaal pasteitjes die ze die ochtend hadden gemaakt, stopte ze in een grote tas en liep ermee naar buiten. 'Hier,' zei ze tegen de kinderen. 'Alsjeblieft. En heb een fantastische tijd hier op Mure.'

En de kinderen, even wantrouwend, verzamelden zich opgewonden snaterend rond de tas. Charlie keek toe, terwijl zij weer in het café verdween.

Iona en Isla stonden achterin aan hun schorten te frunniken, hoewel Flora te veel met zichzelf bezig was om aandacht aan hen te besteden. Uiteindelijk stapte Isla naar voren.

'Flora?'

'Mmm?' reageerde ze, overpeinzend wat er net was gebeurd. Het vonkje dat er tussen Charlie en haar was geweest, was gedoofd en ze kon er niets aan doen, maar ze was teleurgesteld dat hij niet de man bleek te zijn die ze had gehoopt dat hij was; dat hij uiteindelijk niet dapper genoeg was om het te proberen. Het risico te nemen. *Verdomme, verdomme, verdomme.*

'Iona en ik hebben overlegd enne, eh...'

'Ik bedoel, mijn cursus gaat alleen maar over gezondheid en hygiëne. Ik leer daar niks wat ik hier niet ook kan leren. Ik bedoel, over hoe je een bedrijf moet runnen en zaken af moet handelen en het koken en bakken en zo.'

'Dus dachten we...' zei Isla, de dapperste van de twee. 'Als jij zou willen blijven. Ik bedoel... Dan zouden wij ook blijven. Als jij het café niet alleen voor de zomer wilt openhouden.'

'En Ruaridh MacLeod blijft ook hier,' zei Iona pinnig.

'Hou je mond! Dat heeft er niks mee te maken!' reageerde Isla boos.

'Het heeft er toch wel íéts mee te maken.'

'Hij gaat voor Colton Rogers werken. In zijn tuin,' zei Isla trots. 'En daardoor blijft hij supergoed in vorm.'

'Nou... dat is mooi,' zei Flora nerveus. 'Maarre... Ik bedoel... Ik moet terug naar Londen, maar ik kan wel met Fintan praten voor jullie. Ik bedoel, volgens mij kunnen jullie dit best met zijn tweeën doen.'

De twee meisjes keken haar paniekerig aan en Flora besefte dat ze nog niet eens twintig waren.

'Met wat hulp, bedoel ik,' voegde ze er snel aan toe.

'Aye,' zei Iona. 'Van jou.'

'Ik kom vaker hierheen...' zei Flora zwak.

'Iedereen hier zal het vreselijk vinden als het roze huis weer leeg komt te staan,' beweerde Isla.

'Ja, dat zal best,' zei Flora. 'Maar...'

De meiden keken haar verwachtingsvol aan.

'Ik kan hier niet blijven,' zei Flora gedecideerd. 'Ik slaap in mijn oude eenpersoonsbed in mijn vaders huis... Nou, kom op. We moeten aan de slag.'

En nu was de gemeenteraadsvergadering op handen en bespraken ze de laatste zaken.

'Is goede boot, oom Colt?' vroeg Agot.

'Oom Colt?' fluisterde Flora tegen Innes, die zijn schouders ophaalde.

Colton keek naar de met modder bespatte schoen die wegdreef in het vieze afvalwater. 'O, geweldig,' zei hij. 'Hoe dan ook, als de inwoners van Mure ermee ophouden elke cent die ik heb uit me te persen, zou ik ontzettend dankbaar zijn.'

'Nou, het is het nog steeds allemaal waard,' zei Flora. 'Geef iedereen een kans om te laten zien wat ze kunnen.'

'Jij bent hier heel goed in, weet je dat? Wie had dat kunnen vermoeden?'

'Nee hoor,' zei Flora blozend. 'Ik kan niet half zo goed koken als mijn moeder.'

'Maar dat is het niet alleen,' merkte Colton op. 'Het gaat ook om organisatie, managementkwaliteiten en dingen voor elkaar krijgen, dingen afmaken. Je bent grondig, net als een echte jurist. En ik kan op je rekenen. Je moeder zou trots op je zijn.'

Iedereen was even stil en Flora was bijna in tranen. Maar gelukkig viel Agot, die achter de schoen aan was gegaan, languit tussen de kippen, wat een flink gekrijs van zowel haar als de kippen tot gevolg had. Voor Flora was het een welkome afleiding.

'Wie komen er nog meer naar het dorp morgenavond?' vroeg Colton.

Flora slaakte een zucht. 'Iedereen,' zei ze. Maar toen verbeterde ze zichzelf. 'Bijna iedereen.'

48

Flora was blij van Kai te horen. Hij klonk zenuwachtig. 'Wat is er?'

'Eh... Ik heb goed en slecht nieuws.'

'O... Oké,' zei Flora. 'Eerst het goede dan maar. Nee, het slechte. Of nee, toch het goede. Of...'

'Hou op,' zei Kai. 'Oké, twee keer goed nieuws dan: ten eerste. ik kom op bezoek.'

'Je komt hiernaartoe?'

'Voor de een of andere stomme vergadering.'

'Van de gemeenteraad, natuurlijk. O, mijn god, waarom kom jij...?'

'Dat is de rest van het nieuws,' zei Kai.

Flora voelde een steen in haar maag. Ze wilde niet horen wat er nu ging komen, wist ze.

'Ik heb promotie gemaakt, Flora. Ik zit nu op de zaak.'

'Natuurlijk.'

'Omdat Joël...'

'Voor Colton gaat werken,' vulde Flora op doffe toon aan.

Kai zweeg.

'In L.A. of in New York?' Alsof dat iets uitmaakte...

'New York, geloof ik,' zei Kai. 'Hij heeft de zaak aan mij overgedragen. Sorry. Maar aan de andere kant is dat voor jou dé kans om over hem heen te komen, toch?'

Flora had zich er niet toe kunnen zetten iemand te vertellen wat er was gebeurd tussen Joël en haar. Zelfs Lorna niet. Het was beter dat iedereen hem een klootzak bleef vinden en dacht dat ze beter af was zonder hem. Wat ook zo was. Absoluut.

'Tuurlijk!' zei ze. 'En wat super dat jij hierheen komt!' Ze had Kai gemist sinds ze op Mure was. 'Het is Lughnasa hier.'

'Dat klinkt dikmakend.'

'Nee joh! Het is een voorchristelijk feest, met dansen en grote vuren. Geloof me, je vindt het leuk!'

'Zijn er dan hordes brassende Vikingen op de been?'

'Mmm... Zoiets.'

'Dat klinkt geweldig! Dan neem ik iets lekker hoerigs mee.'

Na de raadsvergadering zou het feest beginnen. Café Zon & Zee ging dicht, maar de Harbour's Rest was open en zou een fantastische omzet draaien. Er was een fakkeloptocht door het dorp, begeleid door muziek, waarna een van meidoorntakken gemaakte pop – die de 'groene man van de zomer' voorstelde – in brand zou worden gestoken en de zee op zou worden geduwd, als symbool voor het einde van het seizoen. Het was zacht en helder weer voor de tijd van het jaar en het rook overal naar herfst.

Flora ging Kai ophalen van het vliegveld, gekleed in een tweedrok en een Fair Isle-trui met een groen patroon die de kleur van haar ogen goed deed uitkomen.

Kai stapte uit op de kleine winderige landingsbaan en zwaaide enthousiast toen hij haar zag. Ze was ontzettend blij dat hij er was.

'O, mijn god!' riep hij uit. 'Wat een plek!' Terwijl hij met grote stappen op Flora afliep keek hij om zich heen naar de hoge kliffen, het beschutte dorpje en het kleine haventje. In zijn dure maatpak zag hij eruit als een exotisch wezen. 'O, mijn god, moet je dit zien!'

Flora glimlachte. 'Uhm...'

Kai schudde zijn hoofd. 'Serieus,' zei hij. 'Is dít de plek waarover jij loopt te klagen sinds ik je ken?'

Flora nam hem mee naar de Land Rover, waar Bramble hem begroette met een paar flinke likken en hevig gekwispel.

'Shit, Flora, ik ben opgegroeid in Tottenham. En dat kan ik me nu niet eens meer veroorloven!'

Het was, toegegeven, het perfecte moment om Mure op zijn best te laten zien. Terwijl de zon begon te zakken, trok de zee zich terug met het sterke equinoxgetij, en de witte stranden zaten vol vogels. Kai hapte naar adem van opwinding toen hij een ooievaar zag wegvliegen, de vleugels roze gekleurd door de zakkende zon. En toen hij daarna een zeehond op een rots zag liggen die genoot van de laatste zonnestralen, wist hij helemaal niet meer hoe hij het had.

'O! Die wil ik mee naar huis nemen! Dat is het enige wat ik vraag!' riep hij uit.

'Ze bijten hard, hoor,' zei Flora. 'En ze smaken ook niet.'

'Flora!' riep hij ontzet.

Daarna liet hij luidkeels blijken hoezeer hij Café Zon & Zee adoreerde. Hoewel hij normaliter nooit koolhydraten at, nam hij een enorm stuk Bakewell-taart. Na de eerste hap deed hij zijn ogen dicht en zei: 'Ik kom hier wonen! Jij bent hartstikke gek.'

Meer extatische uitroepen volgden toen Flora hem meenam naar The Rock, die eindelijk klaar was voor gasten, en hem naar een kamer bracht die exact zo mooi was als ze had gedacht, met diepe banken en van drijfhout gemaakte meubels, en natuurlijk het buitengewone uitzicht. Toen ze Innes op het parkeerterrein zag staan, die producten van de boerderij kwam afleveren, wees ze hem aan, waarop Kai meteen opveerde.

'Ik dacht het niet, Kai,' zei Flora. 'Het blijft bij één MacKenzie die homo is, vrees ik. Volgens mij, tenminste.'

'Pff, alsof jij daar verstand van hebt,' zei Kai nuffig.

Ze liepen naar buiten omdat Flora hen aan elkaar wilde voorstellen. 'Dit is Innes, mijn broer en de directeur van MacKenzie Farms... En dit is Kai, mijn nieuwe baas.'

Kai maakte een wegwuivend gebaar, en Innes glimlachte verlegen. De papieren waren nog maar een paar weken daarvoor ondertekend en het voelde nog altijd een beetje vreemd voor hem om zo genoemd te worden.

'Kom je straks ook naar de Lughnasa-viering?' vroeg hij.

'Ik dacht het wel, ja!'

'Mooi!' zei Innes, en Flora grinnikte.

'Agot zal je leuk vinden,' zei ze tegen Kai.

'Wie?'

Om halfzeven begon de vergadering van de gemeenteraad. Hoewel raadsvergaderingen altijd openbaar waren, kwamen er meestal geen belangstellenden op af. Vanavond was de zaal echter bijna vol, omdat de mensen wilden weten hoe het afliep. Zou Colton Rogers alles wat hij Mure had gebracht en beloofd terugtrekken als hij zijn zin niet kreeg? Of zou het allemaal goed aflopen?

Flora zat nerveus met alle papieren tussen Kai en Colton in. Fintan zat aan Coltons andere kant. De gemeenteraad kwam binnenlopen: haar vader, Maggie Buchanan met een ondoorgrondelijk gezicht, Mr. Mathieson, Jans vader, die het publiek met zijn ogen afzocht en zijn voorhoofd fronste toen hij Flora ontdekte. Ze slaakte een zucht. Dat was een slecht voorteken. De dominee, die nog taartkruimels in zijn mondhoeken leek te hebben. Een beter teken. Ecks oude vriend Gregor Connolly, Elspeth Grange en, natuurlijk, Mrs. Kennedy.

Flora stootte Colton zachtjes aan. Voordat hun onderwerp aan de orde kwam, moesten ze eerst nog door een hoop saaie prietpraat heen zien te komen.

Joël zat in zijn onberispelijke appartement, niet in staat om rust te vinden. Hij wist dat de gemeenteraadsvergadering vanavond was. Dit was belachelijk. Hij had enorme overwinningen behaald in zijn carrière, vaak ook voor kleine ondernemingen tegenover grote. Maar deze zaak was absurd, want het ging meer over de opvatting over de toekomst van een plek dan over concrete financiële zaken.

Het was nog steeds bloedheet en klam in Londen. Hij had geen zin om een stuk te gaan lopen. Het was overal veel te druk: harde muziek, mensen die in hun telefoons schreeuwden, herrie maakten, naar hun schermpjes staarden, tegen je opbotsten, liepen te paraderen. Overal. Hij had ook geen zin om uit te gaan en in de een of andere idiote bar te gaan zitten, om weer hetzelfde gesprek te beginnen met hetzelfde type vrouw – iemand die sluiks haar eigen fantastische uiterlijk in de spiegel bekeek en haar telefoon pakte voor nog een selfie.

Hij keek op zijn horloge. Kai zou hem bellen over de uitslag. Hij dacht aan Flora, hoe hard ze had gewerkt om alles voor elkaar te boksen. Het ging vast goed met haar. Waarschijnlijk zat die enorme vent nu naast haar.

Rusteloos streek hij met zijn hand door zijn haar. Waarom was het toch zo heet? De airconditioning stond op zijn hoogst, maar hij voelde zich verstikt, alsof hij geen adem kon halen. Als een gekooide tijger liep hij door de woonkamer.

'En het laatste punt op de agenda,' zei Maggie Buchanan, die voorzitter was, 'is het planningsvoorstel voor het windmolenpark op zee, ten noorden van Mure.'

Colton sprong overeind. 'Ik maak bezwaar!' zei hij.

Maggie keek hem aan over haar bril. 'Alles op zijn tijd, Mr. Rogers.' Ze bekeek de papieren die voor haar lagen. 'Dit lijkt in orde.'

Flora stond op. 'Ik heb hier,' begon ze met heldere stem, 'een petitie die door... eh, veel dorpelingen is ondertekend om aan te geven dat ze het niet eens zijn met de plannen.'

'Uitstekend,' zei Maggie op kille toon. 'Zij hebben er echter geen last van, ze kijken er niet eens op uit.'

'Maar mijn gasten wel,' zei Colton. Iedereen keek naar hem. 'Kom, mevrouw, u moet toch beamen dat dit een prachtige, uitzonderlijke plek is. Heel zeldzaam en bijzonder, vindt u niet?'

'Ik geloof niet dat sentimentele gedachten over hoe mooi ons eiland is ons veel brengen. Dit is geen droomwereld, we leven hier in de werkelijkheid en dat betekent dat we aan de toekomst moeten denken. En groene, goedkope stroom en de daarbij behorende banen maken daar deel van uit.'

'Het staat helemaal niet vast dat het goedkoper zal zijn,' zei Flora. 'En het zal de flora en fauna hier verstoren.'

'Ja, alleen de sternen,' zei Maggie, 'en daar hebben we geen tekort aan.'

Colton stond opnieuw op. 'Mevrouw,' zei hij. 'Ik hou van deze plek. Ik heb erin geïnvesteerd.'

'Uiteindelijk,' merkte Fraser Mathieson op.

'En ik wil dit mijn thuis noemen. Ik ben er trots op dit mijn thuis te kunnen noemen. Ik wil doorgaan met investeren. De bewoners van Mure zijn goed voor me en ik wil iets terugdoen. Ik wil het hier net zo mooi houden als het is. Dat is alles. Dus stel ik in alle bescheidenheid voor dat we de windmolens verder hiervandaan plaatsen.'

'Dat maakt het duurder,' mompelde Eck, zonder naar Flora te kijken.

'Maar voor het uitzicht...' voegde de dominee eraan toe.

'Maar het is niet het uitzicht van iedereen, is het wel?' merkte Mr. Mathieson op.

'Het eiland is van iedereen en ik wil ook dat iedereen dat zo voelt,' zei Colton. 'Daar wil ik alles voor doen. Ik heb over de hele wereld gereisd en vind dit de allermooiste plek op aarde. Ik ben zo enorm trots op Mure, het is zo prachtig hier. Ik wil dat iedereen trots is op dit eiland. Ik wil dat iedereen die voet op dit eiland zet, hetzelfde voelt als ik.'

'Goed gesproken!' zei Kai.

Flora was verrast. Dit was écht hoe Colton het voelde. En in de hele zaal zag ze mensen knikken. Op de een of andere manier had ze altijd gedacht dat iedereen hier zo snel mogelijk weg wilde, droomde van vrijheid. Maar nu drong het tot haar door dat dat niet waar was. Deze plek wás vrijheid. Een thuis en vrijheid ineen.

Colton stond nog steeds, in de greep van zijn emoties. 'Ik hou van deze plek. Dit is mijn thuis. En dat is alles wat ik te zeggen heb.'

Toen hij ging zitten, werd er luid geapplaudisseerd. Fintan kneep even in Coltons bovenbeen en Flora gaf een klopje op zijn schouder.

'Goed gedaan,' zei ze met verstikte stem.

49

'Hallo! Kan ik dokter Philippoussis spreken?'

'Joël! Lieverd! Je spreekt met Marsha. Hij heeft een cliënt. Is alles goed met je?'

'Eh... Ja. Sorry, ik bel later wel terug.'

Marsha had altijd een zwak gehad voor het ernstige probleemjongetje; ze had hem willen adopteren als haar eigen kinderen destijds niet zo jong en bewerkelijk waren geweest.

'Joël,' zei ze. 'Ik ben geen medisch professional.'

'Nee,' zei Joël terwijl hij de kraag van zijn overhemd losmaakte. Waarom was het zo warm?

'Maar we hebben in geen jaren van je gehoord en nu bel je bijna elke dag?'

'Ik zal het niet meer doen,' reageerde Joël een beetje paniekerig.

'Nee, Joël. Je begrijpt me verkeerd. Dat is precies het tegenovergestelde van wat wij graag willen. We hopen juist dat je, als je terug bent in New York, vaak langs zult komen.'

Joël slikte. 'Dat zou ik fijn vinden,' zei hij. *Ik boek vooruitgang*, schoot het door zijn hoofd. Een halfjaar geleden zou hij nooit hebben toegegeven dat hij mensen nodig had, het fijn vond iemand te zien.

'Mooi,' zei Marsha. 'Maar daar belde je niet voor, denk ik?'

'Je bent veel veeleisender als therapeut dan de Doc,' merkte Joël op.

'Ik ben helemaal geen therapeut... Maar wel een moeder.'

Joël zweeg.

'Heb je dit meisje niet al te zeer gekwetst door haar in de steek te laten?' vroeg Marsha.

'Volgens mij kon het haar niks schelen.'

'Denk je? Misschien kon het haar juist heel veel schelen.'

'Nee,' zei Joël, denkend aan de boze blondines die Margo belden en lastigvielen. 'Nee, ze maakte er geen ophef over.'

'Misschien,' zei Marsha, 'misschien komt dat omdat ze anders is?'

Het bleef lang stil.

'Ik ga je niet zeggen wat het ergste is wat er kan gebeuren, Joël. Dat weet je zelf maar al te goed. Veel vrouwen in jouw leven zijn zomaar verdwenen. Het enige wat ik wil zeggen, is dit: als je wacht op toestemming van de Doc, dan kun je lang wachten. Hij is therapeut; hij gaat je niet vertellen wat je moet doen, dat kan hij niet.' Ze glimlachte. 'Maar ik wel.'

50

'Goed,' zei Maggie met een streng gezicht. 'Het is tijd om te stemmen. Iedereen die het eens is met de plannen voor het windmolenpark in de voorgestelde vorm steekt zijn of haar hand op.'

Mr. Mathiesons hand schoot de lucht in. Flora vroeg zich vaag af of hij misschien aandelen had in dit project. Ze achtte het heel waarschijnlijk. Elspeth Grange stemde ook voor. En de dominee ook.

'Dominee!' ontsnapte er onwillekeurig uit Flora's mond. Hij had tenminste nog het fatsoen er lichtelijk beschaamd uit te zien.

Er gebeurde een tijd niets. Nog één hand, en ze waren verslagen. Flora keek naar haar vader; hij had een hoogrode kleur op zijn wangen. Dit was zijn kans om de man dwars te zitten die binnen was komen struinen, zijn boerderij had gekocht en hem zijn zoon had ontnomen. Eck keek strak voor zich uit. Hij moest het moeilijk hebben, wist Flora. Maar hij stak zijn hand niet op. Flora's hart barstte zowat van liefde voor hem.

'En de handen van de tegenstanders, alstublieft?'

Eck stak traag zijn hand op. Toen Mrs. Kennedy hetzelfde deed, balde Flora haar handen tot vuisten van blijdschap. Gregors hand ging ook omhoog; hij was natuurlijk solidair met Eck. Colton en Flora keken elkaar aan. Nu kwam het aan op Maggie. Hadden ze genoeg gedaan? Ze wachtten in spanning.

'Mijn god, dit is veel leuker dan fusies en overnames,' mompelde Kai binnensmonds.

Maggie zweeg een hele tijd. Toen leunde ze naar voren. 'Mr. Rogers,' begon ze. 'Ik ben onder de indruk van uw duidelijke, zij het late, toewijding aan onze gemeenschap, en ik hoop van harte dat u die ook continueert...'

Ze keek veelbetekenend naar Flora, die in elkaar kromp.

'Uw liefde voor het eiland en wat we hier hebben is prijzenswaardig. Evenals alles wat u hebt geïnvesteerd als bewijs daarvan.'

Colton stond op, een dankbare uitdrukking op zijn gezicht. 'Heel hartelijk dank, Mrs...'

Met een handgebaar legde ze hem het zwijgen op. 'Dat is waarom ik er zeker van ben dat u het ermee eens zult zijn dat meer investeringen – praktische investeringen, waar elke inwoner zowel nu als in de toekomst van zal profiteren – goed voor de gemeenschap zijn. Hoe dan ook, na uw gloedvolle betoog ben ik geneigd het windmolenpark niet voor The Rock neer te laten zetten.' Ze zweeg.

Colton, Kai en de MacKenzies keken Maggie stralend aan; ze stonden op het punt elkaar te omhelzen.

'Om het prachtige uitzicht voor de gasten daar te behouden, stel ik voor het park drie kilometer verder naar het westen te plaatsen, hetgeen geen gevolgen heeft voor de functionaliteit of de kosten.'

Er viel een lange stilte.

Colton rechtte zijn rug. 'U bedoelt bij het landhuis? Waar ik woon?'

'De keus is aan u, Mr. Rogers. The Rock of het landhuis. Dat is de tweede geschikte locatie. Verderop plaatsen, bij Benbecula, zal een zeer ongunstig effect hebben op onze heffingsgrondslag.'

Colton ademde diep in, keek om zich heen en drukte zijn hand tegen zijn voorhoofd. 'Echt?'

Flora leunde naar hem toe. 'Het is jouw keuze. Echt. Je kunt nee zeggen.'

Kai knikte.

'O, nou, geweldig,' zei Colton. Hij keek Fintan aan. 'Wat vind jij?'

'Het maakt mij niet uit,' zei Fintan.

Colton knipperde een paar keer met zijn ogen. 'Wat? Als jij daar zou wonen, zou het je niet uitmaken? Het zou je echt niet storen?'

'Als ik daar woonde,' zei Fintan blozend, 'denk ik dat niets me zou storen.'

Weer was het even stil.

Toen richtte Colton zich tot de raad. 'Oké,' zei hij. 'Oké dan.'

Maggie Buchanan maakte een keurige notitie in haar papieren. 'Goed,' zei ze onverstoorbaar. 'Dan nu de rondvraag...'

51

Ze verlieten de raadszaal in stilte.

'Nou, dat is fantastisch,' constateerde Kai. 'Kennelijk heb ik zojuist mijn eerste zaak verloren.'

'Maar hier geldt een andere jurisprudentie dan in Engeland,' zei Flora. 'Dus telt het helemaal niet.'

Colton was verdwenen, met zijn telefoon tegen zijn oor gedrukt.

Alleen Fintan zag er blij uit. 'Wie zegt dat we hebben verloren?' zei hij, grijnzend van geluk.

Toen ze het gebouw uit kwamen, belandden ze midden in een groep mensen met brandende fakkels.

'Dat hoort bij Lughnasa,' legde Flora aan Kai uit.

Lorna kwam op hen afrennen. 'Hoe heb je het gedaan? Hoe ging het?'

'Nou... We hebben min of meer verloren,' zei Flora somber.

'Nee!'

'Ben jij Lorna?' vroeg Kai.

'Ja! Hallo!' Lorna omhelsde Kai zo vanzelfsprekend dat Flora er onwillekeurig van opfleurde.

'Ach, het had ook erger kunnen zijn,' zei ze. 'The Rock blijft in ieder geval even mooi.'

'Kom mee!' zei Lorna. 'Klaar ermee! We hebben mede!' Ze gaf een enorme fles door. 'Ga mee naar het feest!'

En ze konden niet anders, want de menigte voerde hen mee de straat door, naar de zee waar de zon aan het ondergaan was. Het zou niet lang meer duren voor de poolnacht zou volgen die Mure de hele winter in duisternis gehuld zou houden. De lachende gezichten van haar vrienden en buren werden nu niet beschenen door de zon, maar door de flakkerende vlammen van de toortsen.

Isla en Iona liepen voorbij met bladeren in hun haar gevlochten, een gewoonte die de vallende bladeren aan het einde van de zomer symboliseerde en dat de oogst veilig binnen was. Ze liepen vooraan in de processie die de groene man naar de haven bracht, waar die in brand zou worden gestoken.

'Het is hier krankzinnig!' gilde Kai terwijl hij nog een grote slok mede nam. 'Wat is dit eigenlijk voor spul?' vroeg hij aan Flora. 'Heerlijk!'

Flora legde hem uit dat het een honingwijn was die al door de Vikingen werd gedronken en nam zelf ook nog een slok.

Opeens was Innes ook bij hen – zonder Agot – en met z'n allen liepen ze in processie naar beneden op de hoge tonen van de doedelzakken en de slaande drums.

Ruaridh MacLeod was de koning van dit jaar, wat duidelijk te zien was aan Isla's trotse, gelukkige gezicht, en hij stond helemaal op de uiterste punt van het haventje terwijl de groene man op het ceremoniële vlot werd gezet en werd aangestoken.

'Wij roepen u aan!' schreeuwde hij ernstig, terwijl de eerste vlammen de grote takkenman in hun greep kregen.

'*Domnall mac Taidc far vel!*'

'*Far vel!*' schreeuwde de menigte, en iedereen hief zijn mok of glas.

'*Donnchadh of Argyll far vel!*'

'*Far vel!*'

De vlammen likten nu langs het bouwsel. Het was de eerste

echt donkere nacht van het jaar en er blies een kille wind vanaf de kliffen.

'*Dubgall mac Somairle far vel!*'

'*Far vel!*'

'*Dughgall mac Ruaidhri far vel!*'

'*Far vel!*'

Het namen noemen ging eindeloos door. De takkenman brandde nu goed en werd van de kant afgeduwd door de mannen die er het dichtstbij stonden.

Flora keek om zich heen. Lorna stond dicht bij Saif, hoewel ze elkaar niet raakten. Ze keek naar de weg die naar de haven leidde en zag daar een glimmend rode sportauto met open dak parkeren. Op Mure zag je zelden zo'n auto. Ze kneep haar ogen tot spleetjes. Wie was dat in vredesnaam? Tot haar enorme verrassing zag ze Hamish zich uit de auto wurmen. En aan de andere kant – wie had dat kunnen denken – stapte Inge-Britt uit! Flora kon zich niet inhouden en stootte Innes aan.

'Moet je kijken!'

'O, ja,' zei Innes met een glimlach. 'Ik geloof niet dat hij er veel in zag het geld van zijn deel van de boerderij op de bank te zetten.'

'Dus hij heeft er een rode sportwagen van gekocht?'

'Ja, daar verlangde hij blijkbaar al zijn hele leven naar.'

Flora schoot in de lach. 'Mijn god! Ik geloof niet dat ik ooit iemand zal begrijpen!'

'*Fingall mac Gofraid far vel!*' brulde Ruaridh.

'*Far vel!*'

De menigte werd steeds lawaaieriger, de muziek en het geschreeuw zwollen aan. Andy zou de bar die avond tot heel laat openhouden.

'Het spijt me van de zaak!' schreeuwde Flora tegen Kai. 'Sorry dat het me niet is gelukt de mensen hier te overtuigen!'

Kai keek om zich heen naar de plek bij de biertuin waar Colton en Fintan stonden te zoenen, verstrengeld in een innige omhelzing.

'Ach,' zei hij lachend, 'ik geloof niet dat ze er erg mee zitten. En trouwens, ik begrijp het probleem ook niet echt.'

'Hoe bedoel je?'

'Die windmolenparken. Ik vind ze juist mooi! Al die molens die uit de zee lijken te groeien, ik vind ze echt prachtig! Ik wed dat ze straks op winderige dagen van hun uitzicht zullen genieten.'

Lorna en Flora keken elkaar verbaasd aan, haalden hun schouders op en tikten hun glazen tegen elkaar.

'*Harald Olafsson, far vel!*'

'*Far vel!*'

Er waren een heleboel Haralds, dacht Flora. Ze genoot van de vlammen, de nachtelijke duisternis en de mede, totdat Ruaridh plotseling ophield met schreeuwen, de trommels verstomden en ze allemaal staarden naar het noorderlicht dat zichtbaar begon te worden – iets waar ze elke Lughnasa op hoopten, maar wat maar heel zelden gebeurde. In eerste instantie ging het traag en voorzichtig, maar algauw rimpelden er flarden geel en groen langs de hemel. De mensen wezen, er werden camera's tevoorschijn gehaald en het vlot voer onopgemerkt de donkere nacht in, terwijl iedereen gefascineerd genoot van de allermooiste show ter wereld: dansende kleuren over de hele breedte van de weidse nachthemel.

Na een tijdje maakte Flora zich los uit het publiek. Niet omdat ze er niet van genoot. Ze wilde gewoon rust hebben om na te denken. Dus besloot ze het strand op te lopen, in de wetenschap dat ze daar niemand zou tegenkomen. Ze liep helemaal naar de kaap, waar ze omkeek naar de groep vrolijke mensen op de kade en tuurde naar de prachtige, wonderlijke hemel boven haar.

Ging ze hier echt weg? Waarvoor? Saai papierwerk de hele dag? Zaken die verloren werden? 's Morgens en 's avonds in een zweterige, overvolle trein zitten, dag in dag uit? Eten in een bakje opwarmen en wachten op de ping van de smerige magnetron? Ze dacht aan wat Colton had gezegd. Aan de frisse gezichten van Isla en Iona, en hun opwinding over alle mogelijkheden die Mure hun bood.

Ze zuchtte diep en staarde over de zee uit. Onder de kleurige lichtspiralen in de lucht zag ze opeens een groep walvissen, die door de mensen bij de haven blijkbaar nog niet gesignaleerd was omdat die allemaal naar boven stonden te kijken. Aan hun vinnen te zien waren het orka's, die in het licht van de maan en de aurora borealis door het water buitelden. Alsof zíj wisten waar ze thuishoorde en waren gekomen om haar dat duidelijk te maken. Op deze plek, waar ze zichzelf kon zijn, waar ze werd gewaardeerd en niet slechts een radertje in een enorme, onpersoonlijke machine was. Waar het goed kon zijn. Niet perfect. Maar goed.

Ze bleef een hele tijd naar het licht staan kijken. O, wat was het toch prachtig! Toen ze klein was, had haar moeder haar 's nachts wakker gemaakt om het noorderlicht te zien, waarvan ze beweerde dat het wolken waren die met elkaar dansten.

En terwijl ze zo in de lucht stond te staren, ontdekte ze opeens een knipperend wit lichtje. Het kleurde rood... Ze kneep haar ogen tot spleetjes en tuurde er ingespannen naar. Wat was dat in vredesnaam? Dat hoorde niet bij het noorderlicht. Het zag er eerder uit als...

Ze begon te rennen.

52

Colton had ja gezegd, zonder enige aarzeling, nadat Joël zich had verontschuldigd voor de manier waarop de zaak was geëindigd. Colton wuifde zijn woorden weg; hij zou er later wel over nadenken, zei hij. Maar voorlopig had hij genoeg te vieren en ze zouden elkaar algauw zien.

Joël had wel eerder in een privévliegtuig gezeten en zelfs als dat niet zo was geweest, had hij geen zier gegeven om de comfortabele leren stoelen en de knappe, glimlachende steward. Hij staarde uit het raampje met een hart dat klopte als een bezetene; hij was op de rand van paniek omdat hij iets deed wat zo absoluut niet paste in zijn geordende leven. Een paar keer stond hij zelfs op het punt om de piloot te vragen rechtsomkeert te maken. Maar dat deed hij niet.

'Kijk! Kijk!' riep de steward toen ze begonnen te dalen. En daar, buiten in de donkere lucht, glansden grote strepen en spiralen licht die leken te dansen langs de hemel, terwijl het kleine vliegtuigje zich voorbereidde op de landing. Hij keek er beduusd naar, verbijsterd door de schoonheid ervan, en het drong tot hem door dat hij Mure nooit eerder in het donker had gezien.

Er was niemand op het vliegveld. Hij pakte zijn tas en liep de vliegtuigtrap af. Hij was in pak, want tot op de allerlaatste minuut had hij niet kunnen besluiten of hij wel of niet zou gaan. Hij kon Colton nog een keer bellen, dacht hij, en vragen of hij misschien een auto kon sturen om hem op te halen...

Ze stond op het asfalt, met de oplichtende hemel achter zich; haar rok en haren wapperden in de wind.

Lange tijd keken ze alleen maar naar elkaar. Hij zette zijn tas neer. Ze renden niet naar elkaar toe. Op de een of andere vreemde manier was het moment te belangrijk om dat te doen. Toen ze voorzichtig een stap naar hem toe deed, had ze het gevoel dat ze onder water liep. Hij deed ook een stap naar voren, en langzaamaan kwamen ze dichter bij elkaar. Toen bleven ze allebei stilstaan, alsof er een onzichtbare grens tussen hen was.

Ze keek hem aan; haar mond beefde licht, alsof ze moeite had zich te beheersen. 'Als je nog een stap doet,' zei ze, 'als je nog een stap doet, moet je het serieus menen. Dan moet je... Ik kan niet... Ik wil niet... Begrijp je dat?'

Hij begreep het. Hij kneep zijn ogen even dicht. Hij had zo hard gestreden. Hij keek omlaag naar zijn schoenen. Kon hij deze laatste stap echt zetten? Kon hij dat?

Plotseling stormde er een wild blaffende hond tussen hen in, een explosie van beweging en geluid. Bramble kon haar kennelijk echt niet in haar eentje laten gaan op zo'n spannende tocht. Ze had hem in de Land Rover achtergelaten, maar hij was eruit ontsnapt. Nu sprong hij tegen Joël op om te laten zien hoe blij hij was hem weer te zien. Flora keek toe, nerveus.

Joëls gezicht brak open in een brede grijns. 'Hé,' zei hij. 'Hé! Hé, Bramble!' Hij liet zich op een knie zakken, wreef over Brambles buik en krabde hem achter zijn oren, precies zoals de hond het graag had.

'Je houdt van honden!' constateerde Flora verbaasd.

Joël kwam overeind en zette zijn bril af. 'Natuurlijk hou ik van honden. Wie niet?' zei hij. 'Maar niet half zoveel als ik van jou hou!'

En hij zette de laatste stap naar haar toe.

53

De presidentiële suite van The Rock – hoewel niet speciaal ontworpen voor geliefden, had Colton benadrukt – was precies zo prachtig als Flora zich kon wensen. Er brandde een vuur in de haard en in het midden van de kamer stond een gigantisch bad op pootjes. Buiten was het nu aardedonker; het noorderlicht was vervaagd en de groene man was allang verdwenen. Als je het raam opendeed, kon je nog net de allerlaatste nachtbrakers horen. Flora wierp een nerveuze blik op het enorme hemelbed.

Joël stond in de deuropening. 'Ben je... Ik bedoel, het hoeft niet, hoor!' zei hij, met de vorige keer in gedachten.

'Nee,' zei ze heftig. 'Nee, ik wil het. Heel graag.'

En heel zachtjes begon hij haar jurk open te knopen en kwamen haar lelieblanke schouders vrij.

'Geen zeehondenhuid,' mompelde hij glimlachend terwijl hij haar nek kuste.

Flora keek naar hem op met haar prachtige lichte ogen en begon hem ook langzaam uit te kleden. Niets, besefte Joël, niets wat hij ooit met andere vrouwen had gedaan, geen van alle standjes of ongewone, gewaagde seks, was zo eng, zo kwetsbaar van beide kanten, zo oprecht en open naar elkaar geweest als dit buitengewone, bijzondere, ontroerende begin van hun verhaal.

Toen Joël de volgende ochtend wakker werd, alleen in het grote bed, ging er even een vlaag van paniek door hem heen, totdat hij het briefje zag dat ze voor hem had achtergelaten. Hij trok een spijkerbroek aan, geloof het of niet, en de blauwe trui die Margo lang geleden voor hem had gekocht, en zette koers naar het haventje. Toen hij van de boot afstapte, dacht hij er zelfs aan om Bertie te bedanken.

Godzijdank! Daar stond ze, voor Café Zon & Zee. Op de frisse ochtendlucht dreven de geuren van heerlijke baksels. Ze draaide zich om, zag hem, kwam stralend naar hem toe rennen en kuste hem openlijk, zonder zich ook maar iets aan te trekken van haar personeel en de toevallige voorbijgangers. En, merkte hij tot zijn verrassing, het interesseerde hém ook geen zier.

'Ik verga van de honger,' zei hij.

'Nog heel even,' zei ze met een glimlach.

'Wat ben je aan het doen?'

Flora wees omhoog. 'Nou, twee dingen eigenlijk. Ten eerste: hoewel ik wel eeuwig op The Rock zou willen blijven, denk ik dat ik beter een etage kan huren. En er is er eentje beschikbaar boven de winkel. Dus dacht ik erover toe te happen.' Ze keek hem aandachtig aan. 'En ten tweede...'

Iona en Isla lieten het bord boven de winkelruit zakken dat ze net van de pui hadden geschroefd.

'We zitten hier niet alleen in de zomer voortaan,' legde ze uit.

'Hoe gaat het dan heten hier?'

'Annies Café,' zei Flora na een aarzeling. 'Annie was de naam van mijn moeder.'

Joël knikte.

Flora, die een vrije dag had genomen, vulde een tas met allerlei lekkere dingen en wandelde hand in hand met Joël terug naar The Rock. Ze zagen Lorna niet, die onderweg naar haar werk even stil bleef staan, een zucht slaakte en verder liep; maar alle anderen die ze tegenkwamen, vaak niet al te fris vanwege de avond ervoor, zwaaiden opgewekt. Joël voelde hoe bijzonder en ongewoon dat was.

Op hun hotelkamer doken ze terug in bed en kruimelden alles onder toen ze het eerste lekkers uit de tas aten. Flora giechelde blij, ze borrelde van geluk en verliefdheid. Later lag ze in zijn armen te luisteren naar zijn regelmatige ademhaling.

'Niet weggaan,' fluisterde ze.

Hij opende zijn ogen, in de verste verte niet in slaap. 'Hoe kan een levend wezen nou de sireneroep van een zeenimf negeren?' vroeg hij terwijl hij haar prachtige haar streelde.

'Maar je gaat toch voor Colton werken? Kai zei dat je naar New York ging.'

Hij knikte. 'Dat klopt, ja.'

Ze keek hem ontsteld aan.

'O, jij,' zei hij. 'Nou, eh, het is maar vijf uur vanaf Reykjavik. En omdat jij helemaal boven in de wereld woont, dacht ik... Ik dacht dat ik misschien kon forenzen.'

'Naar New York?'

'Ik ben hier al halverwege,' zei Joël. 'En bovendien zit Colton toch het grootste deel van de tijd hier, als hij me nodig heeft. Hij heeft dan misschien niet helemaal zijn zin gekregen wat het windmolenpark betreft, maar niemand gaat zich verzetten tegen een snelle internetverbinding hier. Dus werken zal ook vanaf hier gaan.'

'Dat is waar...' zei Flora. 'Tjezus! O mijn god! Tjezus!'

'En ik heb... Ik heb een paar vrienden in New York aan wie ik je heel graag wil voorstellen.'

'O mijn god!'

'Hou op met "o mijn god" te zeggen. Ik kan natuurlijk wel een manier bedenken om je de mond te snoeren...' Hij liet zijn hand over haar rug glijden. 'Waarom kan ik niet ophouden met naar je te kijken? Je aan te raken? O ja. Betovering!'

'Betovering,' herhaalde Flora. Ze draaide zich om en staarde hem aan met haar prachtige ogen. Hij wilde erin verdrinken, erin duiken, onder water leven, het zijn thuis noemen.

En zij vroeg zich af, hoewel slechts heel even: hoelang blijven betoveringen werken? Maar dat kon je natuurlijk nooit weten...

Daarna viel ze in slaap. En terwijl ze sliep, herinnerde ze het zich weer:

Er was eens een boot die naar het noorden voer, veel verder dan de eilanden, door eindeloze, uitgestrekte blauwe zeeën.

De boot kwam bij het ijs en de sneeuw en omdat het lente was, kalfden de ijsbergen af en dreven weg van de pool, wat de zee verraderlijk maakte. De ijsbergen waren wonderschoon omdat ze alle kleuren van de zee en de lucht in zich droegen, evenals witte luchtbellen, erin vastgevroren steentjes en rotsblokken uit tijden die niemand ooit had gekend.

Maar het meisje – 'Leek ze op mij?' had Flora gevraagd, en haar moeder had naar haar gelachen en gezegd: 'Ja, ze was druk en lawaaierig en had ogen in de kleur van het water, net zoals jij,' en Flora had geglimlacht, tevreden – *was niet gelukkig. Onderweg was ze heel stil geweest en ze was vast van plan om de reis niet af te maken, omdat die haar ergens naartoe bracht waar ze niet wilde zijn; ze had geen keuze gehad. Ze was gewoon meegenomen.*

Ze bekeek nieuwsgierig de ijsbergen die voorbijdreven. Het waren net kleine eilanden.

De kapitein was ongerust en bang, en ze gingen steeds langzamer varen om niet vast te komen zitten in de vreemde, prachtig schitterende zee van ijs.

Op een ochtend toen de zon opkwam dreven ze naast de grootste ijsberg die ze tot dan toe hadden gezien. Hij was enorm hoog: een gigantische glinsterende kathedraal van ijs. De houten romp van de boot schraapte er met luid geknars en gekraak langs, maar het sterke eikenhout hield het. De kapitein stond aan het roer te vloeken, hij bad dat het schip niet zou zinken en de romp niet zou breken. De boot slingerde en kapseisde half, maar voer gestaag verder, langs de grote ijsberg, de grote open zee op, en de kapitein, met het zweet op zijn voorhoofd, slaakte een kreet van opluchting en vreugde.

Toen hij zich omdraaide naar het door de zon beschenen dek, begon een van zijn matrozen te schreeuwen en zag hij, tot zijn afschuw, dat het meisje van de boot op het ijs was gestapt. Terwijl hij ongelovig toekeek, liep ze verder de berg op die vanaf nu haar thuis was.

'Omdraaien! Omdraaien!' schreeuwde de bootsman, maar het begon te waaien en de boot werd naar voren geworpen, en toen het eindelijk was gelukt de boot te keren in de woeste golven, waren de ijsschotsen in de ijszee samengeklonterd. Hoewel ze zochten tot het donker was, vonden ze geen enkel spoor van het meisje. En toen de kapitein moest uitleggen waarom hij zijn lading kwijt was, zei hij met bittere spijt: 'Wie kan er nou in godsnaam leven op zo'n plek?'

'En kán dat?' had Flora willen weten, terwijl ze bedacht hoe mooi het zou zijn om op een eiland van sneeuw en ijs te wonen, hoe bijzonder. 'Woonde ze daar?'

'Je kunt op heel veel verschillende plekken wonen,' zei haar moeder terwijl ze nog een keer over Flora's voorhoofd streelde. 'Ik zou graag hebben dat jij op heel veel verschillende plekken gaat wonen, in allerlei verschillende werelden stapt en je in allemaal gelukkig voelt.'

'Zelfs deze?'

'Zelfs deze.'

En terwijl Flora voelde dat ze blij en gelukkig in slaap viel, stelde ze nog één laatste vraag. 'Hoe ging het verder met het meisje?'

'O, ze is daar nog steeds,' zei haar moeder – of misschien ook niet, want haar stem werd zachter en vervaagde. 'Ze straalt als de helderste maan en ze duikt naar vis en ze leidt verdwaalde schippers naar huis. Omdat we selkies zijn, liefje. En dat is wat we doen.'

In memoriam
Mary 'Moira' Colgan, geboren McCann
1945 – 2016

Dankwoord

Dank je wel: Maddie West, David Shelley, Charlie King, Manpreet Grewal, Amanda Keats, Joanna Kramer, Jen Wilson en het verkoopteam; Emma Williams, Stephie Melrose, Felice Howden, Jo Wickham en iedereen bij Little Brown; Jo Unwin, Isabel Adamakoh Young. Dank aan jullie allemaal.

Oprechte dank aan de organisatoren van Faclan (het boekenfestival van de Hebriden), Orkney Library en Worldplay (het boekenfestival van de Shetlandeilanden) voor het feit dat ze mij hebben uitgenodigd en met zoveel gastvrijheid hebben ontvangen in hun prachtige huizen. Nodig me gerust nog een keertje uit!

Er zijn vele versies van 'The Herring Song', die hier wordt aangehaald (het lied heeft nog 179 coupletten, trouwens), maar de versie die ik het leukste vind, is die van Eliza Carthy, van haar prachtige album *Red*.

Speciale dank aan Dominic Colgan, Laraine Harper-King en Serena MacKesy.

Recepten

Bannocks

Bannocks zijn heerlijk knapperige ronde broodjes, die het beste versgebakken en warm gegeten kunnen worden. Ze zijn verwant aan wat Amerikanen 'biscuits' noemen (wat natuurlijk geen biscuits zijn, beste vrienden; een koekje oftewel een biscuitje, dát is een biscuit).

Je kunt het deeg zowel in de oven als in een koekenpan bakken, en je kunt er fruit – blauwe bessen is lekker, of rozijnen – aan toevoegen of, als je van hartig houdt, wat geraspte kaas in plaats van de karnemelk, of zelfs pepertjes en zout (natuurlijk laat je voor de hartige versies de suiker weg).

500 gr zelfrijzend bakmeel
50 gr boter
2 el suiker
10 ml melk
250 ml karnemelk
1 ei
250 ml yoghurt

Meng het zelfrijzend bakmeel en de boter. Voeg suiker, ei, karnemelk en voldoende yoghurt toe totdat het deeg plakkerig wordt. Kneed en voeg steeds wat bakmeel toe, totdat het deeg niet meer plakt.

Rol het deeg uit tot een lap van ongeveer 2,5 centimeter dikte en snijd in stukken van welke vorm je maar wilt.

Bak 12 minuten op 160 graden of bak in een beboterde pan tot ze goudbruin zijn.

Jam

Als ik vroeger mijn moeder jam zag maken, leek het altijd één grote heksenketel van borrelende pannen, dingen die overkookten en beslagen ramen. Maar dat is het helemaal niet! Jam maken is ontzettend gemakkelijk. De truc is niet te veel in één keer te willen maken. Een paar potjes is prima, dan kost het maar een halfuurtje. En het is leuk om te doen na een middagje bramen plukken. Als we niet genoeg bramen hebben, vul ik het gewoon aan met een paar appels. Puristen zullen erom gaan steigeren, maar schil en snijd de appels gewoon in een paar stukken, doe er een beetje water bij en zet ze vijf minuten in de magnetron zodat ze zachter worden.

Het is belangrijk te beseffen dat alles heel heet wordt, dus hoewel kinderen graag willen helpen, is dat veel te gevaarlijk. Daarom zorg ik er altijd voor dat ik etiketten in huis heb die zij mogen versieren terwijl ik het hete kookwerk doe.

Ik gebruik altijd geleisuiker en voeg, voor de zekerheid, een snufje pectinepoeder (bindmiddel voor fruit) toe. En als je de jampotjes een keer in de vaatwasser wast, zijn ze voldoende gesteriliseerd.

Zoveel fruit als je bij elkaar hebt verzameld, plus een paar appels voor als dat niet genoeg is (je kind van vijf heeft een verdacht plakkerig gezicht)
Exact hetzelfde gewicht aan geleisuiker, of iets minder
Citroensap
Een klontje boter

Was het fruit. Sommige mensen willen de pitjes eruit zeven, maar dat doe ik niet. Ik vind ze juist lekker, maar ik heb mijn eigen tanden nog, dus misschien denk ik daar op een dag anders over.

Zet het fruit met de suiker op een laag vuur, voeg een scheutje citroensap toe en breng het, terwijl je constant roert, aan de kook. Voeg een klontje boter toe als het begint te borrelen om schuimen te voorkomen en de jam een mooie glans te geven. Laat tien minuten door pruttelen en blijf de hele tijd roeren. Schep het laagje schuim dat zich op de jam vormt eraf en wacht net zolang tot al het fruit helemaal zacht is.

Dan volgt het spannendste deel van het proces: breng het mengsel fiks aan de kook, zo hard en hevig dat er flinke bellen ontstaan. Bij bramen doe je dat vijf minuten, bij aardbeien wat langer. Als je een thermometer hebt: de temperatuur hoort dan 105 graden te zijn. Maar als je die niet hebt, is dat niet erg – de jam lukt ook zonder.

Neem de pan van het vuur en laat een minuut of vijf staan – lang genoeg om een beetje af te koelen, maar niet zo lang dat het mengsel begint te stollen. Schenk – heel, heel voorzichtig! – in potjes.

Rundstoofschotel met bier

(*Steak and Ale Pie*)

Ja, ik koop het deeg.

500 gr runderstoofvlees
1 blikje bier (ale) naar keuze (mag ik de Swannay Orkney IPA aanraden?)
250 gr champignons
2 wortelen
1 ui
Braadboter
500 ml runderbouillon
Rozemarijn
Pakje bladerdeeg
Bloem, zout en peper

Verwarm de oven voor op 175 graden.

Haal het vlees door bloem, zout en peper, en braad op hoog vuur dicht. Haal uit de pan en leg apart.

Fruit de uien op laag vuur tot ze goudbruin kleuren, samen met de wortels. (Je kunt de champignons hieraan toevoegen of ze in een aparte pan bakken in boter met twee tenen knoflook en witte peper, wat ook heerlijk is.)

Voeg het vlees, het bier en de bouillon toe, leg er een takje rozemarijn op en laat een uur of twee sudderen. Niet hard laten koken!

Giet de mix in een ovenschaal en dek die af met een laag bladerdeeg. Maak een gaatje in het midden zodat de stoom eruit kan en versier het deeg met een paar mooie bladvormen uit deeg. Echt doen!

Bak veertig minuten in de oven totdat de bovenkant goudbruin is en dien op met aardappelpuree en een donkergroene groente zoals spinazie of boerenkool.

Op een koude winteravond is dit een heerlijke maaltijd!

Appeltaart met frangipane

Met enorme dank aan mijn vriend Sez, die de beste taartenbakker is die ik ken.

Deeg

1¼ kop bloem
1 el suiker (of minder)
½ kop (ongeveer 115 gr) ijskoude boter in blokjes (het is handig de koude boter in blokjes te verdelen en dan 5 minuten in de vriezer te zetten, want hoe kouder de boter, hoe knapperiger het deeg wordt)
Een snufje zout
⅛-¼ kop ijswater
Blindbakvulling (zoals gedroogde bonen)
Wat room en een beetje suiker om eroverheen te doen

Doe boter, bloem, suiker en zout in een kom en meng door elkaar. Het beste kun je dat in de keukenmachine doen omdat dat sneller gaat en alles dan kouder blijft.

Laat de keukenmachine draaien en voeg heel kleine scheutjes ijswater langzaam toe aan het deeg totdat dat aan elkaar plakt maar nog steeds aan de droge kant is. Het doel is om het zo veel mogelijk zo te krijgen als zandkoek, maar dan in taartvorm.

Zet een uur in de koelkast en rol dan uit. Maak een grotere plak dan in de taartvorm past, omdat het deeg snel breekt. Maak je niet druk als het scheurt, vul gaten die ontstaan gewoon op met stukjes deeg die je overhebt.

Bestrijk met room en strooi er een klein beetje suiker over.

Bedek het deeg met een laag bakpapier en vul met bonen. Bak 15 minuten op 180-200 graden blind.

Bak nog tien minuten zonder bonen, totdat het deeg goudbruin is.

Frangipane

½ kop gemalen amandelen
¼ kop kristalsuiker (of vanillesuiker)
3 el boter
1 el bloem
1 ei
½ tl vanille-essence als je gewone suiker gebruikt
Een snufje zout

Meng de droge ingrediënten, voeg het ei en de vanille-essence toe en meng tot een gladde pasta. Laat voor gebruik een uur afkoelen in de koelkast.

Appels/topping

2-3 geschilde en in dunne plakjes gesneden handappels (geen moesappels) met het sap en de schil van 1 citroen erop (om de appels pit te geven en niet te laten verkleuren)
1 pot jam, bijna alle smaken zijn goed, maar kruisbessen- of aalbessenjam is heerlijk

Haal de taartbodem uit de oven en spreid de frangipane er onmiddellijk over uit, zodat die een beetje in het hete deeg trekt.

Leg de appels op de taartbodem en zet het geheel nog een keer tien minuten in de oven. Doe de jam intussen in een steelpan en verwarm die op een laag vuur totdat hij vloeibaar is. Haal de taart uit de oven en giet de jam erover uit. Laten afkoelen in de taartvorm.

Zin in meer feelgood van Jenny Colgan?

Lees dan het volgende deel in de serie:
Het eindeloze strand
Verschijnt: januari 2019

Welkom op Mure, een klein eiland voor de kust van Schotland, vol eindeloos lege stranden en schitterende natuur.

Hier runt Flora haar Café Zon & Zee aan de kade bij de haven. Het is een geliefde plek voor toeristen (heerlijk eten) en bewoners (de laatste nieuwtjes). Ondertussen maakt Flora zich zorgen over Joel. Haar vriend is geweldig, maar afstandelijk, en niet alleen omdat hij regelmatig weg is voor zijn werk.
Flora's beste vriendin Lorna is in stilte verliefd op de lokale huisarts, Saif, die gevlucht is uit Syrië. Schokkend nieuws zal zijn leven – en dat van Lorna – veranderen.

Koude winteravonden veranderen langzaam in lange zomerdagen. Vinden Flora en Joel hun geluk terug?

Fragment uit *Het eindeloze strand:*

I

Zelfs vroeg in de lente is het nog vrij donker op Mure.

Het kon Flora niet schelen; ze hield ervan 's morgens samen wakker te worden, dicht tegen elkaar aan, in het pikkedonker. Joël sliep heel licht (Flora wist niet dat hij voordat hij haar ontmoette nauwelijks een oog dichtdeed) en was meestal al wakker als zij haar ogen uitwreef, zijn gewoonlijk afstandelijke, behoedzame gezicht verzacht omdat hij naar haar keek, en dan glimlachte ze naar hem, elke keer weer verrast, overrompeld en bang door de diepte van haar gevoelens; hoe ze leefde op het ritme van zijn hartslag.

Ze hield zelfs van de koudste ochtenden, waarop ze zich moest vermannen om uit te bed te komen en aan de dag te beginnen. Dat was heel iets anders dan een uur lang in een overvolle trein te moeten reizen voordat je op je werk was, met miljoenen andere forenzen in een wagon opgepropt staan, die tegen je aan duwden, bacteriën verspreidden en het leven veel oncomfortabeler maakten dan het hoorde te zijn.

In plaats daarvan pookte ze nu de vochtige turf op in de houtkachel van het prachtige gastenverblijf waarin Joël woonde nu hij een baan als jurist had aangenomen bij Colton Rogers, de miljardair die het halve eiland bezat. Ze blies de vlammen nieuw leven in en de ruimte werd meteen nog gezelliger dan ze al was door het flakkerende licht van het haardvuur dat schaduwen wierp op de witgekalkte wanden.

Het enige wat Joël per se had willen hebben was het superdure, supermoderne espressoapparaat waarmee hij nu in de weer was terwijl hij tegelijkertijd inlogde op zijn werkcomputer en zoals elke dag een opmerking maakte over de vele en talloze mankementen van de internetverbinding op het eiland.

Flora trok dan meestal een oude trui aan, waarna ze met een mok koffie naar het raam liep om boven op de ouderwetse oliegestookte radiator te gaan zitten – het soort radiator dat ze kende van vroeger op school en waarvoor Colton nu een fortuin had betaald. Dan tuurde ze uit over de donkere zee; soms voorspelden de witte schuimkoppen op de golven een stormachtige dag en andere keren was het ongewoon helder, waardoor ze, zelfs 's ochtends vroeg, de koude schittering van de sterren boven haar kon zien – op Mure was geen luchtvervuiling – die groter leken dan Flora zich herinnerde uit haar jeugd.

Joël zette de douche aan en met haar handen om haar hete mok gevouwen riep ze: 'Waar ga je vandaag naartoe?'

Joël stak zijn hoofd om de deur van de badkamer. 'Hartford, om te beginnen,' zei hij. 'Via Reykjavik.'

'Kan ik mee?'

Joël keek haar ontstemd aan. Werk was niet iets waar je grappen over maakte.

'Kom op. Dan doen we het in het vliegtuig.'

'Ik denk niet...'

Colton had een vliegtuig dat hij gebruikte om van en naar Mure te reizen en Flora kon het niet uitstaan dat dat alleen bedrijfsmatig werd gebruikt en zij er nog nooit een voet in had mogen zetten. Een privévliegtuig! Dat was toch onvoorstelbaar! Maar Joël was niet ontvankelijk voor plagerijtjes over zijn werk. Hij was sowieso weinig ontvankelijk voor plagerijtjes – waar Flora zich soms wat ongerust over maakte.

'Ik wed dat er echt helemaal niets is wat de stewardessen nog nooit hebben meegemaakt,' zei Flora.

Dat was ongetwijfeld zo, maar Joël scrolde al door *The Wall Street Journal* en luisterde niet echt.

'Vrijdag over twee weken ben ik weer terug. Colton consolideert letterlijk... eh...'

Flora wenste dat hij meer over zijn werk kon praten, zoals vroeger toen zij nog in de juridische wereld werkte. Het was niet alleen een kwestie van beroepsgeheim; Joël was überhaupt weinig mededeelzaam.

Flora trok een pruillip. 'Dan mis je de Argylls.'

'De wat?'

'De Argylls. Dat is een band. Ze zijn op tournee en komen naar de Harbour's Rest. Echt fantastisch zijn ze.'

Joël haalde zijn schouders op. 'Ik hou niet echt van muziek.'

Flora liep naar hem toe. Op Mure was muziek onontbeerlijk. Voordat er veerboten en vliegtuigen bestonden waren ze op het kleine eiland op elkaar aangewezen voor hun amusement en iedereen zong en danste vol enthousiasme met alles mee, getalenteerd of niet. Flora kon goed dansen en bespeelde de *bodhrán* – als er geen betere musici voorhanden waren – vrij acceptabel. Haar broer Innes was een verdienstelijk vioolspeler, beter dan hij liet blijken. De enige van het gezin die geen instrument bespeelde was Hamish, haar breedgeschouderde, kolossale broer; hun moeder had hem vroeger alleen een paar lepels gegeven en hem daarmee laten aanrommelen.

Ze sloeg haar armen om Joël heen. 'Hoe kun je nou niet van muziek houden!'

Joël knipperde met zijn ogen en staarde over haar schouder.

Het was eigenlijk belachelijk, iets kleins ontstaan in de eindeloze mallemolen van zijn moeilijke jeugd, toen elke nieuwe school een nieuwe kans was om het verkeerd te doen; de foute kleren aan te hebben, van de verkeerde muziekband te houden. De angst om het fout te doen. Zijn onmacht om de regels te leren, of zo leek het. De enorme keuze aan muziekgroepen die anderen 'cool' vonden maakte het onmogelijk om het goed te doen.

Het was gemakkelijker geweest om niets te vinden, nergens een mening over te hebben. En dus had hij nooit echt vrede gesloten met muziek en ook nooit durven ontdekken waar hij van hield, zonder een oudere broer of zus om hem op weg te helpen.

Datzelfde gold voor kleding. Hij droeg slechts twee kleuren: blauw en grijs. Altijd onberispelijk, altijd van topkwaliteit, niet omdat hij smaak had, maar omdat het het eenvoudigste leek. Hij hoefde er nooit over na te denken, hoewel hij naderhand met genoeg modellen had gedatet om veel meer over kleding te weten te komen – wat dat betrof hadden ze zeker hun nut gehad.

Hij wierp een korte blik op Flora. Ze stond voor het raam en ging haast op in de omgeving, soms was ze er bijna niet van te onderscheiden met haar haar dat als zeewier over de bleke witte duinen van haar schouders lag; haar tranen als opspattend zeewater in een storm; haar mond als een perfect gevormde schelp. Ze was mooi, maar niet 'modelmooi' – eerder het tegenoverstelde. Ze was aards, net zo stevig als de grond onder haar voeten; een eiland, een dorp, een thuis. Zijn thuis. Hij raakte haar zachtjes even aan, bijna bang om te geloven dat ze de zijne was.

Flora kende die manier van aanraken van hem en het gaf haar een onrustig gevoel; de manier waarop hij soms naar haar keek, alsof ze iets fragiels was, iets zeldzaams. Dat was ze geen van twee. Ze was gewoon een normale meid, met dezelfde zorgen en fouten als ieder ander. En uiteindelijk zou hij dat moeten beseffen. Maar dan? Wat zou er dan gebeuren? Het boezemde haar angst in. Wat als hij besefte dat ze geen *selkie* was; dat ze geen betoverende zeemeermin was, geen magisch wezen dat werkelijkheid was geworden en zijn hele leven goed kon maken. Ze vreesde het moment waarop hij zou begrijpen dat ze gewoon een normaal iemand was die zich druk maakte om haar gewicht en het heerlijk vond er op zondag superslonzig uit te zien... Wat zou er gebeuren als ze begonnen te ruziën over zoiets triviaals als afwasmiddel? Ze drukte een kus op zijn hand.

'Hou op met naar me kijken alsof ik een waternimf ben.'

Hij grinnikte. 'Nou, dat ben je nu eenmaal voor me.'

'Hoe laat gaat je... O nee...' Ze vergat altijd dat Coltons vliegtuig vertrok op de tijd die hún schikte en dat ze niet afhankelijk waren van de dienstregeling van een vliegmaatschappij.

Joël wierp een blik op zijn horloge. 'Nu. Colton heeft haast, het lijkt wel of hij peper in z'n kont heeft, alles moet zo snel mogelijk gebeuren tegenwoordig... Ik bedoel... We hebben een vol programma.'

'Wil je geen ontbijt?"

Joël schudde zijn hoofd. 'Gek genoeg serveren ze broodjes van Annie's Café aan boord.'

Flora glimlachte. 'Nou, nou, wat een luxe!' Ze kuste hem. 'Kom snel terug!'

'Hoezo? Moet je ergens heen dan?'

'Nee... Ik ga nergens heen.' Ze trok hem naar zich toe. 'Helemaal nergens heen.'

Ze keek hem na terwijl hij, zonder ook maar één blik achterom, vertrok. Met een zucht bedacht ze dat ze vreemd genoeg alleen tijdens de seks zeker wist, honderd procent zeker, dat hij er helemaal bij was. Bij haar. Dat ze samen waren. Dan was hij er helemaal. Compleet, met haar, elke ademhaling, elke beweging.

Hun seks samen was iets bijzonders, zoals ze nooit eerder had gekend. Ze had egoïstische minnaars gehad en minnaars die wel eens zouden laten zien hoe goed ze waren, incompetente minnaars en minnaars die verpest waren door te veel porno.

Seks met Joël was zo intens, bijna radeloos – alsof hij het liefst helemaal onder haar huid kroop. Op die momenten voelde ze zich diep verbonden met hem; alsof ze elkaar door en door kenden. Ze zat er constant over te dagdromen. Maar de rest van de tijd was het voor haar nog een even groot raadsel wat zich in zijn hoofd afspeelde als toen ze elkaar voor het eerst ontmoetten. En daarbij was hij er bijna nooit...

En nu, een maand later, was het wat minder donker, maar was Joël nog steeds niet terug; hij had het druk en werd door Colton overladen met opdrachten. Flora woonde weer op de boerderij en moest die dag ook op reis, maar helaas niet naar een interessante bestemming.

Flora werd altijd nogal prikkelbaar als ze op de boerderij woonde en als volwassene weer sliep in haar kleine kamertje – in het eenpersoonsbed uit haar jeugd, met aan de muur haar stoffige oude Highland-danstrofeeën. En het ergerde haar ook dat ze, hoe vroeg ze ook opstond – en dat was gewoon walgelijk vroeg –, altijd later was dan haar broers en haar vader, die dan al minstens een uur aan het melken waren.

Behalve Fintan. Fintan, haar jongste broer, was de fijnproever van de familie en geniaal; hij was meestal bezig met bijzondere kazen maken en boter karnen voor Annie's Café, en binnenkort ook, hoopten ze, voor 'The Rock', Coltons nieuwe hotel. Maar de andere twee; de sterke, niet zo slimme Hamish en Innes, haar oudste broer, waren altijd al op, of het nu licht of donker was, regende of lekker weer was, en hoe ze ook haar best deed het haar vader, Eck, rustiger aan te laten doen, hij was altijd ook al van de partij.

Toen ze nog als juridisch medewerker in Londen zat maakten haar broers altijd grappen dat ze een luie trut was, maar nu ze in haar eentje een eigen zaak runde hier op Mure had ze gedacht dat ze hun mening wel zouden herzien, maar nee: ze beschouwden haar nog steeds als een watje omdat ze 'pas' rond vijf uur 's morgens opstond.

Het liefst ging ze verhuizen; in het dorp stonden een paar appartementjes te huur. Maar Annie's Café bracht nog niet genoeg op om zich zoiets extravagants te kunnen veroorloven. En daar zou weinig aan veranderen zolang The Rock nog niet open was. Ze hadden zulke fantastische producten hier op Mure – verse biologische boter gekarnd in hun eigen melkveehouderij, de meest verbijsterende kazen, gemaakt door Fintan, de beste vis uit het kristalheldere water dat het eiland omringde, het lekkerste gras op de wereld, dat de koeien vetmestte. Maar het bracht allemaal niet genoeg op.

Ze rekende meteen in haar hoofd uit hoe laat het in New York was, waar Joël, haar vriend – idioot klonk dat, vond ze, 'mijn vriend' – aan het werk was.

In Londen was hij haar baas geweest en hij had haar naar Mure gestuurd om allerlei juridische zaken voor te bereiden voor een nieuwe klant: Colton Rogers. Maar hij was niet alleen haar baas; ze was jarenlang hopeloos verliefd op hem geweest, vanaf de eerste keer dat ze hem zag, hoewel hij alleen maar met modellen was uitgegaan en haar niet eens had zien staan. Ze had nooit gedacht dat dat ooit zou veranderen. Maar toen hij de zomer daarvoor naar Mure was gekomen en ze hadden samengewerkt, was hij uiteindelijk genoeg ontdooid om haar op te merken (en meer) en zelfs op Mure blijven wonen (met haar) en voor Colton Rogers gaan werken.

Hoewel het niet precies zo was uitgepakt...

Colton liet hem in een van de gastenverblijven bij The Rock wonen, een prachtig gerestaureerde jachthut, terwijl in het hotel alle voorbereidingen werden getroffen om officieel open te gaan voor gasten – wat helaas erg veel tijd bleek te kosten en langer duurde dan ze hadden verwacht. Colton was intussen de hele wereld over gereisd om zijn miljoenenbedrijven te bezoeken – waar Joël blijkbaar doorlopend bij aanwezig moest zijn. Ze had hem de hele winter nauwelijks gezien. Op dit moment zat hij in New York. Dingen als zich settelen en een huis inrichten, of rustig gaan zitten om ergens over te praten, leek hij niet belangrijk te vinden.

Flora had wel geweten dat hij een workaholic was – in theorie; ze had tenslotte jaren in zijn bedrijf gewerkt – maar zich niet gerealiseerd wat het betekende voor hun relatie. Zij leek het te moeten doen met de kruimels tijd die hij overhad. En dat waren er weinig. Hij had niet eens een berichtje gestuurd om te laten weten dat hij aan haar dacht. En ze ging vandaag naar Londen om haar ontslagpapieren formeel te ondertekenen.